最后的佛魁

猎衣扬 著

北京联合出版公司
Beijing United Publishing Co.,Ltd.

图书在版编目（CIP）数据

最后的佛魁 / 猎衣扬著. —北京：北京联合出版公司，2020.7

ISBN 978-7-5596-4180-9

Ⅰ. ①最… Ⅱ. ①猎 Ⅲ. ①长篇小说—中国—当代 Ⅳ. ①I247.5

中国版本图书馆CIP数据核字（2020）第061046号

最后的佛魁

作　　者：猎衣扬　　责任编辑：高霁月
产品经理：魏　傩　　特约编辑：陈　曦
封面设计：人马艺术设计·储平　　美术编辑：任尚洁

北京联合出版公司出版
（北京市西城区德外大街83号楼9层　100088）
北京联合天畅文化传播公司发行
天津雅泽印刷有限公司印刷　新华书店经销
字数 325千字　710毫米×1000毫米　1/16　22印张
2020年7月第1版　2020年7月第1次印刷
ISBN 978-7-5596-4180-9
定价：49.80元

如发现图书质量问题，可联系调换。质量投诉电话：010-57933435/64258472-800

一 佛魁：

贼众依盗术绝技，分八门：休、生、伤、杜、景、死、惊、开。天下群盗，无出此八门之外。

兵王拜将，大贼称佛，取“大盗手段，千手千眼”之意。而将中有帅，佛中有魁，领袖群贼者，是为“佛魁”！

二 分金大会：

贼行每年有春秋两祭，南北贼众齐聚，坐地分赃，名曰“分金大会”。

三 佛魁传位：

分金大会上，上任佛魁以惊蛰古玉为凭，召集盗众八门，将继任者的名号履历宣告天地。

若众人对继任一事存异议，则八门当家依各自绝技摆八阵——陷阵、拔城、赴火、蹈刃、捕风、捉影、遁地、开天，与继任者搏命分高低。连破八关者挂印称魁，折戟沉沙者则死生由命。

明末崇祯年间，满洲八旗入关，当时的佛魁和惊蛰古玉在战乱之中不知所踪。

清王朝时期，先后九次发动围剿，追杀贼门盗众。奈何佛魁失踪，信物不在，一时间贼门群龙无首，分崩离析，八门好手就此风流云散。

“惊、开”两门遁于黄河以北，称北派；“景、休”两门雄踞江东，称南派；“生、死、伤、杜”四门或远渡重洋，或隐居川滇，或远走昆仑，或遁身关外，至今二百余年，不见影踪。

然而八门离散之日曾立下重誓：“惊蛰重现之日，八门聚首之时！”

目录

第三卷 鱼龙古卷

第四卷 盗亦有道

第一卷 休唱阳关

第一章　盗众八门

1938年11月11日，侵华日军由鄂入湘，占领临湘，耗时十一日，攻占岳阳古城！城破后，日军第八十一师团进驻岳阳城。

几个月后……

梆子声响，三捻琵琶；暴雨如珠，坠落屋檐，岳阳楼四面迎风。一个满头花白的长衫老头儿，捧着一面琵琶，坐在二楼戏台的边上，开腔唱道："木叶下君山。空水漫漫。十分斟酒敛芳颜。不是渭城西去客，休唱阳关。醉袖抚危栏。天淡云闲。何人此路得生还。回首夕阳红尽处，应是长安。"

这老头儿唱的词曲，有个名目，唤作"压千金"，说白了，就是正戏开演前的垫场曲。老头儿这边活络着场子，后台里的角儿们趁着这个工夫更衣扮相！

今儿个是大日子，唱堂会的戏班子——洞庭芳，名噪湖广；当家的花旦小梅香，艳名远播。

戏台下，满满当当地坐着观众，十几个穿着胡绸长衣的富家老爷，坐在前排打着拍子，听到台上那老头儿唱到"不是渭城西去客，休唱阳关"的悲凉句子，齐刷刷将脑袋直低到了胸口底下，泪珠子噼里啪啦地往下掉。

门里门外地站满了乔装改扮、身着便衣的日军士兵，手枪上膛，刺刀敛在里怀。二楼的雅间探出了一座看台，看台上竖着一扇屏风，屏风后头有围棋一盘、木几一张，两道人影此刻正跪坐在蒲团之上，手捻棋子，敛眉沉思。

左手一人，和服大袖，眉长眼瘦，鼻直口薄，赫然是日军步兵第八十一师团师团长中谷忍成！

右手一人，枯瘦如竹，光头上点着九个香疤，脸上戴了一副黑质白章的假面，上面绘着一张硕大的鬼脸……

"中谷君,你分神了！"鬼面人伸出手指,叩了叩木几,长吸了一口气，轻轻扔下了手中的棋子，看着中谷忍成的眼睛，沉声说道。

中谷忍成揉了揉发红的眼眶，甩了甩有些困倦晕沉的脑袋，看了看棋盘上黑白子的排布局势，涩声说道："您技高一筹，我……唉！投子认输！可能是因为这几天休息得不好，我突然困得很厉害……虫大师！已经三天了，二十六名军官离奇死亡，身上布满了严刑拷打过的痕迹，现在还有七人离奇失踪，下落不明。我的军营里每天晚上都有人在屋顶上跑来跑去，却抓不到一个人！现在岳阳城闹鬼的谣言已经搞得士兵们人心惶惶。您能告诉我这是怎么回事吗？"

名唤虫大师的鬼面人伸手取过桌上的茶杯，轻轻地呷了一口，沉声说道："有一伙人在找一件东西，找不到那件东西，他们是不会走的！"

"什么人？在找什么东西？"中谷忍成急声问道。

虫大师沉吟了一阵，徐徐说道："中谷君，这世上有黑，就有白；有灯，就有影；有官，就有贼！官有官府，贼有贼行，几千年来，都是如此！"

中谷皱了皱眉头，张口问道："你是说……岳阳城里进了贼？是这些贼杀了我的士兵？"

虫大师笑着摇了摇头，接着说道："这兵和兵不同，贼和贼也不同，兵王拜将，大贼称佛，取大盗手段，千手千眼之意。贼众依盗术绝技，分八门：休、生、伤、杜、景、死、惊、开。天下群盗，无不出此八门，将中有帅，佛中有魁，领导群贼者，是为佛魁！有道是江湖南北，掌青龙背，水火春秋，刀插两肋。贼行有行规：鱼禽称龙，走兽曰虎。春秋有两祭，南北贼众齐聚，所尊者有四：天、地、诚、魁。诚是三取三不取的规矩；魁是统领贼众的贼王；宴上有青鱼，居中为大，鱼头祭天，鱼尾敬地，鱼背奉魁，鱼腹鱼血由贼众分而食之！然而，明末崇祯年间，满洲八旗入关，席卷中原，北京城破之后，史可法拥立福王朱由崧为帝，继续与满洲作战，总领督师、建极殿大学士、兵部尚书。弘光元年四月二十四，清军以红衣大炮攻城。入夜，扬州城破，史可法拒降被杀，清军占领扬州以后，多铎以不听诏降为由，下令屠杀扬州百姓，亡魂逾八十万，是为‘扬州十日’。彼时，尸山血海之中，有贼门四十八代佛魁聂卿侯夜盗扬州，大雨夜，直透八旗军营一百二十六里，取得史公尸身远遁，连同号令贼门的信物——惊蛰古玉一起不知所踪。满洲人大骇，甚惊于贼门之能。平定南北之后，清王朝先后九次发动围剿，追杀贼门盗众，奈何贼门佛魁失踪，信物不在，一时间群龙无首，分崩离析，八门好手，风流云散。惊、开两门遁于黄河以北，称北派；景、休两门雄踞江东，称南派。生、死、伤、杜四门或远渡重洋，或隐居川滇，或远走昆仑，或遁身关外，至今二百余年，不见影踪。然而，八门开散之日曾立下重誓：‘惊蛰重现之日，八门聚首之时！’”

眼见中谷忍成一脸疑惑，虫大师微微一笑，将手中的茶杯放在木几上，笑着说道：“久闻师团长好古，自鄂入湘，一路行军，封山掘墓，遇冢发丘，所得珠玉古玩、金石书画无数。有传言称，师团长自湘西九嶷山内寻到了一座汉墓，开棺之后，却发现墓内尸身穿戴竟是明代衣冠，棺内别无长物，只有腰间系的一块黑色古玉……”

中谷闻言，下意识地瞳孔一紧，随即若无其事地说道：“什么盗众八门，不过是个传言罢了。胆小的支那人，手脚软弱，偏生了一条好舌头，专会编故事骗人，就算真有那神乎其神的盗贼，又能怎样，血肉之躯，能挡得住皇军的坚船利炮吗？”

虫大师摇了摇头，缓缓地伸出了袖子底下握掌成拳的左手，瞥了一眼中谷腰下的唐刀，笑着说道：“中谷君精于剑道，不知道有没有听过一句话，叫‘剑贵于诚’，也就是说，学剑的人，不可有欺人骗鬼的魍魉心思，否则心窍蒙尘，便再也发不出一往无前的剑意。惊蛰古玉的事，你不该骗我的。”

虫大师话音一落，缓缓地摊开了左手五指，一块形貌奇古、不琢不磨的黑色古玉正躺在虫大师的掌心之内，上面刻着四个笔力遒劲古拙的秦篆："盗亦有道"。

中谷见了那玉，猛地睁大了双眼，一绷劲，跳起身来，伸手往怀里一摸，"唰"的一声拽出一个小布袋，将布袋的开口一松，甩腕一抖，一块墨色的圆球瞬间落在了他的手中！

那圆球一入手，竟然缓缓地抖动了一下，随即在中谷惊诧的眼光中猛地一颤，懒洋洋地伸出了八条细腿，舒展了一下身子，又弹出了两只钳子和一条尾巴！

蝎子！这竟然是一只黑色的蝎子！

"啊——"中谷猛地吓了一个激灵，将手中的蝎子甩了出去。

"怎么回事？我怀里的玉怎么变成……你手里的……哪儿来的？那个……蝎子……"中谷惊骇之下，竟然有些语无伦次。

虫大师笑了笑，沉声说道："不只是这只蝎子，中谷君，我的棋艺平庸得很，这盘棋其实是你赢了！"

中谷忍成闻言，打起精神，眼光仔仔细细地在棋盘上扫视了几个来回，皱着眉头说道："不可能的！这棋盘上的局势明朗得很，你的黑子已经将我的白子尽数困死，我已是死局，断然没有翻身的可能！"

"黑非黑，白非白，蝼蚁之功尔！"

虫大师端起桌上的茶碗，将碗中的茶水，缓缓地泼在了棋盘之上。

怎知茶水一过，原本是死物的十几颗棋子纷纷开始抖动起来，百十只小蚂蚁挥动着触角纷纷从棋子底下钻了出来，举着棋子，飞一般地向高处跑去，那些或黑或白的棋子被蚂蚁扛着，带出了棋盘。

棋盘上的局势瞬间逆转，原本是黑子困死白子的局势瞬间变成了白子斩断了黑子的大龙！

"不可能的！这些棋子在我眼皮底下被移动，我不可能看不到的！"中谷忍成满面凝重地摇着头。

"有道是一叶障目，不见泰山，老虎也有打盹儿的时候，你说对吗？"

虫大师一捻手指，指尖一抹甜香飘来，中谷眼角一酸，两只小虫顺着睫毛爬了出来，摇摇晃晃地飞到了虫大师的袖中。

"此为障目虫，中谷君，你现在还觉得困倦吗？"

虫大师说完，中谷忍成下意识地揉了揉眼睛，只觉得神清气爽，适才的困倦疲软瞬间消弭。

“生门虫术，博君一笑！”虫大师微微颔首。

中谷忍成的额头冒出了一层细密的冷汗，他反手一抽，将腰后的唐刀握在掌中，刀锋直指虫大师咽喉，刃上寒光吞吐，明灭不定！

“你……就是那贼行的八门盗众吗？”

虫大师用指甲弹了弹中谷的刀锋，徐徐说道：“八门之术，晦涩艰深，我不过是年轻之时，机缘巧合，学了生门中的几样控虫之法，况且，我和贼门仇深如海，这也是前田司令派我来帮助你的原因，贼门不灭，虫某死不瞑目……”

虫大师眼中闪过一丝厉色，指间一捻，一缕血丝顺着中谷刀上的血槽向刀柄流去。

“唰……唰……唰……”一阵令人头皮发痒的虫爬声响起，无数的毒物爬虫从虫大师的袖中黑云一般腾起，顺着虫大师的臂、肘、腕、手、指，涌向了中谷手中的唐刀，又顺着唐刀，向中谷的手背爬去！

“当啷——”中谷松手，唐刀落地，爬虫坠地，散成一片黑影前冲，瞬间裹住了中谷的双腿。

乔装改扮、守在门外的卫兵听见响动，破门而入。抢先冲进来的两人刚跑了两步，就猛地倒在了地上，抽搐了数下之后，断了呼吸，两只生着花斑的蚰蜒从尸体那张开的嘴角缓缓探出了身子……

“你要干什么？”中谷两眼通红，制止了后面要冲进来的卫兵，高声疾呼道。

虫大师打了个呼哨，屋内的毒虫瞬间四散。只见虫大师站起身来，将古玉放回中谷忍成的掌中，徐徐说道：“中谷君，我受前田司令委托，前来助你处理贼门一事，但是你的态度让我很失望。轻视敌人是军人最大的失败，作为一名成熟的指挥官，你犯了很大的错误。今天这点儿小把戏，没别的意思，只是给您提个醒儿——贼行的手段，将远远超出你的想象。这些年，中日鏖战，贼行中人多有涉足，用间、刺杀、窃密、渗透……犯下了不少令军部头疼的大案。奈何贼行盗众行踪飘忽，聚散不定，故而难以剿之。幸有中谷君发冢掘墓，无意间挖出了这块惊蛰古玉，使得八门重聚，哈哈哈！此等剿除贼门的千古良机，中谷君岂能因大意而失去？”

中谷忍成长出了一口气，一揖到地，沉声说道：“先生金玉良言，中谷受教了！只是……不知先生今日调五百步兵包下岳阳楼所谓何来？”

“我在等一个人！”

“谁？”中谷忍成肃容问道。

“白衣病虎，柳当先……”虫大师推开窗子，望着天外浓云翻滚，一脸凝重地喃喃自语道。

第二章　白衣病虎

“春秋亭外风雨暴，何处悲声破寂寥？隔帘只见一花轿，想必是新婚渡鹊桥。吉日良辰当欢笑，为什么鲛珠化泪抛？此时却又明白了……”

西皮二六胡弦响，小梅香妆好了扮相，步履盈盈地踩着鼓点飘上台来！只见那小梅香，眼如波，鬓如云，眉如月，颈如雪，端的是莺莺燕燕春春，花花柳柳真真，事事风风韵韵，娇娇嫩嫩，停停当当人人儿。

刚一开腔，躲在后台帘子底下偷瞧的两个破落子弟便已然酥了骨头，眼发直，腿发硬，腰发软，脸发烫，亢奋得直打哆嗦。

这两个破落子弟，一人姓陈名七，一身亮白色的西式洋装，二十四五的年纪，生的是一副上等的样貌，皮囊俊俏，身量修长，眉目萧萧肃肃，脸盘儿爽朗清举。这陈七倒也没辜负了这副面貌，别看年纪小，道行却深，在这岳阳城里专做拆白的“青头”，其实就是白吃白喝骗财骗色的小白脸。这路子人，惯骗女人，上到官老爷的姨太太、大老板的金丝雀，中到多金的寡妇、涉世未深的良家姑娘，下到戏班子里的女戏子、舞厅里的当红歌女，只要是跟女人和钱一沾边，这小青头便能使尽浑身的解数，凭着一条巧舌头、一张好脸蛋儿，谈情谈爱谈浪漫，将那女人迷得团团乱转，心甘情愿地掏心掏肺掏银子。

另一人，没得名姓，其母本是花楼里的窑姐，外出瞧病，在桥底下捡拾回来个婴儿，初时放在篮子里，藏在床下偷偷喂养，有人问起，便说是一只花猫，叫得顺了，干脆就直接将名字取成了“花猫”二字。此人乃是和陈七一起光屁股长大的玩闹兄弟，生的是膀大腰圆，肩宽臂粗，鼻阔口直下颌短，眉粗眼圆小耳尖，豹头虎额鳌鱼嘴，龟背鼠耳獒犬腮，相书上说，这叫五行成其体，鸟兽象其形，乃是典型的大富大贵之相。然而这花猫自小混迹娼赌之地，长大之后，专做诈赌唬人的营生，唬住了，便能吃顿冷饭，可若唬不住，便挨一顿拳脚，满是污渍的补丁打了一身，任谁也看不出“富贵”二字！

说话间小梅香已经唱完了一曲，步履盈盈地下了台，走进化妆间，解开衣扣腰带，开始为下一场戏换装。陈七一垫脚，骑在了花猫的脖子上，掀开头上的幔子，拨开一道小缝儿，瞪大了眼睛，往里乱瞟。此时小梅香正解开领口的衣襟，背对着陈七，露出一片洁白如玉的脊背。陈七看到兴起，激动得一阵乱抖。

“脱了没？”花猫急得百爪挠心。

“快了……快了……”陈七一边直勾勾地看着，一边不咸不淡地敷衍着花猫。

“阿七，你看这小梅香还是个雏儿不？”花猫拍了拍陈七的裤腿，咧着嘴说道。

陈七一咂嘴，拨开了花猫的脏手，从他的肩膀上溜了下来，从衣兜里摸出一块手帕，在舌头上沾了沾口水，一边细细地擦着西服肩头被花猫拍出的手指印，一边咬着牙骂道：“狗日的花猫，你他妈注意着点儿，跟你说了多少遍了，别碰我衣服，这身行头是他妈老子吃饭的家伙！”

花猫讪讪地缩回了手，撇着嘴说道：“你别以为我啥也不懂，这小梅香，可是名噪湖广的花旦，那后面撅着屁股给这小娘们儿送钱捧角儿的金主海了去了，人家凭啥看上你个油头粉面的花花架子？”

陈七被花猫的话搔到痒处，咧着嘴角笑着说道：“花猫，这你就不懂了吧！追女人，你就得知道她缺什么，缺什么，你就给她什么，还愁她不跟你吗？像小梅香这种当红的角儿，穿金戴银，披红挂绿，最不缺的便是钱，别看那些金主漫天地撒大洋，小梅香瞧都不带瞧一眼的，因为人家不差这个！”

“那她缺啥？”花猫瞪着眼睛问道。

“爱情呗！你瞧，这小梅香模样没的挑，名声也有了，钱也有了，按说这个年纪最好的归宿就是寻一大官，或是大财主，当个姨太太。可人家偏不，转来转去地在江湖飘零，无非两种情况，一是心有所属，念念不忘，二是知音难觅，缘分不到。老话讲得好，‘婊子无情，戏子无义’，第一种情况基本可以排除，所以唯一的解释就是，这小梅香心气高，不甘心走前人的老路，还抱有对感情的向往。而我，刚好可以满足她的向往。好了，不跟你说了，我得去收拾收拾，一会儿等小梅香下了台，我还得去献花呢！我交代你的事，都准备好了没有？”

花猫听得眉开眼笑，拍手说道：“你放心，都准备好了！”

花猫一边说着，一边轻手轻脚地从背后解下一只布包，里面整整齐齐地叠着一套考究的日本武士服和一双木屐。

“哎哟，你还真下本钱，哪儿弄的？”陈七摸了摸武士服的料子，一脸的好奇。

“我娘一熟客，是个日本浪人，喝多了，在床上醒酒呢！这身衣服是我偷着顺出来的，办完这场子事，得赶紧送回去，约莫再有俩时辰，人就醒了！”花猫缩着脖子，一脸急迫地说道。

“知道一会儿咋演不？”陈七问道。

花猫一边换着衣服，挽着乱糟糟的头发，一边不耐烦地答道：“这一套都演了多少遍了，你放心，我都知道。你是海外留学归来的有志青年，我是欺行霸市的日本浪人，反正这街上终日里醉醺醺的日本浪人多了去了，他们自己都不知道有没有我这一号人。我见色起意，在小梅香下台之后，上前调戏；你见义勇为，挺身而出，义正词严地呵斥道：‘好个倭人，如此下作……’而后小娘们儿向你道谢，问你名姓，你执意不留姓名，潇洒离去，而后再制造三五个巧遇，故作有缘。再过两三个回合，待那娘们儿深陷情网，你再谎称自己是抗日的志士，有筹措抗日经费的任务在身。自古美女爱英雄，慷慨解囊的傻女人多的是，钱一到手，你便说要奔赴前线，慨然赴死……一番生离死别，赚足了那娘们儿的眼泪，一夜春宵之后，你便踪影全无，只留个顾影自怜的女人为你独守空房，暗自垂泪——”

“好了！好了！差不多得了，话怎么这么多呢？”陈七脸一红，捂住了花猫的嘴，压着嗓子说道：“少泼老子脏水啊！说真的啊，兄弟我只图财，不骗色！”

花猫一挤眼，啐了一口唾沫，一脸不信地扭过头去。

“这边你先盯住了，两刻钟后咱们就开演！我去个厕所，弄弄头型！”

陈七拍了拍花猫的肩膀，转身离开。

与此同时，二楼雅间之内，一个乔装成清洁工的日本探子悄无声息地走到中谷忍成的身后，从怀里摸出了一个小本子，打开扉页，露出了一张铅笔勾描的画像，赫然是陈七的侧脸。

“师团长阁下，在后台的洗手间发现了一个可疑人物！”

虫大师探头瞅了一眼画像，沉声答道：“就是他，化成灰我都认得出！”

那探子沉吟了一下，小声嘀咕道：“我……我看那人筋骨稀松，不像是高手模样！”

虫大师笑了笑，抚着额头，皱眉叹道：“你不知道，这柳当先出身八门中的惊门，遁甲有云：‘惊门居西方，兑位，属金。’惊门传的本事是内家武学，这内家的功夫练到顶峰，一口真气充盈，死皮蜕净，筋骨还拙，越顶尖的高手越和普通人无异。你看那些名动天下的大贼，都是平常无奇，那些太阳穴隆起老高、虎背熊腰、一身凶相的，都是唬人的，大多没什么真功夫！而惊门位居贼行第一凶门，主内外功夫，轻身提纵，蹬高踏水。惊门之人，一身艺业都是实打实的真本事，个顶个性命相搏的大行家！”

中谷忍成闻言，小声说道：“柳当先的名号我是听说过的。此人带着手底下好手，早年间投了东北抗联的杨靖宇，这些年在察哈尔、海伦、绥远、大同、阴山一路血战，在江湖上博了偌大的名头，北方诸省的绿林人马隐隐奉他为首。此番惊蛰现世，若他夺了佛魁古玉，岂不是要一统八门了？”

虫大师闻言，嗤鼻一笑，抿着嘴说道：“所幸这八门流散已过百年，谁都想做号令天下盗众的佛魁，互相瞧不上，也不是一天两天的事儿了！此等形势，正好让咱们各个击破，否则一旦八门合流，后果不堪设想。”

正当时，梆子声响，第二折戏曲终，小梅香站在台上谢幕，二楼雅间的虫大师在屏风上戳了一个小洞，仔细地看了看台下的座位。

“差不多了，中谷君，我们开始吧……”虫大师瞥了一眼中谷忍成，中谷微微颔首，唤来一名卫兵耳语了一阵，卫兵会意，快步下楼而去。

“咣当——”戏台正对着的大门被两个大汉一脚踢开。

那两个大汉一前一后，肩上担着一只盛满炭火的青铜香炉，一步三晃地走到了台上，“咚”的一声，将青铜香炉摆在了舞台正中，划着一根火柴，点燃了香炉里的炭火。不到一盏茶的工夫，香炉里的炭火便徐徐地烧了起来，红通通地冒着火气。

“我听闻古时候的石匠制石有一道工艺，名曰‘炸山’，说白了，就是用烈火烘灼石头，待其温度升高后，再以冷水激之，顽石内外冷热不均，瞬间炸开，四分五裂，有道是玉者，攻石而取其粹者也。诸位，你们说，这玉器若是用这炸山的法子炮制，又会如何呢？哈哈哈，咱们不妨一试！”

中谷忍成一路行来，边走边说，走到舞台底下时整理了一下自己的和服衣袖，慢慢地走上舞台，看着一脸惊骇退到舞台边上的小梅香，一脸歉意地说道：“实在不好意思，小梅香女士。京剧是中国的国粹，您是我最喜欢的京剧演员，今日见面，实在是三生有幸。不过眼下这里不是说话的地方，在下斗胆，还请您移步前往我府上。明晚，我府上宴客，还得有劳您为我们唱上一出堂会……”

中谷忍成一边说着，旁边两个大汉已经大跨步走了上去，去拉小梅香的手腕，台侧操琴的乐师刚要阻拦，便被那俩大汉操起桌椅，一顿好打。

那两名大汉扔掉了手中的椅子，正要去抓小梅香，一回头，正看见一道白色风衣的身影不知何时已经站在小梅香的身边。只见那身影挺拔如枪，内穿一身亮白的西装，外罩一件风衣，头上戴着一顶西式的礼帽，帽檐压得极低，领子却又竖起老高，只露出了鼻尖以下、嘴唇以上，让人看不清面容。

“好倭人，怎的下作如斯！”那男子一声冷笑。

这时，缩在后的花猫猛地瞪大了眼睛，一脸惊诧地说道：“妈的！连套路带你妈台词，全都一模一样啊！这他妈是遇到同行了啊！”

想到这儿，花猫再也耐不住性子，发了声大喊，也爬上了戏台！

“哈哈哈——”花猫猛地笑了一嗓子，将台上的人连同小梅香在内齐刷刷地吓了一个激灵。

“你……是谁？”那白衣男子连同中谷忍成异口同声地问道。

花猫清了清嗓子，一脸严肃地向中谷忍成点了点头，沉声说道：“朋友，花姑娘滴，我的，也很喜欢，带回去，喝酒唱歌，快乐的，一起一起的。”

说完，他便在中谷忍成疑惑的眼神中，大踏步地走到白衣男子身边，附在他的耳边低声说道：“兄弟，咱这活儿怕是戗到一块儿去了，按规矩，我这可是算来帮忙了，事成之后，你可得分我一份……”说完，便是一声大吼，后撤一步，高声喝道：“这位先生，你可是打定了主意要保护这位花姑娘吗？”

白衣男子眉头拧成了一股绳，一头雾水地问道：“敢问兄台是……”

与此同时，中谷忍成也回过神来，推了推花猫的肩膀，从腰后拔出了一把左轮手枪，顶着花猫的脑门子问道：“你谁啊？”

花猫后脑勺一凉，觉察出了不对，两腿打着摆子，抹着脑门上的冷汗，带着哭腔说道：“你们不是……不是，我说大哥……这位日本桑，您姓什么桑啊，这……这不会是……真真家伙吧？我……我……我是谁啊，我知……知不道啊……你们谁啊？我……我这……”

白衣男子莞尔一笑，嘴角泛起一抹弧线，帽檐下，眼中的两道神光穿过二楼屏风，直对虫大师双瞳，一拱手，朗声说道：“在下北派贼行大当家，白衣病虎，柳当先！”

* * *

柳当先这么拱手一喝，虫大师两手一合十，毒虫涌动，自袖筒之中猛地腾起了一阵黑烟，密密麻麻地攀附在屏风之上。众毒虫摇尾吐涎，汁液溶蚀蚕丝织造的画屏，随着一阵瘆人的沙沙声，画屏有若冰雪消融，徐徐化开，露出了虫大师的身形。

“生门的虫术？”柳当先“咦”了一声，面露不解。

虫大师幽幽一笑，沉声说道："小僧虫和尚，见过北派大当家！"

柳当先眯了眯眼，笑着说道："生门徒众，几时做了倭人的狗？"

"柳大当家，上路吧！"

"咣当——"

虫大师大袖一拂，身后茶几上的瓷杯猛地摔在地上，发出了一声脆响，台下满座的看客，"腾"的一声站起了一多半，"唰——唰——唰——"三轮脆响，一个个地撕掉了外罩的大褂，露出一身白衬衣军绿裤的日本军装里衬，人手两把快枪，在裤腿上蹭开了保险，几百只黑洞洞的枪口齐齐地瞄向了戏台之上！

柳当先瞳孔一紧，撮唇一吹，一声尖厉的哨子声响起。

楼内的电灯"啪嗒"一声全都断了电。将黑未黑之时，那些原本缩在椅子下面瑟瑟发抖的老百姓，纷纷从腰后拽出了一条红布，在右臂上一缠，蹿起身来，或是举着两把快枪，或是攥着匕首短刀，或是擎着链锤钩挠，各自闪电一般朝着离自己最近的日本兵扑去，霎时间鲜血横飞，枪声呼喊声乱成一片。

原来不止日本人在岳阳楼里埋了探子，柳当先也早有准备！

"擒贼先擒王！"虫大师在二楼一声断喝，中谷忍成回过神来，向那戏台上看去，只见空荡荡的戏台上早已经没有了半个人影。

"唰——唰——当——"中谷忍成抡刀磕飞了两枚自远处飞来的暗青子，一回神的工夫，两个扮作卖香烟小厮的汉子已经扑到了他身前，一个手挥短刀，另一个将胸前的香烟匣子倒提在肘后，抡、打、披、砸，使的赫然是兽耳圆盾的路子。此时，楼内漆黑一片，乱作一团，手枪派不上用场。中日两方的人马各弃了枪，一方使短刀，一方使刺刀，发着狠地杀到了一起，刀起处，血如涌泉。大厅里到处都是在地上滚作一团厮杀的汉子，有的肠穿肚烂，血流了一地，兀自攥着刀，来回挥舞，酣斗不休。

中谷忍成刀法纯熟，将唐刀"刺、扎、斩、劈、扫、撩、推、割"这个八字诀用得淋漓尽致，不多时，就挑开了一人的左手腕，刀锋顺着胳膊直刺，直穿肺腑。不料那汉子肺腑中刀，仍不罢手，合身前扑，一把抱住了中谷忍成的脖颈儿，锁住了他的左臂。中谷忍成手腕一扭，刀锋顺时针在那人体内一搅，瞬间割断了他的心脉。中谷忍成发力一挣，才发现那人虽然已经断气，但十指扣得极紧，虽死不动，整具尸体牢牢地挂在他的身上，与此同时，旁边又有两道身影扑来。

“砰砰砰——”一阵快枪打来，中谷就势一滚，贴地后退，反手从腰后抽出了一把短刀，“唰”的一声砍下了尸体的左臂，合身一跃，才从那尸体的搂抱中跳出来。

眼见此等厮杀情形，跪在台上瑟瑟发抖的花猫“哗——”地一下尿了裤子，鼻涕眼泪淌了一脸。这时，有一只手从台子底下猛地抓住了花猫的脖子，另一只手捂住了他的嘴，使劲一拽，将他头下脚上地拽下了戏台！

台下的众日军，只听台上传来了“扑通”一声响，也不知谁喊了一句：“射击——”

“砰、砰、砰……”

几百把快枪一齐开火，惊得刚跌了一脸青肿的花猫强撑着两条抖动不止的腿，就要往外窜。

“你不要命了！出去就是死，筛子啥样，就给你打成啥样！”身后那只手猛地拽住了花猫，抱住他的腰在地上一阵翻滚，钻到了戏台的架子底下。

“阿……阿七……是你吗？”花猫听出了那人的声音，话里头带着哭腔。

“不是我，还能是谁？你他妈活腻了，上去裹什么乱？我他妈捯饬捯饬头发的工夫，回来一看，你个王八蛋差点儿让人给崩了……”陈七的手也是止不住地抖，腿肚子一阵阵地抽筋。

“我也不知道咋回事啊……还以为遇到同行了……妈呀……火！”花猫猛地一嗓子，吓了陈七一哆嗦。陈七轻轻地推开了花猫，在台布上拨开了一道小缝儿……只见戏台下，杀红了眼的两帮人里，一个穿长袍的汉子，手里拎着两个燃烧瓶，张着嘴，一声大喊，一个猛子蹿上去，扑倒了两名日本兵，烈焰腾起一丈多高，呼啦啦地烧了起来，皮肉灼烧的焦味儿，猛地弥散开来。

“啊——”越来越多的燃烧瓶烧了起来，满地都是浑身大火的人和日本兵不畏死地滚在一起，木质的岳阳楼被点燃，大火和浓烟越烧越高……

“我的天……”陈七猛地张大了嘴巴。

“咳咳……咳……我说，花猫，咱哥们儿再不跑可就他妈熏成腊肉了！”陈七率先回过神来，拽了一把花猫，大声喊道。

“咋跑啊！前后门窗都是火……”花猫捂着口鼻说道。

“一楼快让火铺满了，咱……咳咳……上二楼！”陈七把西装的上衣一脱，蒙在脸上，拖着花猫从戏台子底下钻了出来，摸着黑，踉踉跄跄地顺着楼梯，弯着腰往上爬！

“砰、砰、砰……”到处乱飞的子弹擦着两人的头皮和脚脖子乱跳，花猫尿湿了的裤裆一阵嗖嗖地发凉。

“什么人？！”在楼下连杀十几人后，指挥士兵的中谷忍成一抬眼，看到两个连滚带爬的身影正趴在楼梯上手脚并用地往二楼爬去。他连忙带了一队士兵，飞一般地向楼梯追去！

“砰、砰——”中谷忍成连开两枪，可惜浓烟太大，瞄不清目标，两枪都没有打中。趁着这当口，陈七和花猫已经爬上了二楼的回廊！

“你往东，我往西，我引开日本人，你跳窗走！”陈七推了一把气喘吁吁的花猫。

“啥？咱俩二十几年的哥们儿了，要死一起死！”花猫一红眼，犯了轴，就要跟着陈七往西跑。陈七抬腿一脚，将花猫踹倒在地，狠声骂道：“你懂个屁，越捆一块儿，越他妈跑不了！你有娘，我没有，你死了，花姨咋办？”

陈七自小是个孤儿，吃百家饭长大，吃的苦头说不尽道不完，多亏有花猫的娘时不时从花楼嫖客的酒菜里抠出些剩饭，才将两人养大。陈七虽是个破落子弟，心里却常念着花姨的恩义。

“我……我不管！”花猫一个骨碌，刚要起身，中谷忍成已经带人跑上了楼梯。陈七不敢犹豫，只能一脸笃定地说道：“咱哥俩分头跑，两个时辰后，青石桥下见！”说完，冲着浓烟里一声大喊：“爷爷在此！”喊完这话，便一抱脑袋，头也不抬地在浓烟中一阵狂奔！

花猫望着陈七消失在浓烟里的身影，抹了一把眼泪，飞身向东逃去。

“阿七！青石桥，我一定等着你……”花猫的泪水渍花了被烟熏黑的脸。

中谷忍成刚跑上楼梯，只听雅间边上“咣当”一声，窗棂片片粉碎，两道人影一前一后地飞进了雅间！

当先一人，西装革履，白衣如雪，冷眉如剑，闪电一般插到了中谷忍成身后，正是那神出鬼没的白衣病虎柳当先！众日军还未来得及举枪，柳当先掌心便闪起了一抹刀光。此处楼梯狭长拥堵，人又站得极密，烟火熏眼，不辨东西，日军士兵手中空有两把短枪，无法施展，被那柳当先一招抢先，贴近了身侧！

十步之内，枪不如刀！

这是习武人都懂的一个道理，也就是说，再厉害的火器，只有在和功夫高手保持一定距离的时候，才能发挥作用，否则，再好的枪手，也敌不过手快的刀客。

“唰——唰——”

柳当先手中一柄匕首，长不过肘，专取咽喉，每一道寒光掠过，便跟着一片血红喷涌。中谷忍成未及抽刀，那人便已杀到了眼前。

“仓啷——”一声脆响，柳当先的匕首和中谷忍成的唐刀相撞，二人各退了一步。

另一道身影威武昂藏，双臂过膝，破窗之后，一个箭步，右手五指成爪，直奔虫大师后脑抓去！虫大师袍袖一鼓，虽将那人右手臂卷住，却被那人左手赶上来的一拳打在胸口……

“咳——”虫大师喷出了一口淤血，后退了半步！

“哈哈哈，很好！”虫大师舔了舔牙上的血渍，面白如纸。

此时，中谷忍成已经快步站到了虫大师的身边，一转身，从背后又抽出了一把唐刀，横在胸前。

“中谷君，给你介绍一下，这位白衣的英雄你刚才碰过面了，他就是北派贼门的大当家——白衣病虎，柳当先。而这位威武高大的汉子，就是惊门的第一高手——九指恶来，袁森。南铁株式会社矢田会长、十一军中村参谋、关东军第六混成旅笠原信人上将等二十五起刺杀案，都出自这二位的手！”

第三章　生捕兕虎，指画杀人

柳当先其人，盗门世家出身，一身惊门盗术出神入化，早年曾留学东洋讲武堂，学习军事，为人急公好义，手段高明，啸聚深山，被贼行尊为北派当家。世上盗贼于夜间行窃多喜穿黑，唯有柳当先偏爱穿白，常于月下独行，行走于飞檐之上，如入无人之境，无他，盖身法高妙尔！只因早年与日军鏖战察哈尔，乱战之中，被日军流弹击穿了肺叶，寒气透体，落下了病根，恶疾缠身，满面病容，故而得了个白衣病虎的名号。

恶来者，古之力士也。《墨子》曰："纣有勇力之人，生捕兕虎，指画杀人，以勇武闻名。"袁森天生残疾，左手畸形，仅有四指，流落江湖，被上代惊门门主收养。袁森拜老门主为师，成为惊门这一代的开山大弟子，只因其左手天生残疾，无法习练上乘盗术，只得了惊门的武学。三十余年寒暑，刻苦打熬，兼其双臂天生神力，竟也成了北派盗众首屈一指的高手。老门主去世后，惊门转由柳当先接掌，袁森伴其左右，南征北战，一统北方贼行，投入抗联杨靖宇麾下，专司刺杀窃密，和日本人结下了泼天的仇怨。

此刻，这二人一左一右，互为犄角，将虫大师和中谷忍成堵在了雅间之内！

"要不要猜一猜古玉在我们谁身上？"虫大师说道。

"猜个什么劲，打死了，一搜便知！"袁森咧嘴一笑，露出一口白得发亮的牙齿。

柳当先话不多说，手腕一翻，袖底一道寒光闪过，晃得中谷瞳孔一缩。就在这一瞬之间，袁森的身形已经冲到了他面前，直直地撞进了中谷的怀里。中谷两脚如猫行，疾退如电，想和袁森拉开距离，以便为自己手握唐刀战袁森空手提供充分的便利。奈何袁森也是厮杀的老手，根本不给中谷留机会，两条腿大步迈开，犹如流星赶月，寸步不离地贴着中谷靠了上去。

中谷手上有两把唐刀，一曰横刀，另一曰障刀，横刀长，障刀短，所谓："远身横，近身障。"《唐六典》有云："盖用障身以御敌。"此刻袁森与中谷相隔不过一拳远，横刀的长度不但无法发挥劈砍的长度优势，而且正因为其腾挪不便的问题，反而成为中谷的负担，等于平白浪费了一条手臂的功用。中谷也是使刀的高手，一咬牙，弃了横刀，两脚一分，障刀斜挑，使了一招缠头裹脑，逼退袁森半步，顺势将刀锋下压，直刺袁森胸腹。袁森让身闪过，大臂高抬，两指平刺，直插中谷双目。中谷眼皮一抖，手下一慢，刺到袁森肋下的障刀未来得及变化，就被袁森一架肘，锁在了腰下。那中谷也是久经战阵的高手，一招不中，弯腰就闪，一低头，另一只手抓住了自己的后衣领，轻轻一扯，身上挂着的和服从下往上摊开了一片扇面，兜头罩住了袁森的头面。袁森一慌，肘关节一松，中谷撤手松刀，就地一滚，将原本丢弃在地的横刀拎在手中，双手持，阴阳把，高抡低砍，直劈袁森头颈！

这些变化都发生在电光石火之间，双方战事一触即发，极尽战阵搏命之精巧，所谓："高手过招，只在一瞬。"越精妙的杀人技，反而越不如拳来脚往翻筋斗的花拳绣腿好看。

袁森被和服罩住，也不惊慌，丈二的身量，骤然一缩，浑身骨骼"噼啪"一响，蓦地缩成了一只猴子大小，还不到原来的小腿高。中谷的横刀抡下，在半空劈了个扇面，到了袁森此时的高低处，力道恰好用尽，旧力已竭，新力未生……

"刺啦——"袁森两手撕破和服，裂帛而出。

"噼啪——"骨节爆响，袁森半截身子骤然胀大，两臂抱圆，自肩窝向上，锁住了中谷持刀的半边身子，两腿一弹，纵身向斜上方跳起，屈膝斜挂，两只膝盖一前一后地顶在了中谷的胸腹之上，中谷一口黑血喷出，直挺挺地飞了出去！

与此同时，虫大师也动了，俯身一跃，直奔柳当先蹿去，毒虫涌动成黑雾，将他的袈裟迎风托起，宛若一只苍鹰扑至！柳当先轻咳了两声，肺叶鼓了一鼓，强打精神，凌空跃起，与虫大师相对而冲，一触即分……

两人背对而立。

“啪嗒——”虫大师脸上的面具从中一分为二，落在地上，露出了一张沟壑纵横、疤痕层叠、有若老树皮的脸。虫大师咧嘴一笑，慢慢地扭过半张脸来，看着柳当先后瞥的目光狞笑着说道：“弘一君！还记得故人否？”

柳当先瞧见虫大师的脸，瞳孔猛地一缩，不可置信地说道：“小……小林？你几时学的虫术！”

虫大师神色一凛，低声吼道：“这世上，已经没有小林了！只有一个虫和尚！你知道吗，我每天晚上都能梦到雅子，她让我问你，京都的红叶已经枯荣了好几度，你什么时候去找她。”

柳当先的眼中逝过一抹痛色，红着眼眶答道：“柳某大事未成，再过三载春秋，定不负鱼山之约！”

“哈哈哈——哈哈——”虫大师猛地一阵大笑，直笑得泪流满面。只见虫大师站起了身子，满目癫狂地仰天吼道：“雅子啊雅子，你看到了吗，这就是你爱的男人，在他心中除了他一统八门的大业，何曾有过你半点儿位置，你为他死，值吗？真正对你至死不渝、生死不改的，只有我，只有我啊！哈哈哈，你傻，你痴，你活该啊——哈哈哈，弘一君，你不是想做佛魁吗？哈哈哈，我偏要与你作对，你要一统八门，我就灭了八门，你要杀日本人，我便帮日本人！哈哈哈——”

“咳咳咳——咳咳——咳咳咳咳咳——”

柳当先气血上涌，牵动肺气，一阵剧烈的咳嗽，一甩手，一块黑色的古玉蓦地出现在他的手中。适才两人一触即分，柳当先早已施展盗术，从虫大师怀中取走了惊蛰古玉。

“小林，柳某知故人凋零，实在不愿与你性命相搏，玉已到手，就此别过！”

说完，柳当先拔足正要离开，突然觉得脚腕一紧，低头一看，自己此时正踩在虫大师被火光拉得细长的影子上，影子中，两只黑手竖起，牢牢地攥住了自己的脚腕！

“三千院！”柳当先仿佛想到什么可怕的事情，足尖一拧，踢开了那两只黑手，纵深跃起，冷不防手中的古玉猛地一个哆嗦，弹出了一只蝎子尾巴，狠狠一口咬在他的虎口上！

那古玉是一只毒蝎蜷缩伪装成的！

“啊——”柳当先吃痛，惊声一呼，泄了气，身子急坠，虫大师的影子里“唰、唰、唰”三声快响，飞出了三道漆黑如墨的身影，手中长刀锋刃幽蓝，分明是淬了剧毒。三道身影高高跃起，刀光泛起一片白影，向柳当先冲来。

“僧忍，三千院！”另一边袁森刚刚重伤中谷忍成，从中谷的怀里拽出了一枚古玉，闻听脑后风声，回头一看，正看到柳当先遇险，发出了一声低呼，抡起地上的木几，掷向半空，遮住了柳当先的身影。柳当先趁机在木几上一点，再次借力，凌空一翻，落在了袁森的身边！

袁森觉出柳当先气息不对，撕开柳当先衣袖，才发现柳当先半条手臂已经变成一片黑色，双眼神光渐黯，鼻下的吞吐已然是气若游丝。

“发信号，让弟兄们撤！”柳当先咳了一口血，沉声喝道。

袁森得令，仰头发出了一声长啸。

“别硬挺了，玉到手了，咱也走！”袁森一手将柳当先背在肩头，一手拎起瘫在地上的中谷，五指成钩，扼住中谷的咽喉，挟持为质，缓缓退出了雅间！

“啊——”袁森一把抓开了中谷的喉咙，中谷发出了一声短促的惨叫，脖颈儿处的血疯狂地外涌！

“呼——”袁森一甩，将中谷抛至半空，虫大师下意识地接过了中谷的身体，袖底一片褐色的蚂蚁瞬间密密麻麻地覆盖了中谷的伤口，蚂蚁越来越密，中谷的伤口瞬间停止流血。待到虫大师抬起头的时候，袁森已经消失在浓烟深处。

“追——”虫大师一声断喝，三名僧忍鬼魅一般消失了。

“咣当——扑通——”二楼窗户碎开，花猫后背冒着火，从高处坠落，栽在了地上，一口气没捯上来，差点儿背过气去。然而此刻后背烈火灼烧，花猫也不知从哪儿冒出来一股子力气，来不及呼痛，连滚带爬地往楼后的洞庭湖跑去！

此时，刚才在楼内与众日军厮杀的那队人马，且战且退，以乔装成卖烟小贩的汉子为首，分批冲出了岳阳楼的大门。大门之外的街巷里响了三声炮，自左右两翼又涌出了一队人马，瞬间集结。混乱之中，这队人马，有的扮作贩夫走卒，有的扮作平民百姓，有的扮作渔客船家，足有二百余人，轻机枪配手雷，进退有度，各寻射击点位，掩护着楼内冲出来的人员向湖边退去。一众日军尾随，刚出楼门，就被一阵机枪扫射倒了一片。

这群人的出现，无形当中也掩护了后背冒火的花猫，保着他顺利地跑到了湖边，一个猛子，扎进了水中。

湖边，四艘快船一字排开，众人跃上快船，每艘快船上各有两名舵手接应。为首一人，身着蓝色中山装，黑巾蒙面，一把拉住那卖烟小贩的胳膊沉声问道：“李老弟！你们柳当家呢？”

“当家的发了讯号，让我们先撤，他随后就来！”卖烟的小贩答道。

“李老弟，我答应你们惊门的事今儿个可是办到了！我蓝衣社好手不多，南方局的基本都在这里了，此番折损，元气大伤，你们柳当家答应我的事，可不能食言啊！”

卖烟的小贩安顿好伤员，回头说道：“邓先生放心，二十五天后，苏联那批军用药物走火车到海拉尔，我惊门的人亲自押运，我们柳当家一诺千金，绝无偏差。”

原来，那蒙面的邓先生，便是蓝衣社南方局的负责人邓辞乡。

蓝衣社，又称中华复兴社，是20世纪30年代国民政府的一个内部暗杀组织，最早由一些黄埔军校学生组成，积极效仿意大利和德国法西斯主义的褐衣党和黑衫党，行事诡秘，专司调查（情报）、行动（监视、禁锢以及暗杀）、组训、筹款四事，尤以情报与行动为主；又因其暗地里也兼干制造贩卖烟土、吗啡、海洛因等见不得光的营生，故而和江湖黑道的关系也搅扰颇深。此番，柳当先上岳阳楼夺玉，随身带的人手不够，便找来蓝衣社的邓辞乡相助。

正当两人交谈之际，湖面上骤然传来一阵轰鸣，十几艘日军的快船从四面八方围了过来！

“呕——救我——”一只手从水里伸了出来，扒在了船舷上，花猫顶着一头水草，从水里露出了半个脑袋。

邓辞乡子弹上膛，抬手就要给他一枪，却被卖烟小贩一把拦住：“都是中国人，救他一次又能怎样？”

邓辞乡冷声答道：“船小人多，多一人，便慢一分！”

卖烟小贩长吸了一口气，一把揪住邓辞乡的领口，神色一凛，沉声说道：“我们柳当家说过，无论什么时候，中国人都不能杀中国人……”

说完，一把抓住了花猫的手腕，将他拉到船帮上，随即掉转船头，直奔东南方驶去，同时掀开了小船后面的苫布，露出一挺马克沁重机枪。他招手叫来了两名大汉，给机枪上了子弹，比量了一下己方快船和身后日本追兵的距离，扣动扳机。

“哒哒哒哒——”一串密集的射击响起，瞬间扫倒了日军船头的一片士兵。

这种马克沁重机枪，为英籍美国人海勒姆·史蒂文斯·马克沁于1883年发明，口径11.43毫米，枪重27.2千克，采用枪管短后坐式自动方式，水冷枪管；容弹量为333发、长6.4米的帆布弹带供弹，且弹带可以接续，射速每分钟600发，可单发，也可连发。此刻四艘快船上的马克沁同时射击，瞬间在船后形成了一片密集的火力网，有力地阻挡了日本船只的追赶。

怎知，日军船只稍微顿了顿，水面上猛地传来了一声炸响，我方四艘快船里，稍微落后的那一艘猛地燃起了一道火光，碎木横飞。

“砰——砰——”又是两声炸响，快船的船尾被炸得稀烂，船上众人纷纷落入水中，日军机枪一阵轰响，水面上顿时冒起了一片水花。

“是迫击炮！”邓辞乡一声大喊，扑上去按倒了站在船尾的卖烟小贩，一枚炮弹从他们头顶上呼啸而过，落入水中，炸起来好大一片水花，小船猛地一晃，险些倒扣过来。所幸舵手操舟的本事高超，小舟在水上打了个旋儿，总算止住了摇晃。

就在这当口，我方又一艘快船被日军的迫击炮击沉。仅剩的两艘快船并肩而行，眼看就要被日军追上，卖烟小贩甩了甩晕沉沉的脑袋，一抬头，正看见旁边那艘船上三个一身血污的汉子在拆船尾的马克沁机枪，然后将拆掉的马克沁推入水中。机枪被拆掉后，快船负重减轻，船头的舵手抓下了头上的呢帽，咬在嘴里，露出了一顶圆圆的光头。只见那舵手发了一声闷喊，一扳船舵，快船猛地一横，转了一百八十度，整个儿掉了头！

卖烟小贩跳起身来，推开了按着他的邓辞乡，大声喊道："黄秃子，我日你娘，你他妈要干什么？"

那舵手一张嘴，将口中的呢帽甩进水里，大声喊道："李家兄弟，大丈夫马革裹尸，痛快！帮我转告柳当家，就说我黄秃子没丢咱惊门的脸——"

说完，黄秃子一声大喊，催动快船，直直地奔着日军的大船撞去。

"回来！回来！狗日的黄秃子！"

卖烟小贩在船尾跳着脚一阵大喊……

"当——轰——"

黄秃子驾驶的快船猛地撞进了日军的大船中间，快船上的火药骤然爆响，掀起一股火光，炸翻了四五艘日军的大船。日军船只速度一降，邓辞乡这艘快船眨眼间便冲出了迫击炮的射程。卖烟小贩红着眼眶，颤抖着嗓子唱道："我们是东北抗日联合军……夺回来丢失的我国土，结束牛马亡国奴的生活。英勇的同志们前进吧，打出去日本强盗，推翻满洲国……冲锋呀，我们的第一路军！冲锋呀，我们的第一路军！"

邓辞乡听到卖烟小贩哑着嗓子的哼唱，不由得一声长叹，心中想道："久闻抗联的军士战不畏死，今日一见，悍勇如斯。"

这首歌，邓辞乡是知道的，这是抗联的杨靖宇作词的《东北抗日联军第一路军军歌》。江湖上的人都知道，柳当先率领惊门的好手，投到了抗联第一路军军长杨靖宇的麾下，任先锋营营长一职，手下的士兵都是惊门的原班人马，打起仗来，进退如风，凶狠如火。原想着这帮人都是生着八只臂膀、身高丈二的神人，今日一见，想不到他们竟然也是些会流血会受伤也会死的普通汉子，只是……面对死亡，他们显得更加从容罢了……

第四章　唯刀百辟

岳阳楼大火冲天，虫大师等人实在无法搜索，只得分批撤到楼外，而后用砖石土木封死了楼内所有的门窗出口。

“虫大师，火情凶猛如斯，料那柳当先纵有登天的神通，也绝无可能脱逃！”中谷忍成坐在地上，涂抹着烫伤用的药膏，笃定地说道。

虫大师眉头紧锁，一脸忧心地答道：“盗门手段，别有奇招，待大火灭尽之后，咱们还须入楼勘验，不见死尸，我不放心！”

中谷忍成闻言，点头称是。

楼内，浓烟弥漫，袁森正背着面白如纸的柳当先在回廊内穿梭。

“当家的，你坚持住……”

柳当先趴在袁森的背上，无力地摇了摇脑袋，低头看了看手臂上自己划开放血的刀口，翻卷的皮肉已经泛白，而流出的血还是黑的！

“师哥，放下我，你先走吧！我的身体，我……咳……咳咳……自己最清楚，当年穿了肺叶……能多活一日便已是奢求，咳……此刻虫毒已入心脉，我活不了的！”

袁森虎目泛红，闪身躲开了一道烧焦的横梁，闷声喝道：“少说屁话，岳阳楼于清代所重修，必有太平缸……”

所谓太平缸，即消防缸，为古代木质建筑最重要的消防设施。这个太平缸在设计建造上极具中国特色，它不像通常的大水缸那样摆在外面，而是建在地下，平时用石板盖住，不影响行人走动，遇火时，便揭开石板，取水灭火。一般的太平缸最小的也有3000多公斤，至少容水2000升，此刻大火冲天，虽然扑火是不可能了，但是用于藏身怕是最合适不过了。

突然，浓烟之中，一道人影从袁森身后一闪而过。

“什么人？”袁森虽然被烟火遮了眼睛，耳朵却还灵敏，听见脑后有人，一转身，穿过冒火的回廊，紧追着前方的脚步声跟去，不到三五个转角，前方骤然失去了那人的踪影。

袁森的脚尖猛地踩在一块地砖上。

“不对！”袁森顿时觉出了蹊跷，俯下身来，轻轻地叩了叩地砖……

“下面是空的！”袁森眼前一亮，取过柳当先手里的匕首，插进了地砖缝儿，用力一别，撬开了一道口子，伸进手去，用力一掀，周围十几块地砖连成一片，一同向上打开了一道盖子。盖子下面乃是一座黝黑的暗窖，一丈见方，内嵌了一口太平大缸，里面盛着大半缸的清水。

袁森咧嘴一笑，背着柳当先一跃而入，反手关上了脑袋上面的地砖盖子，让柳当先靠在缸边。袁森将外衣脱下，浸在缸内，吸饱了清水，两手一拧，攥出水来，喂给柳当先饮下。

“咕咚——”

缸里传来一声水响，袁森耳朵一动，长吸了一口气，猛地一跃，跳到了水缸沿上，探臂一抓，从水缸里一捞，“呼”的一声拎出一个人来。

“大爷饶命，小的上有八十老母，下有三岁幼儿，媳妇儿重病在床，老爹病入膏肓……一门上下全指着小的一人养活，害我一人，等于杀我全家啊……老爷开恩啊！”

“你是谁？怎么躲到这儿的？”袁森冷声喝道。

“小人名叫陈七，幼年时流落街头，常从后院爬狗洞，摸进岳阳楼偷吃，故而知道此处有一防火的大水缸——”

原来这躲在太平缸里的人就是和花猫失散的陈七。

“师哥，都是中国人，莫要害他……咳咳……咳咳……”

柳当先扶着水缸沿，慢慢站起身来。袁森怕他栽倒，连忙跃下缸沿，一手扶着他，一手从衣兜里摸出了一支蜡烛，吹亮了火折子，点燃了蜡芯，沾着蜡油，将蜡烛粘在缸沿上。袁森和柳当先抬眼一瞟，二人顿时如遭雷击一般愣在当场！

只见灯火后面，陈七半身立在水缸之中，双眼紧闭，体如筛糠地淌着清鼻涕，那眉眼，那脸形，那嘴角，那样貌，竟然和柳当先八九分相似。此刻灯火昏暗，两人隔着蜡烛相对而立，都穿了一身白衣，直如照镜子一般，不差毫分。

“小兄弟,你……你……把眼睛睁开！”柳当先颤抖着嗓子，轻声说道。

陈七闻言，吓得魂不附体，两手捂住眼睛，扯着嗓子喊道:“二位爷！规矩我懂，看了您二位的脸，我便活不了了！您就当我是个屁，放了我吧……”

“咳咳咳……咳……咳咳……”柳当先一阵剧烈的咳嗽，喘息了一阵，小声说道：“小兄弟，你放心，说不害你就不害你，你睁眼一看，便知端倪……”

陈七闻言，微微张开了眼，手指挪开了一条缝儿，向烛光后头看去，直到瞧见了柳当先的样貌……

“鬼……我莫不是见了鬼吗？”

陈七睁大了眼，使劲地揉了揉自己的脸，张大了嘴，盯着对面的柳当先，愣住了神。

柳当先摇了摇头，笑着说道：“咳……咳咳……天不绝我贼行啊！小兄弟，咳……你且过来，我有一事相商……”

柳当先给袁森使了个眼色，袁森一用力，将陈七从水缸里提了出来，按着他坐在了柳当先的面前。

“小兄弟，你今年多大？”柳当先问道。

“二……二十五……”陈七头埋得很低，不敢去看柳当先的双眼。

柳当先点了点头，从怀里摸出惊蛰古玉，接着说道：“我叫柳当先，今年三十有六，乃是贼行北派的大当家。这块古玉，名号惊蛰，乃是统领盗众八门的信物，持玉者为佛魁。眼下山河沦陷，烽烟四起，中日两军鏖战，无所不用其极，既有正面战场上的血肉相搏，也有暗地里刺杀、窃密、用间等等一切的鬼蜮伎俩。自明朝起，贼行八门分崩离析已逾百年，我有心一统八门，合南北盗众之力，对抗日本的暗杀组织——三千院，如今大事将成，我却要命丧于此……咳咳咳……咳……”

袁森眼眶一热，就要张口，却被柳当先摆手打断：“小兄弟，人终有一死，柳某也不是惜命之人，死则死矣，没什么大不了，只不过柳某身系重任，一旦身亡，北派盗众必定风流云散，更遑论一统南北八门……咳咳咳……咳……反观那三千院，自踏足中国起，屡屡刺杀抗日将领，窃取军方机密，每每得手，给抗日武装造成了许多无法挽回的破坏，只恨柳某身单力孤……咳咳……眼下，中日两国在两广之地将有大战，三个月，请小兄弟假扮柳某三个月，聚集盗众八门……”

“不不……不不……不行！万万不行的！小的手脚蠢笨，脑子又傻，怎么能和大老爷您相比，小的就是阴沟里的臭虫，只图个活命……就是杀只鸡，都……都手软，这些人命的勾当哪里做得？”

陈七跪在地上，将头磕得咚咚作响，脑袋摇成了拨浪鼓。

“不用你拼命，只要你冒我的名，拿这惊蛰古玉，在下元节前，将八门召集到南宁即可。八门聚齐，兄弟你便功成身退，搏命的勾当，自有我师哥袁森代你完成，咳咳……咳……届时，我再赠你五万大洋为酬劳，送你去香港避祸。五万大洋啊……平常人几辈子也赚不来的数目，凭这笔钱，兄弟在香港可以一步登天，过上上流社会那般纸醉金迷的日子……三个月奔波，后半生安乐，这笔买卖，机会难得，过了这村，可就没有这店了……乱世人不如太平犬，反正你孑然一身，无牵无挂，何不搏上一把呢？”

柳当先低沉的嗓音仿佛蕴含着无穷的魔力，在陈七的耳边萦绕。陈七支着脑袋，歪着脖子，眼里愣着神，心里正在天人交战……

“妈的，五万大洋啊！一辈子都赚不了那么多啊……干了！这可是刀头舔血的买卖，万一把小命搭进去了怎么办……不能干！不能干！不行，不干的话，这辈子都没有翻身的机会……”

瞧见陈七神色，柳当先便知道他心中正在挣扎，于是幽幽一笑，抽出了随身的匕首，横在陈七的脖颈儿上，一脸肃容地说道：“小兄弟，你不干也无妨，只是我和你交代这许多大秘密，不杀你灭口，实在是心中难安啊！”

陈七猛地打了一哆嗦，惊愕地抬起头来，眼珠子滴溜溜地一阵乱转，心中暗自思忖道：“左右都是死，他妈的，老子豁出去了！”当下一咬牙，下定了决心，看着柳当先的眼睛，闷声说道：“我干！”

“哈哈哈……好！咳咳咳——”

柳当先拊掌而笑，将匕首倒转，塞到陈七的掌中，沉声说道：“这匕首名曰百辟，魏武帝曹操令制，以辟不祥，刃上有铭文十二字：‘逾南越之巨阙，超西楚之太阿。’此刀，乃传世名器，亦是我惊门门主之信物，其锋陆斩犀革，水断龙角；轻击浮截，刃不瀸流。此刀随我纵横南北二十年，我的部下无人不识此刀，今天起，它是你的了！”言罢，又从怀中摸出了一个小布袋，打开来露出里面的半袋金豆子，塞在陈七的手中，笑着说道，“这是定钱，你拿好。袁森会一路护你周全，事成之后，余下的钱，他会付给你！咳……咳……咳咳咳……”

柳当先一阵猛咳，在地上咳出了一小摊黑色的血……

“到时候了！”柳当先长出了一口气，瞟了一眼陈七，从他脖子上摘下了一条红绳，绳上还拴着一只熟铁皮卷成的小哨子。

“小时候吃不饱，给铁匠当过学徒，师父一喝酒就打我，有一晚上我趁他酒醉跑出了铁匠铺，顺手牵羊偷来的……”陈七指了指柳当先手里的哨子，小声说道。

“很好！贼门有规矩，门主信物不得与人，这哨子我收下了，就当那百辟是你用这哨子换的！”

柳当先点了点头，将哨子攥在掌中，随即回头看了看周身隐没在烛火的阴影中，肩膀微微发颤的袁森，笑着说道：“师哥，我的路就走到这里了，剩下的，拜托了！”

说完，他朝着袁森一拱手，深深地作了一个揖，一咬牙，凌空翻到了缸沿上，七窍之内，黑血横流。陈七吓了一跳，下意识地要去抓柳当先的裤脚，却被袁森一把扣住了肩膀。

“爷们儿有爷们儿的死法……”袁森从牙缝儿里挤出了半句话。

柳当先闻言，仰头一笑，顶开了头上的石板盖子，蹿进了大火之中！

“咚——”石板盖子落下，发出了一声闷响，陈七脑子一蒙，扑通一声，坐在了地上……

大火烧了一夜，岳阳楼变作一片废墟……

青石桥下，两眼通红的花猫，甩了甩身上的露水，打了一个喷嚏。

自快船靠岸起，花猫便和邓辞乡等人分道扬镳，直奔青石桥守候。

旭日东升，桥下的街边人渐渐多了起来，叫卖馄饨、豆浆、小汤饼的摊子上冒起了暖暖的水汽，三五成群的百姓从巷子里走了出来，凑在小摊前，一边胡乱地往嘴里塞些东西，一边不住地闲聊。

“昨儿个岳阳楼的大火，你们瞧见了吗？”一个拉车的汉子咬着粗粮窝头，小声说道。

一个炸面筋的小贩接口说道：“那火光都亮出去七八里地了，谁看不见？听说今儿早上，火一熄，日本兵就围上去了，在废墟里是一顿乱扒啊，我有一发小儿，被抓去做了苦工，往外搬尸首，听说那黑灰都让人油给浸透了，囫囵个儿抬出来的，不到二十具，剩下的全烧化在里头了，哎哟那个惨，死尸里有不少是去听戏的老百姓，这不城门楼子边上正支着棚子呢，好么多人围那儿认尸呢……”

花猫闻听此言，再也坐不住，一抬腿，踉踉跄跄地奔着城门楼子跑去。

“不会的……不会有阿七的，不会有他的……阿七机灵得像狐狸一样，总能……总能逃掉的……”

不知走了多久，也不知什么时候走丢了一只鞋，花猫总归是到了城门左近。拨开了里三层外三层的人群，花猫一头扎进了堆尸的棚子，强忍住呕吐的冲动，挨个掀起尸体上盖着的白布。大火灼烧，各具尸身上的衣物多被烧尽，再加上烈火炙烤，皮肉筋骨都已扭曲，面目更是难以分辨……

“这个不是……这个也不是……老太爷开眼，这个也不是……”花猫打着哆嗦，一边掀着白布，一边心中默念。

突然，花猫的手猛地定在半空中……

他看到了一样东西——一只熟铁的哨子，在一具尸身的指缝儿里攥着一只哨子！

那哨子花猫太熟悉了，那是陈七的哨子！

“不可能的……不可能的……”花猫一把掀开了整片白布，掰开了尸身的手指，将哨子凑到眼前……

“是它，没错……”

放下了哨子，花猫随即将尸体的身子翻了过来。虽然那尸体的脸部焦黑如炭，皮肤皲裂，无法辨别样貌，但是手中那哨子和陈七脖子上挂的那只一般无二……

“阿七……啊……阿七……”花猫一声尖号，扑在那焦尸身上。花猫出身底层，除了陈七，再无一个朋友，此刻花猫将柳当先的尸身错当作陈七，认为陈七已死，当下悲苦莫名，号哭了一阵，便用那白布裹好了尸体，背在肩上，一步一顿地出了城门，于荒郊之外寻了一片林深草密的野地，抹着眼泪，将尸体细细地埋进了土里。他找了一块木牌，想要写个碑，却又发现自己根本不识得字，只能在板子上蘸着手指头上的血，歪歪扭扭地写了个数字“七”。

第五章　画皮姜瑶

微光如豆，虫大师端坐于蒲团之上，操着一把剪刀拨弄着蜡烛的灯芯。中谷忍成盘坐在边上，手握着一块白色的锦帕细细地擦拭着一把横在膝头的唐刀。

门外地上，铺了两具担架，上面躺着两具日军尸体，身上的军服已不翼而飞，赤身裸体，颈骨变形，胸腔塌陷，一打眼便知道是挨了重手法，一击毙命……

“人终究还是逃出去了呀。”虫大师一脸疲惫地叹了一口气。

中谷忍成收刀入鞘，拔身而起，沉声说道：“我这就带兵去追！”

虫大师摇了摇头，苦笑着说道：“扒了这两身军服，对于柳当先和袁森这种经年的老贼，怕是早就混出城去了。岳阳城四通八达，水陆兼通，你知道他们走的是哪条路，你又往哪儿去追？”

中谷忍成脸一红，不再答话，虫大师懊恼地摇了摇头，张口问道：“中谷君，城门外收尸的人有什么线索吗？”

“今天共有四十一人来城门认尸，带走了尸体三十五具。步兵十四小队，共派出侦查士兵六十二人，其中一组发现了一个来领尸的胖子。这个胖子曾经出现在岳阳楼，却不知为什么没有烧死在大火中！”中谷忍成一板一眼地回答道。

“再派一组人，把那个胖子带回来！”虫大师思索了一阵，言简意赅地下达了指令。中谷忍成一摆手，两名侍从快速消失在阴影深处。

半个时辰后，花猫钻进了城东一家赌坊的后门，四名便装的日本兵尾随而入。赌坊的灯光很昏暗，酒味儿、烟味儿、汗味儿混合着廉价的脂粉味儿，熏得人一阵阵地皱眉。前方人堆里，花猫的身影一闪而过，他掀开了一面蓝布的帘子，钻进了一个小屋。四名日本兵交换了一个眼色，随即扒开人堆，跟了过去……

帘子后面，是一个大烟馆，影影绰绰里，八排大通铺，漆黑油亮的被褥底下，人挤人地躺满了吞云吐雾、形销骨立的大烟鬼，根本看不到花猫藏在哪个角落。

两名日本兵守住门口，余下两人抽出手枪，裹在怀里，将手电筒攥在手里，从铺头向铺尾一个个地照去……

突然，一个日本兵在一张床铺底下发现了一只鞋边。

“在这里！”那个日本兵打了一个手势，猛地掀开了床铺！

空的！床底下空无一人，只有一只鞋。

“上当了！”那名日本兵还没反应过来，半空中一条脏兮兮的棉被猛地兜头盖了过来，花猫圆滚滚的身形从被子后头猛地扑了上来，压在那日本兵身上，一连两刀扎进了被里，被子里面的日本兵小腹中了一刀，情急之下，连开了三枪，前两枪擦着花猫的头皮飞了过去，第三枪打穿了花猫的大腿，花猫一个踉跄，倒在了地上。与此同时，另外三名日本兵已经合围过来，花猫犹自抓着手里的剔骨刀，疯了一样地往被子底下那日本兵身上扑……

屋子里的烟鬼们听见枪响，软手软脚地往起爬，哭号着往外面挤……

突然，一只有力的大手拖住了花猫的肩膀，将他向后拉。混乱中，烟鬼堆里的三名日本兵嘴巴一紧，后腰一凉，脖颈儿一疼，还没来得及开枪，就被不知道藏身在哪儿的敌人捂住嘴巴，割喉毙命。四五个伪装成烟鬼的汉子直起身来，向着花猫身后打了一个手势，然后一转眼就消失在混乱的人堆里。

花猫一回头，正看到一张他熟悉的面孔——蓝衣社的邓辞乡！

“你……你不是走了吗？”

邓辞乡袖子底下一鼓，一把袖珍的小手枪被他握在了掌中。

“我们有我们的规矩，不该问的别问，你是怎么知道我们藏在这儿的，说！”

花猫失血过多，脸色有些苍白，嘬着牙花子答道：“我打小就在这片混，这赌坊连着大烟馆，我就熟得好像我家后院一样，发现有人跟着，我肯定往这儿跑，好趁着乱逃出去啊……就算逃不出去，我也得拉一个垫背的……”

“你咋发现有人跟着你的？”邓辞乡不可置信地问道。

花猫一声苦笑，拉着脸说道：“您是不知道我和阿七欠了多少高利贷，要是这点儿本事都没有，还能活到今天？唉，早他妈让要债的砍死了！”

邓辞乡眯了眯眼，笑着说道：“小兄弟，咱们两次相遇，也算有缘。你这个人心够细，胆也够大，想不想跟我干！一刀一枪地搏个出身，也好过在街头上瞎混，过着猪狗一般的日子……”

花猫踌躇了一阵，一咬牙，红着眼睛，冷声问道：“跟你混，能教我打枪吗？我要给我兄弟报仇，我想杀人！杀日本人！”

邓辞乡咧嘴一笑，沉声答道：“能！”

“好！我跟你！”

花猫一点头，跪下来，“咚”的一声，给邓辞乡磕了一个头。邓辞乡一把架起花猫，三步并作两步消失在阴影之中。

岳阳城外六十里，山路蜿蜒，两道身影正在月下赶路，头前一人威武昂藏，正是袁森，后头一人腰背绵软，趴在马上摇摇晃晃，正是假冒柳当先的陈七……

“扑通——”胯下的马在一个土坡前面一跃，陈七一个趔趄从马上栽了下来。

“哎哟——我的个……腰啊——”

袁森听到陈七的惨呼，一勒缰绳，翻身下马，走到了陈七的身旁，伸手去拉他。

“我说袁大爷，这马真不是人骑的，我这大腿里子都磨烂了……咱雇辆车吧。”

袁森闻言，眉头一紧，一松手，陈七软塌塌的肩膀无处借力，上半身一晃悠，“咚”的一声又坐在了地上。

“你干什——”陈七的话还没出口，袁森就一把揪住他颈下的衣领，胳膊一使劲，将陈七拎了起来，冷声问道：“你叫我什么？”

“我叫你什……什么，袁大爷啊……啊……啊，不对，我得叫你……大师哥……”

陈七“大师哥”三个字一出口，袁森的眼神猛地一滞，望着这张和柳当先一般无二的脸，袁森竟然有些哽咽。

“唉，画虎画皮难画骨……你，终究不是他！”

袁森慢慢地松开了手，将陈七放在地上，转身牵过马匹，向前走去。

“哎……哎……那个袁大……袁，那个大师哥，咱们这是要去哪儿啊？”陈七揉了揉屁股，一瘸一拐地爬起来，一边跟着袁森的脚步，一边喊道。

“关中，天水。”

“就咱俩吗？”

“对，就咱俩！”

“岳阳楼里咱那些个兄弟，不来保护咱们上路吗？”

“人多反而目标大，我已经留下了暗记，让李犀山带人先回东北了！”

“李犀山？”

“你见过的，就是那个卖烟小贩，他之前是惊门的堂主，现在是抗联一路军先锋营的营副，以后你们还会再见面的……”

“哦，对了，咱们去天水干吗啊？”

“找人。”

“找谁啊？”

“画皮姜瑶！”

“画……什么皮？这人谁啊？”陈七扯着脖子喊道。

袁森收住了脚步，回头说道：“贼行有八门，开门居西北乾宫，乾纳甲壬，乾位有亥。亥为后土长生之地，故开门善变，传有学声肖形、改头换面的易容之术。惊、开两门世代交好，开门只收女弟子，故而和惊门多结秦晋。这次夺了惊蛰古玉，若想一统八门，第一个就要得到开门的认可和支持，现今开门的少当家姓姜名瑶，算是你媳妇儿……”

“啥？我还有媳妇儿，早咋不说这事啊？我跟你说啊，我可还是个处……处男啊！你们这么整可不行啊。说好了单纯地就是假扮柳爷三个月，可没说，这……我还和他女人……那啥……咱可是正经人啊！这不行啊……你要实在非得那啥……那得加钱！”

陈七梗着脖子叽里咕噜地说了一大串，袁森眯着眼睛，意带玩味地看了看陈七。

陈七眼珠转了一转，一拍脑门，反应了过来，大声问道：“不对啊……不对啊！咱们捋一捋啊，捋一捋，媳妇儿就媳妇儿，还什么……算——是——媳妇儿，这是啥意思啊？”

袁森慢慢地抚平陈七肩头的衣褶，满目哀伤地叹道：“只因柳师弟做了一件天大的错事，负了姜瑶良多，闹得一段姻缘反成了仇怨……”

陈七闻言，眼前一亮，霎时间来了精神，一脸好奇地问道：“不知柳爷做了什么事，对不起人家姑娘啦？难不成……哎哟哟，男人嘛，难免犯些错误，改正了，就还是好汉子……”

袁森一扭头，看到陈七一脸淫笑，两只眼睛滴溜溜往裆下瞄。

“想什么呢？！”袁森沉声一喝，吓得陈七一哆嗦。

“唉……”袁森叹了口气，将马匹拴好，扑了扑石头上的土，坐了上去，掏出水壶，抿了一口，叫过陈七，让他坐在旁边，徐徐说道：“在柳当先十岁那年八月，开门的上代门主姜龄自蜀中归来，虽然身怀有孕，但对腹中孩子的父亲三缄其口，始终不肯透露他的身份。腊月初六，姜龄生产，诞下一女，取名姜瑶。彼时，惊门门主，也就是我的师父、柳当先的父亲柳鹤亭登门道贺，眼见襁褓中的姜瑶眉清目秀，煞是可爱。开门中人，皆为女子，所习的本事，也是最文弱的易容肖形之术，而惊门统领北方绿林响马，门下子弟，专修内外武学，实乃八门中战力第一。姜龄有心寻个靠山，我师父柳鹤亭也想拉拢开门，从而在八门中多一门臂助，于是两人一拍即合，当天就给柳当先和姜瑶定了这门娃娃亲。于是，许多恩怨从此就埋下了种子……”

听到这里，陈七一拍大腿，站了起来，高声说道：“这还不好？柳爷才是个娃娃的时候，就有了一个媳妇儿，你可知道寻常百姓家有多少汉子一辈子都讨不上一个老婆，落得个鳏寡终身吗？”

袁森摇了摇脑袋，拍了拍陈七的肩膀，让他坐下来听自己慢慢讲。

“柳当先和姜瑶一起长大，两个人都知道婚约一事，可是毕竟差着年岁。你想想，柳当先十六岁的时候，姜瑶只有六岁，那个时候，柳当先已经知道跟着门里的师兄弟一起去窑子后墙偷看姑娘洗澡了，姜瑶还只是个动不动就哭闹的鼻涕娃娃呢，这两个人又怎么能生出感情呢？故而，柳当先只当姜瑶是妹妹，从未动过一丝一毫要娶她为妻的心思，以至于柳师弟二十五岁那年，我师父柳鹤亭喝多了酒，和他吵了起来，非要他娶姜瑶不可。哎哟，那天晚上，两个人吵得啊，天翻地覆，差一点儿就动手了。我师弟一气之下，连夜离家，坐船去了日本，说是去留学去了。三年后，我收到了柳师弟在日本寄来的信，说他现在化名袁弘一，在日本陆军士官学校进读，信里还夹了一张照片，那是一张他和一个日本姑娘的合影。在信里，他和我说，那个姑娘名叫上杉雅子，是他的心上人……”

“啥？柳爷爱上了一个日本娘们儿？”陈七张大了嘴，目瞪口呆地看着袁森呷了口凉水，苦笑着说道：“日本女人便不是女人吗？唉，感情这东西，从来和国籍就没得一点儿干系！”

“然后呢？然后怎么样了？”陈七心急火燎地追问道。

“然后可就乱了套了。柳师弟让我跟师父说，他要将这个女人带回来，拜天地成亲，娶进柳家的家门。我刚和师父说了一半，师父当时就大头朝下，直挺挺地栽在地上，差点儿一口气没捯上来，直接去见了祖师爷。打那以后，师父的身体就一天不如一天，后来索性一急眼，直接传令北方绿林，宣告退位，把门主之位扔给了我代管，然后一头扎进后山，谁也不见。我见风头不对，连忙把这边的情况给柳师弟通了个气，他也觉得有些难办。又过了大半年，柳师弟辞别了雅子，孤身回国。临行前，他答应雅子，一旦说通了老爷子，就给雅子消息，让雅子到中国来成婚。那年柳师弟二十九岁，我记得很清楚，那是1932年1月，我闻听他回国，于是赶到上海的邮轮码头迎他。刚到上海，我便觉得气氛不对，一打听才知道，1月18日，日本僧人天崎启升等五人向马玉山路的中国三友实业社总厂的工人投石挑衅，与工人发生互殴。日方传出消息，说日方其中一人被中国工人殴打，重伤不治，死于医院，随即以此为借口，指使日侨青年同志会暴徒于19日深夜焚烧三友实业社，砍死砍伤三名中国警员。20日，他们又煽动千余日侨集会游行要求日本总领事和海军陆战队出面干涉。22日，日本驻上海第一遣外舰队司令盐泽幸一声明以保护侨民为由加紧备战，并从日本国内向上海调兵……上海的局势一触即发，阴云笼罩的城里布满了火药味儿。我提心吊胆地等了三天，也就是1月28号，终于接到了柳师弟。见面后，我二人还没来得及寒暄，就淹没在了一片火海之中……”

“火海？什么火海？”陈七问道。

“当晚，二十二架日本的飞机从停泊在黄浦江上的‘能登吕’号上起飞，开始轰炸闸北华界，大火浓烟冲天而起，映红了上海的大半边。我和柳师弟被裹在人流里，沿着街道飞奔，飞机的轰炸，使四外奔逃的老百姓接二连三地倒下。我记得很清楚，在我的左手边，当时有一个穿长衫的教书先生，后背被炸出一个碗口大小的窟窿，红得发紫的血不断地往外涌。他快要倒下的时候，柳师弟扶住了他，我用手从上身口袋里摸出一块手帕来，去堵他的伤口，猩红的血喷了我一脸，血根本止不住，他还没来得及惨叫，呼吸就停止了。街对面，一个女学生整条右臂被炸成了碎肉，正乱哭乱嚷地向西奔跑。一辆人力车上坐着一位穿着黑拷绸短衫裤的老妇人，在她的两膝间，僵卧着一个不满十岁的小孩子。老妇人双手抚着孩子被炸破的头颅，疯狂叫喊着……空气里弥漫着火药和焦糊血肉混合后的一种臭味儿，漫天烟火使天空仿佛低了一半。不断有炸弹在我们身边炸响，一个又一个人在我们手边倒下，炸碎的血肉、爆开的内脏在我们眼前飞起……我袁森纵横绿林十几年，杀过的人、见过的血，绝不在少数，但从未见过这般惨烈的景象，或者说，那本就是炼狱，根本不是人间……”

袁森越说越激动，眼中的神光明灭不定，他仿佛想到了什么可怕的事情，以至于握着水壶的指尖被挤压得青白，铁质的水壶被捏得嘎嘎一阵乱响，生生地瘪了下去……

第六章　无远遥只

1932年2月6日，柳当先和袁森星夜兼程，赶往祁山。

祁山位于甘肃礼县东、西汉水北侧，西起北岈，东至卤城，绵延百里，连山秀举，罗峰兢峙，乃九州之名阻，天下之奇峻，地扼蜀陇咽喉，势控攻守要冲，为历代兵家必争之地。

山中峰顶，三国时有城，极为严固，城南三里有故垒，名曰诸葛楼，乃惊门总堂，统领北方绿林道。

大雨倾盆，诸葛楼前，柳当先倒身跪在风雨之中。楼内，灯火昏黄，将一个长须干瘦的身影投在窗棂之上。

三个时辰后，小楼的木门“吱呀”一声被人从里面推开，一个面容清癯、身子微微伛偻的白须老人缓缓而出，撑着一把纸伞，看着大雨之中的柳当先，眼角雾气弥漫。此人正是惊门的老当家，袁森的授业恩师，柳当先的亲生父亲柳鹤亭。

“爹！”柳当先看到老人出来，抹了一把脸上的雨水，“咚”的一声在石板台阶上磕了一个响头。

“儿啊，你的心思爹晓得，你平心而论，你从小到大，除了你和姜瑶的婚事，爹可有一件事逆过你的心思？”

柳当先虎目含泪，抬头答道：“娘死得早，爹独身一人养我长大，凡是我所求，爹无有不允……”

柳鹤亭摇了摇头，涩声说道：“其实打你离家出走后，爹后悔了很久，你和姜瑶的婚事，确实是我的错，爹只顾着想给你日后要走的江湖路垫垫脚，却没顾念你的感情，既然你不爱姜瑶，我又何必硬去撮合呢？大不了豁出去这张老脸，去天水悔婚便是。”

柳当先闻言，身子一震，哽咽着俯身拜倒，口中喊道：“谢谢爹！我——”

怎料柳鹤亭一摆手，止住了柳当先的话，白眉倒竖，咬着牙喝道：“你不娶姜瑶就罢了，随你的性子，爱娶谁娶谁，哪怕是娶只猫、娶只狗，老子也八抬大轿地迎进门来。只是，你若是想娶那个叫什么雅子的日本女人进来，除非老子死！”

柳当先闻言，长身而起，高声喊道：“为什么？就因为她是日本人吗？爹，你不知道，不是所有的日本人都是坏人，雅子……雅子是个善良的姑娘……她……她很好……”

“哈哈哈——哈哈——好——好孩子！”

柳鹤亭怒极反笑，一把丢开了手中的纸伞，站在大雨之中，指着柳当先，沉声说道：“好儿子，你不是想知道为什么吗？哈哈哈，有胆子的话，跟我来。”说完，一拂袖，大踏步地向假山深处走去。柳当先抹了一把雨水，迈步跟上。

浓云低垂，天地间一片墨色，唯有假山后的柳树林里露着一角朱红的飞檐。那是一座新盖的祠堂，两扇枣红色的大门紧紧地锁住了祠堂内的灯火，门上一块古拙的牌匾上刻着三个铁画银钩的大字：“不忘堂。”

“不忘堂？这是……什么时候修的……”柳当先看着匾上的字和眼前陌生的祠堂，一时间有些失神。

柳鹤亭没搭他的话，只是抬起双手，弯腰一推，打开了祠堂的大门。

祠堂里无碑无像，无桌无椅，漫天垂下的红绳上密密麻麻地拴满了木牌子，上面刻着长短不一的人名字号，祠堂当中立了一只香炉，里面铺满了香灰。

“进来吧……”柳鹤亭长叹了一声，自顾自地取过了香案上的香烛，点燃了三支线香，插在香炉上，抬起头，对着满屋的木牌喃喃自语道：“老哥儿几个，我儿子回来了……对，就是小柳猴儿，哦，瞧我这脑子，孩子大了，不能叫柳猴儿了，得叫大名了，柳当先，哈哈哈，离家四年了，高了，也壮了……”

柳当先瞪大了眼睛，两条腿仿佛不听使唤了一样，好不容易才迈进了屋。他伸出颤抖的手，去翻看屋内那密密麻麻的木牌。

“大东山——孙成武……这是孙六叔……”

“对，小时候你体虚，得了风寒差点儿烧死，就是你孙六叔从辽东起了两支百年的老参，一路跑死了五匹快马，两天一夜赶过来给你煎了药，才吊住了你条小命……”

柳鹤亭自顾自地从墙角拎出了一个酒坛，打开上面的封布，喝了一碗，倒了一碗。

“孙六叔……怎么没的……”柳当先哑着嗓子问道。

“二八年，你孙六叔去山东嫁闺女，他闺女你还记得不？”

“记得，虎妞姐，我们从小玩到大，小时候数她最疼我，好吃的都紧着我……她嫁人了吗？”柳当先抬头问道。

“嫁了，嫁去了山东，夫婿姓齐，济南丝绸庄的大少爷，婆家在济南是世代做买卖的本分人家，大喜的日子就定在了5月3号。当天上午，虎妞坐的花轿还没出门，街上就响起了乱枪，说是日本兵进了城，和城内的四十军第三师第七团打了起来，北伐军派员交涉，结果交涉署庶务张麟书的耳鼻都被日本人割了下来，而后日本人又断其腿臂，碎其筋骨，害得张庶务血肉狼藉，不成人形！混乱中有两个日本兵被流弹打死。日本人这下找到了挑衅的借口，大举向中国军队驻地进攻，不论官兵，还是平民，见人就杀，一时尸体遍街，血流成河。狂奔逃命的人群顺着大街涌动，将虎妞乘坐的花轿也裹了进去。日本人的军队提着步枪刺刀，从后追赶，见人就扎，半面街头都是猩红的血、满地的尸。齐大少爷是个书生，不通武艺，手脚又慢，没跑多远，就被日本兵给围了。虎妞冲出花轿，去救齐大少爷，结果两个人一块儿被刺刀捅死在了街口。你孙六叔原本坐在酒楼里等着新人拜堂，听见枪声，便觉得不对，跨上马，带人就往来路冲，到了街口，一抬头，就看齐家大少和虎妞俩人的脑袋被日本人吊着绳子挂在了柳树梢上……这脑袋瓜子嗡的一声响，红着眼睛就冲上去了……可怜了你孙六叔叱咤关外，一世纵横，就这么死在一场乱枪之下。”

柳当先闻听此处，早已是目眦欲裂，额上的青筋根根暴起，手指节攥得噼啪作响。柳鹤亭叹了口气，摇了摇头，随手在半空中捧起一块木牌，看着上面：“奉天——许惊雷。”

“哟，惊雷大哥，你瞅瞅，你徒弟回来喽……”

柳当先听得“许惊雷”三个大字，长吸了一口气，快步上前，一把抢过了柳鹤亭手里的牌子，颤颤巍巍地触摸着牌子上的字，哑着嗓子问道：“师父……他怎么了？他不是受了招安……跟着张大帅做了副官吗？”

说起这许惊雷，本是柳鹤亭过命的师兄弟，雄踞长白山，上马为盗，下马为商，干的是劫富济贫、坐地分金的买卖。因其毕生无子，故而对徒弟柳当先宠溺尤甚，简直是疼到了骨子里。柳鹤亭忙于惊门事务，无暇教授柳当先习武，柳当先这一身的功夫多半是许惊雷十年如一日，一板一眼、一手一脚地调教出来的。许惊雷对柳当先可以说是如父如师，所以此刻，柳当先见了许惊雷的木牌，再也压不住眼眶里的泪水，脚下一软，栽了一个踉跄，捧着手里的木牌死死地盯着柳鹤亭的眼睛问道：“谁……谁干的？”

柳鹤亭将碗里的酒仰头一干，红着眼睛答道：“张大帅不同意日本在满蒙筑路、开矿、设厂、租地、移民的要求，日本关东军高级参谋河本大作在张大帅离京回东北的必经之路——距奉天一公里半的皇姑屯火车站附近的桥洞下放置了三十袋炸药，并埋伏了一支冲锋队。日子我记得很清楚，那是1928年的6月4日，张大帅的火车经过，炸药准时被引燃……一声巨响，三洞桥中间一座花岗岩的桥墩被炸开，桥上的钢轨、桥梁炸得弯曲开裂，抛上天空，张大帅的专用车厢炸得只剩一个底盘。护卫在侧的你师父被炸得血肉模糊，头顶穿入一个大铁钉，脑浆外溢，当即死亡；张大帅被炸出三丈多远，咽喉破裂，于第二日抢救无效死亡……”

柳鹤亭的话如同惊雷一般在柳当先的耳畔轰隆隆地回响。柳鹤亭顿了一顿，摸了摸眼角的泪水，扶着香炉，缓缓地坐了下来，指着祠堂的东南角，往地上倒了杯酒，涩声说道：“光说这些个老家伙了，都没给你讲讲小崽子们，哈哈哈……惊门的门下，老老小小，没有一个孬种，头一个去了的小字辈是二麻子。这小子，从小就是个愣头货，不晓得他八岁那年害天花，除了留了一脸坑，是不是也病坏了脑子，没个记性，又傻又愣……”

柳当先一把拖过了地上的酒坛子，扬起脖子，就把酒往喉咙里倒……

“咳咳咳……是啊！二麻子从小就跟在我屁股后头，十六岁那年，在开封黄河边上，我酒后和漕帮起了争执，被围在了老沙口，咳咳……就是二麻子一把刀、一支枪，杀出人堆，找师父搬的救兵，拼杀了一天一夜。二麻子身披刀口八十三处，尽数在前胸，无一在后背……咳……”烈酒入喉，呛得柳当先一阵猛咳。

柳鹤亭拍了拍他的背，徐徐说道：“对啊！二麻子、李大枪、杨三醒……这些个小字辈都是血性汉子，为了打日本人，下了山，投了军，都死在了战场上。有的挨了枪，有的被扎了刀，有的像二麻子一样，死在了钢盔头上。我日他娘的兔崽子，说了多少遍，摘钢盔前，先浇温水啊……狗日的怎么就不长记性啊——”柳鹤亭越说越气，狠狠地揪着自己的满头白发，不停地敲打着自己的脑袋。

所谓“钢盔头”，乃是北方高寒地区作战的一大禁忌。钢盔本是护头的器械，却不是御寒的东西，风雪一吹，便像扣了顶冰帽子。这种低温，皮肤只要碰上就会粘住，一拽便掉层皮肉。那钢盔薄薄一层衬里，冲锋时血气勃发，拼杀之时大量出汗，早就被浸透了，和着汗，连着盔，都和头皮冻到了一起。人冻伤初始会感觉微疼，但是拼杀正浓，谁也不会在意，打完仗一松劲儿吧，猛地一摘钢盔，连头发带头皮瞬间就都拽下来了……

柳鹤亭长吸了一口气，抬起眼来，看着柳当先的瞳孔，猛地站了起来，一把撕开了胸前的长衫，露出了一道从锁骨斜伸至小腹的刀口。

“嘶——”柳当先被那刀伤的恐怖所惊，倒吸了一口冷气。

只见柳鹤亭咬着牙，指着柳当先的鼻子，一字一句地说道：“为了给这些老老少少报仇，我卸下了惊门的门主之位，收敛行迹，三年里刺杀日军将官一百四十二人，哈哈哈哈……可惜……半年前挨了这一刀，伤了肺腑，气血两亏，再也动不得筋骨……好儿子，咱们惊门上下跟日本人仇深如海，不死不休，你现在跟爹说，你要娶一个日本娘们儿回来……你且抬起头，看着这一堂的灵位，你跟他们说说，听听……听听他们肯不肯答应——”

柳当先闻言，双目紧闭，长身而起，默立半晌，“咣当”一声，将手中的酒坛子碎在了地上，转身大踏步地走进了风雨之中。

半炷香后，袁森缓缓地走进了不忘堂，看着默立于门后的柳鹤亭涩声说道：“师父，真的不用我跟上去看看吗？你说了这么多，我怕柳师弟一时间难以接受……”

柳鹤亭缓缓摇了摇头，沉声说道：“路怎么走是他的命，我不管，但是他有知情的权利，我不能瞒他……”

半晌后，祁山深处，柳当先立在山头的一块大青石上，对着群山万壑，放声大吼，一段苍劲雄浑的秦腔号子传到了风雨中，赫然是一段《招魂》的老腔：

魂魄归来！无远遥——
魂乎归来！无东无西，无南无北——
东有大海，溺水浟浟——
螭龙并流，上下悠悠——

第七章　温柔乡

马蹄声嗒嗒乱响，陈七叼着一根草秆在马上晃着脑袋，哼着小曲，时不时地瞥一眼前面袁森的背影。那袁森在给陈七讲了一段柳当先的当年事之后，突然变得意兴消沉，仿佛哑巴了，一路上只是不停地喝酒，偶尔长叹两声，任凭陈七撒泼打滚、软语相求，也懒得说上一句话。

陈七本是少年心性，最受不得无聊，故而只将一身的精力尽数发泄在了骑马上，从岳阳到甘肃，一千多里的路程跑下来，一路昼伏夜行，倒也将骑术练得像模像样，有板有眼。

这一日，傍晚时分，天降大雨，直至午夜时分都没有放晴。暴雨如注，山路泥泞难行，袁森带着陈七，下了马，在黄泥汤子里跋涉……

“我说大师哥呀！咱找家客栈投宿一晚，明天再走吧……啊……”陈七甩着头发上的雨水，抓着袁森的胳膊叫嚷道。

“不行！白天赶路太危险，容易被日本人察觉，夜晚走山路，才好隐藏行迹……再说，我们现在已经进了天水的地界，开门中人皆欲杀你而后快，在见到姜瑶之前，你万不可露面，再忍一忍，赶路吧。”袁森摇了摇头，一脸坚决地说道。

陈七脚底下一滑，“扑通”一声摔进了水坑里，袁森伸手来扶，陈七趁机一把抱住了袁森的大腿，哀声喊道：“大师哥啊！咱是人啊！这小身板都是活生生的肉体啊！不比什么牛羊之类的牲口，我是真扛不住了啊……再说，这天赶路，马蹄子都打滑，万一跌下了山可咋办啊？”

袁森闻言，抬头看了看天，只见浓云滚滚，遮住了月色，漫天不见一丝星光，料想这大雨一时间绝不会停。袁森踌躇了一会儿，沉声说道："好！投宿倒是可以投宿，只是这荒山野岭的，哪来的客栈啊？"

一听"客栈"二字，陈七猛地打起了精神，一骨碌地从水坑里站了起来，伸手向着西北方向一指，笑着说道："你看……那不是红灯笼吗？"

袁森顺着陈七手指的方向看去，只见风雨之中，两盏红色的灯笼在山坳里左右飘摇，红纸的灯架子外头，糊着两个黑色的大字——客栈。

"过去看看！"袁森一眯眼，仗着艺高人胆大，将陈七拉在身后，大踏步地向山坳里闯去。

一盏茶的工夫，两人便下了土坡，走到了一座黄土堆垒、青瓦遮头的小楼前面。楼前有半面影壁，上面刻了一首打油诗。

"未晚先投宿，鸡鸣早看天。过桥须下马，有路莫登舟。多少冤死鬼，都在道途边。"陈七指着影壁上的字，仔仔细细地念了一遍，随即一扭头，正看到袁森一脸惊恐地勒住了马，左手竖起食指，右手使劲地向陈七摆手，压着嗓子喝道："过来，走……走……"

雷声轰隆隆地乱响，大雨在耳边哗啦啦地落下，陈七没听清袁森在说什么，也看不清他的动作。

"大师哥，你说什么？"陈七挠了挠头，大喊了一嗓子，随即扭回头来，抬眼看了看小楼的牌匾，只见那牌匾上刻着的乃是三个工工整整的楷字——温柔乡。

"嗯——温柔乡，我喜欢！"陈七咧嘴一笑，丝毫没有在意身后冲他狂打手势、跺脚惊呼的袁森。

"哐当——"陈七一抬手推开了小楼的大门，高声笑道："小二！来客啦！好酒好菜端上来，门外两匹马伺候好了，再给爷两间上房。"

陈七话音未落，原本在大堂内给一桌客商上面的店小二，瞧见陈七的模样，身子猛地一僵，大脑好像过电了一般，瞪着大眼睛，死死地盯着陈七。

"哗啦——"

店小二一失手，手里捧着的面连汤带水地扣在了那客商的脑袋顶上。

“你要干吗？！”客商猛地站了起来，一个推搡，将店小二掼倒在地，怎料那店小二不喊也不叫，一个鲤鱼打挺从地上蹦了起来，慌里慌张地向后厨跑了去。

一盏茶的工夫，从后厨拥进了三十多人，有割肉的屠夫、喂马的马夫、颠勺的厨子、切墩的学徒、算账的账房、上菜的小二、洗衣的老妈子、劈柴的长工、套车的力巴……

三十多号人，一人一把快枪，将坐在凳子上的陈七围在了正中，齐刷刷地一抬手，在脸上一摸，摘下了一张张薄如蝉翼的人皮面具。只见刚才还乱发虬髯的杀猪大汉骤然变成一个娇滴滴的小姑娘，那鹤发鸡皮的老账房，变成一个明眸皓齿的少女，那十五六岁的少年学徒竟变成了一个圆脸的中年妇人。三十多张脸一瞬之间，全都变成了另一副面孔。原来这温柔乡里形形色色的人竟然都是一群女子装扮而成的。

一个穿着短褂唐装梳着寸头的老妪掀开了门帘，走到了大厅里，向着四周一拱手，扬声说道：“各位客官对不住了，眼下门中有些事情需要料理，今儿个，温柔乡打烊了！”

言罢，双手在腰后一抹，抽出两支德国造的镜面匣子，在裤腿上蹭开了保险，“砰砰砰”连发了三枪。

大厅里用餐的客人吓了一跳，手忙脚乱地拎起随身的包袱，埋着脑袋就往门外奔去。袁森愣在门口，一时间，不知道是进是退。

“袁大爷！门口风大，进来聊聊吧！”那老妪的枪口对准了袁森的脑袋。

袁森深吸了一口气，举起双手，急忙说道：“邓婆婆，您听我说，柳师弟身受重伤，这次来天水，其实——”

“砰——”邓婆婆扣动了扳机，一枚子弹从袁森耳旁飞过。

“袁大爷，我开门敬你是条厚道忠义的汉子，不与你为难，我开门只要柳家子，你最好把嘴闭上！”

陈七坐在凳子上，身子软软地靠在后面的桌子上，眼珠子滴溜溜地乱转，三十多支枪此刻全都对准了他的脑门子，吓得他两腿发软，一脑门子的冷汗。

“开开开开……门！我这不是浪风抽的吗，早知道就不进来了……”陈七心中七上八下地直打鼓，悔得恨不得抽自己。

邓婆婆瞥了一眼陈七，眯着眼睛上下打量了他一圈，眼中闪过一丝困惑。

“你可是柳当先？”

陈七吞了口唾沫，脑袋拨浪鼓一样地摇了摇。

“你不是柳当先？你是谁？”邓婆婆一拍桌子，吓得陈七一个激灵，屁股从凳子上一出溜，整个人坐在地上，眼睛往袁森那边看去。只见袁森面青如铁，右手轻轻地拍了拍靴子筒上的泥土。陈七知道，袁森的靴子筒里藏着三把飞刀，例无虚发，袁森是在威胁自己，只要自己说错了话，不等眼前这帮女子动手，袁森的飞刀将在第一时间飞过来……

陈七嘴角抽动一下，挤出了一个尴尬的笑容，重新坐回到了凳子上，向邓婆婆点了点头：“我是柳当先，各位姐妹，柳某有礼了！”

邓婆婆皱着眉头，用枪口顶着柳当先的脑袋，沉声说道：“传闻你这几年跟了抗联的杨靖宇，在东北打日本人，身经百战，出生入死，江湖上都说你是响当当的一条好汉、赵子龙重生，一身是胆，怎么今日一见，竟然㞞成了这个样子，究竟是江湖传闻有假，还是你柳当先来者不善，心里有鬼呢？说——”

邓婆婆一掌拍在桌子上，一张木桌霎时间四分五裂。

陈七抽了一口冷气，嘴里嘟囔道：“怎么这么乐意拍桌子呢，你看看，这手得多疼啊……”

邓婆婆闻言，抬腿一脚，将柳当先蹬翻在地，自袖口抽出一把匕首，插在了柳当先的颈边，咬着牙喝道：“少要贫嘴，说，你这次登门，是不是打着什么坏主意，心里有鬼……”

陈七的脊背瞬间被冷汗浸透，一边拌蒜一样地瞎嘚吧，一边飞速地回想着袁森跟他说的关于开门的所有事……

“对，我心里有……有有有鬼！”

“你说什么？”邓婆婆一声断喝。

“有有有愧！不是鬼！是愧！我心里有愧……有愧啊！我对姜瑶心里

有愧，实在是没脸见开门的各位姐妹啊，愧啊，愧。这些年我内心无时无刻不受煎熬，当年少不更事，铸成大……大大错，如今历尽波折，才悔之晚矣。这次我回来，就是来赎罪来了……邓婆婆，您今日随打随骂，哪怕三刀六洞，我柳当先，要是皱一下眉头，就不是好汉！”

说完，一挺脖子，闭着眼睛，抻着脖子，往那邓婆婆的刀尖撞。

邓婆婆被陈七这番话闹得一愣。在她的印象中，柳当先乃是一个倔强心狠的刚强汉子，认准的事，八匹马也拉不回来，要想让他认个错，比杀了他还难，今日竟然主动说出这番话，究竟是他有所图谋，还是真的为当年的事悔恨不已，一时间，邓婆婆竟有些迟疑。面对奔着自己刀尖撞上来的陈七，邓婆婆一犹豫，收回了手中的匕首。

陈七眼见邓婆婆收了刀，内心一阵狂喜，暗叫了一声“老天保佑”。

陈七一把抱住了邓婆婆的腿，抓着她手里的枪口，就往自己脑袋上顶，一边放声大哭，一边眯起眼睛，向袁森瞟去。

“邓婆婆，你就给我一个痛快吧，这些年我无时无刻不活在内心的煎熬当中，我柳当先不是人啊，猪狗不如，才犯下了这等天打雷劈的错事……”

陈七将“柳当先”三个字咬得极重，拿柳当先的名头赌咒发誓，一顿臭骂，气得袁森面色铁青，却又束手无策。

邓婆婆被陈七一唬，心里虽然信了四五分，但仍对他有所忌惮。只见邓婆婆略一沉吟，从衣领里摸出了一颗丹丸，蹲下身来，将丹丸递到了陈七的眼前。

“邓婆婆，这是什么？”陈七抹了抹脸上的泪水。

“这叫跗骨丹。古时候的捕快抓到本领高强的飞贼，怕他逃跑，一般有两种方法，一是挑了手脚筋，钩穿琵琶骨，二就是让飞贼吃下跗骨丹。这药丸专门封锁丹田，寻常人吃了不会产生半点儿不妥，但是习练内家功夫的高手吃了，就会气脉淤塞，无法运气提纵。一颗丹药的药效可以持续半个月，在这半个月内，任你是天大的高手，也得老老实实地做一个普通人。柳当先，老婆子念你是个抗日的英雄，这穿琵琶骨、断手脚筋的法子就不在你身上比画了，你若是真心实意地前来悔过，就吃了这颗踋骨丹，姓柳的，你敢吗？”

陈七闻言，强行按住心头的狂喜，心中暗自喊道：“哈哈哈，你陈七爷爷我本就没什么狗屁气脉丹田，哈哈哈，还怕什么踋骨丹？”

想到这里，陈七扑了扑土，一脸正气地站起身来，故作挣扎地接过了邓婆婆手里的踋骨丹，豪声说道：“我柳当先的功夫，乃是杀日本人用的，绝不是用在自己人身上的，既然开门的姐妹对我有所担忧，小小一颗踋骨丹，柳当先吃了它，又有何妨？”

言罢，一仰头，将踋骨丹吞进了喉咙，一昂首，一挺胸，摆出了一副慨然赴死的英雄模样。

邓婆婆点了点头，沉声笑道：“这两句话，倒还真有几分英雄气概，若不是当年你负心薄幸，老婆子少不了要赞上你一句。来人，把姓柳的捆了，带上太白山，让少当家发落！”

话音未落，就有人从陈七身后扑上，攥着拇指粗细的麻绳，将陈七捆了个结结实实，揪着陈七的衣领向后院推搡而去。

“邓婆婆，手下留情！”袁森随后追来，还没跑两步，就被十几支快枪顶住了胸口。

“袁大爷，你可是要跟来吗？”邓婆婆一回头，看了袁森一眼。

袁森尴尬地赔了个笑脸，徐徐说道：“许久不见姜瑶妹子，我也很是想她啊，哈哈……哈哈哈……哈……”

邓婆婆一声冷笑，自怀里又摸出了一颗踋骨丹，递给了袁森，笑着说道：“袁大爷，你这九指恶来的名头太响，若是你半路起了歹意，想要劫人，我开门都是女流，一旦动起手来，怕是不能抵挡……”

袁森狠狠地白了陈七一眼，捏起了邓婆婆手心里的药丸，扔到嘴里吞了下去，将身上的飞刀和手枪都取下来，递给了邓婆婆，再平伸手腕，任凭两个女子将自己捆了个结实……

第八章　白发阎罗

天水地靠秦岭，太白山为秦岭第一高峰，千峰竞秀，万壑藏云，主峰之顶，有一座平安小筑，是为开门总堂所在。这平安小筑，地处海拔2700米的山梁之上，周围群峰耸立拱峙，势若围屏，山峰间沟壑宽阔，深邃莫测。此时，陈七和袁森二人，上身被五花大绑，拴在马后面，随着上山的开门众人，排成一字长蛇，沿着在山梁上开凿出的青石天梯，蜿蜒向前。陈七左顾右盼，但见云层如海涛汹涌，变幻多端——时而涌涛掀浪，不可遏止，时而风平浪静，雾散云匿，时而遮天盖地，时而轻如鲛绡。此时正值旭日东升，云海霞光映金，景色焕然一新，山顶凉风吹来，有如神仙之境。

然而，此刻的陈七可没有欣赏风景的闲情逸致，眼瞧着左右无人盯着，陈七紧追了两步，凑在身前的袁森后面，小声说道："大师兄，你说一会儿见了那个什么姜瑶，那小娘们儿会怎么对付我呀？"

袁森咬咬牙，狠声说道："大婚当天逃婚，你说她会怎么对你？剐了你都算轻的！"

"啊？别介啊，大师兄，你得救我啊！"陈七急得直跺脚。

袁森啐了口唾沫，低声骂道："当时在客栈外面，我喊着不让你进去，你偏不听，现在落到这个境地，死了也是活该。"

"啥？你喊过我？我咋没听见？也对……可能是当时我太饿了，雨大天黑，没瞧见。对了，又没进门，你咋知道那客栈是开门地盘的啊？"

陈七扁着嘴问道。

“因为那牌匾啊，开门的客栈生意遍布全国，凡是开门经营的旅舍，都叫温柔乡……”

“啥，开客栈？这八门不是做贼行的吗，怎么还干买卖？”陈七不解地问道。

“做贼做到八门这个段位，已经没有必要通过偷抢来赚钱了，更多体现的是对手艺的一种传承。再说了，八门人口众多，凭着偷抢，哪里够吃啊？所以这八门中的每一门都是有生意打理的，咱们惊门虽然是绿林起家，做的却是杀手生意，开门是开客栈的，生门是做药材行的，休门做船运，景门贩煤，死门做古董金石，杜门买卖消息，伤门干的是镖局营生，总之，大家都有各自的生意，井水不犯河水——”

“得得得，大师兄，您也甭跟我解释了，我不想知道这个，现在咱都落到这步田地了，柳爷到底是怎么个计划，您能不能跟我交个实底，万一我要是真让那小娘们儿剐了，我也做一明白鬼！”陈七打断了袁森的话，苦着脸说道。

袁森瞟了一眼四周，瞧见无人注意，便放慢了一下步子，凑到陈七旁边，小声嘀咕道：“今年年初，国民政府截获了一封日本人的电报，电报的内容只有一个字：‘桂！’中日两方从年初开始，便有意识地在广西附近调动兵力。4月15日，日本海军部认为仅靠陆军已很难在内陆进行大规模积极作战，于是由陆、海军协同尽快占领华南沿海的最大贸易港口汕头。成功之后向广西方向挺进攻占南宁，以切断敌经法属印度支那方面的海外最大补给交通线。广西这场大战的爆发，已经变成了板上钉钉的事。守卫两广海防的集团军副总司令韦云淞和柳师弟有旧，韦云淞当年在四十八军当军长的时候，柳师弟帮他挡过三千院的刺杀，交往颇深，故而刚刚调任两广，就向柳师弟修书求援，信中称，日军的暗杀组织已经开始了向两广地区的渗透，埋伏暗桩，投放病毒，制造恐慌，刺杀指挥官，窃取布防图。柳师弟深知，仅凭惊门一门的实力，断然无法与三千院相抗衡，重聚贼行八门，势在必行。然而，要聚贼行，必须开分金大会，要开分金大会，必须有惊蛰古玉为凭。于是，从四月份开始，柳师弟一方面四处查找古玉的线索，一方面联络八门中的抗日志士，谋求联合。然而，万万没想到，日军的中谷忍成在湖南挖坟掘墓，无意中挖出了惊蛰古玉，所以三千院的虫和尚才起了以古玉为饵，诱杀八门中风头最劲、最有希望当上佛魁的柳当先的心思，这才有了岳阳楼的一番争斗。谁承想，天公不作美，柳师弟拿到了惊蛰，却丢了性命。幸好，他在死前遇到了你。接下来的三个月里，你只需要跟着我，找到八门里柳师弟联系好的志士，按着柳师弟的计划，稳稳当当地聚拢八门，开分金大会，然后当上佛魁，再把佛魁的位子传给我，你拿着钱，去香港，平平安安、快快乐乐地过完下半辈子。我领着这些老少爷们儿好好地和三千院干上一架，是死是活，全凭天意。”

陈七酸着脸思考了一会儿，张嘴问道：“大师哥，不对……不对啊，咱们捋一捋，捋一捋，你看啊……柳爷的计划，是让我当上佛魁，然后把位子传给你对不对？”

“对。”袁森点头答道。

“那为啥你不直接当佛魁呢？为啥非在我手里过一手啊？”

袁森叹了口气，沉声说道：“你不明白，‘白衣病虎’这四个字在东北，不仅仅是个名号，还是一面抗日的大旗，而这面大旗，只有柳当先能撑起来，而我……是绝对没这个威望的。”

陈七正要再问，忽然觉得眼前一亮。周围的云雾瞬间消散，天色湛蓝，仿佛触手可及，回身一望，才发现自己早已经走出了云海，站在太白山的峰顶。峰顶出现了一片雕梁画栋的古楼，两座汉白玉的石狮子立在山门两旁。邓婆婆一摆手，开门众人拥上前来，拉开了陈七和袁森，押解着他们俩进了山门。

过了两道回廊，眼前出现了一片湛蓝的湖水，小桥东头泊着一叶小舟，一个窈窕的少女坐在舟头，蓝衣紧身，身段好似嫩枝初发，不胜婀娜，乌黑的长发在脑后梳成一个马尾，一对明眸有若秋水凝波，烟柳含翠，仿佛能对人言语，只可惜眼鼻以下系了一片黑纱，遮住了瑶鼻檀口，无法让人看清她的容貌。看见邓婆婆带人走来，那少女轻挽袖口，露出一双莹白如玉的皓腕，摇动着船桨，徐徐而来。

陈七看那少女正看得入迷，后脚跟突然一痛，陈七扭过头去，正看到身后的袁森冲着他张大嘴，夸张地做着口型："阿瑶——"陈七眼珠一转，顿时反应过来——眼前这女子，就是姜瑶！柳当先应该称呼她为"阿瑶"。

只见姜瑶撑着船缓缓地靠到了岸边，和邓婆婆众人打了个招呼，冲着袁森一拱手，走上前去解开了袁森手腕上的绳子，不小心触到了袁森的手腕，姜瑶忍不住"咦"了一声，赶紧摸了一把袁森的脉门，随即一脸嗔怪地白了邓婆婆一眼，歉声说道："袁大哥，对不住，邓婆婆她们让你吞服跗骨丹实在是唐突——"

袁森连忙摆手说道："不碍事的，不碍事的！那个……柳师弟也吃了……"

"袁大哥，东北苦寒，一别五年，你老了很多啊！"姜瑶叹了一声，岔开了袁森的话茬。

袁森尴尬地点点头，使劲地推了推陈七的肩膀，让他上前和姜瑶说话。陈七眼睛一顿乱瞟，几次想张嘴，却又不知道该说些什么，一时间，竟然手足无措地呆在了那里。

所幸姜瑶从始至终都没正眼瞧过陈七，把他当作透明一般，毫不理睬，仿佛这个人根本就不存在。姜瑶和邓婆婆寒暄了一阵，转身上了小船，邓婆婆随后跟上，袁森架着陈七也跟了上去，坐在船头。陈七嗫嚅了一下，终于鼓起勇气，挤出了一抹尴尬的笑，凑到姜瑶背后，轻声说道："阿瑶，那个……我……我这次来主要是……想和你说一声，那个对……对不起，我后……后……后悔了——"

话还没说完，姜瑶右手船桨"嗖"的一声扬起，在半空中抡了一个满圆，"砰"。陈七面颊剧痛，鼻血长流，扑通一声掉进了水里。

袁森吓了一跳，忙声呼道："柳师弟！"

"哗啦——"

船旁水花涌动，陈七从水里冒出头来，抹了一把脸上的水，甩了甩湿漉漉的头发，双手抓住船舷，正要翻身往船上爬，突然头顶风起，姜瑶抡起了手里的船桨"咚"的一声，敲在了陈七的手指头上。陈七痛得一缩手，又沉入了水中。

陈七抬眼看去，只见姜瑶目光冰冷，透出沉沉的怒气。陈七打了一个冷战，在水里连连拱手："阿瑶，我知道错了，你别放在心上……消消气。"

姜瑶冷声笑道："真是贱骨头，当年弃我而逃的是你，如今招惹我的还是你……柳当先啊柳当先，若不是念着你这几年在东北出生入死打日本人的劳苦，今日就是将你挫骨扬灰，也难解我心头之恨！"

袁森闻言一惊，急声说道："使不得啊！"陈七眼见袁森替他求情，连忙附和着喊道："阿瑶，我是真心来悔过的，只要你原谅我，我做什么都行……"

姜瑶眉头一皱，口中问道："做什么都行？"

"做什么都行！"陈七点头说道。

姜瑶面纱微微一抖，淡淡说道："我让你到达岸边以前不得出水！"

两人说话的工夫，小船在水面上已经划出了十几米远，陈七几次想要爬上船板，都被姜瑶抡起船桨击落。陈七连连告饶，潜在水下，两手抱住船，后面一只竹筏之上，邓婆婆带着一众开门中的女子瞧见陈七在水下的窘态，纷纷哈哈大笑。陈七听见笑声，几乎气炸了肺，但姜瑶手中那船桨好似长了眼睛，每当陈七稍有爬上船的意思，那船桨便会闪电般落下，要么拍击指掌，要么直戳头脸，每所中处，痛彻骨髓。湖水阴冷刺骨，冰得陈七直打摆子，偏偏那湖面水域极广，足有二十多里，陈七泡在水里，咬着后槽牙，心里将姜瑶连同柳当先的十八代祖宗骂了好几十个来回。

约有半个时辰的工夫，小船靠岸，袁森抢先跳下了船，从岸边寻了一根竹竿，伸进水里，将泡在水里的四肢已经麻木的陈七拉了上来。只见陈七此时面白如纸，嘴唇泛着青紫，被山风一吹，浑身上下打着哆嗦。袁森连忙脱下了自己的外衣，裹在了陈七身上。那袁森生得丈二身量，外衣又宽又大，罩在陈七身上，直垂到了膝盖以下，将陈七衬得干枯瘦小，再配上一脑袋湿漉漉的头发，活似个从水里捞出来的猴子。岸边有不少人等候，见了陈七均是大笑不止。陈七被船桨多次击打，鼻血横流，左颊高高肿起，脑门上青紫连成了片，右眼肿得核桃一般，眯成了一条缝儿。此时面对众人哄笑，陈七又羞又恼，恨不得转身一跃，直接淹死在湖里才好。

正当陈七挪着小步，在冷风中一抖一个喷嚏的时候，远处山门的石阶上缓缓地走来了一队黑衣短褂、腰系红绸的精壮汉子。为首的是一老一少，老的五十岁上下，穿一身明黄长衫，燕额鹰目，直鼻阔口，两鬓通白如雪，指头上戴了一枚玄铁的扳指，手肘上擎着一只苍青色的大雕，那雕头白背褐，胸褐尾白，顾盼生姿。在那老头儿后头，立着一个手握竹笛、腰悬佩玉的青年，身形挺拔，风姿俊秀。袁森见了那一老一少，不由得面露忧色，小声嘀咕道："是他们？"

陈七上下两排牙齿冷得咯咯乱碰，抬头问道："他们？是……是谁啊？"

袁森叹了口气，沉声答道："蓝田公子沈佩玉，白发阎罗魏三千。"

"啥罗？什么玉？"陈七没有听清袁森的话，追问道。

"五年前，八门盗众评点贼行高手，有一十四人上榜，榜曰：'龙虎探花沈公子，烟酒画皮盲道人。九指阎罗皮影客，瓦罐流梆小门神。'龙是指休门的九河龙王聂鹰眠，虎是惊门的白衣病虎柳当先，探花是死门的掌门曹忡，烟酒指的是景门的烟鬼许知味和酒痴贺知杯，画皮是指开门的姜瑶，盲道人是杜门的掌门薛不是，流梆是杜门的堂主陆三更，瓦罐是生门的掌门苏一倦老先生，九指，便是九指恶来，也就是我，皮影客不知出自何门，真实面目没人见过，也不知道名姓。眼前这一老一少，出自伤门，老的是伤门的客卿白发阎罗魏三千，少的是伤门的门主蓝田公子沈佩玉，分别是榜中的阎罗和沈公子……"

陈七打了喷嚏，甩了甩鼻涕，疑声问道："这伤门的人来这儿干吗？"

袁森摇了摇头，没有答话。

就在这个时候，姜瑶迈上了台阶，刚走到山门底下，魏三千连忙迎了过来，一招手，从林子里走出了十几个黑衣汉子，各提着花红表礼、茶酒丝麻、金银珠玉、四时糕点，齐刷刷地摆满了半面台阶。

只见那魏三千整理了一下衣衫，斜对着山门，拱手唱道："伤门少主蓝田公子沈佩玉前来开门拜山——"

姜瑶皱了皱眉头，看着沈佩玉问道："你怎么又来了？"

沈佩玉闻言，走上前来，朝着姜瑶深揖一躬，一脸诚挚地答道："窈窕淑女，君子好逑！”

姜瑶有些不耐烦地问道：“不是告诉你，别胡思乱想了吗？今天又来起什么幺蛾子？”

沈佩玉展颜一笑，柔声说道：“阿瑶，我今天是来求亲的，若能得你一顾，沈某此生无憾！”

姜瑶闻言，愣了一下，随即便是一阵大笑，瞥见陈七，眼中怒火腾起，便远远地指着山门之下的陈七，冷声喝道：“哈哈哈，想不到啊，想不到，我姜瑶这个当年跟人拜了堂都没人要的女人，如今竟成了香饽饽，哈哈哈，惹得惊、伤两门的当家人一起登门，哈哈哈……我开门真是蓬荜生辉啊……”

沈佩玉听了姜瑶的话，下意识地往湖边一瞅，正看到浑身滴水、一脸狼狈的陈七，仔细分辨了好几遍，才认出了陈七的样貌。

“这是……柳当先？”沈佩玉惊呼道。

姜瑶回过身去，走入山门，头也不回地喝道：“邓婆婆，关闭山门，擅入者死！”

邓婆婆应了一声，带着开门的一众女子进了山门。朱红的大门紧闭，将伤门等人还有柳当先和袁森一起关在了山门外面。

沈佩玉和魏三千对视了一眼，随即一脸警惕地向湖边走来。

陈七扭过头去，看着袁森说道：“大师哥……你别告诉我，这……这也是柳爷的安排？”

袁森嘬了嘬牙花子，低声答道：“柳师弟没安排这个呀，准是哪儿出了点儿岔子——”

袁森的话还没说完，沈佩玉和魏三千已经走到了湖边，陈七一闪身，躲到了袁森的后面，袁森硬着头皮一拱手，沉声说道：“二位，袁森有礼了！”

第九章　蓝田公子

沈佩玉一眯眼，耳朵尖一抖，顿时听出了不对，一皱眉头，在魏三千耳边说了一句："这俩人吃了跗骨丹……"

原来，这内家高手的呼吸与普通人不同，普通人一吸一吐，内家高手大多三吸三吐，内息浑厚绵长，起于丹田，发于百汇，吸之于踵，散之于喉。伤门从祖辈开始，干的就是走镖的营生，五感异于常人，一双耳朵，灵敏无比。祖传的听山之术，听风听雨听脚步，听山听水听万籁，两耳一抖，便能从周遭看似普通的路人中挑出谁是乔装改扮的劫镖杀手，这等本事，绝非邓婆婆等人的二流功夫可比。

此时，沈佩玉听出袁森和陈七的呼吸轻浮杂乱，按理来说，作为名动江湖的内家高手，万万不可能在呼吸上出现紊乱，唯一的可能，就是这二人的内息被封住了，而开门的跗骨丹，恰恰是克制内家高手的名药，再看陈七狼狈的样子，前因后果，沈佩玉瞬间了然。

就在这时，朱红色的山门"吱呀"一声，开了一道门缝儿，邓婆婆探身出来，冷着脸说道："魏先生，袁大爷，我家小姐有请！"

袁森一脸狐疑地皱了皱眉头，迈步向山门走去，魏三千也不落人后，迈步跟上。陈七和沈佩玉一前一后，随着袁森和魏三千刚要迈过门槛，邓婆婆一把拦住，沉着脸喝道："我家小姐并没有请二位，还请你们门外候着！"

说完，便"砰"的一声，关上了大门。陈七咽了一口唾沫，瞥了一眼旁边的沈佩玉，只见沈佩玉一双眼睛不住地上下打量自己，脸上缓缓地泛起了一抹狞笑。

陈七咳了一嗓子，壮了壮胆，闪身向台阶底下退去，想和沈佩玉拉开距离。怎料腿还没来得及动，就被沈佩玉一把揪住了领口，陈七下意识地一把抱住沈佩玉的胳膊，高声呼道："你要干什么？"

"哼，干什么？柳当先，吃了跗骨丹，你就是个普通人，半点儿内息都没有，我看你还怎么和我耍威风！"

沈佩玉瞳孔一缩，骤然发力，陈七只觉脖子一紧，身子倒飞而出，后背狠狠撞上了石阶。沈佩玉的脸上布满狰狞，一手掐住他的脖子，一手攥拳，"砰"的一声，捅在陈七肋下。一股钻心的剧痛直蹿入脑，陈七哀号一声，身子骤然蜷缩成了一个虾米。

"呸，狗东西！"沈佩玉啐了一口唾沫，一把捞起地上的陈七，抬手就是三个耳光，每一下都落在他的左脸上。这三巴掌，势沉劲大，扇得陈七嘴里腥咸一片，半边脑袋一阵眩晕。

沈佩玉松开手，徐徐将陈七放开。陈七咳着血，刚刚瘫倒在地，又被沈佩玉一脚踩在心口上，痛得他五脏翻腾，骨裂如断。

沈佩玉揪着陈七的耳朵，狞笑说："姓柳的，你知道我喜欢姜瑶喜欢多少年了吗？是！你和阿瑶有婚约，阿瑶又喜欢你喜欢得不得了，从小到大，她对你从来都是笑靥如花，对我都是冷淡如冰，但是……但是，我沈佩玉不在乎，只要她能看我一眼，不不不，不用她看我，我能看她一眼，我就打心眼儿里高兴，可你呢？为了个日本娘们儿，大婚当天，抛下姜瑶，逃下山去了！你知道阿瑶这些年是怎么过来的？她一个女人，在这江湖上受了多少委屈，受了多少嘲讽编派……你不心疼她，我心疼啊，那些乱嚼舌根的江湖人，我杀，我杀，见一个杀一个，我撇家舍业，一年十几回地往这儿跑，我守着她……护着她……好不容易她对我的态度有些转变了，她开始跟我说话了……就在我鼓起勇气向她求亲的时候，你他妈的竟然又出现了……你不是都不要她了吗？你又来干什么？"

陈七捂着腰腹，痛得一阵阵恶心，难受得说不出话来。

沈佩玉吐了口气，笑了笑，抓起陈七的头发，将他拉到身前，沉声说道：

“听着，第一，赶紧滚；第二，再也不要来找她。否则……倾我伤门之力，对你誓不罢休……你若不信，我便先杀了袁森。”

陈七喘了口气，缓缓举起右手，四指并拢，对天盟誓道：“你杀我可以，莫要动我师哥，他和这件事没有关系，是我非要拉着他来的。我对姜瑶有愧未了，有情未尽，我柳当先对天发誓，此生绝不再负姜瑶，若违此誓，葬身火海，尸骨无存！”

陈七这厮，发誓的时候早就存了心眼儿，故意拿柳当先的名头起誓言，心中思量道：“老天爷啊！老天爷！这都是柳爷的誓，与我陈七可没半点儿关系，再说这柳爷葬身火海也是事实，算不得我诅咒他，千怪万怪，莫怪我哦……”

沈佩玉一瞪眼，正要动手再打，朱红色的山门再度开了一道缝儿，邓婆婆站在门里冷声喝道：“你们干吗呢？”

光天化日之下，沈佩玉也不好再下狠手，便整了整衣袍，转身笑道：“没事儿，我和柳兄弟闹着玩儿呢！”

陈七此时面颊剧痛，左脸肿得老高，胸口处气血翻腾，恨得他不觉间握紧了双拳，牙床咬得生痛。

“小姐说了，外面风停了，估计是要下雨，你们都进来吧，过一夜，明天就都下山吧。”

陈七打了个喷嚏，小心翼翼地跟在沈佩玉的身后，走进了山门。

夜半，客房，袁森讨要了一壶药酒，将酒抹在手上，熟练地给趴在床上的陈七推拿……

“哎呀——啊——”陈七扯着脖子哀号。

袁森虎着脸，抬起手，不耐烦地说道：“你叫唤个屁啊，我还没碰着你呢！”

“我的大师兄啊——您可轻着点儿吧，我身上这骨头都要碎了啊。那个姓沈的王八蛋，下他娘的死手啊——小白脸子，没有好心眼子——”

袁森闻言，一声哼笑，拍了拍陈七的脖颈儿，示意他翻身。陈七费劲地挪动着膀子，张口问道：“你笑个啥，有没有点儿同情心啊？”

袁森笑道：“小白脸子，没有好心眼子，那你又是个啥？”

“我和那姓沈的可不一样。”

“哪儿不一样？”袁森追问道。

陈七一时语塞，梗着脖子，嘟囔道：“反正就是不一样……”

袁森趁着陈七走神，手上一用力，晃动一下陈七的肩关节，“咔嚓”一声猛地一拉，痛得陈七“嗷——”的一声坐了起来。

“没事了，复位了，试着活动活动。”袁森拍了拍陈七的肩膀。

陈七一边活动着膀子，一边坐起身来问道：“大师哥，这柳爷重聚八门的计划，眼下第一关就这么多道坎，后面可该怎么办啊？”

袁森长出了一口气，皱着眉头说道：“这选佛魁，必先开分金大会，即召集盗众八门，开香堂，滚雷阵，将继任者的名号履历宣告天地，由八门的当家出手，依照八门绝技，分别摆下陷阵、拔城、赴火、蹈刃、捕风、捉影、遁地、开天，共八道关隘。若同意其继任，便罢手放行遵号令，不同意便搭手搏命分高低，连破八关者挂印称魁，折戟沉沙者生死由命！若想以一门之力，力抗七门，绝无半点儿胜算，再加上九河龙王聂鹰眠在八门之中和柳师弟正当敌手，景、休两门交好，景门的人除了聂鹰眠肯定是不肯同意别人做佛魁的，所以就算开门念及旧情，放咱们过关，也还剩下五道关口，凭咱们的本事，也是孤掌难鸣，除非能联合四门，四对四，胜负才能维系在五五之数……”

“那柳爷有没有交代，是联合哪几门？”陈七追问道。

“柳师弟的计划是联合惊、开、生、死对战景、休、伤、杜。”袁森掰着手指头算道。

“为啥是这么个排布？”陈七问道。

“你看啊，景门的许知味、贺知杯哥俩，是休门聂鹰眠的死忠，休门的聂鹰眠是柳师弟的对头，伤门的沈佩玉是柳师弟的情敌，杜门的盲道人是个情报贩子，早年间手底下有见钱眼开的徒子徒孙倒卖抗联的布防图给日本人，被柳师弟给杀了十好几人，所以结下了梁子……”

陈七听到这里，一拍大腿，瞪着眼睛骂道：“敢情八门里头有四门都是咱对头啊！哎呀呀呀，这哪是什么四对四的计划啊，分明就是加上自己，柳爷只剩下四门没得罪了！哎呀呀……这里边还有恨不得活剐了柳爷的姜瑶，哎呀我的天啊！”

“所以才说，开门的站队至关重要，你可不能出错……”袁森苦口婆心地劝道。

陈七狠狠地搓了搓脸，苦着脸问道：“那生、死两门是咋回事？”

“生门的掌柜苏一倦，是个心怀天下的抗日志士，军需的药品一大半都是苏老先生运送的，他肯定能支持咱们，至于死门吗……”

“死门……怎么了，别告诉我，柳爷跟人家也有梁子！”陈七已经带上了哭腔。

袁森喝了口水，无奈地答道：“这死门啊，干的是挖坟掘墓的摸金行当，昼伏夜出，都在地底下活动，在江湖上也是神龙见首不见尾，死门当家——探花曹忡的名头，江湖人都知道，但谁也没见过他……”

陈七惊得嗓子里咕噜一声脆响，一抓头发，拍着桌子，冲袁森喊道：“我的天，敢情柳爷都不认识人家，就把人家算成自己伙的啦？”

袁森尴尬得嘴角抽搐了一下，连忙按着陈七的肩膀把他按在椅子上，沉声劝道：“这都不重要，关键是姜瑶。你也别光问我了，你怎么样？搞定姜瑶，你有把握吗？”

陈七闻言，一撸袖子，得意扬扬地说道：“要说打架，我肯定打不过柳爷，但若说搞女人，十个柳爷捆一块儿也不是咱的个儿！”

袁森瞥了一眼陈七肿得猪头一样的脑袋，脸上露出老大的不屑。袁森的表情被陈七敏锐地捕捉到了，只见陈七也不生气，端起桌上的茶水呷了一口，笑着问道：“大师哥，我且问你，今天这番遭遇，换成柳爷，又当如何？”

袁森沉思了一阵，回答道：“若是柳师弟，压根儿就不会吃那颗跗骨丹。柳师弟为人雷厉风行，果敢善断，绝不会让自己轻易地受制于人，在山门外不但不会被沈佩玉殴打，反而会在第一时间下手，格杀沈佩玉！”

“为什么要杀他？”陈七问道。

“因为沈佩玉的出现阻碍了柳师弟的计划，按着柳师弟的性子，神挡杀神，佛挡杀佛……”

陈七一声长叹，幽幽说道：“我算知道，柳爷为什么半生孤独了。”

“为什么？”袁森追问道。

“这女人恨一个男人一般分为三步：因慕生情，因情生爱，因爱生恨。柳爷大姜瑶十岁，姜瑶情窦初开的时候，正是柳爷江湖成名之时。柳爷年少英雄，姜瑶对柳爷的仰慕一定是少不了的，再加上两人自小就有婚约，所以自然也就因情生了爱。但是神女有梦，襄王无心啊！柳爷对姜瑶没有一点儿男女之情，为了逃婚，留学去了日本，这无形中让姜瑶很受伤。所幸，柳爷从日本归来，历经波折，为了抗日大业也好，为了父母之命也罢，总之他又起了和姜瑶成亲的心思，这让姜瑶心中再度燃起了希望。可惜啊！柳爷终究放不下那个日本娘们儿，拜堂当天反下山去了。柳爷这个人，心里压根儿就没喜欢过任何一个人，柳爷心中只有英雄大业，没有儿女情长。他因为旧情未泯，选择那个日本女人，但在选择了那个日本女人之后，仍然没有放弃自己的计划。为了笼络开门，一统贼门，又扭回过头来找姜瑶，这说明什么，说明柳爷根本没有爱过她们两个中的任何一个，就算爱过，也不够深，因为如果真的爱姜瑶，那天他就不会跟那个娘们儿下山，如果他真的爱那个日本娘们儿，他也不会在她死后，再回来找姜瑶……总之一句话，柳爷虽是做大事的英雄，却不是个怜人的情种。这件事，柳爷确实做得不对！”

袁森闻言，出言辩驳道：“就算柳师弟有负，那也不能为了儿女私情，罔顾是非！柳师弟当下做的是为国为民的大事，姜瑶应该帮咱们！”

陈七摇了摇头，接着说道：“就算扯上民族大义，该帮柳爷的是开门，而不是姜瑶，你懂不懂？”

袁森一脸木然地摇了摇头。

“开门是开门，姜瑶是姜瑶。开门是个门派，而姜瑶剥去当家人的身份，其实只是一个女人，一个希望被爱人肯定的女人。大师哥，这男人是靠理性思考，讲的是对错是非，而女人是靠感性思考，讲的只有爱与不爱。哪怕柳爷是个顶天立地的英雄，但是他不爱姜瑶，所以他对也是错，错也是错。若是柳爷爱姜瑶，哪怕他是个万人唾骂的懦夫，在姜瑶心里，他的一言一行，对也是对，错也是对。这，就是女人。”

袁森听得一脑袋雾水，琢磨了好半天，也没有想明白，过了半晌，才幽幽说道："你别光说不练，光便宜一张嘴上了，你看看今天你让人打成个这个熊样，还叭叭地给我上课呢？"

陈七将手里的茶杯放在桌上，跷起了二郎腿，笑着说道："大师哥，你别看我今天被打成这个惨样，但是这第一局，我已经赢了！"

"你就吹吧——"袁森扭过头去，不去看陈七的嘴脸。

"这怎么能叫吹呢？我跟你说，我经历过的女人，没有一千，也有八百，只要这双眼在女人脸上这么一扫，不用张嘴搭话，我就能将她的内心摸个七七八八。今日在湖边，若是姜瑶一切如常地与我寒暄，便说明在她心中早已经没了柳爷的位置，再怎么勾搭都是徒劳，但今日那姜瑶故意不去看我，拿我当透明一样，反倒说明她心中有鬼。在她发现咱们俩吞了跗骨丹的时候，她的眼眸闪了一下，说明她的内心已经掀起了轩然大波，但是她故作镇静。时至今日，她既没有忘记柳爷，又不知该如何相对，所以才故作不理不睬。到了湖上，她动手打我，将我击落水中，哈哈哈……"

袁森啐了一口茶叶沫子，扁着嘴骂道："真是贱骨头，人家打你，你还高兴成这个样子。"

"你不懂，这女人越打你，越恨你，说明她心里越忘不了你！在山门外，姜瑶故意将你支走，就是想让我和沈佩玉起争执，她想看看没有武功的柳当先，面对沈佩玉的羞辱，是会一走了之，还是坚持留下……我就是摸准了姜瑶必定躲在门后偷听，才故作硬气，挨了姓沈的一顿毒打，我赌咒发誓的那番话，其实就是说给姜瑶听的。果然，我赌对了，在沈佩玉正要再下狠手的时候，邓婆婆出言，阻止了他……这说明什么？第一，柳爷在姜瑶心里还有地位；第二，姜瑶这个人嘴硬心软；第三，咱们还有机会！"

袁森听到此处，愁眉大展，拊掌笑道："厉害厉害，说实话，今天我真担心你受不了毒打，直接撂挑子，把实话招了，想不到你还挺硬气，硬是扛下来了。"

陈七一声苦笑，哀声说道："其实我不是硬气，只是不傻而已，你看到姜瑶刚看我的那个眼神没有，那可亮着光呢。这女人大多都是靠念想活着的。你信不信，我要是把柳爷已经烧死在岳阳楼的事往外这么一递，姜瑶当时就得疯，直接就得捅死我……”

袁森心情大好，拍着陈七的肩膀说道：“你这厮，骗女人，倒还真有一套。”

陈七拨开了袁森的手，直起腰来，一脸神气地说道：“您还真别瞧不起骗，这骗，也是需要勤学苦练的。再说了，这可是我吃饭的本事，半点儿都马虎不得。”

说完，只见陈七在枕头底下一阵摸索，拽出了一根竹管，坐到桌前，对着蜡烛上的火苗来回熏烘，摆弄了一阵，又拔出了怀里的百辟，在竹管上轻轻地钻着窟窿。

“你在干吗？”袁森问道。

“做箫！”陈七头也不抬地答道。

“箫？你还会吹箫？”袁森诧异地问道。

“你不知道，我是花楼里的窑姐养大的，吹拉弹唱，小爷我是无一不精啊！呼——”陈七吹了吹竹管里的碎屑，又继续熏烤起来。

箫，依制作材料来分，有竹箫、瓷箫、玉箫、铁箫、纸箫。唯独这竹箫的制作最为简单，多用紫竹、黄枯竹或白竹。太白山盛产黄枯竹，上山的时候，陈七选了一根三年以上的老竹，用百辟截下一段，揣在了怀里，此时夜深人静，正好拿出来雕磨。

转眼过去了两个多时辰，袁森手拄着下巴，支着整个上身睡得昏天黑地，蒙蒙眬眬中，一声风响传来……

如怨如慕，如泣如诉，飘飘荡荡如风吹松林；万壑归声，呜呜咽咽如山泉斗折，秋雨淋漓。

袁森缓缓睁开眼睛，只见窗边月下，陈七一人一灯一洞箫，两眼微闭，手指张合，一段绵远悠长的曲调自他手中的箫管缓缓荡开……

一盏茶的工夫，箫声间歇，陈七打了哈欠，伸了个懒腰，走到床边坐下。袁森走过去正要问话，却被陈七一个眼色阻止。只见陈七指了指耳朵，又指了指窗外，随即沉声说道：“大师哥，你知道这曲子叫什么？”

袁森一脸茫然地摇了摇头。

“这曲子本名叫作《笑春风》，是唐代一个书生所作。”

袁森回想了一下刚才的旋律，不解地问道：“既然是春风，为什么调子如此悲苦呢？”

陈七一声长叹，幽幽说道：“这里头有个故事，说的是唐代博陵县有一位书生姓崔，清明时节，进京赶考，考后到南郊游玩，一路漫行，不知不觉走到了一片桃林深处。落英缤纷中，有茅屋一座，竹篱小院，简朴雅洁。崔书生上门讨水，邂逅了一位纯美灵秀的姑娘，那姑娘名叫绛娘，琴棋书画无一不精，两人琴箫相和，引为知音。分别之时，崔书生允诺，放榜之后，便来提亲。怎知崔书生第一年未中，名落孙山，崔书生自觉无颜面对绛娘，于是未来一信，默默回了老家，刻苦攻读。第二年，又来京城赶考，这一次，崔书生金榜题名，高中了进士。放榜之后，崔书生备好了花红表礼，马不停蹄地赶往桃林，寻到了茅屋。然而这一次，他没有见到绛娘，只见到绛娘白发苍苍的父亲。原来去年放榜之后，绛娘迟迟等不到崔书生，于是茶饭不思，忧虑成疾，没过多久就过世了……崔书生伤心欲绝，将二人去年琴箫合作的曲谱细细收好，在门上提笔写道：‘去年今日此门中，人面桃花相映红。人面不知何处去，桃花依旧笑春风。’所以，这曲子就叫《笑春风》……”

袁森听完这个故事，瞪着眼睛骂道：“这姓崔的忒不是个东西，人在身边的时候，不知道好好珍惜，人没了，又大呼后悔，我去他妈的，还笑春风，笑他娘个屁！”

陈七一边拽着袁森的手臂，一边狠命地打着眼色，同时笑着附和道：“是啊，崔书生不是个好东西，可我又能比他强上多少呢？五十步笑百步罢了，幸好，老天垂怜，我还有弥补的机会，哈哈哈，也罢，今日便是死在太白山，我也不愿在悔恨中度过余生。大师兄，你知道吗，其实我心里有很多话想对她说，哪怕她每打我一顿，便能听我说上一句话，我便被她打死也值了，哈哈哈，睡吧！”

说完，陈七便倒在了床上，不再言语。袁森会意，知道窗外有人偷听，不敢胡乱搭茬，便吹熄了灯火，也跟着沉沉地睡了过去。

第二卷 唯刀百辟

第一章　先锋营

翌日黄昏，平安小筑。

湖边大槐树下，风吹枝叶，簌簌作响。陈七一人一箫，倚靠着树，和着风声，呜呜咽咽地奏响了箫，赫然是一首边关曲，名曰《关山月》。

一盏茶的工夫，箫声将尽，陈七的身后突然传来了一阵脚步声。姜瑶纤细的身影沿着湖边的小路缓缓靠近，来到陈七的身前。陈七一愣，眼神里雾气闪动。他故作闪躲，却又痴痴地抬起了双眼，配合哽咽的喉咙、颤抖的嘴角、微蹙的眉头，一瞬间，将一个饱受相思之苦的痴情浪子的形象刻画得入木三分、惟妙惟肖。毕竟这个神态，陈七已经对着镜子苦练了十年，这个眼神，是陈七在脂粉堆里与各种女人做了无数个斗智斗勇的周旋后得来的，并且历经了十几次改良，如今已经到了大巧若拙、天衣无缝的水准。且不论别的手段，单单是哭，陈七就有眼眶湿红、泪在眼眶里打转、泪夺眶而出、泪流满面、泣不成声等好几种方式，每种都信手拈来。这是陈七吃饭的本事，专业性不容丝毫置疑。

和久经脂粉沙场的陈七相比，自幼长在太白山，从没出过天水半步的姜瑶，在情爱上简直就像白纸一张。那姜瑶看到陈七这一刻的神情，心顿时一软，眼神中不经意地漫出了一抹心痛。就这一瞬间的失神，便被陈七敏锐地捕捉到了。陈七心内一喜，却不动声色，故意挤出了一个笑容，站起身来，欲语还休地说了一句："你……你怎么来了？"

姜瑶沉默了一会儿，指着陈七手里的洞箫，故作冰冷地问了一句："你几时学的？”

陈七抿了抿嘴，一脸沧桑地说道：“有酒吗？”

姜瑶愣了一下，从腰后抽出了一只羊皮的酒囊，扔给了陈七。陈七拔开塞子，仰头喝了一口，长吐了一口气，盘腿坐在地上，脱下自己的外套铺在旁边，示意姜瑶坐过来。姜瑶犹豫了一会儿，终于忍不住心内的好奇，坐在了陈七的旁边……

陈七望着天上的星星，面朝北边，徐徐说道：“阿瑶，我第一次听洞箫，是在抗联第一路军的新兵营。我受杨军长委托，操练新兵。弄箫的是个贵州来的学生，二十几岁，跟你的年纪差不多，叫靳海峰，小身板单薄得都赶不上农村的大姑娘，要不是四百多新兵里，就他一个识字的，我早把他撵走了。新兵营三个月，每天晚上都能听到他的箫声。我问他说：‘海峰啊，你一个读书人，大老远地跑来参军，凑的什么热闹？’靳海峰对我说：‘柳营长，日本人打中国军队，我不参与，因为我不是军人；日本围剿游击队，我不参与，因为我不是游击队；日本屠杀民兵，我不参与，因为我不是民兵；等到日本人将来杀读书人的时候，我们已然是孤掌难鸣了……所以，柳营长，抗日，从来就不仅仅是军人的事！’他的话，我咀嚼了好久，就这样，我们成了朋友。我教他习武，打熬身体；他教我音乐，宫商角徵羽。新兵营结束，我问他：‘你会这么多乐器，为什么单单喜欢洞箫呢？’他说他有个喜欢的姑娘姓萧，是他师范的同学，他喜欢那姑娘好几年了，那姑娘对他也有好感，但靳海峰始终没能鼓起勇气向她表白，他想着打完日本人就回老家去，向那姑娘表露心意……他忘不了她，想她的时候，就吹上一阵，也算是个慰藉。我听完他的话，没说什么，就离开新兵营，去向杨军长复命了。我最后一次见他，是在东北的小孤山，那是去年三月份，农历二月十七，吉林省宝清地界。大雪封山，天寒地冻，日伪军出动300余人，企图袭击东北抗日联军第五军密营。日伪军凌晨起行军，进至宝清城以东的头道卡子，被执行警戒任务的第五军第三师第八团第一连发现。这个时候，靳海峰已经是连长了，他受命带队占领附近的小孤山制高点进行阻击，掩护主力转移。拂晓，日伪军向小孤山发起攻击。靳海峰带队，凭着岩石、树木筑起了‘雪垒’，山下是黑压压的敌军，冲在前面的是伪兴安军约300人，后面是日军100多人，而靳海峰的一连，加上他，也只有14个人……破晓时分，两方人马开始交火，日本人集中了4门迫击炮，向山头猛轰。混乱中，靳海峰的双腿被炸断……他拖着两条断腿，举着连里仅有的一支机枪，趴在土丘后面，向冲上山坡的敌军扫射，打退了敌人的第一次试探性进攻。一炷香后，日本人密集的炮弹再次压了下来……在这次不到一个小时的战斗里，一连共击毙日寇25人，重伤10人，击毙伪兴安军70多人，重伤15人，打死敌军马90余匹。一连14名官兵中有12人壮烈殉国。由于大雪封山，我带领的先锋营在第三天晚上才赶到小孤山……刨开齐腰身的大雪，挖出埋在底下已经冻硬了的战士们。大师兄含着眼泪想掰开他们的手指头，取下他们攥着的步枪，但是……他们生前攥得太紧了，死后还死死地攥着。没有办法，我们只能用刀一根根地挑开他们的手指头……靳海峰也死了，他临死前拉响了最后一颗手榴弹，和两个伪军同归于尽了。他腰里的洞箫也炸断了，我只找到了半截。在那半截洞箫上，我发现了四个用小刀刻上去的字，阿瑶你猜，他刻的什么字？”陈七扭过头去，看着姜瑶，柔声问道。

此时，姜瑶已经完全被陈七的故事吸引住了，两只手攥得死死的，整个身心依然沉浸在陈七的讲述中。

“什么字？”姜瑶回过神后急声问道。

陈七一声长叹，沉声说道：“那半截洞箫上刻着的四个字，乃是‘她嫁人了’……”

“她嫁人了？”姜瑶重复了一遍。

陈七深吸了一口气，摇着头说道：“世人只知道马革裹尸是军人的宿命，却不知道军人也是人，他们不是机器，也有感情，也有遗憾……靳海峰到死都没有来得及和他心爱的姑娘表露情意，这世上最令人痛心的事，便是错过……而我，不想像靳海峰一样。我也会死，但是我不想带着遗憾死。阿瑶，我得见你一面，把心里的话和你说说，做错了的事，我得来认错，不然，我死也闭不上眼睛……”

在来太白山的路上，袁森给陈七讲了不少柳当先和抗联的故事。陈七脑子活络，记性又好，只听了一遍，便记住了大半。此刻，陈七用柳当先的身份和姜瑶“久别重逢”，一段关于爱情和战争的故事，就这样自然地脱口而出。这故事本就取自真人真事，再加上陈七口齿伶俐、声情并茂的讲述，直将姜瑶这个涉世不深、心思单纯的女子震撼得五脏都揪在了一起……

陈七暗自窃喜，心中念道：“女人大多心软，我将柳爷这些年的艰辛过往讲给她听，由不得她不心疼。只要她稍有动容，我便能见缝插针，撬开她的心扉。”

只见姜瑶沉吟了一阵，抬头说道：“那姑娘不该嫁人的，靳海峰为国杀敌，她既然对靳海峰有好感，便该在家乡等着他！”

姜瑶话刚说出口，陈七便一下子拉下了脸，两眼阴沉沉的，仿佛想起了某些让他非常恼怒的往事。

“你……怎么了？”

陈七甩了甩脑袋，心中暗暗念道：“控制情绪，控制情绪，当前的第一要务是哄好姜瑶，其他的事，别乱想，别乱说，别乱讲……深呼吸……”

姜瑶看出了陈七脸上的不对劲儿，更觉好奇，连忙问道：“怎么，你觉得我说得不对吗？男人做大事，女人为他等待，有什么不对吗？”

陈七听了姜瑶这话，再也压不住内心的火气，霍然起身，沉声说道：“不对！不对！当然不对，什么狗屁理论！女人也是人，女人不是个物件，男人有做选择的权利，女人也有，凭什么女人就一定要为了男人的选择而选择！在这件事上，那姑娘没有错，错在靳海峰，唯唯诺诺，扭扭捏捏，爱人家姑娘，为什么不敢说？人家姑娘为什么要为了一段连表白都不敢的感情，放弃一生的幸福来等你？”

陈七这段话，确实是他的心里话。按理来说，他不该在这个时候和姜瑶说这些。陈七自幼是个孤儿，乃是娼寮里的花姨将他养大，陈七一直拿花姨当娘亲看待。十几年前，花姨爱上了一个读书人，拿着给自己赎身的钱资助那人考讲武堂，供他吃穿用度。后来，那读书人被一个山西的军阀看中并带去了山西，走的时候，那读书人也许下了海誓山盟，说自己有朝一日飞黄腾达，必八抬大轿，将花姨迎娶进门，做正房太太。

就这样，花姨等了一年又一年，从二十几岁等到三十几岁，从三十几岁等到四十几岁，从四十几岁等到五十几岁，那个读书人再也没有出现过，以至于陈七长大虽然做了骗女人的小白脸，却也只是和那些豪门太太、富家婆娘、风流戏子逢场作戏，更不会随便碰良家的姑娘。说到底，就是因为这件事对幼时的陈七造成了很大的影响。陈七是花姨养大的，陈七亲眼见证了一个女人的等待有多么的辛苦，多么的无力，多么的可悲，所以陈七从小就认定男人有做选择的权利，女人也有，女人万万不该为了男人的选择而选择！

所以，当姜瑶说起“男人做大事，女人为他等待”这句话的时候，陈七的脑海里瞬间浮现出花姨的影子，一股火气再也憋不住，噌地一下蹿了上来。

姜瑶被一脸激愤的陈七吓得愣住了。陈七喘了两口气，回过神来，一脸尴尬地说道：“对不起……我不该这样的……”

万万没想到，还没等陈七说完，姜瑶竟然展颜一笑，两只眼里竟然泛起了泪花。

“对……对不起，我无意冒犯！”陈七恨不得抽自己一个大嘴巴，精心制造的氛围被自己给搅和了。他正懊恼间，只见姜瑶站起身来，缓缓走到自己的身前，一双美目牢牢地看着自己的双眼，柔声问道：“你……真的是柳当先吗？”

陈七浑身一震，小腿一软，心脏猛地一阵狂跳。

“难道……她认出我是个冒牌货了？”

陈七强作镇定，舔了舔嘴唇答道：“我……我不是柳当先，还……还能是谁呢？”

姜瑶的瞳孔闪烁了一下，摇着头说道：“我也不知道，只不过，现在的你和我印象中的你，完全不一样……”

陈七提着气，故作轻松地笑道：“哪里不一样？”

姜瑶转过身去，沿着湖岸徐徐漫步，陈七随后跟上，只听姜瑶缓缓说道：“我印象中的你，孤傲张狂，睥睨江湖，从小到大，无论武功、谋略、智计，你总是最好的那个，你没有错，也不会错，更不会向别人认错。记得吗，我十一岁那年冬天，沈佩玉艺成，下山走镖，在山东和当地的绿林人起了冲突，伤了那山寨的寨主。其实那件事本不怪伤门，沈佩玉按规矩已经掏了买路的银子，是那山寨的寨主贪心不足，狮子大开口，翻着倍地讹诈，沈佩玉忍无可忍才出手伤了他。你得了消息之后，不问青红皂白，带了人直奔山东，在济南府劫了沈佩玉的镖，打断了沈佩玉三根肋骨，非逼着沈佩玉当着山东所有绿林人的面，给那个山寨的寨主奉茶赔罪，才还了人家的镖。你认为惊门掌管北方绿林，绿林的面子就是惊门的尊严，不容冒犯。我十三岁那年年三十，惊、开两门在祁连山聚会，一起过年。你从江西回来，给孙六叔带了酒，给许伯伯带了茶，给二麻子带了一把左轮手枪，给杨三醒带了一块西洋手表，因为你知道，这些人不是你将来执掌绿林的臂助，就是能为你冲锋陷阵的干将，这份感情需要你用心经营，但是我呢……我从腊月二十九的晚上开始就坐在山门口的石狮子后头等着你，等啊等，等啊等，在你和他们觥筹交错，大口喝酒，大口吃肉的时候，我只能坐在门槛上看着你，心里想着：哪怕你给我带回来一只小狗小猫也是好的啊……但是你不会，你打心眼里反感咱们俩的婚约，你不止一次地在酒后和你的兄弟们说，男人的江山，就该一刀一枪地打下来，靠女人陪嫁过来的地盘，谁稀罕。是的，我都听到了，虽然我不说，但是我很难过……你是惊门的英雄，绿林的掌舵，但唯独不是我的……丈夫……”

陈七正要张口说话，却被姜瑶摆手止住：“先听我说下去。”

“好。”

“我十五岁那年，为了逃婚，你去了日本留学。走之前，你交代了袁森师兄，让他恩威并施，抓紧时间平定河北的内讧；你交代了你的师父许惊雷，让他暂掌刑堂，扶持年轻一辈；你交代了虎妞姐，让她替你好好照顾你爹柳鹤亭，但是……你交代了那么多人，却唯独没有给我一个交代……我就这样等啊等，等啊等。又过了三年，我听人说，你从日本回来，投了抗联，在东北打日本人，江湖上到处都在流传你的传奇事迹，你成了天下江湖人的英雄，我打心眼儿里高兴……又过了大半年，你突然来到太白山，要和我成亲……你知道吗，当时的我有多么开心，多么兴奋。我从小崇拜的英雄，要来娶我了，我幸福得好几天都没有睡着觉……”

说着说着，姜瑶已经带着陈七走进了一片竹林。竹林正中有道曲折的回廊，连接了七座亭台，亭台上的红漆斑驳破败，看样子已经荒废了许久。只见姜瑶放慢了步子，引着陈七走上回廊，行至中间最大的亭子，指着柱子上刀劈斧凿的痕迹，涩声说道：“那天，我化了妆，盖好了盖头，我们就在这里拜了天地，下面坐满了前来道贺的江湖人。然而，就在那个方向，对，北面，杀进来好几百个日本忍者。混战中，所有人都杀红了眼，一个戴着猫脸面具的女忍者被袁森师兄一掌劈碎了面具。一个满眼泪水的日本女人看着你，撕心裂肺地喊了一声‘弘一君——’，就是这一声喊，让你转身就扔下了我，从袁森师兄的手里救下了那个日本女人，更不惜与在场的所有人翻脸，背着那个女人，冲出战团，下了山……而我，就站在这里，自己掀开了盖头，眼睁睁地看着你远去……”

* * *

陈七抚摸着柱上的刀痕和周边倒塌的围栏，以及石桥回廊上的弹孔，想象着这场拼杀的惨烈。默立良久，一抬眼，只见姜瑶呆呆地看着他，轻声说道：“在我的记忆里，柳当先是个和书里一样的人物，他豪气干云，有勇有谋，忠肝义胆，公正无私……总之，所有大英雄该有的品质，他都有。可是，那终究是书里的人，我和他总隔着一层云雾，我在山脚下，他在山顶上，我总在仰望……好像一个凡人在朝拜一尊神祇。神祇是高贵的，不容侵犯的，而凡人，则是卑微的，无谓的……神不会有错，也不会认错，错的只有凡人，我不知道，这算不算是爱……”

陈七长叹了一口气，为姜瑶感到一阵莫名的心痛。这个单纯的姑娘对柳当先爱得该是怎样的卑微，怎样的痴醉，怎样的小心翼翼，最后又是怎样的心如刀割。

沉默了好久，陈七试探着问道：“你觉得，我和过去是哪里不同了？”

姜瑶拢了拢耳后的头发，徐徐说道：“这次见你，你下来了……”

“下来了？什么意思？”

“这次见你，我发现，你不再高高地立在山顶，你穿过云雾，走了下来，和我一起站在了山脚下，你会笑，会恼，会和我说话，没有了过去那种高高在上的孤傲，你越来越像一个普通人……在湖水里任我作弄，为了我，愿意挨沈佩玉的拳头……这都让我无比的意外……”

“难道以前，我便不能为你做这些吗？”陈七问道。

姜瑶摇了摇头，一脸笃定地说道：“若是从前的你，根本就不会吃掉那颗跗骨丹，从前的你，根本不会受制于任何人。在山脚下，你也根本不会受沈佩玉的羞辱，你会在第一时间杀了他！”

“这人不是物件，哪个力气大，哪个便能抢了去，柳当先要的是你的心，感情的事情，杀人有用吗？”

陈七此时听了姜瑶说起这么多柳当先的过往，心里对柳当先竟然生出了一股极为矛盾的情绪，既慨叹柳当先做大事上的英雄了得，又愤慨于柳当先处理感情问题时的拖泥带水，愤懑之下，竟然忘了自己假扮柳当先这回事，嘴巴一快，说出了这么一句话。

姜瑶眼睛骤然一湿，盯着陈七的眼睛，涩声问道：“你……你刚才说什么？”

陈七打了个激灵，顿觉失言，赶忙背过身去，小声嘀咕道：“没……没说什么啊！”

姜瑶拉着陈七的衣袖，流着眼泪说道：“你说了……你说了……”

陈七目光闪烁，不敢去看姜瑶那让人心碎的眼神，只能低着脑袋嘟囔道：“我说……这人，不是物件，哪个力气大，哪个便能抢了去……”

“不是这句！不是这句，是下一句……”姜瑶拽住陈七的袖子，苦求着他。

“我……我说……柳当先要的是你的心……感情的事……杀人……”

“够了，就是这句！”姜瑶伸手掩住了陈七的嘴唇，纤纤玉指，软玉温香，陈七一时间竟然呆住了。

“柳哥哥……我终于等到这句了……”姜瑶身子一颤，两行泪水顺着眼角淌了下来。

陈七有些尴尬地四处瞟了瞟，试探着问道："那你是喜欢现在的我，还是原来的我……"

姜瑶展颜一笑，柔声说道："你猜……"

言罢，脚步一转，飘飘荡荡地穿过弯弯曲曲的回廊，消失在了夜幕深处。

陈七苦笑着摇了摇头，用手里的洞箫轻轻地敲打着自己的脑门，心里五味杂陈，既可怜这痴情如斯的姜瑶，又可怜那哀其不幸、怒其不争的柳当先……

然而，这天下的可怜人远远不止姜瑶和柳当先两个。竹林深处，沈佩玉正跪在泥土里，目眦尽裂，双手抠住一株竹子，手指深深地抓透了竹身，开裂的竹条在他手上划了无数细密的血口，他也全然不顾。适才姜瑶和陈七的一番对话，一字不落地传进了他的耳朵。

"姜瑶！我苦恋你十年……你对我不曾有过半点儿顾念，那柳当先对你一负再负，你却对他念念不忘……姜瑶啊姜瑶，你的心肝是被狗吃了吗……"

突然，风动草响，沈佩玉警觉地抬起头来，一只宽厚的大手按在了他的肩头。

"魏先生？"

沈佩玉抹了一把脸上的眼泪，抽了抽鼻子，转身看向了立在身后的魏三千。魏三千一招手，半空中飞来一只大雕，落在了他的肩头。魏三千的右手从怀中拿出了一包肉干，一根一根地喂进了大雕的口中。

"少当家，你可知道这雕是怎么驯出来的？"

沈佩玉此刻刚刚经历过情殇，心如死灰，哪里有兴趣和魏三千讨论驯雕，当下一摇头，闷声答道："不知道！"

魏三千也不生气，只是笑了笑，接着说道："这驯雕之法，说难也难，说易也易，无非三点：诱、熬、饲。所谓诱，便是用活禽作饵，以网套捕之。这诱饵要香，要肥，要鲜，才能吸引住雕。等你将雕捕获后，便要熬它。所谓熬，你首先要做一个皮面罩，蒙住雕头，使它看不见东西，然后把它放在一根横吊在空中的木棍上，来回扯动这根吊着的木棍，使雕无法稳定地站立。就这样连续数个昼夜，将雕弄得神魂颠倒、精疲力竭，每当它摔倒在地时，你就往雕头上浇凉水，使其苏醒，然后给它喂点儿盐水或茶水，但不喂肉食。大约半月之后，雕的野性褪去，逐渐得以驯化，这个时候，就可以饲之了。所谓饲，便是喂食。这喂食也有一套方法：驯雕人把肉放在手臂的皮套上，让雕前来啄食，饥饿许久的猎雕见了肉便不顾一切地扑过来。驯雕人需要一次次把距离拉远，直到雕能飞起来啄到驯雕人手臂上的肉为止。久而久之，这雕才能对驯雕人产生依赖。初起时，要先把雕尾的羽毛用线缝起来，让它无法高飞，只能在小范围内活动。用拴在草地上的活兔或捆着肉的狐狸皮作猎物，让它由空中俯冲叼食。这样训练一段时间后，再拆去尾部的线，但要在腿上拴一根长绳，像放风筝一样地让雕去捕捉猎物。待熟练后，可将手中的绳子松开，但不能取掉，因为一旦它要飞跑，绳子还吊在空中，猎手骑马很容易就能追到。至此，再饲上两年，方可拆开绳子，这雕才算驯成了……”

沈佩玉听着魏三千的话，仿佛想通了什么关节，又仿佛隔着一层窗纸，朦朦胧胧，无法捕捉。

魏三千见沈佩玉面带迷茫，随即解释道：“这追女人和驯雕是一个道理，也得诱、熬、饲。这诱的功夫，你已经做到了极致，凡是姜瑶想要的，哪怕是星星月亮你都会去摘给她，但是光凭献好是打动不了女人的心的。女人也有野性，这就需要你下功夫去熬，把她的人熬熟了，性子磨平了，她才能甘愿被你所饲，留在你的身边，否则，她和那一飞冲天的鹰隼没什么区别，吃饱了你的肉，拍拍翅膀，说走就走！”

“那……我该怎么做呢？”沈佩玉问道。

魏三千面色一冷，凑到了沈佩玉的耳边，低声说了一阵。

沈佩玉越听越惊，冷汗顺着脑门子滴了下来……

“不行——”沈佩玉一声惊呼，推开了魏三千。

魏三千也不恼怒，只是轻轻地转着手上的扳指，淡淡地说道：“公子你心善，有如此多的顾忌，可你有没有想过，当年在山东响马营，那柳当先可对你有过半点儿顾忌……那可是在好几百个绿林人面前啊……他打伤了你，还让你屈膝奉茶……这是多大的折辱啊——”

“别说了——”沈佩玉一声断喝，打断了魏三千的话，额上青筋条条暴起，满眼的血红。

“公子爷，须知‘量小非君子，无毒不丈夫’啊，适才那二人的言语你也听见了，再不出手，为时晚矣，到时候追悔莫及，可别怪老朽没有提醒你……”

说完，一摊手，托出了一个瓷瓶子。沈佩玉拔开瓶塞，倒出了里面的药粉，放在鼻尖前嗅了嗅，惊声呼道：“软筋散？你哪儿来的？”

“上次咱们走镖遇见的那群拍花的拐子，你可还记得？”

“记得，那伙拐子擅用软筋散，专拐年轻女子卖到洋船上……不对啊……他们见财起意，想给咱的伙计下药劫镖，一伙儿十三人，不都让咱们杀了吗……你这软筋散哪儿来的？”

“我把那伙人杀了，从他们身上搜出来不少药粉……咱们不妨就用在开门身上……”

“你疯了！”沈佩玉一把揪住魏三千的脖领子，瞪着眼睛喊道。

“放心，我会做得很干净，不会有人发现的。再说了……公子，我这可都是为了你啊……须知箭在弦上，不得不发啊！”

沈佩玉喘着粗气，在竹林里来回踱步。约有半炷香的时间只见沈佩玉一咬牙，闷声说道：“干了！可是……先说好了，除了柳当先和袁森，不可多杀一人！”

魏三千幽幽一笑，小声说道：“那是自然，这姜瑶日后便是我的主母，岂敢造次？老朽先为公子贺喜了……”

“那取水的水井乃是开门要地，日夜有人轮班把守，若想将这软筋散神不知鬼不觉地投进去，怕是没有人能办到。”沈佩玉一脸担忧地说道。

魏三千咧嘴一笑，抚摸着肩膀上的雕，喃喃自语道：“人办不到，未必雕办不到……这软筋散无色无味，吃到肚子里，不出一炷香的时间，就会酸麻无力，瘫软倒地，手不能举，脚不能抬，到时候整个开门上下，还不是任公子摆布，只待明日晚饭之后……”

与此同时，袁森房中，陈七喝干了桌上的凉茶，坐在袁森旁边焦急地问道：“大师兄，你的功夫还要多久才能恢复？”

“中了跗骨丹，半个月内无法运气，如今过去了三天，还剩十二天。”

“这跗骨丹没有法子解开吗？”

“没有，这跗骨丹没有解药，因为这跗骨丹根本就不是什么毒药，而是一种补药，因为它能冲散气血，疏通气脉。有道是，外练筋骨皮，内练一口气。须知内家高手一身本事全在搬运气血的功夫上。然而，这短期内迅速地调动气血，虽然能让人有轻身提纵、开碑裂石的本事，但是毕竟有逆人体血气流动的规律，长年累月的施为，总会对身体有所损伤，对五脏多有耗损，而这跗骨丹正是以药力强行疏通气脉，起到松弛气血的作用，这气血一松弛，自然调动不得，虽然这半个月无法动用内家手段，但是正好将养身体。时间一到，药力自行失效。你放心，这里是开门总堂，日本人找不到这里的。”袁森漫不经心地答道。

陈七急得直跺脚，说道：“不用日本人杀我，中国人就够我喝一壶的了。”

“怎么，昨天和姜瑶聊崩了？”袁森张开眼，惊声问道。

“崩个屁，兄弟我泡女人，就没失过手，不但没聊崩，反而比我想象中的进展要快！”陈七答道。

“那你怕个球？”袁森给了陈七一个白眼。

“不是姜瑶要杀我，我是担心那个姓沈的小白脸，那不也算……我的情敌，不对，是柳爷的情敌！我这边和姜瑶干柴烈火的，那小白脸子不得气得火冒三丈啊，万一他……他起了歪心呢？戏文里说的好，怒从心头起，恶向胆边生，睁开眉下眼，咬碎口中牙，他……他万一给我来个什么月黑杀人夜，风高防火天的，可……可咋整啊？你这现在又是废人一个——”

“啪——”袁森一个巴掌扇在了陈七的后脖颈儿上，疼得陈七“啊”的一声，蹦起老高。

“你打我干吗？”

“你才是废人呢！”袁森骂了他一句，随即说道：“你放心，这是开门总堂，谅他沈佩玉也没那个胆子，你且好好地和姜瑶培养感情，其余的事，无须担心。”

就在陈七和袁森在房中扯皮的同时，后山的花园里，姜瑶正坐在秋千上，一手托腮，一手捏着一个刺绣的布偶，一遍遍地回想陈七和她说的那些话。那布偶乃是用女子的手绢缝成，依稀是个男子的样貌，脸上勾画着的眉眼，极有柳当先的神态。

“柳哥哥，咱俩二十几年说的话加起来，都没有昨天那一晚上讲的多……”

姜瑶捏了捏布偶的脸蛋，一阵轻笑。

突然，一只手猛地从姜瑶身后伸出，攥住那布偶的腿，“嗖”地一下将那布偶从姜瑶怀里拽走。姜瑶吓了一跳，起身回头，正瞧见一脸嗔怪的邓婆婆站在她的背后，手里倒提着那只布偶。

“邓婆婆，你几时来的？”姜瑶展颜一笑，从邓婆婆手里抢回布偶，拉着邓婆婆和她一起并肩坐在秋千上。

“我啊……来了半天了，就站在你身后，你都不知道，光顾着傻笑，也不知道你这些年的功夫都练到哪儿去了。”邓婆婆一边数落着姜瑶，一边靠到姜瑶的身后，熟练细致地帮她整理辫子。

“邓婆婆，你知道吗，柳哥哥他——”邓婆婆轻轻在她后脑勺上一拍，打断了她的话头。只听邓婆婆叹了口气，柔声说道：“傻孩子，婆婆早就说过，这男人的嘴，欺神骗鬼，偏偏你和你娘两个人傻心善耳朵根子软……”

“邓婆婆，柳哥哥这次回来真的不一样了，你没发现吗？”姜瑶小声问道。

邓婆婆沉吟了一阵，自言自语地说道：“是有些不一样了，那股子杀气和锐气似乎淡了很多，但是……但是……总之姓柳的不是好人，你个小妮子万万不敢轻易信他……不过，那姓沈的也不是什么好人，这俩比起来，老婆子反倒是对柳当先还有几分好感。”

姜瑶听到这里，忍不住问道：“邓婆婆，平日里这山上骂柳当先最多的就是你，怎么今日反倒还说了他的好话？”

邓婆婆叹了口气，徐徐说道：“就事论事而已，非是老婆子说姓柳的好话，这姓柳的虽然用情不一，感情上一堆糊涂账，但大节上终究是不亏的，在东北保着抗联的杨军长打日本人，冲锋陷阵，出生入死，不愧是一条抗日的好汉……可那沈佩玉……据我所知，伤门门下的镖局，有不少在帮着日本人押运咱们国内的文物国宝到日占区，我不信这件事姓沈的不知道，要么是他装糊涂，要么是这里边他也插了手！哼，若不是他做得隐秘，抓不到证据，老婆子早就和他翻脸，将他赶出太白山了……好了好了，不说这些丧气事，要我说，若要试探姓柳的这次上山是否真心，婆婆我倒有一条锦囊妙计……”

“什么计？”姜瑶满眼惊喜地问道。

“附耳过来！”邓婆婆眉毛一挑……

第二章　妖忍三千

太白山脚下，渭河北，眉县县城。

县城东头有一间废弃的货场。此刻，仓库之内，一灯如豆，头戴鬼面的虫大师正坐在一张桌子后面，手提一支狼毫，在桌上铺的一面白绢上作画。在他的身后，立着乔装佩刀的中谷忍成。

虫大师的画技很高，运笔流畅飘逸，色彩浓淡、明暗转换，都掌控得精准练达。不多时，一幅墨彩浓烈、栩栩如生的人物群像图便跃然帛上。

“中谷君，炮兵都部署妥当了吗？”虫大师头也不抬地问道。

“炮兵队伍已经渗透集结，全员待命。”中谷忍成沉声答道。

虫大师满意地点了点头，接着说道：“注意隐蔽，如今上山的道路还没有查探到，只要地图一到手，咱们就发动进攻，现在我们先在这里安心等待乌鸦的消息。”

中谷忍成犹豫了一下，张口问道：“虫大师，那个乌鸦迟迟没有回信，如今已经合围，不如直接攻之。”

虫大师摇了摇头，放下了手里的毛笔，笑着说道：“中谷君，这战争之道，谓之曰：‘兵法。’兵法之道，一分为二，一曰正，一曰奇。正奇相和，方能有鬼神莫测之变，攻城拔寨之威。也就是说，带兵打仗，既要有战阵搏杀的正，也要有暗杀盗密的奇。这太白山的开门，精通易容肖形之术，乃是天生的密间，一旦混在人群中，便如一滴水流进了江河，弹指间便能换上十几副面孔，要想消灭他们，光靠军队围攻是没有用的。说到这些神鬼莫测的奇兵，江湖上也称为奇门。在大日本帝国，众奇门集大成者便是京都的三千院，在中国，便是盗众八门，这两家都是高手辈出的门派。数年前，在中国的江湖上曾经评选出十四位一流的奇门高手：龙虎探花沈公子，烟酒画皮盲道人。九指阎罗皮影客，瓦罐流梆小门神。这些人里有许多都和咱们三千院交过手，狭路相逢之下，各有胜负，煞是难缠。所以，这次围剿太白山，我特意从三千院带来了五位妖忍……”

“妖忍？”中谷忍成惊声呼道。

“不错，就是妖忍。三千院创建于公元1118年，世代由皇族住持，传忍法奇术，训练僧人习练，称僧忍。每门僧忍之中的本领高绝者，称妖忍。五年前，三千院大考，角出妖忍十二人，曰：‘山童百目虫和尚，人鱼狐火返魂香。黑冢乌鸦小袖手，蛇带獭狸鬼一口。’这十二妖忍带领三千院一众僧忍投入军部麾下，随军远征东亚……”

“虫大师，那您……”

“不错，我就是十二妖忍中的虫和尚！”虫大师合十一笑，随即指着桌上的帛画沉声说道：“画上这四人，乃是本次围剿太白山出动的四名妖忍，加上我，刚好五人。左手边这独目秃顶、乱发披肩的五尺矮人，名曰山童，有拔山倒树的怪力。在山童身后站着的这个粉面浓妆、罗裙木屐的女人，就是蛇带，一身忍门遁身术，乃是贴身缠斗的高手。右手边这个一身蓑衣的老头儿，就是人鱼，水性天下无双，能踏浪搏鲨，入水取珠。在人鱼后面那个白发擎雕的男子，便是乌鸦，擅长驯养飞禽。乌鸦在五年前渗透进了八门中的伤门，现在是伤门的客卿，中文名唤作白发阎罗魏三千。眼下军部要在广西有一场大动作，众位妖忍都身负重责，抽身乏术，此番围剿太白山，是我多次修书苦求前田司令，才调来了这几位妖忍助阵。眼下他们不是潜伏在太白山做内应，就是在赶往此地的途中。你且好好记住这几人的形貌，到时候动起手来，也好分清敌我……”

中谷忍成捧起桌上的帛画，认真地看了数遍，随即掏出打火机，将帛画点燃。

翌日清晨，平安小筑，湖边的大槐树下，陈七和姜瑶相对而立。微风吹过，姜瑶的眼神闪烁不定。

"阿瑶……你约我出来，可是有什么话要对我说？"陈七问道。

"嗯……"姜瑶点了点头。

"柳哥哥，你说，这两个人在一起，什么最重要？"

陈七略一思索，连忙答道："坦诚，坦诚最重要，用我心，换你心，方知情意深；用我真，换你真，点点是梦痕。"

陈七骗惯了女人，情诗情句张口便来。

姜瑶苦笑了一声，轻轻地说道："既然两人相处，最贵以诚相待，我便不该再瞒着你了……柳哥哥，你可知道我为什么戴着面纱？"

"定是你生得太美，怕男子看了你样貌，忍不住心猿意马。"陈七一记马屁随口拍出，本想着逗佳人一笑，不料姜瑶眼中猛地逝过一抹痛色。陈七正尴尬之际，姜瑶已经轻轻地将手指探到耳后，解开了面纱……

只见姜瑶的脸上，两眼之下密密麻麻地布满了刀疤，左右脸颊纵横十几道，道道深可见骨，皮肉外翻成茧，将一张秀美绝伦的面容撕扯得支离破碎、恐怖如斯。

陈七不由得倒吸了一口冷气，急声呼道："怎么会……"

姜瑶眼中泪光一闪，将陈七惊惧的表情尽数瞧在眼中，秀手一挥，再度将面纱挂在了脸上。

"很丑……对不对？"

陈七咕哝了一下嗓子，张了张嘴，却没有说出话来。

只见姜瑶挽了挽耳后的碎发，接着说道："柳哥哥，我想问问你，当年你带着那个日本女人下山的时候，有没有考虑过我。我也是个女人，成亲的当天，被夫家抛下，夫家当着大半个江湖的面背着一个日本女人跑了……哈哈哈……我成了整个江湖的笑柄，你知不知道？"

陈七嗫嚅了一下，平日里说来就来的情话，专哄女人的套词，此刻竟然一句也憋不出来。

"你知道吗，你走后，江湖上多少登徒浪子上开门来求亲，平日里我对这些人不屑一顾，横眉冷对，如今我落了难，他们便登门，极尽羞辱之能事，更有甚者，竟然公然抬着花轿上太白山，说是要娶我做妾……哈哈哈，妾！也对，我一个没人要的女人，不做妾，还能做什么？"

“阿瑶！是我……对不住你！”陈七颤抖着嗓子，涩声说道。

“没事的，柳哥哥，他们欺辱我，我杀人便是。我记得那天是谷雨，我杀了好多人。竹林落叶萧萧，我就倚靠在那顶花轿边上，抽刀割破了自己的脸，一刀，一刀，又一刀……我的脸烂了，模样丑了，从那以后，再也没人上山了……其实你知道吗，我多希望那天抬着花轿上山的人是你……”

陈七长吐了一口气，不敢去看姜瑶的眼睛。姜瑶抹了抹眼泪，上前一步走到陈七面前，沉声问道：“柳哥哥，现在……你还愿意娶我吗？”

陈七闻言，浑身如遭雷击，脑中霎时间一片空白。陈七知道，自己假扮柳当先，假戏真做和姜瑶成亲自然是避免不了的。前几次见面，姜瑶虽然蒙着面纱，但身段婀娜，腰肢纤细，陈七推断其相貌定然是极美。陈七是个风月场里打滚的好色坯子，爬墙头看女人洗澡的事不知道做了多少次。这几日见了姜瑶，又听袁森要他假戏真做，和姜瑶成亲，虽然洞房花烛夜如何蒙混，蒙混到哪一步，还有待商榷，但佳人在侧，耳鬓厮磨，光想到这儿，就让陈七午夜里偷偷笑醒了十几次。然而，今日姜瑶突然解下脸上的面纱，露出了如此恐怖的一张脸，顷刻间打碎了陈七所有的春梦和幻想。陈七一想到在未来很长的一段时间里都要对着这样一张脸说尽甜言蜜语，心里瘆得发慌。

“我……我……”望着姜瑶的脸，陈七一时语塞。

“柳哥哥，你可是嫌我丑？”姜瑶眼圈一红，落下泪来。

陈七深吸了一口气，脑中眨眼间转了十几个念头，心中暗道：“我若此刻拒绝，姜瑶必定翻脸，万一情绪失控，对我痛下杀手可怎么办。此地只有我和她二人，袁森不在身边，这女人一旦发了狠，钻了牛角尖，和疯子基本没什么两样……不行，这浪子回头、痴心不改的戏我还得演下去，先哄住姜瑶，脱身再说！”

于是陈七略一踌躇，便下定了决心。他皱着眉头，双眼一抬，遇上了姜瑶的一双泪目，便含情脉脉、心痛欲绝地说道：“我……我真的没想到，当年我柳当先会铸成如此大错，让我心爱的女人受了这许多委屈……千错万错都是我柳当先一人的错！阿瑶，你莫怕，今日我也在脸上划一片刀疤，咱们俩好好凑成一对。”

说到这儿，陈七一把抽出了腰间的百辟，倒提刀柄，双眼一闭，奔着自己的脸颊划去。电光石火之间，姜瑶一把抓住了陈七的手腕。陈七面上看似波澜不惊，后背实则早已浸透了冷汗。他心中暗道：“谢天谢地，老子赌着了！”

“阿瑶，你这是做什么？”陈七故作惊愤地喊道。

姜瑶破涕为笑，摇了摇头，将陈七握着刀的手按下，张开双臂抱住了陈七的腰，将脸凑到他的耳边，笑着说道：“柳哥哥，我不要你划自己的脸，你肯对我好，便是最大的欢喜了……那个……你什么时候娶我啊？”

陈七咬了咬牙，额头上冷汗直流。他颤抖着嗓子说道：“这……咱们得选个黄道吉日……花红表礼，三媒六聘，一样都不能少……”

姜瑶摇了摇头，轻轻地将下巴搭在了陈七的肩头，轻声说道：“这些我都不要……我只要你……三天后就是吉日……你愿意吗？”

陈七打了个哆嗦，咳了咳嗓子，结结巴巴地答道：“愿……愿意，我当然愿……愿意，求之不得啊！”

姜瑶展颜一笑，站起身，看着陈七的眼睛，轻声说道：“好！那咱们一言为定！”

“一……一言为定……”

姜瑶用力地抱了一下陈七，转身刚要离开，却好像又想起了什么。只见姜瑶收住脚步，走回到陈七身前，轻轻拉起陈七的手，红着脸对他说道：“柳哥哥，我给你准备了一个小惊喜，等到洞房的那晚……我再告诉你。”

说完，踮起脚尖，轻轻在陈七脸颊上吻了一下，转身跑进了竹林深处。

陈七愣在原地，汗透衣襟，满脑袋都是姜瑶那张疤痕纵横、狰狞可怖的脸，以及她说的那句“……惊喜……洞房……”。

“太吓人了！”陈七心中一声暗吼，用力地甩了甩脑袋，不去想和姜瑶洞房的场景，以及枕头边、灯火下那张丑陋的脸。

“呼——”陈七长出了一口气，飞一般地跑回到房间，关好门，拉过正在喝茶的袁森，一脸惶急地低声说道：“大师哥！事情有变……”

“怎么回事？慢慢说。”袁森放下了手里的茶杯。

“姜瑶要和我成亲，而且就在……后天！”陈七急得直跺脚。

袁森闻言，咧嘴一乐，拍着陈七的肩膀笑道：“可以啊！兄弟！这么快就把事情办妥了，果然有一套，这术业有专攻，不服不行啊。”

陈七急得龇牙咧嘴，他咽了口唾沫，急忙说道：“哪儿跟哪儿啊？咱们不是说好了吗，我只负责帮你哄回姜瑶，让惊、开两门联合，当时可没说要成亲啊！这洞房花烛夜，我这可是要献身的啊！”

袁森一拍桌子，抓起陈七的胳膊笑着说道：“哎哟，你小子，得了便宜还卖乖，那姜瑶可是江湖上有名的美女，多少英雄好汉求之不得，让你小子白捡了个一夜春宵，你还在这儿叫什么苦啊？”

陈七一把掰开了袁森的手，急声说道：“人家姜瑶想嫁的是柳爷！都是柳爷造下的孽，我为啥要受这个罪啊？”

“什么孽？什么罪？”袁森一头雾水。

“大师哥，你有所不知啊！当年柳爷逃婚，姜瑶沦为了江湖上最大的笑话，不少登徒子上门调笑，姜瑶一怒之下，划烂了自己的脸，以此明志……哎哟，您是没看到姜瑶那脸，哎呀呀，看一眼，足够做半年噩梦的……”

袁森闻言，脸色一黯，喃喃自语道：“还有这种事……真是……唉！”

瞧见袁森叹气，陈七连忙蹲下身，凑到袁森身前，哀声说道：“所以啊……小弟我是万万不敢和她洞房的啊，这……这……不是兄弟我身子虚弱，实在是心理上……我鼓不起勇气……真是下不去手啊，我……我做不到啊。我这才二十多岁，正当壮年，你说这万一再给我落下个什么毛病……可咋整啊？”

袁森闻言，眉一挑，眼一瞪，揪住陈七的后脖领子，把他拎起来，虎着脸说道：“八门合一是大事，你就算牺牲一些又能如何？”

陈七拱着手，不断地作揖讨饶，哀声求道：“我又不是八门的人……要不……我把钱退给你还不行吗，您就把我当个屁放了吧……”

袁森闻听此言，怒气大盛，一甩手，将陈七摔在地上，冷声喝道：“烂泥扶不上墙的东西，你刚才说什么？”

“我说……我又不是八门的人……”

袁森一把揪住陈七的衣领，将他拽到身前，两眼瞪圆，红着眼睛低声吼道：“你怎么不是八门的人？你是惊门的大当家，白衣病虎柳当先……”

瞧见袁森这般模样，陈七心内惊道：“完了……袁森疯了……柳当先的死给他的刺激太深了，他……真的把我当成柳爷了。”

袁森的胸膛起伏不定，喘了十几下才渐渐稳住了呼吸。

“扑通——”袁森将陈七扔回床板上，自己转身走到桌前，背对着陈七坐下，瓮声瓮气地说道：“总之，八门必须合流，后天，你就和姜瑶成亲……你要敢坏事，我就打断你的腿。”

陈七吞了一口唾沫，心中暗暗打定了主意。正午，陈七在饭后拿着竹箫出了房门，去和姜瑶约会。前脚刚迈出房门，后面便传来了一声轻咳，陈七闻声回过头去，只见袁森涨红了一张脸，眼神闪烁，手足无措，磕磕巴巴地挤出了半句话：“那个……早晨的事……是我心急了！对不住……”

袁森拱了拱手，扭过头去。陈七一声轻笑，晓得袁森这种粗豪汉子能道一句歉实属不易。经此一别，恐怕再难相见，两人从岳阳到天水，一路相伴，多多少少也生出了几分感情。

原来，陈七已经打定了主意，要找机会跑路！

只见陈七微微一笑，朝着袁森拱了拱手，轻声说道：“大师哥，我走了！”

袁森没有回头，只是摆了摆手，张口说道：“你多久回来？吃晚饭还用等你吗？”

陈七心中暗暗叹了口气，笑着答道：“不用等我了，你自己吃吧！”

袁森只道是陈七是要和姜瑶一起吃晚饭，要晚一些回来，却万万没有想到，这是陈七在和他道别。

第三章　探花曹仲

午后，阳光漫洒，穿过竹林。陈七放下了手中的竹箫，乐声一停，靠在陈七肩上的姜瑶张开了眼睛。

“柳哥哥，怎么了？”

陈七幽幽一笑，揽过姜瑶的肩膀，手指轻轻地穿过她的发丝，轻拂着姜瑶的后背，徐徐说道：“我在想一件事……”

“什么事？”

“我想下山一趟！”

陈七话一出口，姜瑶身子陡然一震，下意识地脱口说道：“不行！”

“为什么不行？”

“你……你要是不回来了怎么办？”姜瑶满眼惊惧，瞬间回忆起当年的痛事。

陈七一声长叹，轻轻地将姜瑶揽在怀里，张口说道：“傻瓜，你在这儿，我怎么可能不回来呢？我是想，咱们要成亲了，我身上连一件像样的聘礼都没有，只有一把百辟，可这百辟又是惊门当家人的信物，不可予人。我柳当先要娶你为妻，却连一样聘礼都拿不出手，我思来想去，心里实在难受。”

“我……我不要聘礼，只要你！”姜瑶一把抱住了陈七的手臂。

陈七轻轻地拍着姜瑶的后背，徐徐说道：“难道你要一辈子都将我留在太白山吗？”

“我……你是做大事的人……我自然是不能的……可是……”姜瑶欲言又止，神色困顿不已。

陈七笑了笑，看着姜瑶的眼睛，沉声说道：“两情若是久长时，又岂在朝朝暮暮？再说了，我只是下山寻一件聘礼回来，今天下山，后天便回，阿瑶你又在担心什么呢？我柳当先若是爱你姜瑶，便是刀山火海，也挡不住我回到你身边；若是我柳当先不爱你，纵使你给我吃下再多的跗骨丹，也留不住我的。阿瑶，爱是心与心的牵挂，不是人给人的枷锁，这个道理你可明白？”

姜瑶愣了一愣，眼圈一红，心里还是不忍陈七离去。

“那……那我与你同去。”

陈七闻声大笑，刮了一下姜瑶的鼻子，张口说道：“哪有快要出阁的女子亲自挑选聘礼的，若让人知道了，还不笑掉大牙，说你恨嫁成癫。”

姜瑶脸颊一红，说不出话来。陈七握起姜瑶的手，朗声说道：“也罢，我已和大师哥说好，他留下做个当头。你知道的，我柳当先绝不会扔下兄弟不管，若是我不回来，要杀要剐，你尽管冲着袁森招呼。”

姜瑶不知眼前的柳当先乃是陈七所扮，只见陈七要将袁森留下做人质。柳当先为人，义薄云天，和袁森又是从小一起长大，乃是焦不离孟，孟不离焦的生死兄弟，姜瑶自然不会怀疑袁森会被扔下不管。

“柳哥哥，你这话言重了，什么杀呀剐呀的，我自然是不会这么对袁大哥的。只是……若是你一日不回来，我便将他留在山上一日，让他陪我等你一日，若是你一年不回来，我就——”

陈七朗声一笑，抬起两根手指点在了姜瑶的嘴上，一脸深情地说道：“我说了，今天走，后日回，你准备好红妆嫁衣，等着我……”

姜瑶眉眼一笑，倒在了陈七的怀里，又从袖子里拿出一块铜牌，放在陈七的掌中。

“这是通行的腰牌，到了山门，自有人送你下山……”

陈七摩挲着掌心的腰牌，心中暗喜：“老天开眼，助我逃出生天，柳爷啊柳爷，您在天之灵可别怪我，不是兄弟我背信弃义，实在是这八门的水也太他娘的深了，小人我水性不好，我怕淹死在里面啊。再说了，我这也是为了您的一世英名着想。您想想，这姜瑶怎么说也是您媳妇儿，我和她洞房，您说我可咋整……要是真洞房吧，我一是下不去手，这二来吧，我是真不忍心给您这大英雄戴绿帽子；我要是不洞房吧，那姜瑶她……她肯定得起疑啊！这……这她一起疑，我再给您整露馅了，我丢了小命不要紧，耽误了您一统八门的大业就不好了。小人福薄命浅，消受不起大富贵，后面的钱我也不要了，我这就跑路了，您行行好，千万别晚上托梦来缠我，我这胆子小，受不了这个刺激……往后清明端午，小的少不了给您的纸钱……阿弥陀佛……阿弥陀佛……”

半个时辰后，陈七话别了依依不舍的姜瑶，直奔山门，递了腰牌给驿站的守卫。那守卫牵了两匹快马，和陈七一人一匹，当先带路，将陈七送到了山脚下。

陈七钻出密林，上了大路，两脚一夹马腹，直如逃出鬼门关一般，策马狂奔。

“狗屁的八门，老子不伺候了！驾——”陈七发了一声大喊，摸了摸怀里边那袋柳当先给他的金豆子，连吼带唱地直奔山下的市镇。

太白山上，姜瑶坐在绣房里，从床下的箱子底翻出了当年的红嫁衣，铺在床上，一遍遍地摸着上面的刺绣，痴痴地傻笑。

“小妮子！鬼迷了吧你！”邓婆婆不知何时出现在姜瑶的身后，轻轻地拧了一把姜瑶的脖颈儿。姜瑶又痛又痒，闪身躲开。

“你就这么把姓柳的放了，不怕他一去不回？”邓婆婆问道。

“袁师兄还在这儿呢，怕什么？再说……我觉得他一定会回来的……”

姜瑶抱着怀里的嫁衣，一脸笃定地看着邓婆婆。

邓婆婆撇了撇嘴，坐在桌前，自顾自地倒了杯水，喃喃自语道：“柳当先这人，虽是个负心汉，但在义上，却从未有亏，绝不是扔下弟兄不管的人，更何况还是袁森……只不过，我这眼皮一直跳，总觉得好像哪里不对……”

姜瑶从后面一把抱住了邓婆婆，娇声说道：“哪儿不对啊？我觉得哪儿都挺对的，你就是对柳哥哥有偏见……”

邓婆婆一把掰开了姜瑶的手，点着她的额头笑骂道：“女生外向，这还没怎么着呢，这胳膊肘子就不知道怎么拐了是不是？”

“没有……”姜瑶抱着邓婆婆的手臂不住地摇晃。

邓婆婆白了她一眼，张口说道：“你别光顾着晃我……那沈佩玉怎么办？你这边和柳当先破镜重圆了，人家还巴巴地盼着你呢……”

“反正我压根儿就不喜欢他，看在同属八门的情分上，若是他肯留下参加我们的成亲宴，就把他当贵客，发一份请柬。若是他不想参加，就送他下山去呗。”

“说得简单！”邓婆婆喝了口水，拉着脸说道。

“本来就很简单啊。”

“那这么简单，你去说呗！”邓婆婆将了姜瑶一军。

“哎呀，邓婆婆，你去说嘛，你去说，我不想见沈佩玉，瞧见他我就烦。”姜瑶抱着邓婆婆的脖颈儿一阵摇晃。

“好了好了……哎呀……好了……头都晕了，我去说！晚饭过后，我就去——”邓婆婆轻轻地推开姜瑶，站起身，走出了房门。

晚饭后，戌时三刻，邓婆婆揉了揉额角，放下了手里的账目，看了看窗外的天色，站起身，正要出门，突然膝盖一软，整个人直挺挺地栽倒在地上，一阵骨软筋酥的麻木感从脚底直奔胸口，四肢百骸提不起一丝气力。

“这是……软筋散……”邓婆婆久历江湖，瞬间就猜到了根源，知道自己这是中了拍花党人贩子的迷药。邓婆婆一皱眉头，回忆着一炷香前入口的东西，突然眼前一亮，目光瞬间落在了书桌上的茶杯上。

“是水……”

太白山上，开门总堂所饮用的水全都出自后院的老井。

“不好！”邓婆婆一声惊呼，在地上探着身子，强鼓着劲力，挣扎着翻滚了数圈，爬到了门边，用脑袋撞开了门，一抬头，两个黑衣短褂、腰系红绸的精壮汉子从门边蹿了出来，按住瘫倒在门槛上的邓婆婆，给她套上绳子，三下五除二地将她捆成了一个粽子，拖起她向院外走去。

“是伤门的人！”邓婆婆一看这两个大汉的样貌和服色，便认出了他们正是沈佩玉带上山来的那帮随从中的其中两个。

“你们要干什么？这是开门的山头，你们活腻了吗——”邓婆婆大声怒喝，那两个大汉只是装聋作哑，根本不答话，拖着邓婆婆转过两道走廊，来到了山门之外。

山门两侧，此刻已被装点得一片赤红。一身红绸长衫、胸前挂着一朵硕大红花的沈佩玉瞧见邓婆婆，一脸喜色地迎上来，喝退了那两个拖拽邓婆婆的大汉，将邓婆婆扶起身来，把她按在一把红木花雕的太师椅上，幽幽笑道：“邓婆婆，后天就是我与阿瑶大喜的日子，今晚我得忙着好好布置布置，您老稍坐，招呼不周，您多担待……”

邓婆婆闻言，直气得七窍生烟，扫视四周，才发现沈佩玉派人在山门口摆了一排排椅子，开门上下七八十口子老老小小，此刻全都中了软筋散的毒，被伤门的大汉们捆得结结实实，软手软脚地瘫在椅子上，密密麻麻地坐了一排。

沈佩玉走到邓婆婆身边，扶正了她的脖子，为她摆了一个相对舒服的姿势，轻声说道：“婆婆，后天花轿就会载着姜瑶沿着这山门外的石阶上来，我们就在这山门前的广场上拜堂成亲，您放心，我会一辈子对姜瑶好的……”

邓婆婆两眼圆瞪，将牙齿咬得咯咯乱响：“沈佩玉！伤、开两家同属盗众八门，你这么做，就不怕坏了两家的和气吗？”

沈佩玉哂然一笑，朗声说道：“这夫妻没有隔夜仇，床头吵架床尾和，待我娶了姜瑶过门，咱们两门就是一家人，哈哈哈，到时候，邓婆婆，这一家人，您还会和我说两家话吗？”

“沈佩玉，呸！你好不要脸——”邓婆婆硬提了一口气，啐了口唾沫在沈佩玉的脸上。沈佩玉面色一沉，正要发作，魏三千突然从远处小跑而来。沈佩玉捏起袖子抹掉脸上的唾沫，瞧着邓婆婆阴笑了一声，扭过头去，迎上了魏三千。

“公子爷！”魏三千拱了拱手。

“怎么样？找到他们了吗？”沈佩玉急声问道。

魏三千摇了摇头，皱着眉答道：“搜遍了大半个太白山，也没找到柳当先和袁森的踪迹。”

坐在一旁的邓婆婆闻言，放声大笑，看着沈佩玉，冷声说道："天意啊！天意！想不到柳当先和袁森歪打正着，逃过一劫，只要这二人还在，沈佩玉你就休想得逞……哈哈哈……你还不知道吧，阿瑶已经答应了柳当先，两人已经冰释前嫌，不日就要成亲。沈佩玉，柳当先的狠辣脾气你是晓得的，你敢动他的女人，他一定不会放过你！你若识相，现在就放了我们，到时候，我愿豁出这张老脸，替你在柳当先面前求个情……"

沈佩玉闻听魏三千的回报说柳当先和袁森没有找到，早惊得手脚一凉，忍不住回想起柳当先的狠辣，当下出了一身冷汗，心想着：此时没能趁着柳当先和袁森吃了跗骨丹，动不了内家本事，功夫打着折扣的机会将二人除去，一旦跗骨丹药劲过了，二人恢复了身手……那惊门刺杀搏命功夫一旦用在自己身上，那还能有活路?

"闭嘴——"沈佩玉面色惨白，歇斯底里地一声尖吼，回头一巴掌扇在了邓婆婆的脸上。邓婆婆啐了一口血沫子，直勾勾地盯着沈佩玉，仍旧喝骂不休。

"找！继续给我找——"

一个时辰前，袁森心烦意乱，一是心忧陈七这边出岔头，二是沈佩玉的出现打乱了柳当先的计划，三是今日和陈七发火，没由来想起了柳当先，诸多事由涌上心头，烦闷得厉害。他没吃饭，也没喝水，在房间里喝了两坛酒后，趴在桌子上迷迷糊糊地睡了过去。

没过多久，院子里传来一阵嘈杂的脚步声。袁森作为成名已久的内家高手，虽然吃了跗骨丹，暂时动不得内家手段，但听力还在，闻听院内声音，瞬间打了一个激灵，警觉起来，张嘴吹灭了桌上的烛火，将枕头放在被子底下，锁上门栓，推开窗户，翻到了屋外，从外面将窗子关好，食指沾了沾口水，轻轻地在窗纸上捅了一个窟窿，将眼睛凑到窟窿上，聚精会神地观察屋内的动静。

"哐——"房门被人撞开，十几个伤门的大汉冲进屋内，奔着床榻一阵狂砍。

"呼——"为首的汉子掀开被子，露出了底下已被砍得稀烂的枕头。

"上当了！出去搜——"那汉子一声令下，带着众手下呼啸而去。袁森眼神一冷，俯身一蹲，钻进了后院的花木之中。

“出事了……陈七在哪儿？对！姜瑶！我得去找姜瑶……”

袁森思量了一阵，收敛行迹，一路潜行，直奔姜瑶的卧房。到了姜瑶卧房后面，袁森环顾了一圈，寻到了一棵高大的枣树。

此刻跗骨丹的药效未过，袁森动不得轻功提纵的手段，只能蹑手蹑脚地顺着树干向上爬，顺着树枝跳到房檐上头，趴在屋脊上，慢慢地顺着瓦片探找。

“咣当——”屋内传来了一声瓷器碎裂的声音。袁森屏住呼吸，轻轻地掀开一块瓦片，向屋内看去……

屋内有两人，一个是戴着面纱、瘫倒在地的姜瑶，另一个是蹲在地上、死死扼住姜瑶喉咙的沈佩玉。

“阿瑶……为什么？为什么？我问你……我哪点儿不如姓柳的……你告诉我……”

沈佩玉额上青筋暴起，手上的力道猝然加大，掐得姜瑶一阵剧烈的咳嗽，却因手脚瘫软无力反抗。

“你说啊——说啊——告诉我——”沈佩玉一把抓住了姜瑶的头发，按着她的脑袋，猛地向青石砖的地面上撞。

“咚——”一声闷响，姜瑶的额头瞬间见了红，一缕血丝顺着姜瑶的脑门流了下来。看见血流，沈佩玉慢慢地平静下来。只见沈佩玉深吸了一口气，从袖子里摸出了一方锦帕，手忙脚乱地给姜瑶擦拭，手足无措地说道：“阿瑶……阿瑶……对不起，我也不知道自己是怎么了。你痛不痛，痛不痛啊？我……我真的是太爱你了……太爱你了，所以听见你对我说的那番话……才会如此心痛……心痛到失控……阿瑶，我不能没有你……”

沈佩玉一把抱起了姜瑶，将她的头贴到自己的心口上，神经质一般地喃喃自语道：“阿瑶……你知道的，我爱了你这么多年……我对你的心意，你还不知道吗……”

姜瑶一声冷笑，寒声说道：“沈佩玉……若不是我中了软筋散，定将你捅上千百个血窟窿……你这个卑鄙的小人！”

沈佩玉闻言，一把推开姜瑶，站起身来，歇斯底里地喊道："我卑鄙？我小人？还不都是你逼的！走到今天这一步，要怪也怪不得我，怪只怪你这个有眼无珠的蠢女人，宁跟那弃你如敝屣的柳当先，也不跟爱你如珍宝的我！你说……你是不是很下贱——"

姜瑶瘫在地上，气得胸膛剧烈起伏，眼圈泛红。沈佩玉瞧见佳人垂泪，霎时间又换了一副嘴脸。只见他一叹气，跪倒在地，用袖口给姜瑶擦了擦眼角，一脸真挚痴情地柔声说道："阿瑶，我对你的心意你是晓得的，后天……咱们的婚期就定在后天，这请柬，我已经发出去了，这天水附近的江湖人，明日就能到，后天一早，就为你我观礼……我得找他们做个见证，见证你姜瑶嫁给了我沈佩玉。哈哈哈，从此以后，阿瑶……你只属于我一个人了……"

沈佩玉一把抱住了姜瑶，将鼻尖凑到姜瑶的额头上，发了疯一样地去嗅她发间的气息。姜瑶用尽仅存的一丝力气去闪躲，眼睛不经意地一瞥，正看到屋顶一处瓦片被人掀开，后面现出了袁森的脸。袁森瞧见姜瑶有难，眉毛一挑，就要跃下来搏命，姜瑶知道袁森的踠骨丹还没有过劲儿，功夫打着折扣，故而皱着眉头连忙左右晃动头，示意袁森不要轻举妄动。袁森一双拳头攥得青筋凸起，几次要动手，都被姜瑶用目光制止了。

"当当当——"门外传来三声叩门响。

沈佩玉张开眼，松开姜瑶，沉声喝道："什么事？"

"禀少爷！开门上下七十多口都捆扎结实，拖到山门外了……"

沈佩玉一抖长衫，站起身来，将姜瑶抱到床上，幽幽说道："阿瑶，我去安排安排咱们拜堂的场地，你且好好休息，等着我。"

沈佩玉朗声一笑，推门而出。袁森趴在屋脊上，瞧见沈佩玉带人走远，便顺着枣树爬了下来，推开窗子，翻进屋子，走到姜瑶床边，背起姜瑶就要走。

"袁大哥，袁大哥，你放下我……我若逃了，以沈佩玉的性子，开门老小安能活命？再说你现在功夫还没恢复，咱们逃不远的……"姜瑶低声急呼。

袁森思量了一阵，将姜瑶放回到床上，皱着眉头问道："柳师弟呢？"

姜瑶连忙答道："我正要和你说这事儿，柳哥哥说下山去为我选一件聘礼，今天去，后天回。你赶紧到山脚下，替我挡住他。你们俩吃了跗骨丹，动不得真本事，切莫上山和沈佩玉硬拼……"

袁森闻听姜瑶此言，直如坠入了无底冰窟，内心呼道："糟了……陈七这小王八蛋跑路了……"

* * *

花开两朵，各表一枝。话说陈七那日骗了姜瑶的腰牌，甩掉袁森，逃出太白山，一路策马狂奔，不多时便来到了山脚下的眉县县城。此时正值金乌西坠，玉兔东升，陈七连人带马，困乏难当。

陈七摸了摸怀里的那袋金豆子，咧嘴一笑，一勒缰绳，滚鞍下马，进了城门。他在一处酒馆醉了一宿，又去汤池里泡了一白天的澡，黄昏时分出了汤池，哼着小调奔着灯火最亮处大步而行。

胭脂楼，眉县县城最大的风月场。

陈七包下了胭脂楼最大的雅间，点了好大一桌酒菜和十几个陪酒的姑娘。四五个弹琵琶的倌人齐整整地坐在下首，莺莺燕燕地唱着吴楚小调；六七个香肩半露的女子揽着陈七的脖颈儿，扭动腰肢，手提酒杯，往陈七的嘴里倒着酒。

陈七喝得眼花耳热，扯开胸口的扣子，靠在一个姑娘的肩膀上放声大笑。灯火摇曳间，陈七的脑子里却猛地闪过了姜瑶的身影……

"这个时候，阿瑶应当是已经到了竹林，等着和我聊天了吧……"陈七的脑中猛地蹦出了这样的念头，竟然不由自主地喃喃说了出来。

旁边一个伺候的姑娘听见了，怯生生地问了一句："爷，你说什么？什么阿瑶？哟——这又是哪家楼子里的姑娘啊？"

陈七闻言，吓了一跳，推开坐在他腿上的两个姑娘，站起身来，挠着头问道："我说'阿瑶'这两个字了？不可能，你们听错了吧？"

"没错啊！爷，我听得可真真儿的！"

"我真说了？"

“真说了！”在场的一众姑娘齐声答道。

陈七打了个酒嗝，搓了搓脸，心中暗说道：“陈七啊陈七，是酒不好喝，还是窑子不好玩？你是不是倒霉催的，好不容易出了那虎穴狼窝，又去想那丑婆娘作甚？我看你就是浪风抽的！”

只见陈七端起桌上的酒杯，一饮而尽，然后将酒杯往楼下一抛，揽过一个姑娘，摸出一颗金豆子，往她领子里一塞。那姑娘又羞又痒，发出一阵娇笑。陈七咧开嘴，故作豪迈地大声喊道：“姐妹们，唱起来！跳起来！”

陈七虽然嘴上喊得厉害，但不知为何这心里对眼前的春酒美色竟然提不起半丝兴趣，任凭眼前的姑娘们招蜂引蝶地在他眼前歌舞，他也是脸不红，心不跳，根本不似往昔。

“我这是怎么了？”

陈七嘀咕了一句，扭头看向窗外，脑子里又浮现出了姜瑶的身影……她撑船，她划桨，她将陈七打落水中，她的笑，她的怒，她的泪，她的柳眉如黛，她的喜，她的忧，她的相思，她的苦，她枕在陈七肩头的轻柔……

“我这一走不回，她的心……会不会痛得要死……哎呀呀……怎么又是她！”陈七一声大喊，一巴掌拍在桌子上，痛得手掌欲裂。

丝竹声戛然而止，一众陪酒的姑娘纷纷收起了笑颜，扭过头来，齐刷刷地看向陈七，一脸的迷茫不解。

“罢了……罢了……都散了吧！”陈七又摸出一颗金豆子，遣散了一众姑娘，自己孤身一人对着一大桌子的酒菜发着呆，脑子里天人交战，嗡嗡乱响。

“难不成对姜瑶真动了感情了？”

“不可能不可能，陈七啊陈七，你做的就是小白脸的营生，有道是婊子无情，戏子无义，你干这行也不是一天两天了，多少官家娘子、豪门艳妇都没动心，一个破了相的丑女人，你怎么还念念不忘呢？人家是八门的大贼，江湖上有字号的人物，你呢？烂泥扶不上墙的小混混，狗屎一样的人物，你和她根本就不是一条道上的人，硬贴什么啊？再说了，人家姜瑶喜欢的是大英雄柳爷，不是你陈七！让你装两天，你个假柳爷，你还真把自己当真柳爷了？”

“对对对……对对……人家姜瑶爱的是柳爷，不是我，不是我……可是，我这脑袋怎么就忘不了她呢？哎呀呀……”

陈七头疼得厉害，自顾自地敲打着后脑勺，站在窗边吹风。突然，墙根下传来了一阵犬吠，他向外望去，看到三只野狗绕着一个要饭花子打转，作势要扑上去，抢那要饭花子手里的半碗凉粥。

这陈七也是自小要过冷饭、睡过桥洞、和野狗抢过食的苦命人，看见这一幕，哪还忍得了，便回身从桌上捞起两个空酒坛子向窗外掷去。

“咣当——”酒坛摔在青石板铺就的大街上碎裂开来，那三只野狗吓了一跳，正逡巡，只见陈七已经举着一条板凳风风火火地跑下了楼，举起手里的板凳就是一阵乱抡，三下五下便赶跑了那几只野狗，一回头，看见那要饭花子正瞪大了眼睛，双目炯炯有神地望着自己。

那要饭花子有五六十岁了，矮小驼背，头发斑白，一脸皱纹。他背着一卷草席，一身破棉袍，补丁压着补丁，油渍混着泥土，脏得发亮，眉毛胡子脏得打绺，唯有一双眼睛亮得刺眼。

陈七喘了口粗气，扔了手里的板凳，回过头来，看了看那老叫花子，张口问道：“吃了没？”

那老叫花子摇了摇头。

“那走吧！跟我去对付一口……”

陈七揽过老叫花子的肩膀，带着他往胭脂楼的大门走去。门口的老鸨瞧见陈七领着一个脏乱的老叫花子往门里进，连忙走上前来拦住，口中说道：“哎哟，这位爷，这是怎么个意思啊？我们这儿叫花子不能进。”

陈七闻言，眉头一皱，梗着脖子问道：“叫花子怎么了？”

老鸨瞥了一眼老叫花子，捂着鼻子说道：“爷，您也不闻闻，这叫花子身上……味儿多臭啊。”

陈七一声冷笑，从怀里摸出了一颗金豆子，捻在指尖，指了指老叫花子，又晃了晃手里的金豆子，笑着说道：“你说……是它臭，还是他臭啊？”

老鸨见了那金豆子，喜得浑身乱颤，尖笑着说道：“金豆子不臭，叫花子也不臭，都不臭，要说臭啊，就是老身的这张嘴臭，只要爷高兴，怎么着都行，二位里边请着！”

陈七甩手将金豆子扔给了老鸨，揽着老叫花子上了楼梯，直奔二楼，坐回到了酒席前，然后指着席上的酒肉，大声笑道：“来！咱们喝点儿？”

老叫花子看了看自己的衣服，又看了看周围，笑着说道：“您看，我这种人，来这种地方也不合适啊。”

“怎么不合适？”陈七给老叫花子倒了一碗酒，递到他身边，打了一个酒嗝，张嘴说道：“叫花子也是人，既然是人，就吃得肉，喝得酒，逛得窑子……不瞒您说，我小时候，也要过饭！你瞧瞧，看这……”

陈七本就喝得微醺，刚才下楼打狗，一顿折腾，脑门上见了汗，被风一吹，酒力霎时间上涌。只见陈七举着一只鸭腿比比画画一阵舞弄，伸手解开了裤腰带，褪下裤子，指着大腿上的一片疤痕，口齿不清地说道：“看见没……八岁那年，在街边和野狗抢食时被咬的……”

陈七踉跄了一下，提上了裤子，大马金刀地坐到椅子上，端起酒杯，笑着说道：“不怕你笑话，我这人就听不了狗叫，特别是咬咱们要饭花子的那种野狗！他娘的，这人就是人，哪怕吃不上，穿不上，他再落魄也是个人啊！这人怎么能让狗给欺负了呢！”

陈七此刻酒力上涌，想起儿时的心酸过往，大声喝骂，将桌子拍得是震天响。

老叫花子眯了眯眼，细细地瞧了瞧陈七的眉眼，暗中思忖道：“看面目，有八九分神似，可这做派，丝毫不像传说中的样儿啊！”

原来这柳当先屡屡刺杀日军要员，在洞庭湖边火烧岳阳楼，日伪政府画像张榜，天下缉拿，这柳当先的画像遍布江湖南北，故而不少江湖人物看过柳当先的形貌。然而，这画像终归是画像，和本人始终有差距，再加上陈七的做派风格与江湖传说中的白衣病虎格格不入，一时间倒叫这老叫花子犯了嘀咕。

“老伯，你贵姓啊？”

听见陈七问话，老叫花子放下手里的酒杯，张口答道：“免贵，姓曹！”

叫花子打扮，驼背，姓曹。

若是久历江湖的袁森在此，仅凭这三点信息，就能大概推测出老叫花子的身份——死门掌舵，探花曹忡！

遁甲有云：“死门居中西南坤宫，属土。”死门与艮宫生门相对，万物春生秋死，春种秋收，故命名为死门。这死门是盗众八门中最为神秘的一派，只因为做的是挖坟掘墓的勾当，干的是死人买卖，昼伏夜出，钻山遁地。死门有祖训：“本门以开棺掘墓为营生，阴德有亏。凡我门下徒众，一不得着绫罗之衣，二不得留隔夜之财，三不得住遮天之屋。墓中所得资财，仅取一饭之饱，余者皆赈济穷苦，不得有违。”故而，这死门中人，大多和乞丐无异，衣着破衣烂衫，饭食残羹冷炙，住无片瓦遮头，和其他七门一向没有往来。

死门的当代当家，姓曹名忡，本是浙江海宁的读书人，参加过科举，还中过探花，端的是风流倜傥，一表人才。只因仗义执言，得罪了上官，被寻一借口，安了个谋逆的大罪，在死牢里受尽了酷刑，和一帮盗墓贼凑成了一拨，等候秋决。然而这群盗墓贼里有死门的徒众，死门的老当家谢甲生在城外组织人手挖地道，直通死牢之下，营救徒众，顺手把曹忡也给带了出去。曹忡从探花郎变成了阶下囚，人生急转直下，万念俱灰，从此也断了对功名利禄的念想，拜了老当家谢甲生为师，学习死门的钻山遁地之术。这曹忡本就是探花郎，脑袋聪明，心思活络，在手艺上下了十年苦功，终于师成出山，单枪匹马，连盗了一十七处大墓，同门皆拜服。谢甲生年迈退位，死门群盗故而共尊曹忡为首。

此时，陈七已经喝得头昏脑涨，曹忡皱着眉头思量一阵，暗中嘀咕道：“江湖传闻，白衣病虎柳当先乃是排得上字号的内家高手，怎么我观察他脚步呼吸，丝毫没半点儿吐纳的样子……哦，也对，久闻这惊门的内家功夫最是神妙，练到极致，能死皮蜕净，返璞归真，越是功夫精深的内家高手，越和普通人无异，除非是伤门秘传的听山之术，否则无人能勘破虚实，如此，便说得通了。可是这做派……也罢，我用江湖礼数和他盘盘道，看他怎么答。”

心念至此，曹忡转手从腰后抽出一支黄铜的烟袋杆，用左手托着横在身前，再递到陈七的身前。

这里头有个名目，唤作开山问路，乃是贼头才能用上的手段。说白了，就是不对切口，打哑谜，以礼数问身份，此乃江湖切口中的顶尖手段，寻常小贼根本不懂。这曹忡认为对方疑似柳当先，对白衣病虎这种威震南北的大贼，自然不能用对切口、聊黑话的小手段，必须敬之以礼，于是一出手，便来了一记——开山问路。

什么意思呢？这天下人分黑白两路，左右两手，一阴一阳，左手托“一”代表阴，右手托“一”代表阳，这烟袋杆子横过来，代表一个“一”字，左手托“一”，意思就是问“您是黑道哪一路啊？”。

眼前这人压根儿就不懂什么开山问路的江湖礼数，看到曹忡递个烟袋杆过来，以为是让他抽旱烟，当下咧嘴一笑，摇了摇头，从衣袋里摸出了一盒香烟，抽了一根，划着，嘬了一口，然后探出夹香烟的食指和中指，推开了曹忡的烟袋杆。

陈七的意思是，他抽不了这个旱烟，他抽香烟。

但是曹忡压根儿没往这上想。曹忡敬上了一个“一”，想问问陈七是哪一路，陈七却伸出两根手指回了他一个“二”，按着江湖礼数，陈七这意思代表自己“脚踏黑白两道”！

曹忡吓了一跳，暗地里一琢磨，心中念道：“也对，这柳当先既是统领惊门的北派大当家，还是东北抗联杨靖宇将军手下的先锋营营长。既是江湖上的大贼，又是军队里的大将，不是脚踏黑白两道又是什么？”

想到这儿，曹忡点了点头，对陈七是柳当先的怀疑，又加深了三五分。只见曹忡琢磨了一阵，舔了舔嘴唇，在桌子上找了三根筷子插到一只八宝鸡上，递到了柳当先的身前。

这又是什么意思呢？原来，这盗墓的死门吃的是死人饭，八宝鸡上插三根筷子，像极了坟头的香。曹忡这意思就是说：“我是干死人买卖的！”

陈七不是柳当先，哪晓得这里边的意思，瞧见曹忡把八宝鸡递到身前，以为曹忡劝他多吃点儿肉菜呢。陈七呷了口酒，暗自思忖道：“这八宝鸡哪能用筷子吃啊，吃肉还得上手撕啊！”于是抬手就拔掉了八宝鸡上插着的筷子，撸起袖子，将鸡扯成了十几块，自己吃了一块，又给曹忡递了过去，示意他也跟着吃。

曹忡见状，眼珠子都要鼓出来了，心中暗道：“没错了！就是柳当先！我告诉他我是吃死人饭的，他直接把鸡给撕了，这不就是告诉我他是干杀人买卖的吗！对对对，这惊门掌绿林，干的正是杀人越货的勾当。”

曹忡吞了一口唾沫，端起酒壶，斟了三杯酒，将其列成一条线，站起身，连干了三杯。

按着江湖礼数，这叫拜山门凤凰三点头，敬元良无火单烧香。意思就是，咱们同行相见，我尊你是英雄好汉，敬您三杯酒，权当拜山门，一杯代表一炷香，一杯敬你，一杯敬我，一杯敬咱们共同的祖师爷。

按着江湖规矩，死门和惊门同属盗众八门，有着共同的祖师爷，陈七也应该起身，敬曹忡三杯酒，还了礼数。但是陈七哪懂这个啊，他看见曹忡起来，仰头三杯酒下肚，心中想道：“我一个二十啷当岁的小伙子，论起喝酒，能让你个老头子比下去吗？”

想到这儿，陈七摆了五个酒杯，全都满上，一口一杯，全干了。

这一下，曹忡彻底傻眼了。原来，这贼行之中，八门的当家相会，盟誓之时只能烧三炷香，分别是敬对方、自己和祖师，唯有一人可以烧五炷香，多出的两炷分别敬天、地。这敬天礼地的香只有八门之主盗众佛魁才有资格烧。

“久闻柳当先雄才大略，欲一统八门，做那江湖南北、掌青龙背、水火春秋、刀插两肋的盗众佛魁。没错了！此人就是白衣病虎柳当先。”

想到这儿，曹忡眼神一亮，从怀中掏出了一张烫金的请帖放到桌上，推到了陈七的身前。陈七揉了揉惺忪的醉眼，拿起那请帖打开一看，上面写着两行小字：“伤门沈佩玉婚配开门姜瑶，邀请天下英雄于后天午时前往太白山观礼。”

陈七眯了眯眼，看了看下面落款的日期，掰着指头算了算。这请柬乃是在自己离开太白山的当晚发出的，如今，他在眉县内已经厮混了一日一夜，请柬上说的后天，不正是明天中午吗？

“好你个姜瑶啊，我前脚走，你后脚就找着下家了，枉我还……还……”

陈七酒力上头，脑子里乱成了一锅粥，看见请柬上的文字，拍案而起，大着舌头，冲着窗户外边一阵乱骂，骂得急了，一口气没倒上来，哇的一声吐了个稀里哗啦。

陈七靠着窗边，打了个酒嗝，迷迷糊糊地问道："那个老……你姓啥来着？"

"曹！"

"那个老曹啊，请柬你……从哪儿来的？"陈七满脸通红，一身酒气。曹忡皱了皱眉，张口说道："太白山下有传递消息的蜂穴，过往的江湖人都会去蜂穴采买消息，我也是路过此地，途经蜂穴，瞧见有人在蜂穴发请帖，便拿了一份……"

陈七此刻喝得头昏脑涨，心思愚钝，根本顾不得思考以曹忡的叫花子身份是怎么知道蜂穴的，只是抱着请帖坐在窗边又哭又笑，嘴里磨磨叨叨的不知道在说些什么。

瞧见陈七这副模样，曹忡不禁摇了摇头，低声叹道："这江湖上都传白衣病虎柳当先和画皮姜瑶之间有一段情史，如今一看，此言不虚啊。"

第四章　死门群盗

三更天，陈七坐在窗户底下沉沉地睡了过去。曹忡自酌自饮，又喝了一阵酒。突然，头顶的屋脊上传来一阵脚步声，曹忡放下手里的酒杯，轻轻地叩了叩桌面，一个中年乞丐的身影缓缓地出现在屏风后头。

“唐六儿，咱们的人都到齐了吗？”曹忡问道。

那名叫唐六儿的中年乞丐闻声，从屏风后走了出来，站到曹忡身后，沉声说道：“当家的，咱们的弟兄都到齐了，只等五更天……”

灯火映照出了唐六儿的相貌，赫然是一个獐头鼠目的瘦高汉子，双臂过膝，背后挂着一把寒光四射的鹤嘴锄。

唐六儿踮了踮脚，往桌子后头望了一望，指着陈七向曹忡问道：“当家的，这醉鬼是哪个？”

曹忡一声苦笑，幽幽答道：“还能是哪个？白衣病虎，柳当先！”

“什么？”唐六儿吃了一惊，赶紧问道：“咱们今晚的事，不会被他搅了局吧？”

曹忡摇了摇头，拉着唐六儿走出雅间，关上了房门，低声说道：“他来这儿是为情所困，咱们来这儿是报仇雪恨，各是各的事，不搭界，咱们且好好埋伏，杀完人就走，勿要惊动姓柳的！”

唐六儿点了点头，和曹忡一起消失在了走廊的阴影深处。

原来，死门众人到眉县县城，乃是寻仇而来。话说这死门的老当家谢甲生多年前将门主之位传给了探花曹忡，从此金盆洗手，退隐江湖，在天水城里开了一间古玩金石的铺子颐养天年。然而，好景不长，从1937年开始，日军悍然发动了蓄谋已久的全面侵华战争，要在“三个月内灭亡中国”。从1937年11月开始，日本空军开始先后出动1441架飞机对甘肃之地进行空袭，天水、兰州等城市伤亡惨重。在商会的号召下，天水城众商户开展抗日募捐，捐款捐物捐药，支援西北地区抗日，组织工人开展军衣、军鞋、火药、药品等各种军需品和棉布、棉毛毯、铁锅、纸张等用品的生产运输。已经年逾八十的谢甲生主动请缨担任商会会长一职，然而这一行为却招来了日本密谍组织三千院的注意。数日之前，一伙日本秘间乔装改扮，潜入天水城，派遣特务高手暗杀了谢甲生。曹忡闻听谢甲生死讯又惊又怒，在山西召集死门徒众，星夜兼程，直奔天水寻找凶手，后尾随凶手踪迹，一路跟到了眉县县城。曹忡发现这一伙乔装改扮的日本人在本地有内应，和内应接头后，大批人马出了县城，携带武器辎重潜入了太白山。杀害谢甲生的凶手有两人，其中一个独目秃顶、乱发披肩的五尺矮人被谢甲生击伤，这伙日本人就把这个矮人留在了眉县县城策应。这矮人酒色成性，每晚四更天都会乔装改扮，到胭脂楼光顾头牌杏花红的生意。曹忡将此事查探清楚后，召集人马高手，在胭脂楼设下埋伏，待到今日四更天围杀于他。死门众人安排妥当后，在胭脂楼附近游荡，讨了半碗冷粥，还没来得及喝，就遇上了三只野狗抢食，曹忡正要出手打狗，冷不防遇到从胭脂楼里蹿出的拎着板凳的陈七……

四更天，三千院的妖忍山童改换行装，将乱发束在瓜皮帽子里，一身长衫马褂，扮成了一个富商，坐着黄包车来到了胭脂楼门前。上了台阶，从怀里掏出两根小黄鱼往老鸨手里一塞，熟门熟路地直奔后院，钻进了头牌姑娘杏花红的屋子。

杏花红的闺房香气浓郁，窗前一面蜀锦屏风绣着半面《清明上河图》。灯光穿过屏风，在画屏上投了一个侧卧在床的朦胧身影。山童心痒难耐，三下五除二地脱了身上的马褂，一边解着马褂的扣子，一边绕到屏风后头，往床上一蹿，一声尖吼，掀开了被子。

“哗啦——”就在山童掀开被子的一刹那，一只大网从上而下将山童兜头罩住。四名大汉从房上凌空而落，拖着大网，将山童拽下床来。山童定睛一看，那床上躺着的竟然不是杏花红，而是一个獐头鼠目的瘦高汉子。

“你是谁？”山童就地一滚，两腿一撑，扎了一个马步，一边和四个拽网的汉子角力，一边问道。

那瘦高的汉子反手解下了背后的鹤嘴锄，冷声笑道：“老子是死门唐六儿！”

“死门？”山童吃了一惊。

“不错！倭贼，可还记得天水城的谢甲生吗？”唐六儿一声大喊。

山童咧嘴一笑，双手一抠网眼，浑身肌肉鼓动，长袍之下，宛若一条蟒蛇翻滚。

“刺啦——”山童两手一分，拇指粗的牛筋网应声而碎。

五年前，三千院大考，角出妖忍十二人，曰：“山童百目虫和尚，人鱼狐火返魂香。黑冢乌鸦小袖手，蛇带獭狸鬼一口。”由十二妖忍带领三千院门下一众僧忍投入军部麾下，随军远征东亚。山童这一代号所指，乃是日本九州岛一代传说中的鬼怪。相传这种鬼怪力大无边，行走如飞。在三千院承袭山童名号的妖忍，所习练的乃是一种神秘的日本古武术，名曰“那霸手”。这种古武术尤为重视对肌肉和骨骼的淬炼，故而习练者大多练成了一身开碑裂石的怪力。山童出来逛窑子，身上没带枪，唐六儿等人设伏暗杀，怕惊动巡警，也不敢动枪，两方人马都是肉搏。说时迟那时快，山童这里刚刚扯开大网，唐六儿的鹤嘴锄便挥到了山童的眼前，山童闪电般后退半步，避开鹤嘴锄的锋芒，绕到唐六儿侧面，一手搭住唐六儿腕骨，一手横劈唐六儿肋下，两腿一分，前足点地弹起，后足虚立，形如猫，快如电。唐六儿一击不中，缩肘架臂，隔住山童的横劈，抡起鹤嘴锄，使了一式刀法中的缠头裹脑，逼退山童的攻势，连同那四名扯网的大汉，各抽出一柄长刀，合围而上。山童见状，也不惊慌，定身一退，背贴墙，脚蹬地，抓住房内的八仙桌，两臂一鼓，抡将起来，将半人高的桌子舞得风雨不透，将唐六儿等人阻在身前。

唐六儿久攻不下，心头火起，扔掉长刀，飞身上前，一把抓住了八仙桌，却不料那飞舞的八仙桌一顿，两只大手从击碎的桌边电射而出，瞬间打在唐六的胸口，木屑横飞之中，唐六儿口喷鲜血，倒飞而出，“扑通”一声栽倒在地。山童一声怪笑，伸手夺过一柄长刀，左冲右突，砍翻两名大汉，再一脚蹬破窗棂，飞身跃出窗口，倒提刀柄，跃上房脊，向胭脂楼外跑去。没跑出两步，半空中一道绊马索迎面兜来，山童脚尖一跃，翻身避过，手腕一转，月光映在刀刃上，泛过一抹冷光，光滑如镜的刀柄上赫然现出了七八道直冲山童立身之处的身影。

“砰——哗啦——”

山童一脚踏破了屋顶上的瓦片，整个人瞬间下坠，落在了一间屋内。屋子里，三个窑姐正在和两名客人喝酒取乐，半空中突然坠下了一个人，三个窑姐顿时发出一声尖叫。

“呼——”山童落在屋内，一鼓腮帮子，吹灭了屋内的灯火，屋子里瞬间漆黑一片。

“都给我闭嘴——”山童一声冷喝，一刀捅死了一个嫖客，剩下的三女一男霎时间吓得浑身颤抖，瘫在地上，捂住嘴巴，不敢发声。

追杀山童的死门大汉追至这间屋子后，留下一人守门，一人守窗，其余五人鱼贯而入。刚一进屋子，一道刀光闪起，山童从房梁上一跃而下，瞬间劈倒两人，随即就地一滚，钻到了床下。屋内伸手不见五指，死门众人猝不及防地被山童打了个措手不及。

“在下面！”为首的大汉一声喊，三人并肩而上，掀开了床板。

“啊——杀人了——”就在掀开床板的一瞬间，躲在床下的三个窑姐和一名嫖客猛地发出一声尖叫，一起向外奔逃。三名死门大汉一愣神的工夫，一道寒光从一个窑姐的裙底闪过，正是山童躲在那窑姐的裙子底下，伺机出刀，顷刻间又劈倒了两名大汉，同时团身一跃，张开四肢，如同蜘蛛一般抱住了最后一名大汉，手指在那大汉后颈下一抹，瞬间捏断了那大汉的颈椎。就在那大汉扑倒的一瞬间，山童脚尖在地上一点，两手架在那大汉腋下，抱着那大汉的尸体，整个人倒飞而出，撞开屋门，向外飞去。守在门外的死门徒众眼见同伴倒飞而出，还没反应过来，藏在尸体底下的山童暴起而出，抽刀一刺，扎穿了守门人的胸膛，拔出长刀，脚尖在他肩膀上一点，再次蹿上了屋檐，向北飞奔。未跑出两座屋脊，山童猛地收住脚步，深吸了一口气，脚跟抬起，足尖轻点地，宛若一只做好了撕扑准备的狸猫。

山童身后，一个驼背的老乞丐缓缓解下了背后的草席卷，取出一柄黄铜打造的降魔杵。精铁吞口，铸三棱刃，中段有浮雕三佛像，一作笑状，一作怒状，一作骂状。

“你又是谁？”山童缓缓转过身来，一口中文字正腔圆。

那老乞丐掂了掂手中的降魔杵，一步一步地朝着山童走来……

“死门探花，曹忡！”

曹忡一声大喊，脚下骤然加速，奔行如风，蹿至山童头顶，抡起降魔杵，带足风声，当头砸下。山童脚踩屋脊，左右无处闪躲，只得挥刀上格……

“当——”一声巨响，震耳欲聋，山童手中的长刀被砸出了一个豁口。山童架住杵杆，进步前蹿，钻进曹忡怀中，压低刀锋，斜扎曹忡心窝。曹忡杵杆下压，卡住了山童刀柄，向上一挑，锁住了山童的刀刃。山童赶紧变招，压腕横削，刀刃顺着杵杆上推，横切曹忡咽喉。曹忡起腿抬膝盖，撞开了两人手臂上的纠缠，一手舞杵，一手前探，来抓山童后颈。山童绕开曹忡的抓拿，弃了刀，就势一滚，钻到了曹忡身后，一手扯住曹忡的脚腕，将他掀倒，随即两腿弹起，倒踢曹忡胸口。曹忡见山童踢他胸膛，不躲不避，迎着山童的脚踢，合身扑上，虽然胸口中了一脚，但双臂也压住了山童的上半身，将杵杆往山童脖子上一横，使尽全身的力气向后扼去。山童颈下被杵杆抵住，憋得头脸通红，两手撑开，旋身一滚，二人纠缠在一处，顺着房檐滚落，奔着胭脂楼后园的池塘落去……

五更天，陈七被尿憋醒，头昏脑涨地扶着墙站起身来，摇摇晃晃地转了一圈，摸了半天，也没找到夜壶。陈七被尿憋得着急，甩了甩了昏沉的脑袋推开房门，下了楼梯，进了胭脂楼的后园，深一脚浅一脚地穿过一片灌木丛，扶着石桥栏杆，绕到了假山后头，寻了一个灯火照不着的地方，看了看四周，瞧见旁边无人，当下解开了裤腰带，冲着假山后头的小池塘“开闸放水”。

“嘘……嘘……爽啊——”陈七呻吟了一声，提上了裤腰带，正要回身，不料那假山后头泥径湿滑，陈七酒后犯迷糊，头重脚轻，这一步没踩稳当，整个人一个踉跄摔倒在地，一个骨碌滑到了池塘里。

“扑通——”

陈七整个人落入了水中，冰冷的池水一激，陈七的酒瞬间醒了大半。这陈七生于岳阳，自小在洞庭湖边厮混，一身水性着实不赖，虽然喝了酒，但两三个蹬扑，就踩着水浮出了水面。

“真他娘的晦气——”

陈七抹了把脸上的水，刚骂了半句，就看到半空中两道身影纠缠在一起，顺着屋檐滚了下来。月光底下，陈七将那两人的面目看了个分明。

“那个……不是老叫花子吗……那小矮子又是谁啊？”

陈七眯着眼嘀咕了一句，此刻他酒醒得也差不多了，蒙蒙眬眬地也想起了和曹忡喝酒的事儿。

“扑通——”曹忡抱着山童从屋檐上直直地坠下，落入了池塘里，激起了老大的一片水花。

“我的妈！”陈七吓了一跳，赶紧扑腾了两下，往岸边游去，想着赶紧逃离这是非之地。刚游了没多远，陈七余光一瞥，发现这曹忡根本不通水性，而和曹忡纠缠的山童显然精通潜水之道，屡次翻身上浮换气，并伺机将曹忡压在身下，曹忡连呛了好几口水，仍是死死地用降魔杵锁住山童脖颈儿。山童左右甩动，无法挣脱，仗着水性好，扭动身躯，将曹忡甩到身子侧面，腾出手来，一连七八掌击在曹忡胸口，打得曹忡口吐鲜血，面如金纸。

“呼——”山童再次上浮换气，将曹忡按进水中，放声笑道：“支那人，淹死你，看你放不放手……”

那池塘上有一座石桥，此刻陈七藏身在桥柱后头，听见山童的声音，心内一紧，暗自惊道：“他说的是支……支那！他娘的，这厮还是个日本人？哎呀呀，管不了，管不了，日本人都心狠手辣，我一只小蚂蚁，还是三十六计走为上计吧……”

此时，曹忡虽然因缺氧，气力渐渐不支，但一股血气仍旧不熄。只见曹忡一咬牙，松开降魔杵，箍紧双臂，抱着山童向水底沉去。山童双臂被人箍住，无法浮水，被曹仲抱着飞速向水底沉去。

“当家的——你在哪儿——”

“当家的——”

死门徒众此刻也赶了过来，各打火把，在后园里搜索。然而，山童和曹仲二人此刻已沉入水底，池塘上无半个水花，任谁也想不到这二人藏在水底。

陈七眼见着曹仲拿出了同归于尽的架势，抱着山童沉到了水底，半天不见有人上浮。陈七踌躇了好半天，终于一咬牙，暗骂了一句：“陈七啊陈七，你就是贱！”

骂完这话，陈七憋了一口气，一个猛子扎进水里，奔着山童和曹仲沉下去的地方潜去。没潜多远，陈七就在水下见到了抱在一起的山童和曹仲。山童两眼外凸，死命地挣扎，曹仲缺氧过久，已经有些神志涣散，但是两手仍然紧紧地扣在一起抱着山童双臂，瞧见有人过来，山童和曹仲均是大惊不已。

陈七从后面单手揽住了曹仲，想拖着曹仲浮上去，但这两人抱在一起实在太沉，断然浮不上去。那山童瞧见陈七要救曹仲，恶狠狠地瞪着陈七，陈七被山童一瞪，心里一惊，暗自嘀咕道：“不好，这日本人看到了我的形貌，他看到我来救老叫花，若是他逃了出去，把我当成老叫花一伙，要杀我可怎么办？他娘的，一不做二不休……”

陈七心念至此，顺手从小腿上抽出了那把“百辟”，游到山童身边，比画了好几下，作势欲刺。可这陈七压根儿也没杀过人，刀往哪儿扎，怎么扎，扎多深，陈七是一概不知。幸好这百辟乃是天下一等一的利刃，根本不用陈七发力，刀刃只在山童颈下轻轻一划，便瞬间开了一个大口子，成片的鲜血涌了出来，染红一大片池水。山童颈部动脉被割断，瞬间毙命。曹仲缓缓地松开了手，被陈七拖住后颈，浮出了水面。

“呼——呼——”曹仲劫后余生，拼命地喘着粗气。

陈七一手提着匕首，一手揽着曹仲游到了岸边。死门众门徒听到这边声响，齐齐地跑过来接应。

曹仲上了岸，呕了好几口水后，推开过来要搀扶他的唐六儿，快步走到陈七身边，俯身拜倒，口中说道："兄弟高义，不但救我曹忡性命，还助我死门报仇雪恨，此等恩德，死门上下没齿难忘，从今以后，任君驱驰，万死不辞！"

曹忡知道柳当先素有一统八门之志，此刻陈七救了他性命，还助死门除了仇人，此等恩德，非举门投靠不能报答。柳当先素有权谋，要是等着柳当先说出拉拢入伙的话，可就被动了，所以就推金山倒玉柱，主动说出这番言语。

然而，任曹忡想破头也想不到，眼前这人根本就不是大英雄柳当先，而是街头混混陈七，这陈七心里可没有什么一统八门的志向。陈七无意间搅了这趟浑水，看着池塘中浮起来的山童的尸体，又悔又怕，恨不得赶紧离开这是非之地。

只见陈七摆了摆手，扶起了曹忡，苦着脸说道："老曹啊！啥驱不驱驰的，咱别扯那没有用的了，大家都挺忙的，各走各的吧，那什么，你们聊着，我先走了。"

眼见陈七作势欲走，曹忡闹了个一脸蒙圈，连忙拉住陈七的胳膊，张口问道："你……帮我不是为了八门……"

陈七耳听得前院有警哨声响，知道是此地的打斗惊动了巡警，越发害怕，再看曹忡身后的死门众人个个一身杀气，一看就不是善茬，心里打定主意，万万不可和这帮亡命徒搅和在一起，于是赶紧掰开曹忡的手指头，皱着眉说道："八什么八啊，八个脑袋啊，你是中国人，他是日本人，我不帮你，还能帮他不成？得了，我也不跟你闲扯了，就此别过！"

陈七将百辟收在怀里，三步并两步钻出了两道回廊，寻了一只狗洞，钻出了胭脂楼的后墙……

池边冷风吹过，曹忡满目茫然地沉思了良久。唐六儿扯了扯曹忡的袖子，张口问道："怎么了，当家的，你想啥呢？"

曹忡摸了摸下巴，幽幽说道："这江湖传言不准啊？"

"哪儿不准？"

"这……江湖上都传柳当先此人，工于心计权谋，手段狠辣果敢，今日一见，这……柳当先分明是仁善大气、施恩不图报的侠士啊……"

唐六儿挠了挠头，很困惑地摇了摇脑袋，随即说道："当家的，巡警要来了，咱们怎么办？"

"把那日本人的尸体捞上来，砍了脑袋带走，用石灰腌了，等咱们找到他那同伙，一起杀了，凑成一对，再祭拜师父！"曹仲咬着牙吩咐道。

"得嘞——"

唐六儿应了一声，转身招呼两名大汉将山童的尸体拖上岸来……

第五章　再上太白

话说那陈七从狗洞里钻出了胭脂楼，一路深一脚浅一脚地在街巷里穿行。衣服在池塘中里里外外泡得直滴水，被寒风一吹，冻得陈七浑身发抖、鼻涕横流。

“真他娘的冷啊！”陈七抱紧了膀子，咬紧了牙根，一路小跑，钻进了县城东头的一家浴池——贵妃汤。掀开帘子，脱了衣服，交代给伙计烘上，迈着小碎步爬上泡澡的汤池，一个猛子跳了进去。陈七这一晚上被折腾得可是不轻，此刻被热水一泡，浑身毛孔张开，一阵疲乏酸痛之感瞬间涌上了四肢百骸。陈七找了个角落，甩了甩脑门上的水珠子，要了一条毛巾，叠得四四方方，往脑门上这么一盖，靠着池边，迷迷糊糊地睡了过去……

陈七这么一睡，就睡到了凌晨时分，泡澡的客人渐渐走了个干净。这泡澡的汤池极大，水雾又重，任谁也想不到角落里还泡着陈七这么一位。

天明时分，一阵急促的对话声响起，将陈七从睡梦中惊醒。

水雾弥漫之中，一个低沉的男中音小声说道：“请转告中谷君，山童违令，暗中外出寻欢，一夜未归。我等派人前往胭脂楼，得知当晚在后园发生过打斗，在池塘左近发现血迹，追踪血迹查探，在花园中挖出了山童的无头尸身。”

“谁干的？”一个尖细的公鸭嗓问道。

“不知道，还在查！”男中音答道。

“继续查，动作要快！师团长这次带人渗透到此，太白山上的开门志在必得，昨日内应已经就位，明日午时配合火炮攻山，拿下开门总堂，尽杀活口，随后返回眉县。眉县是撤退的后路，万万不能出半点儿纰漏。山童在县城的死，一定要查清。”公鸭嗓的语气十分急促。

“请转告中谷君，明日午时，若城外三里岔路口第三棵柳树上系了红布条，便说明眉县之事已经查清，县城安全，可按计划入城；若柳树上无红布条，则说明城内仍有危险待查，中谷君可绕路往周至县，我会提前做好接应，安排撤退事宜。”男中音的话说到这儿，泡在池子里的陈七猛地一惊，瞪着一双大眼，向四周望去，可惜汤池里水雾太大，陈七只能看到两个影影绰绰的身影，不知远近，更看不清那二人的形貌。

“呼——”陈七吸了一口气，缓缓地沉到了池底。

“不知到了周至县，如何联络？”公鸭嗓问道。

“找城中最大的汤池留暗记，凌晨会面！”

“为何碰头总在凌晨的汤池？”公鸭嗓不解地问道。

男中音幽幽一笑，沉声说道：“凌晨无人，才好面聊机宜，汤池之地，进出者全都赤身裸体，不好被人埋伏……”

“高！实在是高！”公鸭嗓赞了一声，脚步渐行渐远。

男中音慢慢走到汤池边坐下，将两腿伸进了池子里。陈七捂着嘴巴、捏着鼻子死死地蹲在池底，看着前方不远处两条满是汗毛的腿在水中交替着搓了搓脚跟，便抬腿离开汤池，渐渐远去。

又憋了能有半分钟，陈七实在是挺不住了，一咬牙，慢慢地站起身，拱出了水面，大口喘着粗气，然后跑出了汤池，胡乱地擦了擦身上的水，蹑手蹑脚地跑出了泡澡的屋子，顺着转角的楼梯往上走，钻进茅厕，寻了个隔间躲了进去，将裤子一脱蹲下，满面惶急地喃喃自语道：“怎么办……怎么办……这可怎么办？日本人要打上开门了，有炮！炮啊！炮！还要不留活口！这可咋办啊！我得赶紧给他们报个信……狗屁！陈七啊陈七，凭你这两下子，这还报个什么信啊？去了你也得死，没听人家说吗，那……内应都得手了……内应！还有内应！谁是内应？哎呀呀，陈七啊陈七，瞧你这个猪脑子，这内应还能是谁，肯定是沈佩玉啊！他姥姥的，小白脸子，没有好心眼子！看这情况，日本人打太白山是早有准备啊，我还是别去送这个死了，赶紧撒丫子跑吧！”

心念至此，陈七提上裤子就要往外跑，刚要推门，又一嘬牙花子蹲了回去……

“我要是不去报信，万一袁森他们对沈佩玉那个小白脸子没防备，被日本人连锅端了，全被机枪给突突了，那……那可咋整啊？这……袁森虽然招人烦,但他不是坏人,还有阿瑶……她万一要是……万一死了……”

陈七的脑中猛地闪过姜瑶被机枪扫射，倒在血泊之中的惨状，以及她用那双清如秋水的眼睛定定地望着自己，口中叫着柳哥哥的神情，心口一阵揪心的痛。

“咚——”陈七用力捶了一下胸口，喃喃自语道：“姜瑶啊姜瑶，我不是你的柳哥哥，我虽然想救你，可我万万没那个本事的，你要是出了什么事，在天之灵可别怪我……”

陈七两手合十，向半空虚拜，口念阿弥陀佛。拜了半天，胸口的难受劲儿不但没有半点儿减轻，反而越发地为姜瑶牵肠挂肚起来。

“我这怎么了？是发了癔症不成？”

“啪——”陈七反手给了自己一个嘴巴子，咬牙说道：“陈七啊陈七，你就是个小混混，非跟人家大贼凑什么热闹？姜瑶……姜瑶若是知道你不是柳爷，还会如此待你吗？再说……再说……你在这脂粉堆里厮混了许多年，多少年轻漂亮的……什么姿色的你没见过啊，怎么就忘不了个破了相的女贼呢？你们才认识几天啊？这……演两天戏怎么还当真了呢？”

陈七语重心长地劝了自己半天，脑袋里却突然迸出了另外一个声音，那声音支支吾吾地说道：“就算不为了姜瑶，你……总得看在袁森面子上帮他们一把吧，做人得讲义气。”

这话刚说完，陈七便猛地打了一哆嗦，心里大声喊道：“狗屁的义气，你不是柳爷，就算你上山报了信，袁森也不会真拿你当个人物的，你是个小蚂蚁，就是小蚂蚁！那大英雄会和小蚂蚁讲义气吗？”

“对对对对对！说得对，还是走为上计！”

陈七“噌”地一下站起身来，提上裤子推开茅房的门跑了出去，找到衣柜，取出百辟，连着大半袋金豆子裹在毛巾里，找伙计要回了烘干的衣服，头也不回地冲出了汤池，小跑着出了城，上车马行买了匹高头大马，绝尘而去。

与此同时，眉县西边，一处荒废的城隍庙里，唐六儿将一张标注得密密麻麻的地图递到了曹忡的面前。

“这是什么？”曹忡问道。

“不知道，从那山童的身上搜出来的。”

唐六儿话一出口，曹忡霎时间警觉起来，连忙直起身，接过地图，将它铺在倒塌的香案上，仔细研究起来。

过了能有一盏茶的工夫，唐六儿凑过头去，探声问道：“当家的，这画的啥啊？”

曹忡抬起头来，皱着眉头答道：“这是一幅作战布局图，画的是炮轰太白山开门总堂的进攻计划。你看，这里的几个点，是埋伏的炮兵，这些仰角和曲线，是测定的炮击线路。在炮击的同时，还有一路人马顺着开门的山门攻入，后面这两条虚线，是打下开门总堂后的撤退路线。这上面的标注，掺杂着不少日文，看这作图的手法，应该是出自日本的野战部队，右下角的两行标注，是携带的武器射程数据，你看这行……这是日本军的89式掷弹筒，改进于日本国大正十年，口径50毫米，全炮长431毫米，炮筒身长260毫米，全炮重4.7公斤，炮筒重1.6公斤，炮筒脚长170毫米，炮筒板重1.1公斤，脚板高60毫米，宽67毫米，重2公斤，最大射程700米，有效射程500米。再看这一行……这是九二式步兵炮，口径70毫米，炮管长8.79倍口径，炮全重0.212吨，高低射角在-10度至+75度，范围射界为左右4到5度，最大射程2788米，1928年11月开始研制，1930年3月完成样炮试制，1932年7月设计定型，大阪陆军兵工厂和名古屋陆军兵工厂一共制造不足3000门，而这伙日军在开门总堂附近就一次性部署了两架，可见这支日军人数不多，但绝对是精锐！”

曹忡是前清的探花郎，中榜后被朝廷派往日本学习过洋务，故而这作战图一看便懂。

“那……那咱们怎么办？管还是不管？”唐六儿问道。

曹仲来回踱步，扭头问道："咱们附近有多少人马？"

"好手有三百，个个长枪快马！"唐六儿答道。

曹仲一边敲着脑袋，一边苦思道："虽然咱们死门和开门从明末到现在，得有二百多年不来往了，但是昨夜里咱又欠了惊门柳当家的人情，这惊门和开门还是……那种关系，我在想……开门被围柳当先知不知情，若是他知道此事，又当如何呢？"

唐六儿眼珠一转，张口答道："自古太白一条路，咱们在山脚下偷偷瞭望，且看他来是不来！"

"好主意，你亲自去。"曹仲拍了拍唐六儿的肩膀，唐六儿一拱手，飞也似的跑出了城隍庙。

辰时三刻，太白山，开门总堂。

沈佩玉站在山门外，拱手作礼，向前来道贺的百余名江湖人寒暄。由于婚讯仓促，沈佩玉根本没请来什么人，都是在蜂穴里发帖子胡乱拢上山的一些过路小卒。这群鱼龙混杂的江湖人，要么是来看热闹的，要么是来蹭吃喝的，进了山门，乱乱糟糟地聚成一片，坐在右手边的婆家席上，呜嗷吵叫地喝酒吃肉。开门上下七八十口子，以邓婆婆为首，都被捆得结结实实，按在左手边的娘家席的椅子上。邓婆婆骂了一天一宿，嗓子都哑了，瞪着一双通红的眼睛，死死地盯着沈佩玉。

石阶之下，沈佩玉不知从哪里请了一个草台班子，敲锣打鼓地将一顶花轿抬了上来。一个伤门服色的大汉埋着头掀开轿门，架着蒙着红盖头、浑身酸软的姜瑶走了出来。此时，沈佩玉已经喝了不少的酒，脸颊微红，略有醉意，瞧见花轿来到，一声大笑，走下礼台，走到姜瑶面前去扶姜瑶的手肘。

突然，沈佩玉眼光一瞟，在那大汉脸上一扫，顿时吃了一惊，抽身要退，却不料那大汉一抬手，飞身一步，抓住了沈佩玉手臂，一抬手，扯开了衣服，露出了捆在胸前的一排炸药，手指一挑，扯住了炸药的引线。

魏三千与伤门众人瞧见情况有变，纷纷抽出了随身的快枪，呼啦一声围了过来。这几日，沈佩玉为了筹备大婚，紧招了不少门中徒众，足有百人上到了太白山。那大汉左手抓住沈佩玉，右肩膀往后一送，中了软筋散的姜瑶咬牙一前倾，扶着那大汉的肩膀，勉强站稳了身子。

“哪个敢动——”

那大汉威武昂藏，虎目圆睁，声震四野，席间有眼尖者一眼便认出了那大汉。

“是袁森！”

“九指恶来，袁森！”

“是惊……惊门的袁森……”

席间发出一阵骚动。沈佩玉扭过头去，看着袁森，冷声说道：“惊门的人，怎么就这么阴魂不散呢？”

袁森一声狞笑，抓紧了沈佩玉的手臂，朗声说道：“别看我中了跗骨丹，但我身上的炸药，弹指之间足以炸平百步方圆，你若是有信心比我快，大可一试。”

沈佩玉一声冷哼，看了一眼袁森，环视四周，大声喊道：“既然袁森都现身了，姓柳的，你也别藏着了，出来吧！”

沈佩玉喊声刚出，扶着袁森的姜瑶就开始微微颤抖，豆大的泪滴扑簌簌地往下掉。

袁森觉出不对，低声呼道：“姜家妹子，这不是哭的时候，你控制一下……”

姜瑶抽泣了一阵，涩声说道：“袁师兄，柳哥哥他是不是……是不是不会回来了？他……是不是……又不要我了……”

袁森被姜瑶哭得心烦意乱，说实话不是，不说实话也不是。姜瑶眼见袁森支支吾吾，越发难过，低声啜泣道：“不会的……不会的……袁师兄，柳哥哥不会抛下我的……这一次他不是骗我的对不对？”

“他娘的兔崽子陈七，老子做了鬼，也不放过你。”袁森心里暗骂了一句，心里早就怀了死志，将牙咬得乱响。

魏三千抬头看了看日头，伸出手腕，看了看手表，阴声一笑，一抬手，“砰”的一声，打死了一个开门的门徒，袁森和邓婆婆等人吃了一惊，齐声喝骂。

“魏三千，你疯了吗？信不信我和沈佩玉同归于尽！”袁森一声大喊，晃了晃手中的引线。

魏三千幽幽一笑，徐徐说道："袁森，你不就是想着拿沈佩玉为人质，威胁我放了开门诸人吗？哈哈哈，我告诉你，妄想！你不妨杀了沈佩玉，看我怕是不怕！"

沈佩玉闻听此言，脸色煞白，惊声呼道："魏……魏……你……我是开门的少当家，你……你疯了吗？"

魏三千一招手，肩上的雄鹰展翅飞起，在半空中转了三周，西南边三声枪响传来，四百多荷枪实弹的人马黑压压地涌进了山门，为首的正是虫和尚。虫和尚身边站着中谷忍成，后面跟着蛇带、人鱼两位妖忍。瞧见魏三千，中谷忍成一拱手，笑着说道："乌鸦，辛苦了！"

魏三千笑着还礼，张口说道："中谷君，言重了！"

沈佩玉瞧见此情此景，又惊又怒，指着魏三千喊道："中谷？他……他是日本人！他们是你带上山的？你……他……你竟然勾结日本人？"

魏三千一摊手，笑着说道："说不上勾结，我本就是日本人，投身伤门多年，暗地里帮着军部做了很多事，光文物古董就不知贩运了多少，怪只怪你满脑子情情爱爱，一颗心都用在泡女人身上……那话怎么说来着，对了，有目如盲！哈哈哈，今日起，江湖上，再无开门！"

沈佩玉咽了口唾沫，反手抓住袁森，冲着他身后的姜瑶说道："阿瑶……这不是我想的……我只想和你成亲……没想过勾结日本人……我……这不是我的本意……"

袁森深吸了一口气，低声说道："谅你沈佩玉也没那个胆……是爷们儿的，今儿个索性就拼了，二十年后又是一条好汉……"

此时中谷忍成带的士兵也控制住了局面，几百支枪架在了手上。沈佩玉咽了一口唾沫，眼睛猛地一张，一把将袁森和姜瑶撞到了花轿后头，在腰后一抹，掏出了两把快枪，放声喊道："伤门子弟听令，诛杀叛徒魏三千——"

"砰——砰——砰——"

沈佩玉猝然开枪点射，魏三千闪身向后躲在了两个日本兵身后。沈佩玉一击不中的同时，对面的日本兵也开了火，眨眼间，就将沈佩玉打成了筛子。沈佩玉倒地，呕着鲜血，双目直勾勾地看着花轿后头。袁森抱着姜瑶一阵翻滚，向开门众人窜去……

此刻，伤门弟子和日本步兵打红了眼，拔枪乱射。观礼的那些江湖汉子，有的上前助拳，有的抱头鼠窜。枪林弹雨中，不少被绑在椅子上的开门中人中枪倒地。伤门众弟子发了疯地抢下沈佩玉，拖着他往影壁后闪躲，沈佩玉一边呕着鲜血，一边喊道："一路阻敌，一路救人……"

伤门众人得令，连同助拳的江湖人一起，举着桌案当盾牌遮住身形，前后掩护，行进到开门人所在之处，把椅子拽倒，摸着鼻息，挑着活人往后拖……

两方交火正急，虫和尚排布步兵，占领火力点，不出十分钟，就将伤门众人全都逼到了影壁后头。此时，山门外，满地都是尸体，无一活口，影壁后头，伤门弟子不足三十人，经过刚才一番争夺，从山门边抢回来的开门弟子仅有十几口，邓婆婆在乱枪中被打穿了左腿，血流如注。沈佩玉委顿在地，奄奄一息，拼尽气力支起了上半身，对着余下的众门徒说道："伤门徒众，我死……死……死后，攻守进退……悉遵袁森号令……"

姜瑶药力未过，倚着影壁，低着脑袋，从盖头的底下看着躺在地上的沈佩玉。沈佩玉咳了一口血，对姜瑶说道："阿瑶……你莫要怪我，这辈子欠你的，下辈子……下辈子当牛做马，我……我还给你……"

"噗——"沈佩玉一口黑血喷了出来，直挺挺地栽倒在了地上，一双眼仍旧望着姜瑶，嘴角似乎还带着一抹笑意。

"少当家——"

"少当家……咱们拼了，杀了魏三千——"

"对——杀了那个叛徒——"伤门徒众一声怒喊，齐齐地探出身子，和日本步兵对射，两方乱枪齐飞，不断有人中枪倒地。

与此同时，眉县城外城隍庙，唐六儿满头大汗地从庙门飞奔而入。

"怎么样了？瞧见柳当先了吗？"曹忡赶紧迎了上去，急声问道。

"看到了！"

"在哪儿？"

"上山路上……"唐六儿答道。

“他终究是来了！他……他带了多少人马？”曹忡问道。

“一……一人一马！”

“什么？一人一马？”曹忡惊声呼道。

“对！就是……就是一人一马！”

“单枪匹马，七进七出？他这是把自己当赵子龙了吗？白衣病虎，果然英雄了得！”曹忡一脸钦佩，由衷地赞叹道。

唐六儿苦着脸说道：“英雄个啥啊！他这是走了麦城了……”

曹忡眼睛一亮，大声喝道：“你懂个屁！那走麦城的关二爷，乃是大英雄！柳当先对咱们死门有恩，得人恩果千年记！江湖汉子，有仇必寻，有恩必报。来啊！点起人马，跟着柳当家，杀啊——”

曹忡一声大喊，守在城隍庙的三百多死门徒众翻身上马，卷起一路烟尘，直奔太白山杀去……

* * *

太白山，开门总堂。

山门外的乱枪对射已经有小半个时辰，各有死伤。日军是轻装突袭，并未携带太多辎重，伤门徒众也是仓皇应战，准备也不充分，故而对射了没多久，双方的弹药就都打得差不多了。

“后撤，发信号，准备开炮！”

中谷忍成一声令下，已经将一众江湖人压制到影壁后头的日本兵飞速后退，撤到了山门外头，拉开距离，各寻位置卧倒。一名传令兵跃到一块大石之上，两手举着信号旗帜交错挥舞了一阵。

“伏低，附近有火炮！”袁森久经战阵，一看那信号兵的旗语就知道是敌人在下达火炮覆盖的指令。原来，刚才的一番枪击，就是为了将四散奔逃的众江湖人聚拢到一起，压制在一处，一次性用火炮炸死。

“柳师弟，师哥来找你了……”袁森一咬牙，缓缓地闭上了眼睛。

很快，一炷香时间过去了……

一声炮响也没有！

袁森满脸诧异地睁开了眼，趴在地上等死的众人也都满是迷茫地抬起了头。

“炮……炮呢？”袁森一头雾水地喃喃自语道。

此时，迷茫的远不止袁森等人，中谷忍成和虫和尚也皱着眉头面面相觑。

“什么情况？”虫和尚问道。

中谷忍成“噌”地一下站了起来，蹿到大石头上，抢过信号旗，一脚将传令兵蹬了下去，亲自打了两遍旗语。

然而，任凭中谷忍成如何用力地挥舞信号旗，如何憋得面红耳赤，埋伏的两处炮火阵地却好似哑了一般，一声也没响。

虫和尚暗道了一声“不好”，大声喝道：“情况有变，上刺刀，速战速决！”

虫和尚话音未落，众日军闪电一般拔出了斜插在腰后的刺刀，顶在步枪头上。中谷忍成从大石头上一跃而下，拔出腰间唐刀，亲自带队，冲入山门。

“拼了吧——”袁森一声大吼，连同影壁后头还能拼杀的几十个汉子，各擎随身短刃，大喊着冲了出来。

转眼间，两方便混战到了一起。这伙日军身手矫健，装备精良，配备的是清一色的友坂三八式步枪，也就是俗称的三八大盖。步枪头上的刺刀，全长500毫米，由刀柄、刀身、护手、卡环及连接机构组成。其刀身为下单刃，两侧铣有宽血槽，刺刀护手上端为枪口卡环，下端为护手钩。卡环内径与刺刀座配合固定刺刀。刀柄末端上侧为一长槽，接合枪管下方的刺刀座，槽内右侧有弹簧控制的刺刀驻榫。上刺刀时，与刺刀座上的缺口配合将刺刀固定在步枪上，有道是一寸长，一寸强，步枪1280毫米长的枪身，再架上500毫米长的刺刀，这加起来就是1.7米多的长度了，再算上助跑的冲力，完全就是长枪配马的效果。而袁森这边的人，手里的家伙大多是随身携带的短刃，长不及肘，拼杀起来根本不占便宜，若是武艺不精，或是胆气不足，不能在兵刃相接的瞬间贴身而上，略一迟疑的工夫就会被锋利的刺刀扎了个透。

袁森带着几十个汉子冲了出去，转眼间，就被扎倒了一大片。袁森体内的跗骨丹药劲还没过，闪转腾挪、抓打踢拿间动不得内家功夫，无论速度还是力道都弱得厉害，刚砍倒三五人就被团团围住。乱刀扎来，袁森滚倒在地，来回躲避。日本兵蜂拥而上，冲到影壁前，眼看就要生擒在场诸人，山门外的石板路上骤然传来了一阵马蹄响，飒沓清脆……

“哒哒哒——哒哒哒——”

云雾之中，一人一马在山路上疾奔。

来者正是陈七！

“陈七陈七，你就是个贱骨头！说不来说不来，你咋就管不住自己的腿呢？谢天谢地……没有炮响……没有炮响，就说明日本人还没攻上来呢，我报完信，马都不下，转身就跑……对对对，就这么办！驾——”

陈七嘟嘟囔囔地自言自语了一大堆，两腿一夹马腹，低着头，发了疯地打着马，胯下的高头大马吃痛，甩开四蹄，纵身一跃，从山林的云雾之中一跃而出，发了一声嘶鸣，闪电一般蹿进了山门！

“吁——”陈七一勒缰绳，烈马人立而起，放声长嘶。

正在拼杀的众人，无论是日本兵，还是开、伤两门的徒众，都齐齐地罢了手，瞪大了眼睛向山门处看去。

“是柳当先——”中谷忍成率先发出了一声大喊。

人的名！树的影！

柳当先投在抗联杨靖宇麾下多年，南征北战，刺杀日军要员无数。“白衣病虎”这四个大字在日军心中，那就是索命的旗牌。

闻听有人叫喊“柳当先”三个字，陈七勒住了马，往场内定睛一看，霎时间傻了眼。只见几百号日本兵攥紧了步枪刺刀，直勾勾地盯着自己。

“嘶——”

陈七倒吸了一口冷气，后背的汗瞬间透了衣衫，心中暗自嘀咕道：“不是说有炮吗？怎么一声响没听见，人都杀上来了呢？”

瞧见陈七皱眉沉思，单人匹马立在山门之下，阻住了退路，虫和尚也是一手心的冷汗，心里暗自发慌，默默算计道：“柳当先用兵如神，此刻敢孤身闯上山门，这四周也不知被他埋伏了多少人马……抗联的兵，打起仗来以一当十，悍不畏死，那是人尽皆知的……”

想到这儿，虫和尚喘了两口粗气，看了看中谷忍成。中谷忍成抽了抽鼻子，抹了抹头上的冷汗，咽了口唾沫，也是眉头紧锁，暗暗发慌。

就这样，几百口子日本兵和陈七迎面相对，一时间竟然僵持了下来。

陈七又慌又尴尬，抽动嘴角，挤出了一个僵硬的笑，吭哧瘪肚地憋出了一句客套话：“那个……咳……啊嗯……那个……大家伙儿都到了啊……”

说者无意，听者有心。中谷忍成和虫和尚对视了一眼，张口惊道：“原来这厮早有埋伏，拼了！杀出去——”

中谷忍成一扬刀，催动几百口子日本兵攥紧了步枪刺刀奔着陈七冲去，杀声动天。

陈七一个小混混哪见过这等阵仗，一时间只觉得浑身一阵僵硬，牙齿咯咯地乱碰，手脚麻木、一片冰冷，大脑充血、嗡嗡乱响，瞳孔放大，整个人竟吓得不会动了！

影壁后头，邓婆婆远远地望着陈七，眼睛一眯，哑着嗓子赞道：“好个柳当先，泰山崩于前而色不改，老婆子虽然久历江湖，却是今日才知何为英雄本色……”

袁森呆呆地瞪大了眼，直勾勾地望着马上的陈七，喃喃说道：“柳师弟，你可是回魂了吗……”

“杀——”中谷忍成两腿快成了一条线，抢先冲到了陈七身前，唐刀一横，就地一滚，斜劈陈七胯下烈马的前蹄。眼看刀锋就要劈到，半空中一阵沉闷的呼啸闪过，一柄闪着金光的降魔杵从山门后电射而来，“咚”的一声插进了陈七的马蹄前面，入土一寸三分。

“当啷——”中谷忍成一刀劈在了降魔杵上，震得手筋一阵酸麻，还没来得及变招，只听一阵密密麻麻如雨打屋檐的马蹄声从山门外的云雾中响起，三百多个破布麻衣的精壮汉子，携长枪，跨烈马，黑云一般涌了上来，在马背上齐齐地举起了枪……

“砰砰——砰——砰砰砰——砰——”

一轮乱枪打来，还没来得及冲到陈七身边的日本兵割韭菜一样地倒下了一整片。

“死门曹忡，遵柳当家令，驰援开门——”

曹忡一马当先冲到陈七身边，俯身一捞，拔出了地上的降魔杵，贴着马鞍一滚，落在地上，从背后解下了一个大布袋，往地下一扔，十几颗血淋淋的人头噼哩噗噜地在地上一阵乱滚。

“三刻之前，阵斩倭贼八十，缴获长炮两架，短炮三十二架！”

曹忡脚踩住人头一颗，沉声一喝，身后众人纷纷解下背后的布袋，将里面的人头倒在地上，一遍遍地大喊：

“三刻之前，阵斩倭贼八十，缴获长炮两架，短炮三十二！”

“三刻之前，阵斩倭贼八十，缴获长炮两架，短炮三十二！”

“三刻之前，阵斩倭贼八十，缴获长炮两架，短炮三十二！”

……

三百多汉子，一路疾驰，血脉偾张，浑身热气氤氲，此刻个个扯开衣襟，袒露胸膛，放声大吼，其威武雄壮，震人心魄，回响山谷，久久不绝。

中谷忍成咽了一口唾沫，双手攥紧了唐刀，在死门群盗的枪口下，带着人马步步后退。唐六儿提着鹤嘴锄，走到曹忡身边，小声说道：“当家的，那鬼子的唐刀，和老当家胸前的贯穿伤对上了……”

曹忡眼睛一红，大声吼道：“不留活口——”

话音未落，乱枪齐射，弹药已经打空的日本兵又倒下了一片。中谷忍成也是久经沙场的指挥官，无论如何也不能坐以待毙，当下一声令下，带领残兵发动了冲锋，三十几步的距离，硬是冲杀了两次，扔下了一百多条人命，才和死门群盗短兵相接，肉搏在了一起。唐六儿和曹忡撕下一截布带，将双手和兵刃绑在一起，分开人群，直奔中谷忍成杀来。中谷忍成刀法虽好，但双拳毕竟难敌四手。危难之时，一大片毒虫涌起，在中谷身前立起了一面盾墙，逼开了唐六儿的鹤嘴锄，翻卷成旋，来缠裹唐六儿的头脸。

“小心！是生门的虫术——”

曹忡眼疾手快，一把拽住唐六儿的衣领，把他拖了回来。

虫墙后头，虫和尚一边拽住杀红了眼的中谷忍成，一边恶狠狠地瞪着陈七骂道："弘一君，今日所赐，我必百倍奉还！"

说完这话，满地毒虫绕着虫和尚爬成了一个圈，"轰"的一下同时爆开，腾起了一片黑沉沉的烟雾。待到烟雾散尽，虫和尚、中谷忍成、魏三千、蛇带、人鱼五个人已经不见了身影。

"这是……见鬼了不成？"唐六儿吓了一跳。

曹忡白了他一眼，撇了撇嘴，不屑地说道："大白天的，见了屁的鬼，不过是将硝石、乳糖、染料配白磷藏在虫子堆里，白磷接触空气自燃，配合混合燃料，释放浓烟，以此遮蔽身形。施术者伺机改换行藏，趁机脱身。若有盗众八门中的景门高手在此，哼，此等施用烟火的小伎俩，弹指可破……"

中谷忍成等人被虫和尚带着跑路了，场内几轮枪击下来，还剩下百十号日本兵群龙无首，被死门众人分割包围。曹忡的恩师谢甲生死在日本人手里，曹忡和日本人可以说是不共戴天，曹忡在人堆里杀红了眼，振臂呼道："缴枪也杀！缴枪也杀！"

战斗由最开始的互相拼杀，急转成了单方面的屠戮，为数不多的日军转眼间就被捅倒在地。一时间，太白山上鲜血横流，断臂残肢数不胜数，一地的尸体层层叠叠，被山风一吹，送来一阵热腾腾的腥臭味儿。陈七坐在马上胃肠一痛，险些要干呕出来，幸亏这一路骑马赶得急，没吃东西，否则非吐在马上不可。

眼看战局已定，陈七缓缓地松了一口气，努力控制好呼吸，让自己的身体停止颤抖，尽量不去看地上的血和尸体，故作镇定地翻身下马，分开人群，走到了袁森身前，伸出手去，将拼杀得已经脱了力的袁森从地上拉起来。

"大师哥……我……"陈七尴尬地抿了抿嘴。

袁森张开手臂，一把抱住了陈七，在他耳边说道："你……你什么你！我以为你跑路了呢！"

陈七苦着脸笑道："本来是跑了的，可不知怎的，又跑回来了。"

袁森用力地捶了捶陈七的后背，压低了声音，小声说道："小子，你这个兄弟，袁森认下了……"

说完这话，袁森松开手，正要站直身子，却被陈七一把抱住了肩膀。

“干吗？”袁森不解地说道。

“你先别动，保持这个姿势……那个……大师哥，认兄弟的事都好说，当务之急，是给我找条新裤子换上……”

“啥？裤子？啥裤子……你不会……”袁森眼睛瞟了一圈，趁着战斗还未收尾，场面一度混乱，没人顾得上往这儿看的当口，若无其事地往陈七大腿上一摸，这才发现，陈七不知何时已经尿了裤子，大腿根上湿了好大一片。

“我的天，你个尿货……”

袁森眉毛揪成了一团，正要开骂，却被陈七一把架住，小声喊道：“师哥，你快装晕，快！快！快！赶紧晕，一会儿没机会换裤子了……我开始了啊……哎呀！大师哥，你怎么了，哎呀，你受伤了，你伤得好重啊！我扶你去裹伤——”

陈七猛地一抬嗓门，袁森气得脸都歪了，但又无可奈何，只能配合着陈七，假装要晕倒。陈七借势一把架住了袁森，埋着头往后院跑。到了后院，赶紧扎进了房间，手忙脚乱地打开行李包，换上了一条新裤子。

袁森坐在凳子上，酸着脸骂道：“陈七啊陈七，你也算是个带把儿的爷们儿，怎么说尿了就尿了呢……”

陈七老大不耐烦，一边系着裤腰带，一边还口说道：“哎呀，行了，别磨叽了，那嘴怎么那么碎呢，挺大个个子，叨叨叨叨的，都不如那乡下的好老娘们儿……”

“哎嘿，你个兔崽子——”袁森拍案而起，正要骂人，陈七已经推开房门，蹿了出去。看着陈七飞奔的背影，袁森愣了一下，摇了摇头，脸上浮起了一抹苦笑。

山门外，大局已定，攻上山的日本兵，不剩一个活口。影壁后头，开门众人已经在曹忡的照看下各自疗伤。一双手从侧面伸出来，轻轻地扶起了姜瑶，架着她坐在了一张椅子上。

姜瑶浑身一震，颤抖着嗓子说道：“我以为……你走了……”

那双手的主人正是陈七。只见他咧嘴一笑，徐徐说道：“本来是走了的……不知怎的，又鬼使神差地跑了回来……”

姜瑶听了这话，只道他是在调笑，却万万没想到，这是陈七的实情。

陈七说完这话，就要去掀姜瑶的盖头。姜瑶咳了咳嗓子，哽咽着说道：“谁掀了我的盖头，我就跟了谁……你可想好了，别后悔……”

陈七深吸了一口气，悠悠笑道：“我也正有此意。”

言罢，两手一抬，掀开了姜瑶的盖头。盖头底下，姜瑶轻纱蒙面，双目一抬，瞬间红了眼眶……

第六章　千杯不醉

入夜，灯火摇曳，开门上下一片素白，一百多具棺木密密麻麻地摆在院中，原本一片火红的喜堂霎时间变成了一片肃穆的灵堂。百十多具棺木中，一半是开门的徒众，一半是前来观礼的江湖人。伤门的汉子们在山后寻了一片空地，将沈佩玉和其他亡故的兄弟，用大火烧成了灰，装在坛子里，并将于明日启程，赶回山西老家。

邓婆婆亲自执笔将山上事情的经过，以及沈佩玉的身亡始末如实地写在了一封递交沈佩玉父亲的书信之中，陈七、袁森、姜瑶、曹忡，以及活下来的众名江湖汉子签字留名，以示公正。

三更天，陈七已经在姜瑶房中坐了两个时辰，两个人边喝边聊，转眼间就喝光了五六坛酒。姜瑶酒力上涌，拄着胳膊趴在桌子上，一动不动地看着陈七，看得陈七的心里一阵发毛……

“柳哥哥，你……就没有什么话想和我说吗？”

陈七咽了一口唾沫，打了一个酒嗝，搓了搓脸，大着舌头说道：“我说阿瑶啊，我就知道……你这顿酒，就没……没安好心，你瞅瞅，刚才……你就一杯一杯……不对，是一碗一碗地灌我啊！我这心里……就跟明镜儿似的……虽然我识破了你的套路，但是……哥哥不怕！为什么呢？因为……因为哥哥有量！有量——”陈七狠狠地拍了拍胸口，志得意满地给自己挑了挑拇指，给姜瑶斟上了酒。

姜瑶笑眼生花，伸出一只玉手，端起了桌上的酒碗，有些迷醉地说道：

“柳哥哥，你知道吗，有些话……不喝醉，我说不出口……”

陈七也端起了碗，轻轻地碰了一下姜瑶的碗沿，瞟了姜瑶一眼，笑着说道:“我明白……这真心话，醉酒了能吐出来，醒酒了还能咽回去……吞来咽去，靠的是啥，不就是这碗酒吗！”

姜瑶闻言，一声轻笑，解开盘在脑后的头发，脱了鞋子，盘腿坐在了椅子上。灯光之下，那俯仰之间的风姿，盈盈一握的楚腰，纤白如玉的脖颈儿，直教陈七心神一荡。

“柳哥哥，你变了……”

“我哪变了？”陈七有些警觉地问道。

“变得有趣了……”

“我本就有趣……”陈七耸了耸肩，和姜瑶又喝了一碗。

“柳哥哥，我想问你一件事……这事我只问一次，我只为解这一桩心结……问完这次，我这辈子都不会问你第二次……”

“什么事？”

姜瑶摇了摇头，伸出三根手指，笑说道：“三碗！”

“三碗就三碗！”陈七拎起酒坛，自斟自饮，连喝了三碗，只觉眼前一阵天旋地转，忍不住想起晚上临出门时袁森拉着自己苦口婆心说：“我说兄弟，晚上你可得当心啊！这……姜瑶约你喝酒，你可万万不能喝多了，酒后胡言啊！”

当时陈七还不以为意，一把甩开了袁森的手，轻轻地拍了拍袁森的胸口，笑着答道：“大师哥，你放心，兄弟我是干什么的，你不知道吗?当年在洞庭湖边的大小酒局上那也是有一号凶名的，唤作洞庭湖畔小浪子，千杯不醉玉郎君……那是一般人能喝动我的吗……”袁森闻听陈七此言，捂面而去，懒得理他。陈七一声坏笑，哼着小调，对着镜子整理了一下头发，出门而去。进了姜瑶房门，初起几碗陈七还不在意，不料越喝越多，直至此时连干三碗，陈七竟也有些头重脚轻，昏昏欲睡。

姜瑶放下酒碗，轻轻地拉过陈七的手，将他陈七的胳膊拉过来，将脸靠上去，轻声说道：“柳哥哥，你这次上山，是为了我多一点儿……还是为了统一八门多一点儿……”

说完这话，姜瑶眼圈一红，两行热泪顺着脸颊滴到了陈七的手背上。

这人心都是肉长的，姜瑶是痴心，不是蠢笨。她心里这些年从未忘记过柳当先，没有一天不盼着柳当先回心转意，重登太白山。可是，当她看到和柳当先生得几乎一模一样的陈七从山下走来的时候，她的心竟然猛地悬了起来。柳当先的性格她是知道的，在柳当先的心中，排第一位的永远是大业，大业之后是那个叫雅子的女人，除此之外，就无半点儿位置是留给她姜瑶的了。尽管如此，姜瑶也愿意，只要柳当先说个娶字，她便会再次义无反顾地披上那件火红的嫁衣，虽然心会痛，但她愿意，不为什么，只因那个人是柳当先……她六岁第一次见他，她的母亲指着那个飞扬跋扈的少年对她说："那个人会是你的夫婿。"从那天起，姜瑶便开始对他念念不忘，尽管这份心意为自己带来了累累伤痕，但她可以忍，忍他过去的无情，忍他现在的欺骗，甚至是他未来的冷淡……可是，当姜瑶做好了迎接这冰冷的一切的准备的时候，从山门走来的那个柳当先竟好似变了一个人一样。他开始俯下身子，任她捉弄，听她说话，给她讲故事。而且，这一次柳当先不再是满口江湖大业，他开始插科打诨，开始温柔体贴，他会给姜瑶讲洞庭湖的鱼羹、岳阳楼的醇酒、平安寺的花灯……

这一切都让姜瑶感到了前所未有的开心和幸福，但是越是开心，越是幸福，姜瑶就越害怕这是一场空。她宁愿要一个冰冷的现实，也不愿要一个美满的梦……所以，姜瑶鼓足勇气，将心里的疑问，借着酒，抛给了陈七。

陈七闻听姜瑶的问话，沉默了一阵，甩了甩晕沉沉的脑袋，迷迷糊糊地说道："阿瑶……你知道吗，初上太白山，我是为了八门而来，可是……今日我再上太白上，却是为了你而来……我……我放不下你，我不知道为什么。我得知你有危险后，我……我寝食难安，我慌得手心发凉，脊背冒汗，我……我心脏咚咚跳，太阳穴紧得发酸，我……我也不知道是为什么。这种感觉，我从来都没有过……我一遍遍地告诉自己：'你不喜欢她！你不喜欢她！你是在做戏！做戏！做戏！'可是我就是做不到，我两条腿不听使唤，我……我上了马其实是想往东走，我不知道……是怎么了，竟然跑到这太白山上来了……我……不是我了……”

陈七喝得脸颊通红、头重脚轻，一时间竟然忘了自己需要扮演柳当先这件事！

“来……再三碗！”陈七一拍桌子，又倒了三碗酒，也不理会姜瑶，仰着脖子干了下去，舔了舔嘴唇，摸了摸下巴，揉着眼睛，拉着姜瑶的手问道：“好！那你现在问完我了，我也想问你一个问题……”

姜瑶展颜一笑，拍了拍陈七的手背，张口说道：“你说！”

陈七拢了拢头型，摇摇晃晃地站了起来，从小腿上“唰”地一下抽出了百辟，“砰”的一声插在桌面上，指着百辟说道：“我问你，为什么喜欢柳当先？”

陈七话一出口，姜瑶瞬间呆住了，反应了好半天，才结结巴巴地答道：“喜欢……就是喜欢啊……没有为什么啊。喜欢一个人需要理由吗？”

“需要！当然需要——”陈七扯着脖子一声怪叫，凑到姜瑶身边，比比画画地说道：“阿瑶，你知道最不入流的小白脸骗姑娘都用什么理由撩拨吗？”

“这个……不知道……”姜瑶一脸茫然地摇了摇头。

“就是你刚才那句‘喜欢一个人需要理由吗’。这是最不入流的套路，逻辑根本就不通。我告诉你，喜欢一个人，是需要理由的。比如你喜欢听他说的甜言蜜语，喜欢吃他做的煎炒烹炸，哪怕你喜欢他看你的眼神……这都是理由！你呢？你喜欢柳当先的理由是什么？”

陈七这番言语，听在姜瑶的耳中，直如晴天霹雳，让她有了一种前所未有的感觉和思考。

“是啊……我喜欢柳哥哥什么呢？”姜瑶忍不住喃喃自语道。

沉默了半晌，姜瑶缓缓抬起头，看着陈七说道：“我和你指腹为婚……这……这个理由还不够吗？”

“当然不够！你和柳当先指腹为婚，这只能说明你娘喜欢柳当先，柳当先他爹喜欢你姜瑶……上一代人的好恶不能代替这一代人的选择，关键是你！你！你！你喜欢他什么？”陈七直接问蒙了姜瑶。姜瑶皱眉头，沉思道：“对啊，我喜欢柳哥哥什么呢？是英雄了得吗？不！我虽生在江湖，却最不喜欢打打杀杀……我是喜欢柳哥哥的俊俏吗？不！开门祖传的易容术，眨眼间可变出千万张脸孔，身为开门传人，我最不感兴趣的恐怕就是这副皮囊了……那我还喜欢他什么呢？对了，我喜欢听他讲笑话，听他吹竹箫。”

想到这儿，姜瑶眼神猛地一亮，笑着答道：“我喜欢听你讲笑话，听你吹竹箫……”

陈七一声苦笑，斜靠在窗边，幽幽叹道：“那是我……不是他……”

“你在说什么，什么他啊……我啊的？”姜瑶没有听懂陈七的话，张嘴问了一句。

陈七摇了摇头，没有答话。姜瑶走到陈七身边，从后面抱住了陈七，在他耳边轻声问道：“那你呢，你又喜欢我什么？”

“我……我喜欢你傻！”

“傻？”姜瑶一愣。

“对！我从小到大接触的女人，无一不生了一副七窍玲珑的心肝，恨不得拔一根头发下来，都是空心的……遇到你之前，我一直以为，这世上没有谁会离不开谁，也没有谁会一直等着谁。所谓的缘分，不过是各取所需罢了，或是用皮肉交换金钱，或是用风月填补寂寞，总之，多是些患得患失的考量……”陈七自幼孤苦，在窑子里长大，见惯了世间冷暖，打心眼儿里不相信感情一说，再加上长大后，常年流连于豪门阔太、单身贵妇的圈子里混饭吃，见惯了喜新厌旧、寡廉鲜耻的行径，故而从未对女人动过爱恋之心，直到遇到了姜瑶……

说到这儿，陈七转过身来，定定地看着姜瑶，说道：“你知道吗，我这双眼睛，看女人极准，无论这女人是什么身份，多大年岁，只要从我眼前一过，我便能从她眼中看出她想做的是一笔什么买卖。”

姜瑶伸出双手，捧住陈七的脸顶在自己的额头上，轻声说道：“那你快看看我的眼睛，里面有的是一笔什么买卖？”

陈七轻轻地摇了摇头，沉声说道：“我在你眼睛里看到的不是买卖……”

“那是什么？”

“是简单的傻！清澈的傻！一心一意的傻！”

“我不傻！”姜瑶梗着脖子反驳道。

“你哪里不傻？”陈七问道。

“那天……那天你说要下山置办一件聘礼，我给了你腰牌，你……我其实一直在跟着你，从山顶跟到山脚，从山脚跟到了县城门外……我听你唱了一路的歌……你心中欢喜得紧……我知道，你……你是又不要我了……你说，傻子会跟踪人吗？”姜瑶眼圈一红，抱住了陈七。

“那你为何不拦住我？”

“我见你唱得欢喜，你欢喜，我便欢喜……不过……不过，你终究还是回来了。你不知道，在山门外，你从云雾中跃上山门的那一刻，听到你的马蹄声，和人群里有人呼喊你的名字的时候，我的心都快跳出来了。当时，我想着，能……知道你回来，我哪怕死了，也欢喜！”

陈七听了姜瑶的话，心中犹如打翻了五味瓶，酸甜苦辣咸全都涌了上来。只见他一把抱住了姜瑶，徐徐说道：“你看看你，还说自己不傻？别人都是明知不可为而为之，你却是明知可为而不为……”

姜瑶轻轻抬起双臂，环住了陈七的腰，轻声说道：“柳哥哥，能得你如此待我，我此生已然无憾……”

此时，陈七酒力上涌，对姜瑶吐露真情，正热血澎湃之时，却听见姜瑶口中呢喃着柳当先的名字，当时一股醋劲儿便直冲脑门。他迷迷糊糊地一甩手，推开了姜瑶，抓过桌上的酒坛子，仰头喝了个干净，瞪着一双眼睛看着姜瑶大声喊道：“姜瑶！你看清了，看看你眼前这个人，他叫陈七——”

姜瑶大惊失色，张口呼道：“柳哥哥，你在说什么？”

陈七在平地上虚蹬了两脚，站稳了身子，瞪着眼睛喊道：“什么我说什么？什么什么？我说柳当先已经死了！死了！眼前……你眼前这个喜欢你、牵挂你、肯为你送死的人姓陈名七，不叫柳当先……”

“唰”的一声脆响，姜瑶从腰后抽出了两把手枪抵在陈七额头上，一脸惊惧地说道：“你……把话说明白了……”

陈七伸手在半空中胡乱地一阵抓挠，口中念道：“别拿……拿这玩意儿对……对着我……我害怕……别闹——”

话音未落,只听“扑通”一声闷响,陈七整个人直挺挺地栽倒在了地上,鼾声大作。原来,这厮已经断片儿了……

* * *

后半夜,袁森枕着被子,翻来覆去地睡不着,索性下了床,趿拉着鞋在屋里来回踱步。

“陈七这兔崽子,怎么还不回来?这兔崽子可千万别二两猫尿下肚,嘴上把不住门儿啊……”袁森急得直跺脚,心里将陈七骂了不知多少个来回。

“当当当——”

一阵敲门声响起,袁森小跑着走到了门口,拉开门抬头一看,正瞧见陈七被姜瑶架着靠在门边,死狗一般人事不省。

“你看这……哎呀呀,这是喝了多少啊?快进屋……”袁森赶紧搭手接过了陈七,搀着他躺在了床上,给他盖好了被子,一扭头,看到姜瑶手里的枪已经顶在了自己的太阳穴上。

“哎嘿……妹子,你这是干什么,是不是喝多了呀?这枪可不是闹着玩儿的,走了火可咋办……来来来,听哥的,放下……”

袁森一边说着,一边去拨姜瑶的枪口,手指刚拨到一半,姜瑶猛地起腿飞起一脚,将袁森踹倒在地,枪口狠狠地一戳袁森脑门,痛得袁森倒吸了一口冷气。

“我最恨人家骗我……”

袁森瞧见姜瑶眼眶通红,顿时便知大事不好。

“完了……怕什么来什么,陈七你个烂泥扶不上墙的东西,终究还是漏了……”

袁森心内一阵惨呼,正懊恼间,陈七猛地在床上打了个滚,趴在床边“呕”的一声,吐了好大一摊。

连吐了好几口后,陈七的酒也醒了一些。只见他迷迷糊糊地撑起上半截身子，掀开被子坐了起来，张开眼，看了看坐在地下的袁森和手握快枪眼眶通红的姜瑶，眼珠一转，一扭眉毛，仿佛在回忆什么……

突然，陈七眼珠子一鼓，额头上瞬间冒了汗，仿佛想起了什么可怕的事。

“嗝——”

陈七打了个酒嗝，眼神瞬间又迷糊了下去，吧唧吧唧嘴，脑袋晕头转向地晃了晃，口齿不清地嘟囔道：“哎哟……这脑袋这个迷糊……晕得慌……呀呀呀呀呀……不行了不行，我还得睡一会儿……”

说完这话，陈七身子一软，直挺挺地倒在了枕头上。姜瑶一手拿枪指住袁森，一手从床上揪住陈七的脖领子，一把将他提起来，满眼怒气地喝道：“你们两个，今天把事儿给我说明白了，要不然，咱们都别活了……”

袁森苦着一张脸坐在地上，伸着胳膊就去打陈七的头脸，一边打一边骂：“谁搁那儿叨叨叨叨地瞎叭叭，什么洞庭湖畔小浪子，千杯不醉玉郎君，啊？吹！吹！我他妈的让你吹！咋不吹死你呢？”

陈七两手抱着脑袋，护住头脸，伸出右腿不住地蹬踢袁森，还口骂道：“我没吹，吹啥吹，那咋是吹呢？真事！岳阳一带……我喝酒绝对是第一号人物……真真儿的事，我也没想到，我这一来天水，这……就不好使了……”

“够了！”姜瑶一咬牙，将陈七从床上拽了下来，迎面一脚，将他和袁森踹到了一起。

“说，柳当先在哪儿？”

陈七和袁森对视了一眼，轻轻地捅了捅袁森，对着他斜眼瞟了瞟姜瑶，示意让他来说。袁森狠狠地瞪了一眼陈七，一声长叹，扭过头来看着姜瑶，徐徐说道：“此事说来话长……”

就这样，袁森从中谷忍成掘出惊蛰古玉，柳当先岳阳楼赴会开始讲起，将柳当先如何中毒，岳阳楼如何起火，他们又是如何在太平缸中巧遇陈七，威逼利诱陈七假扮柳当先，冒名执行一统八门的计划等前后情节一股脑儿地对姜瑶和盘托出。为表真实，袁森还拿出了收在自己这里的惊蛰古玉为证。在说到柳当先死前还惦念雅子的时候，姜瑶的眼中留下了两行清泪……

“原来他直到身死，心中的女人自始至终只有她一个……连我的半句名姓都没有提起……”

袁森瞧见姜瑶失神流泪，缓缓地停住了讲述，张嘴说道：“这个……妹子，情况呢，就是这么个情况！这个人死不能复生……你多节哀……”

姜瑶身子一软，坐在了椅子上，喃喃自语道：“我说呢，为什么这次上山，柳当先对我这般体贴，原来……原来……我还以为是他回心转意了，却不料……还是被骗了……”

“我没有骗你……我——”陈七猛地直起身子，想要说什么，却被姜瑶举枪一指，吓得缩回了原处。

“反正，我说的话，吐出来了，是不会咽回去的……”陈七小声嘟囔了一句。

袁森狠狠地瞪了陈七一眼，接着说道：“姜瑶，你别怪你袁大哥我多嘴，这个……一统八门既是柳师弟的平生所愿，也是抗日武装的斗争需要，这……两广之地，大战将起，三千院倾巢而出，这刺杀窃密、用间渗透的手段……非盗众八门不能敌，我们真的很需要你的帮助，为了柳师弟，也为了天下的老百姓，为了天下兴亡，还请你万万不要拆穿陈七的身份，助我们一臂之力！”

姜瑶看了一眼满脸恳切的袁森，满眼黯淡地摇了摇头，涩声说道：“我不过是个没人要的女人，天下兴亡，与我何干？袁大哥，我敬你是抗日的好汉子，不拆穿你们，明日一早，你们便下山去吧！”

说完这话，姜瑶一转身，推门而去，陈七爬起身来，小跑着追了上去，跟着姜瑶穿过回廊，来到了平日私会的竹林。

“姜瑶……你等等……”陈七鼓足勇气喊住了姜瑶。

“你有事吗？”姜瑶身子一僵，收住了脚步，夜风徐来，吹皱了她脸上的面纱。陈七长吸了一口气，绕到姜瑶身前，定定地望着她，轻声说道：“我叫陈七，陈年老酒的陈，五六七八的七。我会吹竹箫，会做饭，我还会包馄饨……我这次若能活着从南边回来……便去眉县的城门边上，开个馄饨摊，我就守在那儿，等着你……”

姜瑶皱了皱眉头，正要开口，却被陈七摆手打断：“你先别急着拒绝我。我知道，我比不上柳爷，我……我没本事，也不是什么英雄，我就是个窑子里长大的混混，骗阔太太的小白脸，我知道我是配不上你的……在遇到你之前，我也觉得我这辈子可能就这样了……但是，遇到你之后……我在太白山的这段日子，我很……我很开心，我多少次恨自己，我恨自己不是柳爷，我努力地去压抑，去遮掩，不愿意承认我喜欢你，但是当我在山下知道你有危险的时候，我便再也骗不了自己。我不能对你说……若是你死了我也不会独活这样的谎话，但是我敢肯定的是，你若是死了，我往后，可能再也无法对某个女子有这般心动了……真的，你不要看我年纪小，但是我经历过的女人可不少，我……从未想过，和一个女子在一起会是这般的轻松纯粹……我……不知道我有没有说明白，我……可能还没有醒酒，我的脑子很乱，我……其实我不应该是这样的，我这张嘴，平日里最会欺神骗鬼，可是，当我剥离了柳爷的假身份，卸下了面具，以陈七的身份面对你的时候，我就是很慌张。我不知道该和你说些什么……好……好好……好了，我就说到这儿，明天……你会来送我吗？”

姜瑶思索了一下，正要答话，却又被陈七张嘴止住：“你不用回答我了，我明白……别说出口，让我保留一点儿……幻想。对了，我在山下给你买了个小玩意儿，你别拒绝……”

陈七傻笑了一声，从怀里掏出了一个小布包摆在地上，转身离去。

姜瑶呆呆地在原地站了一阵，缓缓地迈开步子，走到陈七刚才站的地方，弯下腰，从地上拾起了那个小布包，捧在手里慢慢打开，露出了一个包在里面的小物件。

那是一个用竹木制成的玩具，俗名唤作猴爬杆儿。顶上是一个齐天大圣装扮的小木猴，小木猴的上半身用圆雕手法雕成，头戴紫金冠，肩披锁子甲，猴脸的雕刻尤为传神，眼圆嘴鼓，滑稽有趣。木猴的四肢均由薄木片制成，用细丝连接作关节，挂在木杆中间。把玩时，右手只要握紧木杆下部，便会牵动上边两条交错的线绳，使串在线绳上的木猴重心失去平衡，上下翻起跟斗，随着腕力的轻重缓急忽上忽下。

姜瑶看着木猴爬杆憨态可掬的样子，一时间竟然玩得入了迷。这姜瑶自幼在太白山长大，二十多年来很少下山，平日里多是苦练功夫，从小到大从来没体会过寻常人家孩子的乐趣。从小接触的都是些刀枪棍棒、飞镖暗器，几时见过这等有趣的玩具，故而对把玩这猴爬杆儿越来越喜欢。只见姜瑶走到竹林中，寻了一个小树桩，坐在上面，对着月亮，将小木猴高高举起，看着月光底下上下攀爬的小木猴，眼中竟缓缓地露出了笑意……

翌日清晨，太白山脚下，曹忡带着一众死门徒众和陈七告别。

“柳当家！你的宽厚侠义、英雄了得，我死门上下没有一个不佩服的。哈哈哈，适才袁森兄弟和我说了八门合流之事，我曹忡举双手支持你柳当家，这佛魁的交椅非你莫属。我且带着兄弟们回去整顿一番行装，便直接赶去南宁，在那分金大会上为你助拳。”曹忡一拱手，向陈七行了一礼，陈七也双手抱拳还了一礼。双方寒暄了几句，三百多死门徒众便齐身上马，绝尘而去。

陈七左右张望了一阵，眼神有些黯淡。只听他长叹了一口气，耷拉着脑袋，踢了踢脚下的石子，无精打采地往大路上走去。

“怎么了？丢魂儿啦？”袁森拍了拍陈七的肩膀。

陈七意兴索然，摇了摇脑袋，没有答话。袁森一声嗤笑，笑着说道：“也不知道是谁说的……什么泡女人天下第一……最擅长的就是玩弄感情，这怎么泡来泡去，给自己泡蔫吧了呢？”

陈七白了袁森一眼，撇着嘴说道：“这男人和女人在一起，就像是赌博，有道是赌场无父子。为什么说赌场无父子，就是因为赌这种事，沾不得半点儿感情，谁动了感情，谁就是输家！”

袁森回味了一下陈七的话，一脸八卦地问道：“这么说……你真的喜欢上姜瑶了？”

陈七一拉脸，歪着脑袋问道：“怎么？不可以吗？”

“可以！当然可以！”袁森一咧嘴，放声大笑。

二人牵着马上了大路。正要上马，陈七突然猛地一回头，只见树影婆娑之间，姜瑶正牵着一匹白马站在树下，头戴雪白斗笠，身披灰黑大氅。

看到陈七回头，姜瑶幽幽一笑，翻身上马，一夹马腹，驾马跑到陈七身边，轻声说道：“有曲子吗？”

“有……有……”陈七激动得声音有些颤抖。

“那还等什么，你准备好曲子，前方十里，有茶棚一座，我在前面等你！驾——”姜瑶一声娇喝，扬鞭打马，飞驰而去。

“等等我……”

陈七手忙脚乱地爬上马背，一勒缰绳，大笑着直奔姜瑶的背影追去。

袁森轻轻地摸了摸胯下烈马的鬃毛，慢慢地催动马蹄，一仰头，哼出了一段《状元媒》的小曲：“兵行到胡地里把马放，我带来四文四武离汴梁。杨六郎不肯发兵将，有为王许他郡马郎。杨延昭只在梦中想，为王哪有郡马让你当？我本是一国亲王撒了慌，老叔王他回朝我大闹一场……”

第三卷 鱼龙古卷

第一章　泾阳水府

话说姜瑶下山，和陈七、袁森南下，直奔广西地界。陈七为讨佳人欢心，一路上使尽了浑身解数，将三人的衣、食、住、行、游安排得妥妥当当。姜瑶自小到大一直生活在太白山，儿时苦练功夫，不曾稍有闲暇，长大成人后，又被柳当先闹出了逃婚的烂事，颜面尽扫，变得越发内向，渐渐地连与人沟通都不愿意，更别提下山玩乐了。故而，这次下山，姜瑶看什么都新鲜，只觉得这山下的世界在她的脑海中猛地推开了一扇新奇的大门，翻开了崭新的一页。

那陈七是什么人，见此机会，焉能不见缝插针？这厮从小在街头长大，对这市井百姓、吃喝玩乐那是了如指掌啊，吃一碗馄饨面，从皮到馅儿，能给你讲出十七八个故事来，还不重样。总之，路边的酒楼茶馆里但凡是叫得上名的菜、挂得上招牌的酒，陈七那是无一不通、无一不精啊，从色泽到滋味，从火候到刀工，两三口的工夫就能给你品个通透。

姜瑶喜欢白天喝茶，这小子就一边伺候热水，一边从帝王将相给你讲到升斗小民，什么新奇讲什么，什么勾人讲什么，今儿个说《水浒》，明儿个讲《三国》，时不时地再给你说上一段《三侠五义》，配上两段《金瓶梅》的评书小曲儿。这陈七自小在窑子花楼里长大，吹拉弹唱无一不精，这一路上，但凡是落脚的茶楼饭店，陈七只要一开唱，不出一炷香的工夫，准得聚上一大帮子人听他白话，十几家茶楼的老板出高价请陈七坐堂说书，都被陈七给拒绝了。到了晚上，姜瑶爱喝酒，陈七便给她换着样地置办小菜，并挑着那神仙精怪、狐黄白柳的奇闻怪事讲给她听，赶考书生破庙遇狐仙，抛妻弃子负心郎遭女鬼索命，痴情男女转世投胎变鸳鸯，黄鼠狼报恩送金银之类的故事说来就来，时不时地还有意无意往里边穿插两个轻佻撩人的小段子挑逗一下姜瑶。陈七的尺度掌握得极好，既让姜瑶面红心跳，又不至于让她心烦恼怒……

就这样，三人一路南下，姜瑶和陈七的关系持续升温。

农历九月二十一，三人抵达广西桂林。这桂林之地，自公元前214年秦始皇开凿灵渠，沟通湘、漓二水后，便成为“南连海域，北达中原”的重镇。

生门的总堂就在桂林。

遁甲有云：“生门居东北方，艮位，属土。”正当立春之后，万物复苏，阳气回转，土生万物，所以古人命名之为生门，为大吉大利之门。生门尊药王孙思邈为祖师，传下药、虫、针、方四门绝技。

江湖相传，药王孙思邈医术通神，一日出门，正碰上一位发束紫金冠、身披白绸袍的华服少年。那少年瞧见孙思邈远远走来，连忙迎上前来拜谢，口中言道：“我二弟承蒙道长相救，感激不尽，我的父母想见见您，当面致谢。”孙思邈行医多年，所救病患多如牛毛，一时间竟想不起在哪里见过这少年。当时正要上山采药，无暇顾及其他，正要拒绝，但看此人言语恳切，多次相求，实在不好意思驳了人家的面子，只好上了他准备好的马车，和他并驾而行。

那拉车的骏马极为神骏，奔走如飞，不一会儿便来到了一座山水掩映、气势恢宏的宅院门前。那宅院青砖碧瓦，气度森严，竟隐然有些帝王之风。

孙思邈下了马车，宅院的主人出门迎接，不住地谢道：“前日里，小儿外出游玩，被愚人所害，全靠您脱衣相救才保全性命，我等一家十分感激先生的大恩，今天能面见道长，真是三生有幸！”那宅院的主人一边说着话，一边将孙思邈请入内堂，摆开酒席，各分宾主饮宴。正推杯换盏之际，一位雍容华贵的妇人领着一个一身青衣的小孩从后宅出来，跪倒在地，不住地拜谢，口中言道：“小儿贪玩，被人打伤，全仗道长救护，方得保全性命。”

孙思邈看那小孩服色，这才想起，前日里曾经救活一条小青蛇，那青蛇的颜色和这孩子的服色倒是一般无二。酒过三巡，孙思邈偷偷细瞧，只见左右服侍酒水的侍从都称呼那宅院主人为“君王”，称呼那中年贵妇为“妃子”，惊诧之余，孙思邈悄悄向身边伺候的婢女问道：“这是什么地方？”那婢女回答道：“此地乃是泾阳水府。”

至此，孙思邈才恍然大悟，这宅院主人正是泾阳的龙王！这泾阳龙王感念孙思邈恩德，邀请他在水府游玩了三天。在一座风景秀丽的山崖边，龙王问孙思邈有什么想要的谢礼没有，孙思邈答曰：“我是个出家的道士，只好钻研医术，并无其他所求。”龙王思量了一阵，命大儿子从水府的书库中取来四卷鱼龙书递给孙思邈，言曰：“此四卷古书传自神农，内有医家之精要——药、虫、针、方。药者，能辨天下百草；虫者，可驭五蠱毒虫；针者，可控人命死生；方者，可驱瘟邪病疫。”言罢，抬手一推，孙思邈一个趔趄，从山崖上栽下，孙思邈大惊失色，一声惨呼，从卧榻上惊坐而起。正当他以为这一切不过是一场幻梦之际，只见枕头边上工工整整地摆着四卷古书！

自此，孙思邈闭关十年，苦修鱼龙古书上的医术，破关之后，终成一代药王。

孙思邈医术大成后，仅传徒一人，是为苏氏先祖。这位苏氏先祖，就是生门的开派宗师，故而这生门上下，世代供奉药王为祖师。虽然这龙王传书的故事有待商榷，但生门的四项绝技——药、虫、针、方，却是断断不敢小觑，而生门的历代当家更无不是集四项绝技之大成者。

此刻，陈七三人正坐在桂林城南的一家酒楼里品评着一道桂林的名菜，名唤全州醋血鸭。

这全州醋血鸭，是桂林全州的一道名菜。选取盛夏上市的子鸭为原料，留血，注入陈年老醋。以嫩姜或苦瓜为配料，将鸭肉先武再文火焖熟，倒入醋血翻炒，再加入主配料续焖，待见油不见汤时再加入茴香和紫苏叶继开火焦边，撒上花生、芝麻粉拌匀出锅。出锅后的鸭肉呈紫酱色，满盘香气四溢，闻鲜已生津……

“阿瑶，这血鸭不但味美，还可滋五阳之阴，清虚劳之热；补血行水，养胃生津，止咳去惊；除邪热，解劳乏；清心明目，益气壮阳……”陈七伸长了胳膊，从袁森筷子下抢过一个鸭翅夹到姜瑶的碗里，一脸谄媚地笑道。

袁森呷了一口酒，满脸鄙夷地说道：“哟嗬，啥时候学的郎中啊？你这二把刀，行不行啊？”

“怎么不行啊？人家那墙上都写着呢！”陈七白了袁森一眼，指了指墙上写着的这醋血鸭的食补药用。

“眼神怪好的嘞！”袁森自顾自地斟上了一杯。

“这跟眼神好不好没关系，主要是……用心啊！”陈七屁股一蹭，在凳子上一滑，向姜瑶那边靠去，靠到一半，姜瑶猛地伸手，在陈七胳膊上轻轻一拧，陈七夸张地惨叫了一声，坐回了原处。姜瑶“扑哧”一声笑了出来，陈七见佳人开怀，喜不自胜，连喝了三小盅酒。

袁森放下筷子，吧唧吧唧嘴，拍了拍陈七的肩膀，在他耳边小声说道：“我说兄弟，追女人归追女人，可别忘了正事！咱这趟来，是找生门的当家苏一倦老先生接洽八门合流之事的。”

“大师哥，你放心吧，我忘不了啊！”

袁森点了点头，自言自语地说道：“这些年，生门的苏一倦老先生，一直活跃在志愿抗战的一线，前线的许多医疗药品，都是生门的供应，柳师弟生前和苏老先生多次互通书信，商量八门合流之事，故而此次生门一行，应当是会比较稳妥的。”

陈七听了袁森的话，心头一松，暗道：“这一路折腾的啊，总算是有点儿眉目了……”

“对了，大师哥，咱们什么时候和苏老先生见面啊？”陈七喝了一口酒，张口问道。

袁森微微一笑，徐徐答道：“傍晚六点，不厌茶楼……”

两个时辰后，陈七和姜瑶在袁森的带领下穿街过巷，来到了一家古意盎然的茶楼门前。

陈七歪着脑袋看着茶楼的对联，一字一句地念道：“山好好，水好好，开门一笑无烦恼；来匆匆，去匆匆，饮茶几杯各西东。”

念完了对联，陈七抬头一看，只见门匾上铁画银钩地阳刻着四个大字——“不厌茶楼”。

“有点儿意思……”陈七一咧嘴，跟上袁森的脚步进了茶楼，直奔二楼左手边挂着“孤云出岫阁”门牌的包间。

“当当当——”袁森轻轻敲了敲门，屋子里没有回应。

袁森皱了皱眉头，轻轻地推开了门，谁知前脚刚一进屋，一阵风响袭来，“呼”的一声，屋内的烛火一闪，被一阵劲风带灭，灯影一明一暗之际，一道黑色的身影从屏风后头一闪而没。

“什么人？”袁森一声大喝，飞起一掌，将屏风击得粉碎。

从天水到桂林这一路，已经过了十多天，袁森体内的跗骨丹早就过了药劲。此刻，袁森已然恢复了内家功夫，变回了那个生擒虎豹、悍勇无匹的九指恶来！

“砰——”

一声爆响，屏风应声碎开，袁森展臂一抓，从木屑中抓住了一只瘦长的胳膊，用力一扭，一阵筋骨撕扯的脆响传来，那胳膊的主人顿时发出了一声闷哼。

“哪里走！”袁森又上了一步，去擒那人后颈，不料那人不闪不躲，被擒住的那只手猛地张开五指。

“哗哗哗——哗——”

一声风响，自那人的袖口之中瞬间爬出了一蓬毒虫，顷刻间绕满了整条手臂。袁森吓了一跳，慌忙抽手后退。毒虫外涌，犹如黑水一般淌了一地，那人趁机一蹿，破窗而出，从二层翻身一落，稳稳地立在了地上。地上的毒虫打了一个旋儿，顺着窗口“流淌”而出，“哗哗哗”地爬下了楼，钻回到那人的袖口之中。那人收了毒虫，也不回头，一路疾驰，钻入了路边的阴影中，渐渐没了影踪。

“这……”陈七吓了一跳，往后一退，脚跟猛地踩到了一摊鲜血。陈七顺着鲜血往源头看去，只见茶桌后面，一具无头的尸首端坐在椅子上，两手平放于双膝，项上的人头端端正正地摆在桌子上的茶盘里，双目圆睁，死死地盯着陈七。

“啊——”陈七一声惨号。

“苏老先生……”袁森看了一眼那桌上的人头，瞬间整个人如同五雷轰顶一般呆立住了，嘴唇无力地张合了老半天，也没说出半句话来。

“在这儿呢！”楼下的门厅骤然传来一声爆喝，紧接着便是一阵急促的脚步声。

姜瑶侧耳一听，急声说道：“脚步密集，人数甚多，功夫高手不少于五十人。”

袁森深吸了一口气，冷声说道：“这他娘的是中了圈套了，赶紧走！”

陈七咽了口唾沫，结结巴巴地说道：“往哪儿……哪儿走啊？咱们可以解释，这人不是咱们杀的……”

袁森快步走到窗边，看了一下楼高，张口说道：“解释个屁，摆明了就是人家下的套，想把屎盆子扣咱们头上，抓咱仨做替死鬼，你怎么解释？跟砍刀解释吗？这楼不高，咱们跳下去，你先来！”

陈七踮着脚往下看了一眼，吓得小腿一阵抖。

“我的天……太高了，我……我可不敢跳！”

袁森冲着姜瑶一摆手，沉声说道：“妹子，你先走！”

姜瑶看了陈七一眼，一个纵越飞出了窗户。袁森拍了拍陈七的肩膀，对他说道：“只管跳，我在下面接着你……”

“不行……不行……真来不了，大师兄，我恐高。”陈七抱着袁森的手臂，涩声哀求。

袁森一把甩开了陈七的手，一脸认真地说道：“那行，不跳就不跳吧，你多保重！”

“什么？什么……什么保重？”

说完这话，不等陈七反应过来，袁森已经转身跃出了窗外。

陈七听着楼下的脚步声越来越近，急得他热锅上的蚂蚁一般四处乱跑，窗帘后头也看了，柜子门也打开钻进去试了，桌子底下也看了……

“妈的，这就没一个能藏人的地儿！”陈七急得一头汗，一边跺着脚直骂娘，一边四处乱爬，想找一个能藏身的地方。突然，趴在地上的陈七一扭头发现了苏一倦那无头尸体的一处异样。

“他手里攥着的是什么？”陈七眯起眼睛又仔细地看了看苏一倦蜷起来的右手，鼓足勇气走上前去，掰开苏一倦的手指，从里面拽出了一根暗红色的细绳……

“当——”包间的门被人一脚踹开，一群提刀的大汉闯了进来。为首一男子，二十七八岁的年纪，肤色黝黑，眉清目秀，刚一进门，便瞧见了身首异处的苏一倦，当时便双眼一红，一声惨叫：“爹啊——”

此时，陈七就站在苏一倦身边，身上还沾着不少血，左手刚刚掰开苏一倦的手指，此刻还没有松开苏一倦的手腕。

“那个……节哀……我要是说……我是路过的，你……你能信不？”陈七舔了舔嘴唇，挤出了一个比哭还难看的笑，缓缓地向窗边靠去。

那肤色黝黑的男子站起身来，指着陈七喝道：“别人不认得你，我却认得你，你是白衣病虎柳当先，是你杀了我爹，大家一起上，砍死他——”

“杀啊——”一众大汉抡着砍刀奔着陈七杀来。

陈七一咬牙，闭紧了双眼，向后一仰，从窗口跳了下去。

“我命休——”陈七一声惨号，刚喊了一半，袁森腾身跃起，一把抱住了还没落地的陈七，把他扛在肩上，拔足飞奔。

“大师哥……救我……”

此时，那带头的青年已经下了楼梯，追到了街上。只见他向四周望了望，没看到袁森跑向了哪一条岔路。这时，一个须眉洁白的老者从众刀手中闪身而出，指着南边大喊：“是那边！追！”

那带头的青年一举手，高声喊道：“听索长老的，往南！”

众大汉发力狂奔，不多时便看到了袁森的身影。

“师哥……追……追上来了……”

“闭嘴！”袁森咬紧牙关，犹如一只受惊的狸猫，足不点地地在黑夜中穿行，将身后的追兵越甩越远……

* * *

天光见亮，桂林城东，袁森领着姜瑶和陈七钻进了一间废弃的仓库，熟门熟路地点亮灯火，从干草垛里翻出了一个旧水壶，在后院的井里打了水，架在露天灶台上烧开。

“累死我了……”陈七一屁股坐在地上，大口地喘着粗气。

袁森一边添柴火，一边骂道：“你还有脸说，全程都是我扛着你在跑，我都没喊累，你还有脸吵吵累……”

陈七一甩脸子，满是不服气地嘟囔道：“我主要是心累！”

姜瑶寻到三个破瓷碗，泡着井水洗刷干净，提起铁壶，一边倒水，一边问道：“袁大哥，这个仓库安全吗？”

袁森点了点头，沉声答道：“此处是抗联在广西的联络点之一，十分隐蔽，绝对安全。”

姜瑶思索了一下，继续问道：“袁大哥，这苏老先生在江湖上可有什么仇家吗？”

袁森摇了摇头，徐徐说道：“这生门中人世代都以行医卖药为生，没听说过有什么仇家啊。不对！日本人！苏老先生一直积极地支持抗战，日本人想杀他很久了……难道是日本人派了三千院的密谍暗杀了苏老先生？”

陈七一拍大腿，张口说道：“肯定没错！你记不记得咱刚上楼的时候，那个和你交手的神秘人，他会放虫子，他会不会是那个虫和尚……”

“他绝对不是虫和尚，我在太白山上见过虫和尚，他的体态筋骨和虫和尚完全不同。我开门精通易容肖形之术，任何的乔装改扮都瞒不过我的眼睛。”姜瑶听了陈七的话，眉头一皱，缓缓地摇了摇头，发言打断了陈七的话。

袁森回味了一下姜瑶的话，沉声说道：“姜瑶说的有道理，咱们要想洗清身上杀害苏老先生的罪名，当务之急有二，一是查一查生门现在的情况，二是找到那个和我交手的神秘人。”

姜瑶放下手里的水碗，摘下了面纱，双手在脸上轻轻一抹，霎时间变成了一副壮族小伙的模样。

“我的天！”陈七被姜瑶的易容术吓得瞠目结舌，下意识地发出了一声惊呼。

姜瑶看了一眼陈七，微微一笑，从袖子里抽出一块头巾，将长发裹扎在内，解开了披在身上的黑色大氅，露出了穿在里面的黑色男式短褂。那短褂以当地土布制作，上衣短领对襟，缝一排八对布结纽扣，胸前有小兜一对，腹部缝有两个大兜，下摆往里折成宽边，并于下沿左右两侧开对称裂口，下身穿宽大短裤，短及膝下，一双黝黑的小腿缠着绑腿，蹬着一双草鞋。整个人从上到下瞬间从一个千娇百媚的姑娘家变成了一个淳朴憨厚的壮族农家小伙。改换完了头脸，姜瑶走到张着大嘴的陈七面前，轻轻地推了一下他的下巴，给他闭上了嘴，轻声说道："袁大哥，我去查生门的事。"

袁森洒然一笑，大声说道："有开门高手走上一趟，袁森幸甚！"

"袁大哥言重了，小妹去去便回。"言罢，姜瑶转身要走，陈七猛地一把拉住了姜瑶，两眼放光地说道："我……我也要去。"

姜瑶伸手拧了一把陈七，笑着说道："一来你不会易容术，多有不便；二来你这张脸已经张贴出去了，满城都是要追杀你的刀手。我这次是暗中查访，带着你我放不开手脚……"

"我……"陈七正要再说，袁森已经伸出了大手，从后面抓着他的后衣领把他拎了起来，拽到身边夹住。

"妹子，你只管去，这小子交给我看管，你放一百个心。"袁森一手夹着陈七的脑袋，一手捂着陈七的嘴，任凭他挣扎得面红耳赤，硬向姜瑶身边使劲，也不松手。

姜瑶展颜一笑，一转身出了仓库。待到姜瑶走远，袁森哈哈一笑，松开了胳膊，陈七狠狠地一推袁森，却反摔了自己一个屁股蹲儿。

"哎哟……我的尾巴骨啊！袁森，你个小人，你就是吃不着葡萄说葡萄酸，自己个儿打光棍儿你就见不得别人出双入对……哎呀……疼疼疼疼疼……"

袁森一把将陈七从地上拉起来，给他扑了扑土，语重心长地说道："你这笨手笨脚的，到哪儿都是个累赘，也就我不嫌弃你……"

"我呸——"陈七一把挣开了袁森的手，叉着腰喊道，"你才是累赘呢！哼，好好好，你说我累赘，那我且问问你，桂林这么大，那和你交手的神秘人该去哪里找呢？"

“这……”袁森一时语塞，满眼困惑地摇了摇头。

陈七得意扬扬地一仰头，对着水碗里的倒影整理了一下头型，一脸不在乎地坐在井栏上，端起水碗，跷上二郎腿，吹起了小口哨。

袁森一瞧他这副德行，顿时便知他肯定是有了计划，于是连忙走到陈七身边，张口问道：“你可是有了主意？”

陈七点了点头，拉着脸答道：“没错，有了！”

“快说来听听！”

“嗓子干……”

“来来来，我给你把水续上……”袁森赶紧提起水壶，给陈七的水碗里添上了水。陈七抿了一口，吧唧了一下嘴：“哎呀……烫……”

袁森强忍怒火，接下了陈七的水碗，拎起烧火的扇子，好一顿扇，将水碗又递还给了陈七。

陈七又抿了一口，满意地点了点头，笑着说道：“这水伺候得不错，还算有点儿用，不是那么累赘。”

袁森暗道：“好你个陈七，这是借机冲着我找补话茬儿呢！也罢，我且先忍了，若是你说不出什么好主意，看我不将你一顿好打！”

“嗯——舒坦！”

慢悠悠地喝完了水，陈七将碗放到了一边，自己觉着面子撑够了，谱也摆足了，一抬手，从怀里摸出了一根红色的花绳，在袁森眼前晃了一晃。

“这是什么？”袁森不解地问道。

“这叫相思扣！”

“相思扣？”

“对，这风月场里的姑娘若遇到了心仪的恩客，便会剪下一缕头发编在花绳里，系在那恩客的手腕上，取意：一寸相思一寸金，系绳结发绕指柔。”

“你怎么知道？”

“你忘了我是在什么地方长大的了？”陈七白了一眼袁森，袁森也不接茬，看着那花绳问道：“哪儿来的？”

“苏老先生手里攥着的！被我掰开手指取了出来……”

“苏老先生手里的？”袁森吓了一跳。

“对啊！话说那一日，几十号刀手围堵而来，你二人胆小畏敌，翻窗便逃。唯我陈七一人，凭着一身大将风度，智勇双全，临危不乱，独自留下，勘验尸身，终于发现了这一条关键至极的线索……”

陈七手捏剑指，胸膛高挺，拉了个文武小生的架子，哇呀呀地乱叫。袁森捂着耳朵，跺脚骂道：“他娘的，一天不吹牛，你能憋死吗？”

陈七脖子一梗，甩了个京腔的念白，幽幽说道：“虽然憋不死，但是能憋疯……哇呀呀……唔哈哈哈哈……”

袁森一把拽下了陈七手里的花绳，摆弄了一阵，沉声说道：“花绳的断裂处有毛边，应当是在撕扯中被拽断的……说明这东西很可能就是凶手的，只不过……这桂林的风月场这么多，该去哪儿找呢？”

陈七不耐烦地一扁嘴，伸手夺回绳子，在鼻孔下面一过。

“嘶——”陈七长吸了一口气，眯着眼睛，一脸迷醉地说道：“花绳犹有女子香气，说明那男子佩戴的时日不长。这香气不是寻常的脂粉香，而是西洋舶来的高档香水。这种香水，一瓶的价钱便足够一家普通百姓一年的花销了，寻常窑子里的姑娘是用不起这种西洋香水的，所以编绳子的姑娘一定身在桂林最高档的风月场。这花绳的香水味儿里，还掺着一股酒香，闻着不像是中国酒，这味儿……焦香里带着甜，应该是苏格兰窖藏三年以上的谷物威士忌……这种酒不但贵，而且少，一般都是外国人聚集的高档酒店才有！高档酒店，外国人聚集，风月场……按着这三个条件找，准没错！”

袁森眼前一亮，使劲地拍了拍陈七的肩膀，挑着大拇指赞道：“好样的！可以啊你！”

陈七揉了揉被袁森打痛的肩膀，龇牙咧嘴地嘟囔道：“你轻点儿啊！这是人啊，这是肉体啊……”

“走——”袁森是个急脾气，拔腿便出了门。陈七小跑着跟上，喘着粗气喊道：“你等等我……”

半个时辰后，袁森和陈七下了黄包车，来到了桂林最大的西洋大舞厅——几回闻。

两个人在来路上进了一家成衣铺，各自淘换了一身新行头。陈七还是一身雪白的西服，发丝用头油抓得整整齐齐，脚上的黑皮鞋擦得油光锃亮，胸前戴一只金色怀表，活脱脱的富家公子扮相。在陈七身后半步，站着一身深蓝色中山装的袁森，立翻领，对襟，前襟五粒扣，四个贴袋，袖口三粒扣，后片不破缝。袁森本就生得威武昂藏，这笔挺的中山装一上身，更显得他壮硕挺拔。

陈七和袁森对视了一眼，掏出四五块大洋，随手赏给了看门的侍应生，然后迈开大步走进了灯光交织、歌舞徜徉的大厅。

陈七从侍应生的手里熟稔地接过一只玻璃酒杯，将杯底的冰块摇晃几下，呷了一口琥珀色的酒液，咂了咂舌头，看着袁森，笑着说道："苏格兰谷物威士忌……就是这个味儿！对了，大师哥，你会跳舞吗……"

袁森闻言一愣，一脸茫然地说道："什么舞？武？哪个门派的武功……跳……跳什么？"

"不是武功的武，是交际舞的舞，跳交际舞，你会不会？"陈七不耐烦地重复了一遍。

"交……交际舞？我不会！"袁森张了张嘴，满眼呆滞地摇了摇头。

"我的天，连交际舞都不会跳啊？你这江湖咋混的啊？"陈七一脸鄙夷地看着袁森。袁森闹了一个大红脸，小声嘟囔道："这……混江湖和跳舞有啥关系……"

突然，满场的音乐一停，在一阵热烈的掌声和欢呼声中，舞台上的灯光一闪，一个身穿红色旗袍身量婀娜的女子从幕布后施施然地走了出来，一步一摇，顾盼之间，风情万种。

陈七一歪头，向身边一个微醺的胖子小声问道："老兄，劳驾问一句，这位姑娘是——"

那胖子伸出手里的酒杯和陈七碰了一下，笑着答道："一看兄弟就是外地来的……"

"老兄好眼力！"陈七喝了口酒。

"她叫秦婉如，是几回闻的头牌！不知道有多少男人为她癫狂啊……"

胖子的脸上浮现出了一丝迷醉。

这时，舞台上的音乐响了起来，秦婉如一声浅笑，伴着柔曼的乐声，丹唇轻启，开嗓唱道："盛会绮宴开，宾客齐来，红男绿女，好不开怀！贤主人殷殷绍介，这位某先生，英豪慷慨，这位某女士，美貌多才……"

秦婉如的嗓音极是柔美，仅仅是轻哼浅唱，便余音绕梁，入骨三分。一曲唱罢，秦婉如谢幕下台，换了一身舞裙，柔柔弱弱地走入大厅，手持一个精巧的高脚杯在人群中穿梭谈笑。看其左右逢源，挥洒自如的风姿，不愧是这儿回闻的头牌。此时，秦婉如身边环聚了不少富商大贾，一个个抢着邀请秦婉如跳舞，秦婉如是答应谁也不是，不答应谁也不是。这帮富豪个个砸着重金，秦婉如选择了谁，都会得罪其他人，而对秦婉如这样的歌女来说，在场的任何一位都是她得罪不起的。就在秦婉如焦急之时，陈七端着酒杯缓缓地走到她的身边，看准机会，看着秦婉如笑着说道："小姐真是好嗓子。"

秦婉如眉眼一转，看了一眼陈七，眼睛便再也拔不出来。

"好一个俊俏的少年郎。"秦婉如心中一惊。

"敢问先生贵姓？"秦婉如展颜一笑。

"我姓柳！敢问小姐芳名？"

"怎么，刚才我在台上唱歌，这么多人唤我的名姓，你还不知吗？"秦婉如不解地问道。

"当然知道，在下之所以明知故问，无非是因为和小姐初次见面，没有合适的话题搭讪罢了！"

陈七的眼神真挚坦诚，说的话偏又蠢笨里带着几分撩人，一瞬间便博得了秦婉如的好感。陈七见秦婉如面露笑容，便知她已对自己产生了兴趣。

"初次见面，没准备什么像样的礼物，一点儿家乡的土特产——一包干果蜜饯的小零食，还请小姐千万笑纳。"陈七幽幽一笑，从怀里取出一个包得四四方方的小纸包，轻轻地放进了秦婉如手上的小皮夹里。

秦婉如若无其事地轻轻在那纸上一捏，便知道这纸包里包的根本不是干果蜜饯，而是四根大金条。

“我可以请秦小姐跳一支舞吗？”陈七右脚后撤半步，躬身伸手，以一个标准的绅士礼向秦婉如发出了邀请。

陈七这一手堪称一箭双雕，一是给足了秦婉如的面子，因为这些富商请秦婉如跳舞，根本就不是为了跳舞，而是为了砸钱斗富充面子，这些人跳着脚地喊价，秦婉如选了谁，都免不了落下个贪财卖色的名声，而陈七当着众人的面，说给秦婉如一包干果蜜饯，既体现了真情，又不至于引起这些富商的敌意，秦婉如此时若选了自己当舞伴，既能避免得罪这些富商，又能落下个轻财帛重心意的好名声；这第二点，陈七说里面是干果，实则包的是金条，这纸包包得极好，外人不捏上一捏，是断然分辨不出里面是金条的，这四根金条，不但给秦婉如挣了面子，还给她充了里子，毕竟这年头，出手就是四根金条的主儿可不多见。

秦婉如一捏纸包，瞬间会了陈七的意，心中暗喜，思量道：“好体贴的人儿……”

心念至此，秦婉如轻轻地伸出手搭在了陈七的手心上，看着他柔柔一笑。

陈七顺势起身，随着舞曲响起，陈七轻轻将手搭在了秦婉如的后腰上，指实掌虚，这等力度，既谦谦有礼，又略带挑动。在陈七的撩拨下，没跳完两个八拍，秦婉如的脸颊已经微微泛红。

“法兰西的玫瑰香……”陈七抽动了一下鼻翼，在秦婉如的耳边轻轻说道。

“柳先生还对香水感兴趣？”秦婉如问道。

陈七摇了摇头，幽幽笑道：“我的兴趣不在香水上，而在秦小姐……你的身上……”

陈七双眼一亮，心中暗道：“没错了，那相思扣绝对出自秦婉如之手！”

第二章　闻香识女人

一曲跳罢，秦婉如微微一笑，在陈七耳边说道："柳先生，我去补个妆……"陈七点了点头，轻轻地在秦婉如手背上一吻。

眼看秦婉如转身离去，袁森穿过人群，走到了陈七的身后。陈七一歪头，冲袁森说道："身上还有金条吗？"

"还剩最后两根……我跟你说啊，咱是来办正事来了，你这又搂又抱，又亲又跳的……你信不信我告诉姜瑶去！"袁森老大不耐烦地说道。

陈七伸手探入袁森怀里，半偷半抢地把最后两根金条拽了出来，塞在袖子里，转身奔后台走去。

"你干吗去……"袁森问道。

陈七一回头，从一旁的花瓶里抽出一枝白色的玫瑰花，放鼻尖上轻轻一嗅，一脸神秘地笑道："大师哥，你不懂，这叫闻香识女人。"

就在袁森一愣神的工夫，陈七已经绕到了舞台后面，小跑着穿过一段回廊。昏暗的楼梯间里，只有一间屋子从门缝儿里向外渗着微黄的灯光，陈七捻了捻手中玫瑰的花瓣，反手藏在身后，轻轻地推开了那扇门。门后边，镜子前，秦婉如正在涂口红，瞧见陈七进门，媚声一笑，扭过头去，清风拂柳一般站起了身子，伸手一探，抓住了陈七的领带，在指尖一绕。陈七从身后抽出了那枝玫瑰，掐下花骨朵，别在了秦婉如的耳边，反手一挥，极为老练地关上了房门。

"小冤家……你是怎么找到这儿来的？"秦婉如笑了笑，将头枕在陈七的胸口处，十指在领口一阵拨弄，轻轻地解开了陈七的衬衫扣。

陈七揽住秦婉如的腰肢，在她发间猛地吸了一口气，伸手轻轻地拨弄了一下秦婉如的发丝，调笑着说道："自然是顺着秦小姐身上的香水味儿一路苦寻而来。不知道秦小姐能不能看在我如此痴心的份儿上，赠我一个相思扣……"

"哟！想不到柳先生还是风月里的老手，竟还晓得相思扣！"秦婉如掩嘴一笑，抬头就要亲吻陈七的嘴唇。

陈七若有若无地一偏头，躲过了秦婉如的香吻，从兜里一摸，拽出了那个在苏老先生手里发现的相思扣。

"秦小姐，这东西是你的吗？"陈七将那个相思扣在秦婉如眼前晃了一晃。

秦婉如神色一冷，满脸的柔情瞬间消失无踪。只见她一把推开陈七，后退了几步，颤抖着嗓子问道："你……你不是来这儿玩的，你……你是谁？你什么人？"

陈七摇了摇头，缓缓地往前走了几步，从怀里掏出两根金条放在桌子上，幽幽笑道："我啊，是谁不重要，关键是，我是个有钱人！"

"你……这东西你从哪儿得来的？"

"这你不用管，你只需要告诉我，这东西你送给了谁。只要你告诉我，这金条就是你的了！"

秦婉如瞥了一眼桌上的金条，踌躇了一阵，摇了摇头，满是惶恐地说道："我……我不能说……"

陈七看了看秦婉如的神色，从小腿上抽出百辟，一抬手插在了桌上，冷着脸说道："秦小姐，钱和命，你只能选一个。我找你问这事情，也是受人所托，你不告诉我实情，我也没办法交差啊！既然你为难我，我也只能为难你了！"

秦婉如瞧见桌上闪亮的匕首，吓得浑身发抖，靠在窗边一脸惨白地说道："我告诉你……这东西我是系在我一个熟客的手腕上的，他就是……"

"呼——唰——嘶嘶嘶——"

秦婉如话还没说完，背后的窗户猛地黑成一片，无数的爬虫从上到下，如同潮水一般爬满了整扇玻璃窗，瞬间遮住了窗户外面路灯的光。秦婉如回头一看，只见无数毒虫在玻璃上攀爬涌动，瞬间发出了一声惨叫。

“啊——”

秦婉如一声大喊，身子一软，瘫倒在了地上。

陈七眼疾手快，拔出了桌子上的百辟，捞起地上的秦婉如，将她搂在怀里，起身就要拉门往外跑。就在陈七的手要拽动把手的一瞬间——

“咚——咚——咚——”

化妆间的木门外骤然传来了一阵撞击的响动，仿佛有什么东西冲击着大门。

陈七吓了一跳，连忙后退。就在陈七后退的同时，只听“哗啦”一声脆响，化妆间的玻璃被潮水般的爬虫撞碎，一人多高的虫浪喷涌而入。

“趴下——”陈七抱着秦婉如卧倒在地，就地一滚，爬到了桌子底下。

“砰——”就在玻璃碎裂的同时，化妆间的木门也被撞开，碎屑横飞之中，又是一片虫浪涌来，两道虫浪瞬间冲击在一起。毒虫翻涌之中，一人着黑衣，一人着灰衣，两道人影从虫浪中一跃而出，在半空中一个对冲，擦肩而过。

刚一落地，满地的毒虫瞬间卷起爬满了二人身体，将他们二人裹成了两个黑色的旋涡。

那两人相隔五步，对视了一眼后，同时扭头，将目光投在了陈七和秦婉如的身上。陈七的目光和他二人一对，脑门上霎时间冒了一层细密的白毛汗。

“呼——”一声风响，黑衣人飞起一掌，带动毒虫，直劈秦婉如面门。灰衣人见状，闻声一闪，挡在了陈七前面，飞起一腿，将黑衣人的毒掌踢开。两人拳来脚往打在了一起。其间，黑衣人数次想靠近秦婉如，却被灰衣人拦住。陈七找准机会，拉着秦婉如钻出了桌子，爬到墙角，一伸手拉灭了电灯。

“唰——”灯一灭，趁着屋子里一片漆黑，陈七拉着秦婉如就往外跑。黑衣人吓了一跳，飞起两掌逼退灰衣人，回身来捉陈七和秦婉如。怎料黑衣人刚追出门，半空中一道火光“砰”的一声，一团火球燃起，带动一阵劲风迅猛无匹地直奔黑衣人撞来。

“呼啦——”无数的毒蜂和蝴蝶从黑衣人的袖口中飞出，在半空形成一道屏障，挡住了火球。

“噼——啪——”火球在虫墙上爆开，无数的毒蜂、蝴蝶化作飞灰，尚未燃尽的火球在半空中一暗，火星四射之中，赤裸上身的袁森已如奔雷一般闯到了黑衣人身前，原来刚才的火球正是袁森点燃上衣而成！

“九指恶来——”黑衣人一声疾呼，两臂一张，在虫浪的带动下，飞身后退，翻出了窗户。

灰衣人见了袁森，也是一声低呼，刚要抽身往后跑，不料黑衣人先一扭头，发出了三把飞刀。灰衣人闪身一躲，虽然躲过了飞刀，却也在身法上慢了一拍，被袁森赶上。袁森攥指成拳，直奔他胸口打来。

“起——”灰衣人一声爆喝，无数的毒虫飞向半空，呈螺旋体冲向袁森。袁森从裤子兜里拽出了从大厅里顺出来的玻璃酒瓶，纵身一跃，凌空一掷，再屈指一弹，飞出一枚银圆。

“砰——”

一声脆响，玻璃酒瓶被瞬间击碎，满满一瓶子高度伏特加在半空中泼洒开来。这种俄国人最爱的烈酒高达六七十度，见火就着，袁森手并剑指，食指和中指间夹着一根火柴在墙上一划，擦出了火苗，再腾身跃起，往空中的酒液上一扎……

“轰——”

半空中的烈酒被点燃。袁森单臂立起，在半空中画了一道弧线，带动一道火红的烈焰闪电一般劈开冲到身前的虫堆，一掌劈在了那灰衣人的脖颈儿上。灰衣人颈部受创，整个人一僵，直挺挺地晕倒在了地上。满屋的毒虫不受控制，顷刻间散了个干干净净。

陈七歪着脑袋从楼梯口探出头，高声呼道：“大师哥！好手段啊！”

袁森摇了摇头，拎起地上的灰衣人扛在肩上，沉声说道：“现学现卖罢了！这三脚猫的火法，乃是当年在黄河渡口看到景门那对兄弟和人比斗，远远地学了个皮毛，和真正的火术手段差远了！”

“景门是哪个？”陈七问道。

袁森叹了口气，嘬着牙花子说道：“是你以后的大对头，很快就能见面了。”

“咱们现在怎么办？”陈七问道。

“回仓库！”

“那……她怎么办？”陈七指了指坐在地上瑟瑟发抖、啜泣不止的秦婉如。

“话问出来没有？”

“问出来了！”

“都问出来了还不走，你要留这儿和她过年吗？”袁森不耐烦地说道。

陈七嘴里咕哝了一下，扁着嘴小声嘟囔道：“一点儿都不懂怜香惜玉，难怪你打光棍儿……”

说完这话，陈七站起身，脱下了西服外套，罩在秦婉如的身上，小声说道：“对不住啊秦小姐，给你添麻烦了，我那上衣兜里还有一块怀表，你千万收下。今天的事不要和任何人提起，咱们有缘再见。”

言罢，陈七扭头小跑着追上了袁森的脚步。

月明星稀，废旧仓库。

袁森和陈七一推门便看见了姜瑶的身影。袁森将灰衣人放在地上，寻来绳子捆扎结实，然后找了一件破外套披在身上，回头摘下了灰衣人脸上的蒙脸布，露出了一张眉浓眼亮、额宽鼻直的脸来。袁森打量了一阵，伸手捏开了那灰衣人的嘴，细细地看了看他的牙齿。

陈七皱了眉头问道：“大师哥，这又不是相马看年岁，你掰他牙口干什么？”

“你懂个屁，你看这人的牙，雪白整齐，没什么磨损，由此可知，这人自小就没受过什么苦，长身体的时候吃的都是鱼肉细粮，否则落不下这么一副好牙口。一般的穷苦人家的孩子，自小吃糠咽菜，赶上饥荒年份，什么树皮草根都一股脑儿地胡嚼乱咽，那牙齿肯定每一颗都磨损得厉害，长得东倒西歪。咱们惊门干的是杀人越货的买卖，绿林中绑肉票也是一门营生。不少为富不仁的地主老财平日里为了防土匪，天天穿着破衣烂衫，被绑上了山，两眼一挤，涕泪横流，硬装穷苦百姓。殊不知，我等一看他们的满嘴好牙，就知道他们是在骗人，绝对不能信他们的鬼话！”

“厉害！厉害！”陈七挑着大拇指，一阵称赞。

“袁大哥，他还得多久才能醒来？”姜瑶指着灰衣人问道。

“我这一掌劈下去，想醒来，怎么也得……半个时辰吧！对了，妹子，你打探得怎么样了？”袁森问道。

“说来话长。”姜瑶答道。

“不着急，阿瑶你坐着，歇歇脚，我去烧点儿水，咱们坐着聊……”陈七狗腿地搬过来一个破旧的马凳，放到姜瑶身后，按着姜瑶的肩膀让她坐下，又拎起地上的水壶，跑到井边打好水，烧起火，拉着姜瑶和袁森围坐在火旁。姜瑶一边烤着火，一边开始了她的讲述……

第三章　连环套

话说这一日，姜瑶改换行装，凭着一身易容术渗透进了生门的药堂，一天内神不知鬼不觉地换了一十二张脸，用了十几个身份打探，才大概地探听出来生门的一段秘辛。

原来这苏一倦老先生生有二子，长子苏长鲸，次子苏长兴，两个儿子相差十岁。

苏长鲸二十六岁那年，生门因为药材买卖的事情得罪了当地的一个军阀，那军阀震怒，屡屡与生门为难。苏长鲸年少热血，气愤难平，趁着月黑风高，凭着一身诡秘莫测的虫术，潜入了那军阀的府邸，摘了那军阀的人头。

这事情闹得极大，等到苏一倦收到风声的时候，整个桂林内外全是荷枪实弹的大兵在一茬接着一茬地针对苏长鲸地毯式搜索。苏一倦使尽了银钱，求神拜佛，想保住苏长鲸震一条性命，奈何那军阀的靠山势力极大，远不是苏一倦可比。万般无奈之下，苏一倦只得安排生门徒众撤离桂林，远遁云南，暂避风头，并且计划安排专人送苏长鲸出海，直奔南洋跑路。

苏长鲸年少有为，在生门中素有威望，彼时正是英雄年少做大事的黄金年华，怎能甘心将大好的青春浪费在南洋那个鸟不拉屎的地方。所以这苏长鲸在听到老父亲要安排自己跑路去南洋的时候，顿时来了火气，梗着脖子说什么都不去，宁可留在国内，和那军阀的靠山拼个鱼死网破。

这苏一倦知道自己的大儿子是个顺毛驴，只能哄不能打，于是告诉苏长鲸，他且安心去南洋磨炼十年，回国之时就是他执掌生门之日。苏长鲸少年心性，对老父亲的话深信不疑，打点好了行装，随着走私船偷渡去了南洋，自此杳无音讯。

没过几年，那军阀的靠山在混战中倒台，生门趁机又回到了桂林，发展壮大。这七八年的光景里，苏一倦的二儿子，苏长鲸的胞弟苏长兴也已经长大成人，其干练果敢、聪慧机敏不输其兄，在生门中，这位二公子也得到了不少徒众的支持，于是年深日久，除了一些老门徒，大多人都只知道二公子，却不知道早年里还有一位大公子了。

转眼十年之期已到。七天前，苏长鲸从南洋回到了生门。然而，十年过去，早已经物是人非，老爹苏一倦绝口不提接班的事，二弟苏长兴把持生门大权，将自己这个大公子架空。苏长鲸整日无事可做，内心越发焦躁不平，多次和苏一倦争执。

不久前，苏一倦在生门大会上宣布，自己正和柳当先谋划八门合流之事，并且愿意倾力相助，帮柳当先登上佛魁之位。此事顿时在生门中掀起了轩然大波。生门上下分为了两派，一派认为应当联合八门，共同对抗日军；另一派则恰恰相反，认为这二百年来，八门风流云散，生门雄踞两广，稳坐贼行第一把交椅，堪称两广一带的黑道土皇帝，可是一旦八门合流，选出佛魁，按着贼行的规矩，生门上下就得悉数尊崇佛魁号令，这土皇帝头上凭空就多了个太上皇，大事小情从独断专行，一下子就要变成说了不算，所以这八门合流得不偿失，不合也罢。两派吵得不可开交，甚至还引发了门内的械斗，眼看就要闹大的时候，二公子苏长兴提出了一个办法，那就是八门可以合流，但是佛魁必须由苏一倦来坐。

这个法子一提出来，瞬间得到了两派人的共同支持，因为这主意既全了抗日的大义，又给生门落下了实惠。两派人握手言和，一起恳求苏一倦去夺那佛魁之位。苏一倦虽然无意坐那佛魁的位子，但是为了门内安定，只得应承下来，并暗地里决定："我且暂时答应他们，大不了在那分金大会上，卖个破绽，在手段上输给柳当先，也好两不耽误。"

在这场内讧的平定之中，苏长兴无论是深谋远虑，还是机智果敢，都让苏一倦十分满意。在一次酒宴上，苏一倦揽着苏长兴的肩膀，向门内的长老和舵主们明言表示，要他们多多提携教导苏长兴，其传位之选，已昭然若揭。

然而，苏长鲸将这一切看在眼中，竟是那么的心痛和恼怒。苏长鲸在南洋受了十年的苦，就指着执掌生门这点儿念想撑着了，如今眼看梦想破灭，如何能忍？

于是……

“于是怎么了？你倒是说啊？”

姜瑶讲到关键处，猛地收住了话头。袁森急得抓耳挠腮，连忙催促姜瑶。

姜瑶喝了口水，继续说道：“据生门徒众传言，因为苏长鲸记恨苏一倦言而无信，要将位子传给苏长兴……于是暗中打探，和前来桂林的柳当先接上了头，告诉柳当先，苏一倦要抢他的位子，自己当佛魁。柳当先大怒，与苏长鲸达成了一桩交易，那便是——苏长鲸帮柳当先杀了苏一倦和苏长兴，自己当上佛魁后，帮苏长鲸坐上生门当家的位子。就这样，苏长鲸探听到了苏一倦和柳当先一行接头会面的时间地点，预先设下埋伏，和柳当先一起杀害了苏一倦。然而，苏长鲸探听苏一倦行踪的事被生门中人察觉，报告给了二公子苏长兴。苏长兴知道后，连忙带人赶到苏一倦与柳当先约定会面的不厌茶楼，却没想到终究还是来晚了一步，没能救下苏一倦。然而，苏长兴虽没救下老父亲，却和刚刚杀完人的柳当先撞在了一起。柳当先翻窗而逃，苏长兴紧追不舍。两伙人你追我赶，停停打打地闹了大半天，终究还是让柳当先逃了……”

“放屁——”袁森猛地一拍桌子站了起来。

“没事……妹子，哥不是说你，我是说……咱们根本就没杀苏一倦……是那个人，他在咱们前面进了包间，我还和他过了两招，他用虫术逃了，紧接着就有人带着刀手堵了过来……我就跳窗子出去了——”

袁森话还没说完，陈七猛地一拍大腿，大声喊道：“哦哦哦，我想起来了……当时那群刀手围过来的时候，有个带头的，二十七八岁，身边有人叫他二公子，那人肯定就是苏长兴！”

袁森皱着眉头看了看被捆在门边的灰衣人，沉声说道："生门的虫术都是苏家嫡传，苏一倦死了，追杀咱们的是苏长兴，那这个一定就是苏长鲸了吧！"

"肯定没错了！"陈七一拍手，高声附和道。

说到这儿，袁森从井里打了一桶凉水递给了陈七。三个人缓缓走到灰衣人的身前，袁森抽出手枪，并给了陈七一个眼神，陈七会意，拎起满桶的凉井水，对准灰衣人的脑袋，兜头泼下。

"哗啦——"一声水响，灰衣人猛地打了一个激灵，睁开双眼，两手一动，发现四肢都被捆住，五指一张，袖内开始钻出毒虫。

"别动——"袁森将枪顶在了灰衣人的太阳穴上。

"收了虫子……否则咱就试试，是我的子弹快，还是你的虫子快！"

袁森一声冷喝，灰衣人长吸了一口气，刚爬出袖子的毒虫，缓缓地又退了回去。

"叫什么名字？"陈七问了一句。

"苏长鲸！"灰衣人一抬眼，目光在陈七三人的脸上一一扫过，最终将目光停在了姜瑶身上，上下打量。

"色眯眯地乱瞄什么呀！信不信眼给你挖出来啊！"陈七面露不悦，一把拔出百辟，挡在姜瑶身前，在苏长鲸眼前一阵乱比画。

苏长鲸看了一眼百辟，徐徐说道："二位就是白衣病虎柳当先和九指恶来袁森吧！"

陈七和袁森对视了一眼，张口说道："你倒是好眼力。"

"好眼力说不上，只能说二位成名得早。十年前，我还未去南洋的时候，江湖上就立着二位的万儿[1]。回来后，我又听说二位投在了抗联杨军长的旗下，冲锋陷阵，抗击日寇，端的是英雄了得。大江南北多的是二位的悬赏令，虽说画影图形多有失真之处，可是柳当家的百辟、袁森的九指，却是错不了的。"

袁森用枪口点了点苏长鲸的额头，沉声说道："咱们老爷们儿谈事，

1 武林黑话，是"名号""大名"的意思。——编注

不说废话。那日在不厌茶楼和我交手的人，是你吗？”

“正是在下！”

“苏一倦是你杀的吗？”

“不是，在我赶到不厌茶楼的时候，我爹就已经遭了毒手，我还没来得及勘察，你们就到了。”苏长鲸目光炯炯，言辞恳切，实在不像是在说谎。姜瑶思量了一阵，徐徐说道：“生门上下都传言，是你觊觎门主之位……”

苏长鲸看了姜瑶一眼，徐徐说道：“还没请教……这位是……”

“开门，姜瑶！”

“原来是开门姜家，失敬了。”苏长鲸点了点头，权当作礼。

“好说。”姜瑶拱了拱手，回了个平辈的江湖礼。

苏长鲸长叹了一口气，涩声说道：“我若说……我这趟回来，压根儿就没想当什么门主，你们信吗？”

“可是生门上下都说你十年前……”姜瑶正要说话，苏长鲸摇头，沉声叹道：“十年……十年的时间可以改变很多事。我……我十年前，年少气盛，确实是很想当门主，做一番大事业出来，可那都是十年前的想法了。这十年，我在南洋跑过船，淘过金，割过香蕉，卖过烟草，刀光剑影，打打杀杀。这十年里我交下了不少朋友，也结下了不少仇家。我娶过老婆，生了孩子，老婆孩子又被仇家害了。我为了报仇，杀了很多人。说真的，钱我赚过，权我掌过，福我享过，罪我遭过，折腾来折腾去，什么门主不门主的，在我这心里早就磨得淡了。我这趟回桂林，只为再见一眼我老爹，他年岁大了，说句不好听的，见一面少一面了……只是我万万没想到，我这次回来会引出这么大的麻烦……”

袁森叹了口气，眯着眼冷声说道：“你说自己不是凶手，可有证据？否则你让我们怎么相信你？”

苏长鲸摇了摇头，一脸无奈地答道：“证据我是一点儿也没有，要是有证据，我还用跟这儿和你们闲聊吗，我早就上生门法堂，找索长老了！”

陈七咀嚼了一下苏长鲸的话，张口问道：“你去找秦婉如做什么？”

苏长鲸莞尔一笑，悠悠说道：“你去做什么，我就去做什么喽。”

姜瑶沉吟了一下，张口问道：“你可是有怀疑的人？他是谁？”

苏长鲸目光一冷，沉声说道："还用问吗？自然是我的好弟弟长兴了，除了他，还能有谁？"

"你是说你弟弟苏长兴杀了你父亲苏一倦，然后嫁祸给你？这是你的推论，还是你已经有了证据？"姜瑶疑声问道。

"我再说一遍，要是有证据，我还用跟这儿和你们闲聊吗？我早就上生门法堂，找索长老了！"苏长鲸不耐烦地喊道。

"哎嘿，你这人什么态度？"陈七老大不乐意地骂了一嗓子。

"我什么态度？还我什么态度？你知道我废了多大劲才打听出来苏长兴有秦婉如这么个相好吗？我这马不停蹄地刚赶到几回闻，就让你们把事儿给搅和了！"

"什么叫搅和啊？瞧你这话说的，那你见了秦婉如打算怎么办？"陈七问道。

"自然是带她回法堂审问啊！"

"那你知不知道，在你爹苏一倦的手心里攥着一个属于秦婉如的相思扣，而秦婉如亲口告诉我，这个相思扣是她送给一个熟客的定情信物，而那个熟客的名字就叫：苏、长、鲸！对，没错！就是你！"陈七指着苏长鲸的鼻子，一字一顿地说道。

"什么？这不是瞎说吗？我都不认识她！"苏长鲸瞪着眼睛喊道。

袁森看了看陈七，又看了看姜瑶，喃喃自语地说道："若是这苏长鲸说的是真的，敢情眼前这局还是个连环套！"

* * *

清早，姜瑶改扮行装，出去买来了早饭——四份米粉，每碗还加了一个卤蛋。早餐吃米粉是桂林的一大传统，这米粉里的东西极其丰富，辣椒、葱花、酸豆角、酸笋，不加汤，直接干拌，浇上一勺热腾腾的麻油，吃上一口，笋脆、油香、椒麻、面弹，那滋味别提多美了。

这陈七三人围着一张破桌坐下，一边吃饭，一边开一个紧急的小会。

"我说……大师哥，这小子的话，你觉得能信吗？"陈七咽了一口米粉，张嘴问道。

袁森皱着眉头思索了一下，低声说道："我觉得可信，这原因有三：其一，这苏长鲸现在和咱们一样，都被扣上了杀害苏一倦的帽子，从这点来说，他和咱们是一条绳子上的蚂蚱，骗咱们……他没必要啊；其二，咱们并没有亲眼看到苏长鲸动手杀人，如果全凭推断就给他下个凶手的定论，怕是有失偏颇；这其三嘛，就是我感觉苏长鲸这人不坏！"

"感觉？"

"对！就是感觉，我也说不好，但是据我多年经验，一个心思诡谲之人，是不可能有如此坦荡的眼神的……"袁森搅拌了一下碗里的辣椒油，一脸笃定地说道。

"喂——干吗呢？有没有点儿人性啊！阎王爷还不杀饿小鬼儿呢！我这捆这儿饿了一宿了，你们仨还吃上独食了！"捆在门外的苏长鲸扯脖子喊了一嗓子，吓了陈七一跳。

陈七放下了碗，老大不情愿地回口骂道："瞎喊什么呀？给你买了一份了！等吃完这口饭就喂你去……"

"不用劳烦了，我自己对付一口就行！"苏长鲸话音未落，两蓬翠绿色的蝗虫从他袖口飞出，聚到了他的手腕、脚腕、领口、腰肋等处，连刨带咬，不出半分钟就将他身上的绳子咬断，啃了个七零八碎。苏长鲸活动了一下手腕，扶着门框站了起来，自顾自地说道："这一晚上，我是一动没动啊，胯都麻了……"

说完这话，苏长鲸一瘸一拐地从门边走了过来，垫上几块破砖头权当板凳，一屁股坐上去，两手在桌子上一划拉，捧过姜瑶买回来的米粉，抢过陈七手里的筷子，狼吞虎咽地把米粉往嘴里塞。陈七一瞪眼，阴阳怪气地说道："你就不怕我给这米粉下毒吗？"

苏长鲸咧嘴一笑，悠悠说道："若是生门的弟子被毒死了，那只能说明学艺不精，死了也白死，再说了，咱们是一根绳上的蚂蚱，谁也跑不了……"

姜瑶放下碗筷，向苏长鲸问道："我们是为了八门合流，打日本人，你是为了争门主，咱们道不同，怕是不相为谋！"

“我都说了多少遍了！我这次从南洋回来，从未想过当什么门主……的确，有不少门中的老兄弟希望推我上位，可是我早已经没这个心了，我爹继续当门主也好，我弟当门主也好，只要能杀日本人……我苏长鲸便为他上刀山下火海！”

“啪——”

原本看似大大咧咧的苏长鲸一提起“日本人”三个字，额上青筋突然一鼓，手指不经意地一捏，掌中的筷子断成了两截。

“日本人？你和他们也有仇？”姜瑶好奇地问道。

“你说呢？何止是有仇啊……”苏长鲸长吸了一口气，仿佛想起了什么惨痛的往事。

“今年年初，也就是民国二十八年，日军为了切断中国境内的抗日武装依靠东南亚的港口为抗战大后方输送必需战略物资的补给线，制订了针对东南亚地区，也就是南洋的作战计划。1月19日，日军大本营下达大陆第二六五号作战命令，内容有关海南作战与协同的指示。2月10日午夜3时，日军一部在舰船的掩护下开始登陆作战，上午8时，日军左路部队攻下武兴一带地区，而后占领秀英高地，中午12时，日军攻进海口市内，海口、琼山两地于10日当天全部沦陷。与此同时，日本海军华南派遣部队，在二十一军部队的协同下，于2月14日傍晚前，派出海军陆战队和航空兵联合展开行动，在海南岛南部三亚登陆，此后不久，三亚至榆林港等南部沿海地区全部沦陷。日军之所以要攻占海南，就是为了将海南岛打造成日军的补给站，为其进军太平洋地区提供战略保障。三月末，日军在海南的海军基地建成，大批军舰从海南开拔，1523架九九式舰上爆击机从军舰上起飞，开始了针对马来西亚的空中轰炸……我的老婆孩子就死在八月份的一场轰炸之中。我记得很清楚……日军的轰炸机经常夜袭，老百姓都从城里跑了出来，躲到了山里，每到晚上，所有人都藏在林子里、山洞里。我们不敢生火，为的是不发出一丝光亮，以免成为战机轰炸的目标……对了，忘了说了，当年我刚到马来西亚的时候，年少气盛，手段狠辣，和当地的土人争夺橡胶园时起了争端，我凭着一手虫术杀了当地一个首领的兄弟。后来，那伙土人退出了争夺，我本以为这件事已经了了，然而我没想到……那伙人一直没有放弃复仇，他们的眼睛一直在盯着我，寻找机会，一盯就是十年……今年八月，我记得很清楚，日本人的飞机轰炸特别密集，我们躲在林子里不敢出去，储备的吃的很快就消耗得干干净净。那天晚上，我带着几个男人一起去了旁边一个有湖水的山头，想给女人和小孩子弄些鱼吃……可万万没想到，在我离开后不久，那伙土人潜到了我老婆孩子藏身的那片树林……他们……点了一把火！就是这把火，给在黑夜里飞行的日本人亮起了一处标记……日本人的飞机朝着这里飞来，将无数的炸弹空投到了这片燃着火光的树林里！方圆十里！十里！十里啊！都炸成了焦土！我发了疯地往回跑，却被同行的人死死地按住……日本人的飞机走后，我们在这片焦黑的林子里挖了三天，挖出了531具尸骨……你想象不到那些尸骨是多么的零碎……有的是散乱的内脏，有的是破碎的四肢，有的是看不清面目的头颅……有的……干脆连渣都没有剩下，全身的骨肉瞬间被炸碎烘干，只剩下一片人形的油脂浸在泥里……我始终没有找到我的老婆和孩子……”

苏长鲸的语气很平静，但他的手在不住地颤抖，托着瓷碗的手骨节晃动，另一只手死命地抓着碗里的米粉疯狂地往嘴里塞，豆大的泪珠掉在碗里，混着辣油呛进了嗓子，激得他不住地咳嗽。

“咳咳咳……咳……不好意思，见笑了，我……我一想到……对不起了各位，见笑了……”

袁森拍了拍苏长鲸的肩膀，沉声说道：“没事的，朋友！抗联的数万兄弟，没有谁不是和日本人仇深似海的！说句老实话，要不是为了报仇，谁不愿意守着老婆孩子热炕头；要不是为了报仇，谁愿意过这刀头舐血的日子！”

苏长鲸长吸了一口气，在身上抹了抹手，小心翼翼地从贴身的兜里抽出一个小布包，打开布包，取出了一张黑白的照片。那照片是在海边拍摄的，照片里一个长发浅笑的女子正牵着一个三五岁男孩的手在海边玩耍，那男孩子一脸倔强，眉目间像极了苏长鲸。照片定格的场景是那小男孩使劲地甩着胳膊，想挣脱那女人的手，那女人一脸慈爱地看着小男孩，一手拽着他不放，一手去拍他的屁股。

“这……这是我老婆……”苏长鲸眼眶通红，指着照片里的女人，挤出了一个僵硬而温柔的笑。

“这个……这个是我儿子……你们看看……和我长得像不像……像不像……”

苏长鲸将照片放在自己脸的旁边。袁森眼睛酸得厉害，抬着头，怕流出泪来。陈七和姜瑶不敢直视苏长鲸，只能一边闪躲着目光，一边答道：“像！可真像！”

苏长鲸将照片放在手心里，咬着牙笑道：“瞧这话说的……自己的种，不像我……还能像哪个？哈哈哈，这孩子，哪都好……就是太淘气，顽劣得厉害，我恨不得……恨不得一天打他八遍……”

苏长鲸双手合十，将照片夹在手心里，埋头强忍着悲愤。陈七站起身来，走到苏长鲸身前，想安慰安慰他，嗫嚅了半天，却不知说些什么。

就在陈七踌躇之间，苏长鲸猛地抬起了脑袋，眼睛里布满了血丝。

“柳当家——”苏长鲸一把抓住了陈七的胳膊。

“我杀了那个土人首领，用蝗虫活活地吃了他的皮肉……可是，这远远不够，我的老婆孩子是被日本人炸死的，我得杀日本人！哪儿的日本人最多，我就去哪儿！国内的日本人最多，我就回国！我要杀人！杀日本人！谁打日本人我就帮谁，谁帮日本人我就杀谁！官有官道，匪有匪路。我从小到大学的就是做贼的本事，所以我只能用绿林的手段刺杀日本人，只不过单凭我一个，太人单势孤，我须得找帮手合力为之。在江湖上，近年来风头最劲的就是柳当家这杆大旗，江湖南北的绿林人都称赞你柳当家英雄了得，保着抗联的杨军长冲锋陷阵不说，单是惊门上下刺杀的日本军政要员，便数不胜数。回国后，我在江湖上漂泊了一阵子，主要是为了打探柳爷的行踪。其实……当年我爹他把我弄去南洋，我心里一直很别扭，打心眼儿里瞧不上他，觉得他胆小怕事，人夙志短，所以回国后没有先回桂林看他，而是到了奉天去找你柳当家。我虽没寻到你，却遇到了你们惊门的堂主李犀山。李犀山写了一封信，让我见面后交给你，并说你们去了天水太白山，让我一路向南找。等我到了天水，还没上山，就听说了柳爷单骑闯山门和日本人交手的事。我一路紧追，又遇到了死门的曹忡，他也给了我一封信，让我向南走，见面的时候交给你。结果我在追你们的路上，在山西遇到了生门的伙计，得知原来我爹一直在暗中给抗日的队伍支援药品。这件事让我对我爹改观，于是我从山西回到了桂林。我苏长鲸对天发誓，我这次回来只为看一眼我爹，从没起过一丝一毫想争门主的心思。不过令我没想到的是，我这趟回来，在生门中竟然还掀起了一阵轩然大波，不少老兄弟力拥我上位，偏偏这个时候还赶上了我爹要和你柳当家联手促成八门合流的事，一时间，生门上下，人心惶惶……”

苏长鲸一边说着，一边取出了贴身的两封信递给了陈七。陈七拆开看了看，又递给了袁森。

两封信分别出自李犀山和曹忡的手笔，信中对苏长鲸的为人和志虑都很肯定，写信乃是为了举荐。

李犀山和曹忡都是信得过的朋友兄弟，这字迹也的确出自这二人之手，陈七和袁森并不怀疑。况且抛开信中内容不谈，单看这日期的落款，便可以看出，苏长鲸是和陈七等人前后脚离开天水的，陈七三人一路游山玩水，耽搁了数日，这样一来，苏长鲸后发先至，比他们早到了七天。

而陈七记得很清楚，那晚在几回闻的混战中，陈七趁着秦婉如心惊胆战之际，曾经向她问到过她赠与相思扣的那位熟客是谁，秦婉如一脸笃定地告诉陈七，这个人就是苏长鲸。

所以哪怕之前姜瑶打探，说苏长鲸是七天前到的桂林生门，陈七仍旧对这个消息表示怀疑，因为这个消息来自生门徒众，未必准确，苏长鲸很可能是早早就到了桂林，只不过没去生门报到而已。然而眼前曹忡和李犀山的两封书信，完整地交代了苏长鲸的行程，清清楚楚地证明了苏长鲸到桂林顶多是七天。

“妈的！这姓秦的臭娘们儿在骗我！”陈七眼睛一亮，心里顿时有了计划。

陈七思索了一阵，张口问道：“你对八门合流的事怎么看？”

“只要是为了杀日本人的事，我一百个赞成。”苏长鲸沉声答道。

陈七看了一眼苏长鲸，又看了看姜瑶，徐徐问道：“说句冒犯的话，如果八门合流，令尊尚在人世，你希望谁来做这个佛魁？”

苏长鲸想都不想就张口答道：“当然是你柳当家来做！”

“为什么？”

“还用问吗？这八门合流，是为了和日本人拼命，这佛魁绝对是个九死一生的差事……性命说没就没……我老婆孩子都死了，就剩这么一个爹了，我巴不得他长命百岁，怎舍得让他把脑袋别在裤腰带上，天天在生死一线上来回晃荡呢？”

“……”苏长鲸话一出口，陈七三人顿时愣在了当场。

“那个……那个……没有必要说得这么直白吧？”陈七揉着额头，苦着脸嗔怪了一句。

苏长鲸吃完了米粉，把碗往桌子上一放，抬腿就要出门。袁森连忙起身，拉住了苏长鲸，沉声问道：“你往哪儿去？”

苏长鲸收住了脚步，从上衣兜里摸出一个纸包，拆开来，取出了一根细如牛毛的银针。

“这是什么？”姜瑶问道。

苏长鲸对着光转动了一下银针，幽幽说道：“这针……名叫杏花雨，是生门独有的一样暗器，飞针细微，不易察觉，最方便暗中打穴，制人气血……这门手艺，会的人不多，非苏家血脉不传。这杏花雨制作的工艺极其复杂，只有掌管门中授艺传武、赏功罚过的法堂长老才懂铸造，且每一根杏花雨都是独一无二的，法堂长老一眼便能分辨。十年前我远走南洋，我爹怕我惹是生非，将我的针囊收缴，交给了法堂的索长老保管。我这趟回国，直到现在都没有向索长老提起针囊的事。这根针，是在我爹遇害的现场发现的，我就是因为发现了这根针，勘查得入了迷，才会和你们相遇交手……”

袁森听了苏长鲸的话，恍然大悟，亮着眼睛说道：“也就是说，只有你和苏长兴有杏花雨，既然你的针囊在索长老处，那么这根针一定是苏长兴留下的。你拿着这根针就可以证明那天在不厌茶楼出现的不只是咱们四人……苏长兴也出现过，并且是在咱们之前！这样，虽然不足以证明苏长兴是凶手，但是足够将他从指控污蔑咱们的位置上拉下来！”

苏长鲸点了点头，徐徐说道：“我本来查到了秦婉如，想从她口中打探些什么，想不到在那儿遇到了长兴和你们，昏天黑地地乱打了一阵，我就被你们打晕带到这里来了……”

陈七摇了摇头，来回地踱步，随即坐在了门槛上，手托下巴，凝神沉思。姜瑶看着陈七全神贯注的样子，心里一暖，暗中思量道：“其实……他也没那么差劲，至少想事情时候的样子……还有几分气度！”

“你在想什么？”姜瑶探声问道。

“有一件事情我一直想不通……秦婉如是谁的人？她为什么要骗我？在这个局里，她到底起的是个什么作用？这样吧，咱们兵分两路，大师哥，你和苏长鲸去找索长老，我和姜瑶再去一趟几回闻，找那秦婉如好好盘问一番！”陈七站起身，对袁森说道。

“好！”袁森和苏长鲸一拱手，并肩而去。陈七看着姜瑶，咧嘴一笑，一脸不正经地说道：“走！阿瑶，我领你跳舞去……”

第四章　再遇蓝衣社

细雨如丝，生门总堂。

氤氲的水汽从茶台上的小泥炉内缓缓晕出。茶台两侧坐着一老一少，老的是白发苍苍的法堂长老索长霖，少的是生门的二公子苏长兴。

“昨夜一行，该抓的人可有眉目了？”索长霖端起小泥炉，给苏长兴倒了一杯热茶。

苏长兴看了一眼索长霖，没有作声，只是缓缓地摇了摇头。

“你没有尽到力，还留了手，对也不对？”索长霖眉头一紧，话里带着一丝怒气。

“我……是因为袁森到了，我怕不敌他二人联手，才……才……罢手撤退……”苏长兴有些紧张地答道。

“长兴啊长兴，你是我一手带大的，别人不晓得你，我还能不晓得你吗？你就是个优柔寡断的性子，哼，就你这个脾气，如何能做大事！”

索长霖将手里的泥炉重重地往桌子上一搁，长身而起。

苏长兴耷拉着脑袋，嗫嚅了一下，小声犟道：“我本就没什么做大事的本事！而且……我觉得……我哥这事证据还不足……”

“混账——”索长霖一掌拍在桌子上，红木的茶台瞬间四分五裂。索长霖瞪着眼睛，抬起气得发抖的手，指着苏长兴骂道：“混账……混账东西，这证据还得怎么足？我且问你，那日出现在不厌茶楼，也就是老掌门遇害现场的有几路人马？”

“三路！”

“哪三路？”

“第一路是我哥，第二路是柳当先三人，第三路是我！”苏长兴老老实实地答道。

“可有人证？”索长霖问道。

“茶楼的老板伙计均可做证，当日除了这三路，无人进过我爹预订的包间。茶楼的窗户临着闹市长街，街对面的面馆老板可以证明，除了我哥和柳当先三人，当天无人从窗户跃出。”苏长兴的语气很笃定，显然是经过了缜密的查探。

“好，长兴，我再问你，当日你赶到不厌茶楼时，命案现场可有他人？是何情景？”索长霖再度逼问道。

苏长兴沉思了一阵，张口答道：“我带人破门而入，柳当先就站在我爹尸体边，手里满是鲜血……可是……这只能说明我爹很可能是柳当先杀的，和我哥未必有关系！”苏长兴不死心，仍在辩白。

“住嘴！既然苏长鲸心怀坦荡，为何先是负罪潜逃，而后更从他的房间里搜出了和柳当先的书信往来，这书信你不是没看过，详详细细地记载了这二人是如何利益交换的！”

索长霖一声大喝，从袖子里抽出了一张信纸拍在桌子上。那信纸上写着一首诗、一行落款，那诗是：“好风凭借力，送君登云霄。洗磨腰中剑，杀贼不厌亭。生门谁为主，必是苏长鲸。”落款正是“柳当先”三个字。

“长兴啊长兴！你自己看一看，这人证、物证样样俱全，命案现场更是你亲眼所见，难道还证明不了他苏长鲸就是杀害老掌门的凶手吗？如今事实清楚，证据确凿，你却还心慈手软，屡屡放苏长鲸从你手下溜走，你……你还配做人子吗？”索长霖气得额头上青筋暴跳，指着苏长兴的鼻子破口大骂。

苏长兴看着信纸上的字，一边喘着粗气，一边说道：“可是……我哥说过，他这次回来，根本没有当门主的心……”

索长霖一声冷笑，幽幽说道：“笑话！你以为这事情这么简单吗？哈哈哈，你没有看到他苏长鲸这次回来，有多少人跳着脚地欢呼，要推他上位吗？哼！还不想当门主？放屁！若不是门中徒众在八门合流的事情上人心浮动，他苏长鲸早就振臂一呼，逼你爹退位了……说来也是怪我，我让你向老掌门献计，请求他来当佛魁以平定门内纠纷，原本是想用这个办法增强你在门中的威信，可是万万没想到，这一举动反而惹急了苏长鲸，使得他迫不及待地下了杀手……”索长霖一声长叹，满眼萧索地坐在了凳子上。

苏长兴长吸了一口气，鼓足勇气，抬起头来看着索长霖说道：“我又不想当门主，要威信干什么？”

索长霖摇了摇头，冷声说道：“孩子……你不懂，有道是匹夫无罪，怀璧其罪。这十年，苏长鲸不在门内，你渐渐长大，开始主事，还是有不少人支持你的。所以只要你还活着，对苏长鲸永远都是一个威胁……你不死，他不安啊……”

“可是——”苏长兴刚想要说话，却被索长霖挥手打断。

“别可是了……从苏长鲸房里搜出来的那块手帕上追查到线索了吗？”索长霖眼神一亮，看向了苏长兴。

“找到了，那手绢来自城里最大的舞厅几回闻，手帕的主人是那里的一个当红的歌女，名字叫秦婉如。昨晚我刚找到秦婉如就遇到了我哥，打了没几招，袁森追来，我不敢恋战，先一步发出了暗器逼退我哥，翻窗而逃……待到他们走后，我又潜回了几回闻，找到了那个叫秦婉如的歌女。威逼利诱之下，她亲口对我说……她的相好是我哥……而且我哥和柳当先之间的消息来往都是依靠她在接头……”

“那个女人现在在哪？”索长霖问道。

“我把她带了回来，关在了总堂的地牢里。”

“做得好！如此一来，不愁他苏长鲸不认罪！”索长霖握指成拳，“咚”的一声砸在桌子上。

“好了！长兴，你先回去吧。好好想想今天我跟你说的话，明天是你继任掌门的日子，好好准备一下……索叔今天的话可能说得有些重了，你知道的，索叔是个急性子……你别怪叔，叔跟了你爹二十年，又看着你一点点长大，叔不会害你的……”索长霖眼眶一红，竟有些伤怀。

苏长兴心口一热，抱拳说道："索叔，您好好保重身体，长兴先告退了！"

说完，苏长兴朝着索长霖深揖了一躬，转身出了门。

苏长兴走后不久，索长霖慢慢地走到书架边上，拉开一扇暗门，露出了一个隐蔽的小佛龛。佛龛里供着一块没有刻字的牌位。索长霖伸出一双干瘪枯瘦的手，轻轻地抚摸着那块牌位，口中喃喃地说道："快了……快了……别急……很快……"

与此同时，桂林城外，另一伙人马也赶到了打尖儿的客栈。这一伙足有百十，清一色云南贩茶的马帮打扮。如《续云南通志长编》记载："彼时，滇茶除销本省，以销四川、康、藏为大宗，间销安南、暹罗、缅甸及我国沿海沿江各省，十之八九赖乎骡马，得资水道火车者不多。"故而两广之地常有马帮出没，当地人早已见怪不怪。

然而，这伙人虽是马帮打扮，却不是本分的贩茶商人，而是蓝衣社的特务。带队的正是蓝衣社南方局的负责人邓辞乡。此刻邓辞乡坐在桌边喝水，身后站着一个膀大腰圆、肩宽臂粗、鼻阔口直下颌短的年轻人，正是自幼与陈七在街上厮混的发小花猫！

原来，当日柳当先火烧岳阳楼，陈七和花猫失散，柳当先拿了陈七随身的铁哨子烧死在岳阳楼中，花猫去城门口认尸，误把柳当先当作了陈七，号啕大哭着带走了尸首掩埋，因而遭到了日本特务的跟踪。花猫与尾随而来的日本特务拼命，正要丧命之际，藏在大烟馆避难的邓辞乡出手，救下了花猫，花猫从此便跟了邓辞乡。出了岳阳城后，花猫在特务培训班里待了一个月，学习了一些基础的枪械用法和电讯密码知识。这几年，全国上下都在打仗，军官士兵唰唰地死，哪儿都缺人，故而花猫才学了没多久，就被派了出来，跟着邓辞乡执行任务。

邓辞乡嫌花猫这个名字太土气，不但给他起了个新名字叫邓醒达——取"精诚警醒，诸事练达"之意，还将他纳为亲信，走到哪儿带到哪儿。

这邓辞乡为啥如此看重花猫呢？其实原因就一点，那就是花猫这人底子清白，既不是军方的人，也不是政府的人，更不是其他特务机构的渗透人员，不涉及派系，也不涉及门阀。尽管花猫作为一名情报人员业务能力极差，但是用着放心，所以邓辞乡才将他带在身边。

“醒达啊……醒达！”邓辞乡敲了敲桌面，又咳了咳嗓子。

花猫愣了一下才反应过来，连忙提起茶壶，给邓辞乡续上了水。显然，花猫还不是很熟悉这个名字。

“过来！坐！”邓辞乡指了指对面的长凳，示意花猫坐下。

花猫点了点头，坐在了对面。邓辞乡揉了揉酸痛的太阳穴，看着花猫，张口问道：“醒达啊，知不知道咱们这次是干什么来了？”

花猫闻言，一脸茫然地摇了摇头。邓辞乡从怀里掏出了一封破译后的密电递给花猫，沉声说道：“你看看……”

花猫接过密电，仔仔细细地读了读，越读眉头皱得越紧，心中暗道：“他姥姥的，小时候我娘教我和阿七识字，阿七聪明，一学就会，我这脑子，怎么记也记不住。那时候，我只想着自己将来不是要饭吃就是混街面儿，识字有个屁用？可谁承想，这命运是真他娘的能开玩笑，我竟然有一天还能当上个文化人，靠着识文断字讨生活……识字……阿七啊，阿七，若是你还活着该有多好。你知道吗阿七，上个月，我刚开了十五个大洋的饷银，若是你还在，咱哥俩少不得要去嫖嫖姑娘、泡泡汤池……那该得多快活！”

花猫手里拿着密电，脑子里满是陈七，瞬间陷入了回忆，直愣愣地发起了呆。邓辞乡看着花猫的表情，越瞅越觉不对，抬起手来在花猫眼前一晃……

花猫的眼珠一动不动！

“嘿！你个王八犊子，还发上呆了！”邓辞乡暗骂了一句，气得一拍桌子。“砰”的一声响，花猫猛地缓了过来。

“看明白了吗？写的什么，跟我说说！”邓辞乡死死地盯着花猫。

花猫嗫嚅了一下，急得脑门上的汗都淌了下来……

“那个长官……那啥，这里边有的字吧，好像是学过，我能大概记住咋念……剩下的字吧……我……我……也不认识啊！”

邓辞乡闻听花猫此言，气得七窍生烟，胸口好似堵了一块大石头，直憋得他一把掀了桌子，大声骂道：“你给我站起来——我……我干了这么多年情报工作，你他妈的是我见过的……最废物的废物……”

邓辞乡破口大骂，吐沫星子崩了花猫一脸。

“拿过来——”

邓辞乡一把抢过花猫手里的密电，在地上转了好几圈，不住地劝慰自己道：“急不得，急不得，这人虽然蠢笨，但毕竟老实可靠……比那些虽然聪明机敏，但派系背景复杂的干将更值得信任……”

平复了一阵心情，邓辞乡拉过花猫，在他耳边小声说道：“醒达啊！咱们这次来桂林是为了生门和柳当先而来……我这有一件心腹事，须得交由你去办，附耳过来，我与你细说……”

* * *

生门之内，苏长鲸和袁森二人潜藏行迹，飞檐走壁，躲过一众巡逻暗哨，来到了一座名曰藏海阁的二层小楼门外。

“这是什么地方？”袁森问道。

“生门法堂！”苏长鲸低声答了一句，领着袁森绕到后窗，轻轻地推开窗棂，翻了进去。

小楼的一层是一方宽敞的大厅，大厅正中竖着一尊造像，三绺长髯，道袍飘飘，身下卧着一只猛虎。塑像之下摆着一张香案，案上竖着一块牌位，上书一行篆字：“灵应药王真君神位”。

“原来这造像塑的是药王孙思邈。”袁森嘟囔了一句，双手合十，在药王像前拜了一拜，心中默默祷祝：“药王爷，药王爷，您是脚踏阴阳的神仙，若是在阴间见到了我柳师弟，还请多多照看照看他……”

苏长鲸瞟了一眼袁森，疑声问道：“你干吗呢？”

“没干吗，拜拜药王爷，在这儿拜也是拜，去庙里拜也是拜，在这儿拜不用掏钱，去庙里拜还得掏香火费……”袁森敷衍了一句。

苏长鲸一声轻笑，蹲下身来，把香案底下的一排抽屉挨个抽出来，伸手进去翻找。

“找什么呢？”

“针囊啊！我的针囊！十年前，我跑路去南洋，我爹怕我仗着虫术针法惹是生非，故而出门前特意把我的针囊给收了，这就等于废了我一半的本事。他把我的针囊放在了这藏海阁里，命令索长老看管……我爹十五年前因为年迈封了针，把自己的杏花雨给熔了，这整个生门，只有我和苏长兴还有杏花雨，这根针不是我的，就是他的。若是我的针囊是满的，里面的一百零八根银针都老老实实地在藏海阁里锁着，那就能减轻我的嫌疑，而且凶手可能就是苏长兴！”

说着说着，苏长鲸手底下一顿，从一个细长的抽屉里往外一抽，拽出了一个牛皮卷成的针囊，上面还烙着一个“鲸”字。

“找到了！”苏长鲸眼前一亮，解开针囊，展开来铺在地上，从左到右用手指清点了一下。

“……一百零五，一百零六，一百零七，一百零……一百零……这……这不可能……这……”苏长鲸脸色瞬间变得惨白，额上的冷汗顺着鼻尖淌了下来。

“怎么了？”袁森连忙问道。

“怎么只有一百零七根……缺……缺一根……”

“会不会十年前……就少了一根？”袁森惊声问道。

“不……不可能啊！我记得在我去南洋之前，我把针囊里的杏花雨补齐了呀！怎么会缺一根呢……难道说……”苏长鲸不可置信地一边喃喃自语，一边从贴身的衣兜里取出了那个纸包，打开纸包，取出了里面的那根杏花雨，抬起眼来，一脸惊惧地看向了袁森。

“你刚才说……你的针囊是谁在保管……”

“这针囊放在法堂，一直是索长老在保管……难道说……”苏长鲸瞳孔一紧，仿佛想到了什么可怕的事情。

“这是个圈套，快走！”袁森一声大喊，拉着苏长鲸就要往外跑。

刚起身没走两步，通往藏海阁二楼的木质楼梯上骤然传来了一阵细微的脚步声。袁森和苏长鲸扭头看去，楼梯的转角处，索长老正迈着小步，从二楼缓缓地走了下来。

“索长老……”苏长鲸不可置信地惊呼了一声。

索长老从袖子里拿出了一张信纸，指着上面的字徐徐说道：“苏长鲸啊，苏长鲸，我等你好久了！我手里拿着的是你和柳当先密谋的书信，你手里拿着的是你杀害你爹的凶器，我还有一干人证，证明你在凶案现场出入过……证据确凿，你已经百口莫辩！”

袁森瞟了一眼那纸条，沉声喝道：“那字迹不是我柳师弟的……”

“这不重要，我说是，它便是！”索长老收好了信纸，施施然地答道。

“索长霖，你为何要害我？”苏长鲸目眦欲裂，指着索长老一声怒骂。

索长老两眼一眯，两道白眉一挑，幽幽笑道：“这世上事，哪有那么多为何？无非是因果循环，报应不爽罢了！”

苏长鲸和袁森对视了一下，两人一点头，同时拔足而起，奔着索长老跃去。苏长鲸人在半空，双手一甩，三根杏花雨直飞索长老胸前要穴。索长老翻手一掀，扯下了身上的外袍，迎风一抖，劲透衣角，发出一阵脆响，瞬间弹飞了三根银针。苏长鲸两手一张，无数爬虫从袖子底下涌出，落在楼梯上，向索长老爬去。与此同时，袁森已经抢到了索长老身前，劈手一掌，来抓索长老咽喉。索长老不敢硬敌，抽身后退，向二楼跑去。袁森和苏长鲸落脚在楼梯之上，拔足便追。

没追出三两步，脚下楼梯蓦地一抖，掀起一块翻板，两人一脚踩空，直直地坠了下去。翻板底下是一道直上直下的暗井，精钢打造，四壁光滑如镜。袁、苏二人手脚无处着力，直挺挺地顺着井口落到了井底。

“扑通——”井底注上了半坑水，袁森和苏长鲸落在水中，一抬头的工夫，脑袋顶上的翻板已然复位，将光亮和声音尽数屏蔽。

苏长鲸捞了一把坑里的水，伸出舌尖舔了一舔，咬着牙骂道：“老东西，忒阴险……”

“什么情况？”袁森问道。

“这水里泡了大量的雄黄粉，《本草经疏》中有载：‘雄黄味苦平，气寒有毒。辛能散结滞，温能通行气血，辛温相合而杀虫……’这老东西用雄黄水破了我的虫术！在……在这个水牢里，我用不了虫术……”

此刻苏长鲸被关在暗井里头，刚放出的虫子被隔在了井外，失去了苏长鲸的指挥，那些虫子没过多久便散了个干干净净。索长老见虫子渐渐散去，长出了一口气，踱着步子走到了二楼的一幅落地画像的后头，把那画像一拉，露出了一扇暗门。索长老推开暗门，提起一盏灯笼，顺着一道黑漆漆的回廊向下走去。

一炷香后，暗井的水牢壁上开了一个小窗，小窗的栅栏后头缓缓地浮现出索长老的脸。

“老贼……”苏长鲸一声喝骂。

索长老摆了摆手，云淡风轻地说道：“骂吧！爱怎么骂怎么骂！明日午时，就是生门的新掌门继任大典，我有袁森在手，不愁引不来柳当先，到时候将你们三人一网成擒，当场斩杀，用你们的人头，祭奠老掌门的灵位！”

袁森闻言，一颗心瞬间沉到了底。

“陈七啊陈七，你可万万不要来送死啊……”袁森狠狠地搓了搓脸，手心里全是汗。

入夜，华灯初上，几回闻门牌上的霓虹灯闪得晃眼。陈七带着扮成男人的姜瑶走进了几回闻。在大厅里转了两圈后，陈七拉过一个侍应生，掏出一卷钞票塞进了他的口袋里，笑着问道：“我是来找秦婉如小姐的，劳烦给指条路……”

那侍应生尴尬地笑了笑，向四周瞟了瞟，神神秘秘地凑到陈七耳边，小声说道：“秦小姐……好几天没来了……”

“好几天没来了？她怎么了？病了吗？”陈七赶紧追问道。

“这个……我就不知道了……先生，需不需要我给你介绍别的姑娘……”侍应生把手伸进兜里，捻了捻钞票的厚度，一脸谄媚地说道。

“不需要了……”陈七摇了摇头，那侍应生有些落寞地叹了口气，正要把钱还给陈七，陈七眼疾手快，一把按住了那侍应生的手，笑着说道：“我赏出去的钱，没有收回来的习惯。既然秦小姐不在，我改天再来……”

说完这话，陈七转身拉着姜瑶要走，谁知刚走了没几步，那侍应生从后面又追了上来，拉住陈七，小声说道：“这位先生，我看你也是个敞亮人，我不能白拿你的钱……我知道这秦小姐有一座私人的小洋房，是前几年一个英国人送给她的，就在十字街37号，我曾经帮着秦小姐搬过家，故而知道那个地方……若是，先生真是有心，不妨去那里看看……”侍应生一眨眼，给了陈七一个“是男人都懂”的眼神。陈七咧嘴一笑，拍了拍那侍应生的肩膀，低声说道：“谢了——”

半个时辰后，十字街37号，陈七和姜瑶跨过一排低矮的篱笆桩，站到了小洋楼的门口。陈七跳着脚望了望窗户，发现里面黑漆漆的，没有一丝灯光。

“怎么了？”姜瑶问道。

陈七摇了摇头，没有接茬，而是蹲下身来，向来时经过的小路看去，沉思了一阵，又从上衣兜里取出一盒洋火，划着一根，借着火光，看了看门上的锁眼，又直起身，在木门的门缝儿上捏起了一根卷曲的发丝。

“不用进去了，秦婉如在昨天晚上已经被人带走了……”陈七叹了一口气。

“你怎么知道的？”姜瑶惊讶地问道。

陈七看了姜瑶一眼，拉着她走到篱笆桩外，轻轻地闭上了眼睛，一边向洋楼的门前走，一边沉声说道：“昨晚前半夜阴云密布，后半夜方落下小雨……我和大师哥从儿回闻离开后，秦婉如很不安，她踌躇了很久，在后半夜离开儿回闻。她坐的是黄包车，车就停在院子口，当时有雨水落下，泥土潮湿，黄包车的车轮清晰地印在了院子口的泥土上。秦婉如下了黄包车，很慌张，你看这里……从围住院子的篱笆墙到洋楼的门前的这条青石板铺成的小路，每块青石板之间有一掌宽的窄缝儿，你看这里、这里、这里，还有这里，这几个窄缝儿里的泥土上都留有一个小拇指粗细、中指长短的孔洞！这是高跟鞋留下的，这说明秦婉如很慌张，甚至紧张得有些踉跄，以至于她无法控制自己的步幅，几次将高跟鞋的鞋跟卡在了青石板缝隙的泥土里……她在这个位置疾行了好几步，跑到了小洋楼的门前，掏出钥匙开门。她的手抖得厉害，插了好几次都没有将钥匙插进孔内，她用力很大，以至于在锁孔边上留下了好几道划痕……这个时候，第二个人出现了。因为这个人的步幅很大，你看这里，这两个脚印的距离很远，脚尖深，脚跟浅，所以这个人是个男人，而且是个年轻的男人。他一直在跟踪秦婉如，并且在小洋楼周边显出了身形，追上了秦婉如，掐着她的喉咙将她抵在门上……这木门新刷的桐油，这几天阴雨，门缝儿和门角一直没有干透，秦婉如的后脑勺挨上了门，所以会被桐油粘掉数根头发……没错，就是秦婉如的头发，这弧度和颜色和她烫染的发型完全符合，这头发上的香水味儿也和她身上的味道一般无二。如果以发现秦婉如发丝的位置为标记，我们可以估测出秦婉如的身高和喉咙所在的位置，以喉咙所在的位置，能够推断出对方手臂的长短，结合脚印体现出的步幅，可以估算出劫走秦婉如之人的身高……比我矮一点儿，年纪不大，最重要的是这个……”

陈七蹲下身，从门前的砖缝儿里抠出了一个亮晶晶的小铁片，大概有小拇指盖那么大。

“这是什么？”姜瑶问道。

“女士高跟鞋鞋跟底下的小垫片，防磨损用的……这东西会掉在这里，肯定是因为秦婉如大力地跺脚蹦跳……她在闪避什么可怕的东西……”

“是什么可怕的东西呢？”姜瑶问道。

“是蚂蚁……”陈七将那个小垫片凑到眼前，轻轻地转动了一下，然后向姜瑶展示了那小垫片上被压碎的半个蚂蚁身子！

“是虫术！”姜瑶惊道。

“带走秦婉如的人会虫术，他招来了很多蚂蚁往秦婉如的身上爬，来威胁恐吓秦婉如……当今世上，会用虫术的有四个人：苏一倦、苏长鲸、苏长兴、虫和尚。苏一倦死了，苏长鲸从昨晚到今天一直和咱们在一起，虫和尚的身高比我矮太多，不符合推断。这么一看，抓走秦婉如的人只能是……”

“苏长兴！”姜瑶眼前一亮，抢着回答道。

“聪明！”陈七咧嘴一笑。

姜瑶抬起眼来，满是惊奇地看了看陈七，悠悠笑道：“你真是聪明，你察微知著的样子……可真厉害……”

“哟！是不是被我迷住，深深地爱上我了……”陈七瞬间变成一副谄媚的样子，抱着姜瑶的胳膊往她肩膀上蹭。姜瑶用力将陈七推开，嗔怪道：“完了，又变回来了！对了，你是怎么观察到这么多细节的，你做过侦探吗？”

陈七一声笑，徐徐说道："屁的侦探！侦探算什么呀？我告诉你，这世界上最聪明的侦探就是女人，这是天生的本事，不服是不行的！"

"女人？"

"对啊！我跟你说，这女人都是天生的侦探，你身上出现一根不一样的头发丝儿，混上一抹陌生的香水味儿，抑或是衬衫上有了淡淡的口红印，鞋底沾了平时没有的泥巴，钱包里的零钱对不上了数，西装的领带换了新打法，手提包里出现了新款式的手帕，等等，哪怕是再微小不过的细节，都能被女人敏锐地留意到，并且她们通过分析推理，能揪出你的一大堆小辫子……这是老天爷给的潜能，只不过有的女人开发出来了，有的没开发出来。我这十几年，干的就是小白脸这行当，我是天天地在一大群女人中间周旋啊，这里边多的是官家太太、富人小妾，那一个个精得都流油，我要是没两把刷子，哪能吃得上这碗饭啊！这留心细节、看查蛛丝马迹的本事，说起来，都是生活所迫，我也是不得已而训练之啊……"

陈七这边说得正得意，那边姜瑶越听越气，瞬间冷了脸，伸出手来，狠狠地在陈七的手臂内侧拧了一把。

"哎呀——"陈七一声惨叫，痛得跳了起来。

"你掐我干吗啊？"

"你不是很会观察细节吗？你自己观察啊，你问我干吗！"

"你吃醋了……你吃醋了，对不对？你是在乎我的，你吃醋了！"陈七揉着胳膊，伸着脑袋，绕着姜瑶转圈。

"我没有——"姜瑶背过身去。

"你就是有……阿瑶，我……我就是混口饭吃，骗财不骗色，走肾不走心……不不不……我连肾都没走过！真的，我一直守身如玉，我可还是个处男呢！我对你很坦诚的……"陈七絮絮叨叨地绕着姜瑶聒噪，姜瑶捂住耳朵，一跺脚，转身快步而去。

陈七小跑着从后面跟上，追着姜瑶说道："阿瑶！阿瑶你听我解释啊……我不是那种男人，我其实内心很纯情的……我对爱情是有憧憬的……特别是见了你之后，我是一点儿歪心思都没有啊……当然，我不是否定你的魅力……你慢点儿走……你听我说啊……"

第五章　单刀会

天色渐晚，花猫揣着邓辞乡的一封亲笔信，从一个隐秘的侧门走进生门总堂的后院。两个接应的小厮带着花猫穿过回廊，避开众多耳目，悄无声息地来到了藏海阁。

藏海阁内，索长老听到了花猫的脚步声，赶紧迎了上来，将花猫引进屋内，屏退左右。这是花猫第一次执行任务，免不得有些紧张。花猫想着："这索长老是江湖人，所谓客随主便，入乡随俗，见面应该和他行个江湖礼数。"

偏巧这索长老也是第一次接触蓝衣社，心里想着："此人是官家人，少不得有些架子，我且收起江湖习气，跟他行个握手礼。"

就这样，两人相视一笑，花猫拱手当胸，索长老伸出了右手……

"……哈哈哈……咳咳……"两个人的脸同时一红，从嗓子眼儿里挤出了一阵尴尬而生硬的笑。

"哦……你看看……对对对……"两人异口同声地客套了一句，同时变换手势，变成了索长老拱手当胸，花猫伸出了右手。

两个人一愣，瞧着对方窘得发紫的脸色，又同时一声尴尬的硬笑："……哈哈哈……咳咳……"

笑了一半，索长老抢先伸出手，抓住了花猫的手，用力地握了握，将花猫拉到椅子上坐下，笑着问道："长官贵姓啊？"

"花……不不不，邓！我姓邓……邓醒达。"

花猫答了索长老一句，从上衣兜里掏出一封信递给了索长老，沉声说道："这是我们局长给您的信。"

索长老打开信封，抽出信纸，仔仔细细地看了两遍，沉吟了片刻，张口说道："这信中的药品，除盘尼西林差二十箱，其余的药品我这里都能备齐……还请长官替我转达……"

花猫闻言，一拉脸，将头摇成了拨浪鼓，一脸笃定地答道："不行！我们局长说了，这单子上的药品一样都不能少。"

原来，随着抗战进入胶着状态，军需药品严重不足，再加上水陆各条运输要道多被日军把持，医疗药品的供应严重不足，而盘尼西林更是稀缺中的稀缺。战场上受伤是在所难免的，而因伤口感染以及伤寒、痢疾等并发症死亡的人数丝毫不少于阵亡的人数，甚至还连年呈倍数增长。而盘尼西林作为最好的消炎药，能最大限度地防止伤口感染，是抗日战场上的特效药、救命药。国内由于药品生产水平与技术不足，盘尼西林得完全从国外进口，在日本人对盘尼西林的严格管制下，盘尼西林的获取一直都是困难重重，使得盘尼西林成为当时最紧俏的药物。

而蓝衣社南方局的主要任务就是为抗战军队获取军需药品。这盘尼西林的来路主要有四条：边境走私、战场缴获、盗取日军军需以及黑市买卖。而最大的来源就是黑市买卖，其货量足足占了所有来路总和的一半以上。众所周知，操纵全中国药品黑市买卖最大的推手，就是生门！

随着这仗越打越惨，人越伤越多，对药品的需求也越来越大，作为蓝衣社南方局负责人的邓辞乡是越来越上火，只要能搞到药品，蓝衣社这些年是无所不用其极。前不久，就是柳当先找到了蓝衣社，说能帮邓辞乡联系从苏联走私到海拉尔的一批药品，条件是邓辞乡得带上人马跟他去岳阳楼，找中谷忍成拼命。

彼时，邓辞乡因为迟迟搞不到足量的药，已经多次被顶头上司骂得狗血淋头了，所以他明知道跟着柳当先这帮打起仗来不要命的疯子去岳阳楼肯定是得损兵折将、凶多吉少，但是他也没有办法，只能硬着头皮带着人马和柳当先会合，跟中谷忍成拼命。幸好这柳当先的信誉还是够硬的，岳阳楼大战之后，柳当先手下的李犀山带着人马亲自到海拉尔接应，带队押运，将这批药品送到了邓辞乡的手里。

可是，这点儿药品根本就是杯水车薪，差得不是一星半点儿，邓辞乡的上司还是玩儿了命地催他，可这军需药品本就紧俏，邓辞乡哪能搞得来那么多。就在他愁得上火，腮帮子肿起来老高的时候，有一个自称是生门弟子的人找到他，并且带来了生门索长老的口信：生门有一大计划需要蓝衣社助拳，事成之后，愿意奉上一批药品作为酬劳。

邓辞乡大喜，连夜拉了一个药片的清单，点齐人马，直奔桂林。到了桂林后，邓辞乡先将人马驻扎在城外，派出亲信花猫携带自己拉的药品清单，先上门找索长老谈谈条件，敲定细节，然后再谈合作的事。

那花猫出来前被邓辞乡反复交代过：单子上的东西，差一样都不行。可谁承想，索长老一看花猫的单子，立马就说了差二十箱盘尼西林的话。

索长老这话一出口，花猫立马拉下了脸，摇摇脑袋，站起身就要走。索长老吓了一跳，连忙拦住了花猫，急声劝道："长官，别着急，都好商量！"

"一点儿诚意都没有，还商量什么啊……"

索长老脸色一窘，拽着花猫说道："也罢！此事确实难办，倒也值这个价码！这样，二十箱盘尼西林我应下了，只不过……我一下子拿不出这么多，需要分批出货……"

花猫闻听此言，脸色稍微缓和了一些，转身坐回椅子上，徐徐说道："还没请教……你们出这么高的价码，是需要我们帮你办什么事吗？"

索长老神色一冷，低声说道："我想请你们帮我在生门总堂周边设下埋伏，围杀一个人！"

"谁？"

"柳当先！"索长老白眉一挑，一字一顿地狠声念道。

"谁？"

"柳当先！"

"砰——"花猫一咬牙，拍案而起，心中高声喝道："好！该杀！就该杀了他！都怪这个姓柳的，要不是他在岳阳楼放的那把火……我兄弟阿七怎么会被烧死……"

"长官……你这是……"索长老站起身，一脸迷茫地看着面目狰狞、怒气当胸的花猫。

“没……没事……我就是……想说，这事就这么定了！”

花猫话一出口，猛地皱了一下眉头，又坐回椅子上，疑声问道：“你们生门势力不小，为何杀柳当先这事，非找我们来做不可呢？”

索长老叹了口气，幽幽说道：“原因有三。其一，这生、惊两家同属盗众八门，烧的是同一炉贼行香，同室操戈的事不能做得太明；其二，我也试着暗地里找过杀手来做此事，可是这惊门世代掌管绿林行，干的就是杀人越货的买卖，不入流的杀手办不成事，能办成事的顶尖杀手又都和惊门有着或深或浅的关系，弄不好了，容易事儿没办成，先走漏了风声；其三，柳当先既是惊门的大当家，又是抗联杨军长的麾下大将，若是由我们动手杀了他，肯定要被两家报复，这两路人马，哪一路都不好相与，所以，这事还得你们代劳。不过你们放心，柳当先和苏长鲸勾结杀害我们老掌门的事证据确凿，既有柳当先和苏长鲸往来的书信作物证，更有目击他们出入杀人现场的人证。而且，我还早早地埋下了一个女间，由她以苏长鲸情妇的身份出面做证……您放心，咱这手段多管齐下，保管将这事办成一桩翻不过来的铁案。我家老掌门对抗日可有大功劳，柳当先为了争夺佛魁，勾结苏长鲸，谋害老掌门，蓝衣社只是仗义出手，格杀残害抗日功臣的暴徒，日后就算惊门和杨军长想找麻烦，怕是也挑不起由头……”

花猫闻听此言，眼珠一转，大声喝道：“好你个老小子，先别管什么铁不铁案的，你这是拿我们蓝衣社当枪使呢？”

索长老从袖子里拿出了一个小巧的铜印，蘸了印泥，在那张药品单子上盖了个印，将信纸叠好，又从身上取出一卷地图，走到花猫身前，将这两样东西递给花猫，笑吟吟地说道：“长官，非得把话说得那么难听干吗？这不叫当枪使，各取所需，各取所需罢了！”

花猫一撇嘴，将信纸和地图收好。索长老寻来两个亲信，让他们带着花猫出了生门总堂。

花猫和那俩亲信分别后，晃晃悠悠地在城里转了四五圈，确定身后没有尾随之人后，才一路小跑跑出了城，直奔蓝衣社下脚的驻点，向邓辞乡报告。

听了花猫的转述，邓辞乡沉思了很久，扔了一地的烟头，满屋烟熏得花猫眼睛通红。

“这事！可行！咱们干了！”邓辞乡一字一顿，仿佛下了很大的决心。

“把那地图给我铺桌子上……”

花猫闻言，连忙站起来，将索长老给他的那幅地图铺在了茶几上。邓辞乡指着地图上的标注对花猫说道：“醒达啊，你看，这幅图上标注的是桂林城中生门总堂周边的街巷和建筑，你看这里，这里是正门，向南，这里……是后门，朝北！这地图上标注了生门掌门继任大典的时间，也就是明日的正午。咱们必须在生门总堂的外面干掉柳当先，这样才能成功地给生门背了黑锅。我会将咱们手底下的人马分成三路：第一路人马扮作贩夫走卒混在巷道周边，占领高处，防止柳当先越墙而入；第二路人马由我带领，守住正门；第三路人马，由你带领，守住后门……”

“啥？我带领？”花猫一听邓辞乡让他带队，瞬间就㞞了下去。

邓辞乡一瞪眼，拍着桌子喊道：“你瞅瞅你那个废物样子……你放心，柳当先这个人我接触过，他这个人恃才傲物，目空一切，若是闯门，他多半得走正门，所以，要是有危险，也大多在我这一路，你只管放心……”

花猫一听没有危险，瞬间心里一松，小跑着清点人马去了。

此时，天光渐亮，守在旧仓库里的陈七始终没有等到袁森，姜瑶乔装改扮，出去探听消息，一走就是两个时辰，也没半点儿音讯，陈七孤身一人留守，急得满院乱走。

突然，房檐上一阵风响，姜瑶从屋脊上一跃而下，手里还握着一块小木牌。

“阿瑶，有消息了吗？”陈七赶紧迎了上去。

“你看这个！”姜瑶将手里的木牌子递给了陈七。陈七借着月光一看，只见那木牌上刻着八个楷书大字：“欲救袁森，午时来会”。

“哪来的？”陈七问道。

“就挂在生门总堂的匾额底下，我用飞钩在远处摘回来的。我留心过，没有人跟着我……”

陈七捏着小木牌轻轻敲打着自己的额头，闷声说道：“看来大师哥他们中了人家的圈套，这木牌是生门给咱们传信儿的……”

“传信儿？”

“对，就是传信儿，看来对方想杀的人里有一个是我，或者说……是柳爷！”

“那怎么办？”姜瑶的声音有些颤抖。

“能怎么办？大师哥在人家手里，我也不能眼睁睁地看着他被人家砍了脑袋不是？既然对方摆了阵，咱们就去看看……”

陈七说着，不经意地一回身，正瞧见姜瑶目不转睛地看着自己。

“怎么了？看我干什么？”

姜瑶微微一笑，轻声说道：“哟，这次你怎么胆子突然大起来了？竟然不说害怕的事儿了？”

陈七闻言一愣，眼珠一转，瞬间换上了一副楚楚可怜的模样，两手捧在心口，迈着小碎步挪到了姜瑶面前，哽咽着说道：“阿瑶，其实你不知道……我……我现在怕得要死……我的心扑通扑通地在乱跳……”

说着，陈七一伸手抓住了姜瑶的手，把它放在了自己的胸前。

“阿瑶……我需要你的支持……和鼓励……给我勇气……”

姜瑶眨了眨眼睛，满眼迷茫地问道：“那我该……怎么鼓励……鼓励呢？”

“你闭上眼……”

“什么……哦……”

陈七抿嘴一笑，满眼柔情地噘起了嘴，想去亲吻姜瑶的额头。然而，就在这个时候，姜瑶原本闭着的眼睛不知什么时候张开了一个小缝儿，瞧见陈七伸着脸过来，姜瑶连忙闪身躲过，伸脚一绊，将陈七绊了个狗啃泥。

“哎哟——”陈七扑在地上，抱着膝盖顺势一滚，夸张地一声痛呼。

姜瑶以为自己真的摔疼了陈七，连忙走过来要搀扶他。陈七趁势一抱，想抓住姜瑶，怎料姜瑶自幼习武，反应迅速无比，又一个闪身，躲过了陈七的搂抱。陈七两次偷袭不成，恼羞成怒，爬起身来，奔着姜瑶追来。姜瑶迈开步子，在院中四处闪躲。两人一个追，一个跑，一个累得直喘，一个笑得快要岔气，两道身影在月光下追来逐去，像极了一对天真的孩童……

第六章　兵不厌诈

清晨，浓云翻滚，雨幕沉沉，又粗又重的雨点犹如断了线的珠子泼洒在天地之间。

姜瑶施展手段，将自己和陈七改了面貌打扮。她给陈七粘了假胡子和白头发，用草汁混上花泥改深了陈七的肤色，又贴上了两张肉皮面具，垫高了陈七的下巴和额头，脱了他的西装，换上草鞋短褂，再加一顶草帽，瞬间将一个玉树临风的俊俏后生变成了一个平平无奇的农家老汉。姜瑶绕着陈七看了一圈，满意地点了点头，自顾自地走到了门后，待到从门后走出来的时候，姜瑶已经从一个亭亭玉立的大姑娘变成了一个满头白发、一脸皱纹、慈眉善目的老婆婆。

“阿瑶……你这真是好手段啊！”陈七惊赞一声，伸着胳膊上前去拉姜瑶的手，被姜瑶抬手打落。

“咱们可扮着相呢，你有点儿正经！”姜瑶嗔怪道。

陈七悻悻地收回手，从屋檐底下挑起来一个馄饨挑子担在了肩上，朝着姜瑶傻傻地一笑。姜瑶白了他一眼，撑起雨伞遮住两人，和他一前一后地走进了风雨之中。

过台阶的时候，陈七的脚步一缓，眼里有些水汽闪动。陈七看了一眼姜瑶，小声说道：“阿瑶，我想着……待到我们老了，要是能像现在这样……该有多好。”

姜瑶没有答话，只是有些害羞地低下了头，轻轻地“嗯”了一声，不置可否。

生门总堂后巷，蓝衣社四十五名快枪手，撑着伞扮成行人往返穿梭，带队的花猫寻了两块砖头，垫上四角，往上面铺了块勾画上象棋盘的破木板，在棋盘上摆了个残局，再拎个小马扎，往巷子口牌坊的雨檐底下一坐，点了支烟叼在嘴里，拄着腮帮子看着被大雨浇得雾蒙蒙的大街，愣着眼睛发呆。这花猫当年在岳阳街头干的就是摆残局诈赌的营生，当街支局，一块大洋赌一局，输的给赢的送钱。陈七就混在人群里给花猫当托儿，一旦有人过来围观，陈七便从人堆里钻出来，七个不服八个不忿地要和花猫下棋。花猫假意不敌，没多大一会儿就连输好几把，旁边瞧热闹的一看这情景，立时把花猫当成了臭棋篓子，在贪小便宜的心理驱使下，总有人自告奋勇要出来和花猫下棋。一般这个时候，陈七都会故意不让位，再赢上几局，以便往上吊吊胃口，让人心痒难耐，直到花猫“输”得恼羞成怒，将陈七“强行”赶走。这时候，等到那看热闹的往花猫对面一坐，花猫立马涨价，说今天输得已经够多了，要翻本儿，所以现在涨价了，一局赌五块大洋。那看热闹的闻言大喜，不免会想，他个臭棋篓子，凭这等棋艺也想翻本儿，他押得越多，自己赢得越多。另一头，陈七缩在人堆里，跳着脚地带动围观的人起哄。那看热闹的一来是贪心，二来是受不得激，热血一上头，这时就会掏出五块大洋拍在棋盘边上，动棋开盘。

然而，这时候的棋，可就不是按陈七和花猫演戏时候的走法走了。须知这象棋残局就是一门排列组合的概率学问，传下来的残棋都是有棋谱的。虽然看似处处都是机会，但实则里面都是圈套，这红棋怎么走，黑棋怎么防，什么时候跳马，什么时候拱卒，都是有固定路数的。摆棋盘的是花猫和陈七，这些个走法变化，这二人都是背熟了的，故而这俩人想赢就赢，想输就输，这看热闹的一上套，花猫立马变走法，三下五除二就将他的黑棋杀个七零八落。花猫赢了棋，就去拿那五块大洋，若那人是个普通百姓，愿赌服输还则罢了，若是不愿给钱，花猫和陈七便换个脸色，并肩子一起上，恐吓谩骂，威胁勒索，一般人都不愿惹麻烦，大多自认倒霉，转身离去；若那人不是普通百姓，招来一帮大汉，与花猫陈七为难，花猫和陈七就拔腿便跑，跑掉是万幸，跑不掉，便挨上一顿拳头，权当倒霉。这两人从十一二岁开始便浪迹街头，做这残棋诈赌的营生，一干就是十几年，挨的打简直不计其数……此时，花猫为了伪装身份，监视动向，在巷子口再次支起了棋摊。暴雨如注，越发勾起了花猫的回忆，令他想起和手足兄弟陈七从小到大的很多事，有面红耳赤的争吵，有喝酒赌钱时的大笑，有被人追打时的惨呼，也有挨饿受冻的惨状，一桩桩一件件，在花猫脑海中走马灯一样地来回闪过。

“唉……阿七你爷爷的，说死就死了，剩老子一个……在这大雨天里喝风，老天爷你若有眼，便显显灵，给我兄弟来个借尸还魂……”

花猫正嘀咕，一阵诱人的香味儿顺着风飘了过来。花猫咽了一口唾沫，直起身来，向四周一看，只见前方不远处走来一个挑着馄饨挑子的老头儿，那老头儿身后还跟着一个帮他打伞的老太太。两人到了巷子口，取出担子上捆着的竹竿，寻了个背风处，捆扎了一个简易的棚子，棚子上用一块雨布遮住雨水。这老头儿肩上的馄饨挑子有个名目，唤作骆驼架。这挑子的中间高耸，由商贩挑着，前头的箱子里放着煤炉铁锅，后头的箱子里放着吃食面案，商贩一只手扶着扁担，另一只手须得和步伐配合着来回摆动，保持高低平衡，挑子两头虽然微微颤悠，但是锅里沸腾的高汤一滴也洒不出来，就如同那沙漠里行走的骆驼一般，故而称其为骆驼架。这骆驼架走着的时候是挑子，停下来便是摊儿。

只见那老头儿架好了竹木支架，一头放好了小煤炉子，生起了火，将熬好的骨头汤烧开，一头搁上方形的晾盘，四周边沿摆好了碗碟、酱醋、香菜、香葱、麻酱……取精肉剔去筋、皮、骨，剁成粗粒，加笋、绍酒、麻油、白糖、盐等，拌匀成馅，每张馄饨皮包入少许馅料，捏拢成抄手式馄饨，放入开水中煮至浮起，用笊篱捞起，在碗底铺上一层海米，将馄饨放入碗中，浇上一碗骨头汤，撒上一层香菜葱花，一股鲜味儿瞬间溢出，穿透雨幕，顺着风飘散在空中。

花猫眯着眼睛，鼻翼抽动了一下，宛如一只刨食的野狗轻轻地晃了晃脑袋，蹦起身来，脱下外套盖在头上，挽起裤腿，踩着水花，三步并两步地往馄饨摊子那边跑……

这卖馄饨的老头儿和老太太正是陈七和姜瑶为到生门总堂左近打探虚实所扮。

“你这馄饨做得还真是不错……能不能教教我……”姜瑶在陈七耳边轻声说道。

陈七很是得意，一边包着馄饨，一边笑道：“那你看看，我这可是独门手艺，传男不传女，除非你给我生上五六七八个儿子，否则我这秘方是断断不能外泄的……”

姜瑶闻言，脸上一红，正要还嘴的时候，花猫那黑粗胖大的身子已经穿过层层雨幕，闯进了馄饨摊子里。

“来五碗馄饨，不要香菜，多放醋！”

花猫刚喊完这一嗓子，陈七便浑身一抖，手里的面皮和肉馅随着他的手指一哆嗦，掉在了地上。

“是花猫的声音……”陈七眼睛一眯，缓缓地抬起头来，看着正抹着脸上雨水的花猫，一时间呆住了……

花猫胡乱地抓了抓湿漉漉的头发，冲着陈七喊道：“瞅我干啥啊？快点儿包啊！我又不是不给钱……”

说完这话，花猫从怀里掏出了几块大洋，往小摊上一拍，刚要撤手，陈七眼疾手快，一把按住了花猫的手腕。

“干吗啊？明抢啊？有没有王法了！”花猫一扯嗓子，拿出街上泼皮的浑劲儿就要开耍。

“是我啊！”陈七急声说道。

“你是谁啊？哎哟……别说，你这说话声，我还有点儿耳熟……”花猫一皱眉，上下打量了一番陈七。

陈七这才想起自己是易了容的，面目早已改换成了别的样子，于是连忙说道：“花猫，我是阿七……阿七啊！”

“阿七？”花猫吓了一跳，手脚一软，险些栽倒。

“不可能……我兄弟阿七可不长这样……”

“这是易容术，我真是阿七，你还不信……得，我能证明！”

“你……你怎么证明？”

“你屁股上有三颗痣，两颗在左面，一颗在右面，对不对？”

“对……对……”

“十二岁那年，你偷看卖豆腐的杨寡妇洗澡，被他婆婆一铁锹拍折了一根肋骨，对不对……”

“对对……”

“十五岁那年,你诈赌出千,让人逮住,被扒了裤子丢进了洞庭湖……”

“好了！别说了！”花猫眼圈一红，一声大喊，心里默默喊道：“这桩桩件件，都是只有我和阿七才知道的私密事，错不了，你就是阿七！妈呀！老天爷真显灵了……”

“阿七！你没死……”花猫嗓子一哽，险些掉下泪来。

“我本来就没死！”陈七拍着大腿解释道。

“那……我在一具尸体上发现了你的铁哨子……我以为那个人是你！”

“那不是我，那人是柳当先！”

“谁？”花猫惊得瞠目结舌，下意识地喊道。

“对啊，就是柳当先！你咋了花猫，耳背了啊？对了，你咋会在这里出现呢？”陈七反问道。

“阿七……说起来，你可能不信，我来这儿是来杀一个人的！”

“杀谁？”

“柳当先！”花猫苦着脸，一脸迷茫地说出了三个字。

“什么？你是来杀我的？”陈七一瞪眼，冲着花猫说道。

“我杀你干吗啊？我要杀的是柳当先，不对啊……你不是说……柳当先死了吗？”花猫被彻底搞晕了头，两手抓着自己的头发一阵乱揪。

陈七叹了口气，给花猫盛了一碗馄饨，两人肩并肩地蹲在棚子底下，一边吃馄饨，一边打开了话匣子。

陈七对花猫讲述了他是如何在岳阳楼的太平缸里巧遇柳当先，在威逼利诱之下答应假扮柳当先聚拢八门，还有自己又是如何在柳当先身死后假冒柳当先两上太白山，杀退三千院，以及如何来到桂林和在桂林经历的一系列波折。花猫也向陈七讲述了自己在岳阳城认尸归来的路上被日本人跟踪，被邓辞乡所救后加入蓝衣社的经历，并将索长老和蓝衣社的交易对陈七和盘托出。

“想不到幕后的黑手是这个姓索的老王八！”陈七听花猫讲完了始末，仰头喝干了骨汤，站了起来。

“阿七，那姓索的摆好了阵势，等你往坑里跳，你可万万不能上当啊！”花猫对陈七规劝道。

“不行啊！花猫，那袁森是我一个朋友，让我眼睁睁地看着他被人弄死，我绝不答应！”

花猫抓着陈七的胳膊说道：“阿七，你还不明白吗，那姓索的摆明了是要把屎盆子扣在你脑袋上，他人证、物证连着指认你的托儿都找好了，那托儿是个女的，谎称自己是苏长鲸的情妇，专门负责你和苏长鲸之间有关杀害苏一倦的密谋联络。我敢说，你一现身，她立马出来指控你，别怪兄弟多嘴啊，今天是生门新掌门的继任大典，这大院里几百号人马呢，你就是有三头六臂，也得给你打得马蜂窝一样——”

“等等！你说……索长老准备了一个托儿，女的，谎称是苏长鲸的情妇，专门负责指控我和苏长鲸之间有密谋……”陈七打断了花猫的话，接口说了两句，随即眉毛一皱，陷入了沉思。

“对啊！要不我说人家这套儿做得圆呢……”花猫刚接过话茬儿，正要再劝，却只见陈七咧嘴一笑，眉毛一挑，喃喃自语道：“这……就是机会啊……”

“什么机会？”姜瑶忍不住问道。

“兵不厌诈……”陈七看着天外浓云翻滚，自言自语地答道。

* * *

午时，雨骤风疏，生门总堂，春秋亭。

这春秋亭乃是生门徒众祭拜天地祖师的所在，亭分八角，亭檐高飞如翼，亭下有台阶六十四级。

台阶下密密麻麻地站满了生门徒众，悉着青衣，腰扎白布，一人一把朱红的油纸伞，大雨之中，标枪一般站得笔直。

春秋亭内立着两道人影：苏长兴、索长霖。二人背对药王牌位，在香案边一左一右站定。索长霖环视了一周，吐气开声，朗声喝道："来呀！带凶徒袁森、逆贼苏长鲸上来——"

"唰——"

亭下的众人整齐划一地向两边分开，闪出一条路，两名赤裸上身的精壮大汉押着五花大绑、手脚戴着镣铐的袁森和苏长鲸一前一后地从大雨中走来，穿过人群，迈上台阶，走到了亭下的香案之前。

"跪下——"索长霖一声大喊。

"呸——"袁森咧嘴一笑，一口浓痰啐在了索长霖的脸上，朗声笑道："狗贼，杀我易，屈我难！是爷们儿的，就给老子一个痛快！"

索长霖不怒反笑，捏起袖口，在脸上抹了抹，转身从香案上拎起一把牛耳尖刀，递到了苏长兴的手里，满面寒霜地说道："苏长鲸和柳当先勾结，杀害老当家，证据确凿。来！长兴，拿起这把刀，把这二人的心肝挖出来，报仇雪恨——"

苏长兴闻言，浑身一抖，脸白得吓人。

"这……这……咱们还是从长计议……"

索长霖闻言，两眼一瞪，上前一步，一把抓住了苏长兴的手腕，冷声喝道："事实已经摆在面前，还从长计议什么？当断不断，必反受其乱，来！我帮你！"

索长霖一摆手，两名大汉走上亭来，将苏长鲸和袁森一左一右地捆在了亭柱之上，两手一扯，撕开了二人的上衣，露出了胸膛。

索长霖拉着苏长兴走到了苏长鲸身前，抓着他的手腕向苏长鲸的胸口捅去。苏长兴的手抖得厉害，整个人不住地喘着粗气，低着脑袋，不敢去看苏长鲸的眼睛。

苏长鲸见状，一声嗤笑，沉声说道："要杀就杀，痛快点儿，别像个娘们儿一样婆妈！"

袁森闻言，大声喊道："说得好！苏长鲸，就冲你这份气度，你这个朋友我认了……"

索长霖耳听得袁森与苏长鲸睥睨谈笑，淡看生死，没有半点儿惧怕，心里不由得起了一阵无名火。只见索长霖一声闷哼，从怀里掏出一把手枪，拉开枪栓，将枪口对准袁森的眉心，满脸不屑地笑道："你已是砧板上的鱼肉，还装什么英雄！哼，依我看，惊门中人，也不过尔尔！"

索长霖话音未落，只听大雨之中一个激昂清越的声音骤然响起："是哪个说惊门中人不过尔尔——"

众人闻声看去，只见大门瞬间洞开，陈七一身白衣如雪，撑着一把黑色的纸伞，从大雨中缓缓走来。

索长霖内中一喜，暗自言道："好啊！你终于还是来了——"

袁森看到陈七，急得五内俱焚，扯着嗓子喊道："你来干什么？你有大事在身你知不知道？我死不要紧，你死了就全完了！快走！快走啊！你来做什么？"

"拿下柳当先——"索长老一声大喊，春秋亭下的生门徒众纷纷抽出了长刀短刃，向陈七聚拢。

陈七一手擎住纸伞，一手"唰"的一声将百辟抽出，反手握住，横在身前，大声喝道："我看谁敢——"

有道是人的名，树的影。柳当先纵横江湖二十年，武功高强、心狠手辣的名声，大江南北无人不知。此刻陈七强撑着架子，一声大喝，生门徒众竟然一时间被唬住了，猛地收住了脚步，互相看了很久，个个逡巡不前，谁也不想第一个冲上去做炮灰。

陈七心内长出了一口气，心中默默念道："柳爷柳爷！您在天之灵可得保佑我……"

陈七在心中祷祝了一番，长吸了一口气，努力撑住架子，稳住步子，慢慢走出人群，走上了春秋亭的台阶。这一段路虽然只有百十步，但是陈七感觉有一辈子那么长……

索长老急红了眼，冲着场下的生门弟子高声喊道："怕什么？一起上，他柳当先不过一双拳头，能杀几个？大家乱刀齐上，将他砍成肉泥——"

索长老这么一喊，场下的生门弟子个个鼓了鼓气，攥紧了手中的刀，再次朝着陈七聚拢。

"诸位！听我一言！"

陈七一拱手，朗声说道："柳某一死不要紧，只是真凶自此逍遥法外，可怜苏老当家含冤莫白——"

陈七话音一落，人群里顿时传来一阵骚动，一个领头的汉子走上前说道："你此话何意？"

陈七吐了一口浊气，一字一顿地说道："柳某有确凿的证据证明杀害苏老当家的凶手并非苏长鲸和柳某，而是另有其人……"

"放屁——"索长霖一声暴喝，举起手枪，对准陈七的后脑就要扣发。千钧一发之际，苏长兴猛地跳了起来，一把抱住索长霖的胳膊，抢下了手枪，急声劝道："索长老，万一凶手不是我哥……且容他一言！"

陈七见状冷声一笑，将手中的百辟倒转刀柄，递到了刚才那个领头的汉子手里，拱手问道："兄弟贵姓？"

那汉子一愣，张口答道："生门总堂，贵州分舵，周自横。"

"幸会！"陈七微微一颔首，转过身，大步走上台阶，侧眼瞥了一眼索长老，随即冲着台下的众人朗声说道："索长老，你急什么？柳某敢来，便不怕死。若是我说得没理，众位兄弟大可乱刀齐上，将我格杀，柳某人做事，言出必行，这位周自横兄弟，你不妨为我做个见证……"

周自横闻言一惊，看了看陈七，又看了看手里的百辟，心中暗道："久闻白衣病虎柳当先英雄了得，今日一见，果然威名不欺，若他不是杀害老当家的凶手，倒真该结交一番……也罢，便容他说上一说！"

心念至此，周自横振臂一呼，止住了嘈杂的人群，冲着陈七冷声说道："生门不是滥杀之辈，若你不是真凶，自当放你离去。若你拿不出真凭实据，今日少不得血溅五步……"

陈七洒然一笑，冲着周自横摆了一个道谢的手势。

"呼——"陈七默默松了一口气，心中暗道："你们这些跑江湖的傻帽儿，就吃戏文里这一套，杀人之前，总爱摆一套臭谱，不然好似衬不出自己英雄了得一般。也多亏你们有这臭毛病，爷爷我才好和你们装上一把大尾巴狼。哈哈哈，你以为你陈七爷爷把百辟给你是坦诚无畏吗？屁！是因为这百辟放我手里我也不会用，还不如这样送出去，还能壮壮气概——"

想到这儿，陈七嘴角含笑，转过身来看着索长老问道：“索长老，有道是捉贼拿赃，捉奸拿双，你说我和苏长鲸合谋杀了苏老当家，可有证据？”

索长老一声冷哼，从怀里拿出了那张信纸，徐徐说道：“我有你与苏长鲸秘密往来的书信一封，其中白纸黑字写着他助你杀老当家，你助他当上生门之主的龌龊往来！”

陈七伸手要看那信纸，却被索长老闪身躲过，尖声骂道：“你可是要毁灭证据吗？”

陈七摇了摇头，冲着周自横招了招手，笑着说道：“既是物证，可敢让这位周兄弟拿着，给在场的众位传阅传阅啊？”

“这……”索长老脸色一沉，露出了惊慌的神色。

周自横瞧见陈七叫他，大踏步地上了台阶。捆在柱子上的苏长鲸趁机附和道：“传阅一下怕什么？都是自家兄弟，你可是信不过吗？”

索长老脸一黑，指着苏长鲸骂道：“你个弑父的逆贼，有什么资格在这里讲话？”

苏长鲸一仰脖子，冷眼看着索长老，寒声说道：“这生门是苏家的生门，我，苏长鲸，是苏家的长房长子！我便是死，也得死个明白！”

苏长鲸此话一出，门中原本便支持苏长鲸上位的一些老人心中又燃起了一丝希望，便纷纷附和，高声呼道：“看！我们要看！”

“对！我们要看，看看怎么了——”

“对！看——”

索长老眼见局面渐渐生乱，形势容不得他犹豫，只能一咬牙，将信纸递到了周自横的手上。周自横接过信纸，打着伞下了台阶，在人群中转了一圈，让生门众人仔仔细细地看了一遍那信纸上的字迹。

“周兄弟！可有笔墨？”陈七眼见现场的人都看得差不多了，朝着周自横一拱手，提出了请求。

“柳当家稍候。”周自横一摆手，两个手下的小斯快步跑出了院子，不多时，便捧着一卷宣纸，夹着笔墨，跑了回来。

那两个小斯快步上了春秋亭的台阶，站在雨檐下，用后背遮住风雨，一左一右拉开了宣纸卷轴。

“有劳二位……”陈七轻声一谢，提起狼毫笔，饱蘸浓墨，在那纸上落笔写道：“少小习拳懒经文，性喜杀人犯贪嗔。腰间百辟藏一剑，万里独行一痴人。”

右手写完了诗文，陈七又将笔交到了左手中，在诗文下写了一行落款：“柳当先书于风雨生门”。

这陈七虽然自幼孤苦，度日维艰，但天资聪颖，能过目不忘。陈七的花姨虽然是妓院里的窑姐，但是年轻时也曾做过几年大户人家的小姐，也是读过书，能识文断字的，若不是家道中落，也不可能流落青楼。花猫小时候不争气，一提识字浑身疼，但陈七在这上面表现出了过人的天赋，故而花姨对陈七的文字教授得一直很上心。

陈七长大后当了骗吃骗喝的小白脸。有一阵子在官太太中兴起了一阵附庸文雅的风气，这些个富婆太太专挑那些年轻面俊、好写些诗歌文章的后生挑逗，并且经常以什么诗会的名义包养面首。陈七为了迎合市场的需要，曾在这字上着实下过一阵苦功夫，也不知道临摹了多少大家的碑帖，后来哪怕这阵风儿过去了，陈七练字的习惯也没有搁下。故而这陈七，虽是个浪迹街头的破落户，但一手好字是货真价实！

此刻，大雨如注，雷声轰鸣，陈七运气走笔，豪气当胸，脑中瞬间闪过了柳当先一生的沉浮，大巧不工地想出了四句诗。

陈七的字，本就笔锋极重，挺拔如枪，此刻群敌环伺，生死一线，更激发出他心中一股一往无前的气势，透在诗句文字上，更显英雄！

周自横看着宣纸卷轴上的诗句文字，忍不住拊掌赞道：“少小习拳懒经文，性喜杀人犯贪嗔。腰间百辟藏一剑，万里独行一痴人……好！好！好气魄！”

陈七写完了字，扬手一甩，将手中的狼毫笔丢进了风雨之中，指着卷轴上的字大声喊道：“诸位，且看我这手字和索长老那封信上的字，可是出于一人之手？”

一瞬间，满场喧嚣戛然而止……

第四卷 盗亦有道

第一章　驱龙出虎走乾坤

话说那陈七站在春秋亭上挥毫蘸墨，笔走龙蛇，写下了四句诗文，让场下的生门徒众亲眼目睹了自己的笔迹是何等模样。

亭下众人看了看陈七的字，又看了看索长老那信上的字，瞬间倒吸了一口凉气，左右交换了一下眼神，纷纷摇头。

周自横仔仔细细地分辨妥当，拱手说道：“回柳爷的话，这信上的字……确实不像您的手笔……”

陈七没有答话，只是扭过头去，满眼深意地看着索长老，笑而不语。

索长老老脸一黑，满目狰狞地犟道：“世上多有书画高手，一人能写数般笔迹，并非新鲜事。”

陈七闻言，拊掌赞道：“好好好！不怕你死鸭子嘴硬，还有什么证据，大可罗列出来，好教柳某一一给你分辨个清楚。”

此时，陈七凭着一手文字当场攻破了索长老拿出来的物证，令在场的生门徒众分作两派，一派忧，一派喜。忧的那派多是拥护二公子的人马和索长老的亲信，他们忧的是索长老被人当场打脸，生门颜面尽失不说，这二公子登位的事就此出了岔头；喜的那派多是生门中的老弟兄，他们是最支持苏长鲸的人马，此刻眼见索长老的证据被拆穿，苏长鲸峰回路转，他们心中本已熄灭的火花再度燃起，拥护苏长鲸又有了希望，不由得喜不自胜，蹦着高地拍手。这两派人马，一派为了把苏长鲸的案子坐实，一派为了给苏长鲸翻案，虽然目的不同，但都叫嚷着让索长老拿出新的证据。

陈七眼见此情此景，心头不由一松，暗暗说道："这局面终究还是被我掌控到了……"

眼瞧这亭下人群汹涌，索长老有些慌神，一举双手，高声喝道："字迹之说，含在两可之间，大家不要乱，我还有现场证人！"

这话刚说完，索长老的两个亲信便带着那不厌茶楼的伙计和老板走上来，站在了台阶之下。

索长老指着陈七、苏长鲸和袁森三人扬声问道："杨老板，小三子，这几个人你们可认得？"

杨老板和小三子眯着眼睛，仔细地瞧了瞧陈、苏、袁三人，冲着索长老弯腰点头地答道："见过……见过……苏老先生是我们茶楼的常客。那天下午，苏老先生早早地来了茶楼，进了包间孤云出岫阁，说是要招待几位重要的客人，还特意让我们取了他在柜台存放的好茶……小三子那天进屋里给苏老先生伺候好了煮水的炭炉后，就关好门退了出来……"

小三子点了点头，表示同意杨老板的话。

索长老问道："既然如此，那日，在小三子退出孤云出岫阁之后，可还有什么别的人进出？"

小三子沉思了一阵，笃定地答道："苏老先生是贵客，小的一直候在楼梯口，故而敢肯定的是，自我退出房后，进入孤云出岫阁的只有三拨人，苏大公子是第一拨，这位柳先生、袁先生和一位蒙着面纱的姑娘是第二拨，苏二公子带着一堆人是第三拨——"

索长老一摆手，打断了小三子的话，转身向苏长鲸问道："这伙计的话，可是实情？你有没有进过孤云出岫阁？"苏长鲸皱了皱眉头，颔首答道："没错，我进去过！"

"好！敢作敢当，你也算是条汉子！"索长老冷哼了一声，扭头看向了袁森和陈七，徐徐说道："不知道二位对这位茶楼伙计的话，可有质疑？"

陈七摇了摇头，笑着说道："无有质疑，我和我师哥还有我媳妇儿姜瑶的确到过不厌茶楼的孤云出岫阁。"

索长老白眉一挑，大声喊道："那还有什么好说的？小三子从孤云出岫阁里出来的时候，老掌门还是好端端的，随后你们两拨人进去，待到苏二公子带着最后一拨人进去时怎么看到的就是老当家的尸体了？哼！这人不是你们杀的，还能有谁？”

陈七接着摇了摇脑袋，看着苏长兴笑着说道：“二公子，你确定你没有看错吗？”

苏长兴一愣，随即答道：“就算我看错，那日赶往不厌茶楼的几十号兄弟不可能都看错，当时……就是你站在我爹的尸体边上，满手鲜血……”

“没错！我们都看见了——”

“对！我们都看见了——”

“你就是凶手——”

“我们亲眼所见，还能有假吗？”

台阶底下，人声鼎沸，不断有人拍着胸膛出来做证。

陈七伸出两根手指，指了指自己的眼睛，又指了指苏长兴的眼睛，又指着人群扫了一圈，轻声笑道：“诸位，这眼睛是会骗人的，有的时候……眼见，未必为实！”

索长老一声怒骂，高声叫道：“狗贼！眼见未必为实？难道狡辩便可以为实吗？”

陈七虽然被骂，却也不和索长老生气，只是轻轻地敲了敲自己的额头，朗声说道：“若想在杀人当场抓现行，还需有进有出，也许那凶手走的不是门，是临街的窗子呢？所以说，您这个证据链条不严密。”

“哈哈哈哈，奸贼，索某早知你必有此一辩，来人，再带人证！”

索长老正说话间，四名大汉带着十几个小摊贩自门外走到春秋亭下，在台阶底下站成了一排。

索长老清了清嗓子，冷声说道：“这些人都是不厌茶楼边上临街的摊贩老板。孤云出岫阁只有一面临街的窗户，老掌门遇害的当天，究竟有什么人从窗子出入过，他们可是瞧得一清二楚……你们里边，谁来说说吧！”

“这……”众商贩交头接耳地踌躇了一阵，推出了一个卖炊饼的老汉。那老汉咽了口唾沫，朝着四方拜了一个团揖，看了看苏长鲸，又看了看陈七和袁森，指着苏、陈、袁三人，颤抖着嗓子说道：“小老汉若是记得没错，那天从窗户跳出来的一共有四人，一个是他，一个是他，一个是他，还有一个姑娘……”

索长老一甩袍袖，高声喊道：“柳当先，有证人在此，你还狡辩吗？”

陈七笑着摇了摇头，对周自横说道：“周兄弟，有一计策可以让犯人骗过所有人的眼睛，在作案后悄无声息地离开……”

“这不可能！若骗过一人耳目容易，骗过这几十双眼睛，怎么可能？”周自横不可置信地说道。

“这很简单。这位杨老板，我且问你，苏老先生几时预订的孤云出岫阁？”陈七问道。

杨老板思索了一下，张口答道：“苏老先生是在遇害前的头一天预订的雅间……”

陈七拊掌笑道：“这就对了。那凶手在知道了苏老先生的行踪后，在头一天晚上，趁着夜色潜入孤云出岫阁隐藏起来，待到翌日清晨，苏老先生来到房中后，暗施毒手，将苏老先生杀害。杀人后，也并不急着逃走，而是继续躲藏在房中等待。在这个过程中，苏长鲸第一个到了现场，发现父亲被杀，正惊惧时，我带着我媳妇儿和我师哥也来到现场，和苏长鲸撞了正着，在互相不明身份的时候，大打出手，我媳妇儿和我师哥追着苏长鲸先后跳窗而出。与此同时，苏二公子带人马赶到，正好看到我一手鲜血地站在命案现场，情急之下，开始对我追杀。混乱之中，凶手从藏身之处悄无声息地走出，混到苏二公子带领的刀手之中，光明正大地跟着苏二公子离开现场，冲到了街上，借着追砍我的由头顺利脱身，这也就是为什么茶楼的老板和伙计以及临街的商贩们只看到了三拨人进门，两拨人跳窗，实际上凶手无声无息遮住了所有人的眼睛……”

“那……这凶手是谁呢？”周自横问道。

“能混在苏二公子所带的人马中，除了生门中人，还能有谁呢？”

陈七的眼光往索长老身上一瞟，成功地吸引了所有人的注意。

“什么……”

“这……”

场内众人开始纷纷议论，乱哄哄地嚷嚷起来。

“闭嘴！你这是污蔑——”索长老指着陈七的鼻子，黑着脸骂道。

陈七将双手背到身后，踱着方步走到苏长兴面前，拱手说道：“苏二公子，请问令尊约我在不厌茶楼见面的事，你是怎么知道的？”

“见面的时间地点，先父在遇害三天前在门中会上提起商议，我和我哥，以及门中的各堂堂主都知晓此事。”苏长兴老老实实地答道。

“也就是说，苏老先生与我会面的时间和地点，并不是一个秘密，对不对？”

“对……只不过，哪怕柳先生巧舌如簧，我不相信凶手会是其他生门中人！”苏长兴的话斩钉截铁。

陈七叹了口气，又问道：“你为什么会带那么多人赶去不厌茶楼？”

苏长兴一皱眉头，从袖子里掏出了一张纸条，纸条上一共有十一个字，清一色都是从报纸上剪下的小字块儿：“茶楼有诈，苏一倦性命堪忧。”

“谁给你的？”陈七问道。

“不知道！当时我正在仓库清点，字条是一个要饭的小孩儿送过来的。那小孩儿说，这是一个蒙面人在前天交给他的，除了字条，那人还给了小孩儿一块怀表和一枚银圆，并对小孩说：‘后天下午六点，将字条送到城北仓库，交给苏二公子！若是出了差错，就要了你的命！’”苏长兴一边回忆着当时的情景，一边说道。

“什么？”绑在柱子上的苏长鲸一声大喊，冲着周自横喊道，“周自横，过来，我的上衣口袋里也有一张一模一样的纸条。我爹遇害的那天，我在张家酒店喝酒，也是一个乞丐娃娃送来了一张纸条……那乞丐娃娃也说是一个蒙面人在前天给了他一块大洋和一块怀表，对他说：‘后天下午五点四十五分，把这纸条送到张家酒楼，给苏大公子……’”

听闻苏长鲸此话，陈七自顾自地走到苏长鲸身前，伸手在他上衣口袋里一摸，拽出了一个油纸包裹成的小包，打开来，里面有两样东西，一样是苏长鲸老婆孩子的照片，一样是一张和苏长兴收到的一模一样的纸条。

陈七拿着苏长鲸兜里找出来的纸条，又接过苏长兴手里的纸条，一齐递给了周自横，托着周自横的手，向台阶底下的人群说道：“看到没有？

两张纸条上的字全是报纸上剪下来的！为什么要这么麻烦呢？原因很简单，那就是——为了隐藏字迹！为什么要隐藏字迹呢？因为这个人和他们哥俩很熟悉，他的字这哥俩肯定都认识！还有，这个人能精确地知道这哥俩的行踪，定时定点地安排小乞丐送信，还计算好你们到达不厌茶楼的路程，安排好时差，让你们兄弟一前一后到达……还有，我和苏老先生约的是六点整，这位凶手早早就将咱们三拨人马的登场顺序安排妥当，提前写好剧本，其用心用计，不可谓不精准啊……”陈七歪着脑袋，看着索长老吹了一声口哨。

“哼！柳当先，你不要血口喷人，这些都是你胡说八道的推论，你可有证据？”索长老不屑地说道。

陈七一扭头，紧接着答道：“当然有！那日，我大师哥带着我媳妇儿先行跃出窗外，我仗着武功高强，一身胆气，独自留下断后，耳听得门外有大队人马赶来，我却仍旧泰山崩于前而面不改，悉心查探蛛丝马迹……”

袁森听着陈七吹牛，忍不住腹诽道：“好你个兔崽子，吹牛也打打草稿，分明是你这厮恐高，不敢往下跳，在房中四处乱钻，想找个藏身的地方……哎呀呀，差不多得了，吹起来还没完了，咳……啊咳咳……”袁森实在是忍不下去了，狠狠地一咳嗓子，使劲地瞪了他一眼。陈七尴尬地抽动了一下嘴角，舔了舔嘴唇说道：“也罢，这都是我应该做的，不说也罢！单说我那日在房中……那个勘测了一圈，基本能藏人的地方，我都勘验了一遍，唯独头上的房梁，还没……还没来得及看，苏二公子就进来了……”

袁森闻言，心中暗骂：“分明是你手脚蠢笨，不懂轻功，跃不上去，还来不及……咳咳……咳……”

陈七两段牛都是吹了一半就被袁森打断，心里窝火得紧，回头冲着袁森喊道：“咋了你啊？渴啊？”

“嗯……渴……”

“忍一会儿能憋死你不？”

“憋不死……能憋疯……”袁森扭过头去，懒得看陈七。

陈七喘了一口粗气，回身对周自横说道："甭搭理他，他大老粗一个，没什么文化……你且自派两个可信的兄弟去不厌茶楼孤云出岫阁内的房梁上勘察一番，必有发现！"

周自横眼前一亮，看了看苏长兴，苏长兴连忙点了点头。周自横一摆手，两个手下飞也似的出了门，上了马，飞奔而去。

一炷香后，那两个手下打马而回，走到周自横的身前，拱手说道："禀舵主，那雅间的房梁上有脚印——"

周自横虎目一瞪，抬眼看向了陈七。陈七一撇嘴，冲着苏长兴问道："苏公子，请你回忆一下，那天你带着人马来不厌茶楼，有谁是你没有叫上，突然在半路出现了的呢？"

那一天……

苏长兴深吸了口气，缓缓地闭上了眼，细细地回忆起那天的场景……

"砰——"苏长兴踹开了包间的门，看到了一手鲜血的陈七站在苏一倦的尸体边。苏长兴热血冲脑，指着陈七喝道："别人不认得你，我却认得你，你是白衣病虎柳当先，是你杀了我爹，大家一起上，砍死他——"

"杀啊——"一众大汉抡着砍刀奔着陈七杀来。

陈七一咬牙，闭紧双眼，向后一仰，从窗口跳了出去。

"我命休——"陈七一声惨号，刚喊了一半，袁森腾身跃起，一把抱住了还没落地的陈七，把他扛在肩上，拔足飞奔。

"大师哥……救我……"

此时，苏长兴已经下了楼梯，追到了街上。他四周望了望，没看到人跑向了哪一条岔路。这时，有人从众刀手中闪身而出，指着南边大喊："是那边！追！"

苏长兴一举手，高声喊道："听索长老的，往南！"

……

"是你——"苏长兴双目猛地张开，看向了索长老，高声说道，"我那天……事出突然，并没有通知你……但是咱们却在茶楼遇上了……"

索长老满脸通红，大声喊道："休要听这狗贼的胡编乱造，那日我也是听人来报，说你带着仓库的人马直奔了不厌茶楼。我怕你有危险来不及调人，就单枪匹马地赶过去帮你！”

“啪啪啪啪——”陈七夸张地鼓着掌，挑着大拇指赞道：“好一个忠心不二的老忠臣啊！”

索长老一声冷哼，沉声说道：“狗贼，你先别得意，我手中还有一人可以指认你——”

陈七闻言，心中一紧，暗自言道：“老贼，狗急跳墙了吗……”

第二章　群英会

索长老瞧见陈七脸色一变，心中暗喜道："柳当先啊柳当先，纵使你机关算尽，也料不到我还有这一招吧！要不是我早有准备，今日险些让你翻了盘！说起来，都怪那蓝衣社的邓辞乡不守信用，怎能不响一枪一弹就将柳当先放进来呢？哼！待我料理了柳当先，再找蓝衣社算账……"

就在索长老暗暗得意的同时，秦婉如在两个生门汉子的押送下，扭动着腰肢来到春秋亭的台阶底下。

索长老咳了咳嗓子，幽幽说道："阶下女子是何人啊？"

秦婉如柔柔一笑，丹唇轻启，答道："小女子秦婉如，乃是几回闻的舞女。"

"我问你，这亭中的几位，你可都认识啊？"索长老问道。

秦婉如一双美目在亭上扫视了一圈，徐徐说道："认得，场内这几位先生，我都认得！"

"既然认得，你就将你和他们是如何认得，他们之间又是如何来往的经历一一讲来。"

"这……我可不敢说……几位都是带着功夫的江湖高手，万一小女子哪句话说得不中听，惹恼了某位爷，我怕自己一瞬间就身首异处了啊。"

陈七抿嘴一笑，眼神冲着秦婉如一挑，笑着说道："姐姐生得这般美，纵然是打我骂我，我也只会欢喜，又怎么会妄动杀念呢？"陈七这话原本是习惯性地去挑逗一下秦婉如，然而，同一句话传到生门众人的耳边，则有了另一个意思。其实也没什么别的原因，就是因为柳当先狠辣好杀、孤傲乖张的名头太响，此刻生门众人闻听陈七嘴里说出了一个“杀”字，顿时一阵惊慌。周自横亲自带人将秦婉如护在身后，挡住了陈七的目光。

索长老见状，一声冷哼，傲然说道：“秦婉如，桩桩件件，你尽管细说分明，这里是生门总堂，还容不得这狂徒放肆！”

索长老话音一落，秦婉如便默契地点了点头，迈开一双在旗袍下若隐若现的白腿，踩着高跟鞋上了台阶，走到苏长鲸的身边，轻声说道：“这事啊！说来话长，还得从这位苏大公子身上说起……我们几回闻有一位幕后的大老板，这位大老板想杀苏大公子很久了，但是苏大公子一直身在南洋，我们这位大老板鞭长莫及，只能静静等待时机。十日前，苏大公子从南洋回到桂林，大老板找到了我，说是需要我帮他布下一个连环的杀局，将连同苏大公子在内的三个仇家一网打尽……”

“你在胡说些什么！什么大老板？”索长老猛地涨红了脸，满目惊惧地蹿出来要去抓秦婉如。陈七一个闪身，挡在了索长老身前，笑着说道：“怎么？刚才是谁说的……桩桩件件，尽管细说分明，怎么人家刚一开口，你就恼羞成怒了呢？难道是你在心虚什么吗？”

索长老见了陈七表情，心里瞬间一紧，知道这里面定然有陈七的计。秦婉如看了一眼陈七，接着说道：“我那大老板，有三个仇家，分别是已故的苏老先生、苏大公子和这位柳爷。十几天前，大老板得知柳爷要和苏老先生在不厌茶楼相会，于是提前从我这里要走了一个缠着我发丝、染有我身上香水味儿的相思扣，并且找出了一根苏大公子十年前离开南洋时留下的银针，找到了两个小乞丐，让他们在他预定的时间送信给苏大公子和苏二公子，引他们一前一后来到不厌茶楼。这一切安排妥当后，大老板在前一天夜里到了不厌茶楼，埋伏在包间内，待到第二天苏老先生走进包间后，发动偷袭，杀了苏老先生，将其头颅砍下，拿出那根银针，扎在了苏老先生的一处死穴内，又取出我那个相思扣，用力扯断线绳，将相思扣塞进苏老先生的手中，伪装成苏老先生从凶手腕上扯下来的样子，随即藏身在房梁上，待到苏二公子破门而入，追杀柳爷等人之时，再混入人群离开现场。按照大老板的原计划，苏老先生身上的银针和手里的相思扣是留给苏二公子的，苏二公子看到银针，直接就会将怀疑的焦点投射到苏大公子身上，并且大老板也会旁敲侧击地提点线索，让苏二公子顺着那个相思扣找到我。我这个时候对苏二公子谎称自己是苏大公子的情妇，并且负责在苏大公子和柳爷之间牵线搭桥，再掏出那封他们互相联络密谋杀害苏老先生的信件，这样一来，苏大公子和柳爷杀人的罪名正式坐实。苏二公子自会为父报仇，封锁桂林城，追杀苏大公子和柳爷，兄弟反目，手足相残，大老板夙仇得报。然而，这个计划在执行中出现了岔头……那就是，苏大公子和柳爷临危不乱，在千钧一发之际，竟然还能控制住惊慌失措的情绪，仔细地勘察了现场。于是，大老板为了误导苏二公子而藏在苏老先生尸体上的两处隐秘线索，被苏大公子和柳爷一前一后地发现。苏大公子带走了银针，柳爷带走了相思扣。虽然苏二公子在现场见到了柳爷，但是没了这两样物证，大老板还是无法将杀人的罪名牵扯到苏大公子的身上。无奈之下，大老板只得临时改变策略，将那封伪造的书信放到了苏大公子的房间里。由于苏大公子在不厌茶楼被人设局，不辨敌我，不敢回到生门，大老板以苏大公子失踪为由头，带人直奔苏大公子的卧房，从他的房间里搜出了他早已藏好的那封书信。苏二公子见到书信，虽然不敢完全相信凶手就是自己的大哥，但是仍然卖足了力气在城中追拿苏大公子。大老板一边放出我与苏大公子有染的消息，一边安排我做好准备。果然，没过多久，柳爷根据那个相思扣，苏大公子和苏二公子根据大老板放出的风声，一齐找上了门。三人在几回闻大打出手，我趁机将大老板交代的事告诉给了柳爷。柳爷他们擒下了苏大公子带走，我也离开了几回闻。在回家的路上，苏二公子将我劫走带到了生门总堂，我一口咬定我是苏大公子的情人，专门负责在苏大公子和柳爷之间传递消息……苏二公子将我当作指控的人证关在地牢，当晚，大老板曾去地牢找过我，让我不要惊慌，只要在生门大会这一天按照计划指控柳爷和苏大公子即可，并且告诉我说，苏大公子带着袁森，手持银针来生门查探，被他用陷阱擒住，并且他已经联合了有力的外援，能将柳爷杀死在总堂墙外。只要我按他说的做，便给我金条一百根，送我去香港……而我的这位大老板……姓索，名长霖！”

“什么？索长霖？”

“那不就是索长老吗……”

“是索长老？几回闻那个神秘的老板是索长老？”

人群中骤然爆发出一阵嘈杂的热议。

“住嘴！你这贱妇——”索长老目眦欲裂地瞪着秦婉如大骂，一个跃步就要奔来抓拿秦婉如。

周自横见状，两手在腰间一抹，抽出两支短枪对准了索长老，将秦婉如护在身后。

“周自横！你要造反吗？”索长老阴声一喝，周自横下意识地打了一个哆嗦。

“让开！”索长老一声大喊。

这索长老执掌生门法堂多年，积威甚重，刚发了两声怒喝，周自横的头上已经见了汗。

“呼——”周自横喘了一口粗气，鼓足了劲儿，咬着牙说道：“索长老，我周自横的命是老当家救的，如今老当家被人杀害，我若不能擒拿凶徒，实在是……实在是枉为人。若您不是凶手，周自横今日多有冒犯，可以将命抵给你！但是眼下真相未明，这女子是重要的人证，还请您稍加控制……”

索长老一眯眼，一声冷哼，作势要再向前靠近……

“唰——”春秋亭下传来一阵整齐划一的迈步声——阶下所有的生门徒众整整齐齐地向前迈了一步，站在了第一级台阶上。

“你们都要干什么？反了吗？”索长老脸色煞白，色厉内荏地呼道。

“我们只为真相——”周自横振臂一呼，阶下的一众门徒再次齐整整地跨上了一级台阶。

“你们……就凭这女人的一面之词，就敢怀疑我吗？物证呢？可有物证？”索长老大声喊道。

陈七眼珠一转，嘴角泛起了一抹坏笑，举起双手向周自横示意自己并无敌意，随即缓缓地走到秦婉如身边，脱下了自己的外套，搭在了秦婉如的肩膀上，轻轻地拍了拍她的手臂。

“雨大风冷，莫要冻坏了身体……”陈七在秦婉如的耳边小声说道。

秦婉如展颜一笑，也在陈七耳边说道：“小冤家，你满意了？”

陈七没有搭茬，而是闭着眼睛，轻轻地嗅了嗅秦婉如的发梢，笑着说道：“你这香水……真美……”秦婉如羞怒交加，伸手去捶打陈七，却被陈七截住手腕，在手背上极为隐秘地轻轻弹了一弹，而后陈七又极为绅士地将秦婉如的手裹进了她身上外衣的口袋里。

陈七这一系列举动隐秘而迅速，借用自己的后背和秦婉如的侧身，遮住了所有人的视线，远远只能看到陈七和秦婉如耳语了数句。

“好的！好的！我知道了！”陈七猛地提高了音量，自顾自地说了句莫名其妙的话，在秦婉如迷茫的神色下，抽身后退，站在了亭子正中。

“你……你知道什么了？”捆在柱子上的袁森好奇地问道。

陈七故作矜持和犹豫地皱了皱眉头，扬声说道：“适才，索长老说咱们这位秦婉如小姐的指控没有物证，实则不然。刚刚秦婉如小姐对我说了一件事，只要稍加验证，就可以判断出咱们的索大长老是不是她口中的那位大老板！”

“什么证据？拿出来——”

“对！拿出来！”

“什么证据？快说啊！”

众人闻言，齐声发问，乱哄哄地吵成了一片。

“大家不要急，静一静，静一静……”陈七张开两手，向下压了一压，示意大家安静。待到人群的吵声渐息，陈七缓缓地转过头来，看着索长老笑道：“索长老啊！适才秦小姐说……那大老板的屁股上，有一块青黑色月牙形的胎记……这样一来就好办了！您若是想要证明自己不是那位幕后真凶——大老板，只需将裤子脱下来给大家看看。若是没有胎记，柳某引颈就戮；若是有胎记，你必须给生门的众兄弟们一个交代。你看如何？”

索长老闻听此言，直气得热血上涌，头皮发麻，脑袋里烧开了水一般嗡嗡乱响。

“贼子……你敢如此羞辱于我……”

陈七见索长老发了怒，连忙收敛神色，一脸郑重地说道：“柳某只为查缉真凶，言语不当之处还望海涵……”

陈七话音一落，台阶下的众人纷纷交头接耳地议论起来：“啊？索长老的屁股上有胎记！”

“还是青黑色月牙形？”

“那小娘们儿怎么知道的？”

“那还用问吗！肯定和索长老睡过啊，哎呀呀，索长老一把年纪，都够做人家爹了……”

“那……索长老屁股上要是真有胎记，岂不就是那个大老板？”

“哎呀，你看那小娘们儿的腰身没有，也不知索长老能不能吃得消……”

秦婉如耳听得台下乱乱糟糟、露骨难堪的话语，只觉得心头一酸，肩膀一抖，缓缓地流下泪来，心中言道：“好你个姓柳的，我还道你知冷知热，懂得心疼女人，原来竟也是个狠心人，为达目的，不惜糟践女子名节……罢了，我一个卖笑的舞女，还谈什么名节呢……”

议论声越来越大，秦婉如这边暗暗流泪，索长老那边却早已暴跳如雷。

陈七幽幽一笑，火上浇油地来了一句：“怎么样？您老想好了吗？若是觉得不方便……也无妨，您可以挑选几个咱们双方都认可的中间人，在此地支上一面屏风，您放心，我绝不偷看……”

“住口——”

索长老两眼通红，直勾勾地瞪着陈七，狞声说道：“士可杀，不可辱！柳当先，你也是江湖上名动一方的人物，怎能如此下作！”

陈七直起腰背，两眼一抬，迎上了索长老的目光，朗声答道：“笑话！您栽赃陷害，就不下作了？”

索长老一咬牙，沉声说道：“罢了，罢了，既然已经输了智谋，就别再赔上脸面了……我承认，我，就是那位大老板！”

此话一出，满场皆惊。春秋亭下，鸦雀无声，静得可怕。

陈七展颜一笑，徐徐说道：“你终究是承认了！”

索长老一声冷哼，满脸狰狞地说道：“难道老夫非要被你逼得脱了裤子才算吗？”

陈七摇了摇头，一脸正色地说道："说来惭愧，这胎记之说，纯属柳某杜撰，实在是方才惶急之下的权宜之计。若您舍下面子，脱了裤子，柳某今日怕是要凶多吉少……"

言罢，陈七转身走到秦婉如的身边，当着众人的面，对着秦婉如两手抱拳，一揖到地，口中言道："适才柳某为救手足兄弟，说了孟浪之言，坏了姑娘名节，还请海涵——"

陈七这一句说得极为郑重，秦婉如有些措手不及，只能抹了抹眼泪，哽咽着说道："柳爷这算是给我道歉吗？"

"当然！"陈七弯着身子，歪着脑袋看了一眼秦婉如。

"你拿那种事……那种事胡编，你以为……我是那么好哄的吗？"秦婉如红着眼眶说道。

陈七站起了身子，两手在脸上一抠，食指撑住眼眶，小指勾住嘴角，两腿一弯，两肘一张，扮了一个鬼脸，闷声闷气地说道："我给你学个猩猩怎么样？你看……"陈七两臂向上一举，脖子左右一晃，两眼左右一转，脸颊鼓气一嘟，竟然将大猩猩学了七八分神似。只见陈七在台阶上晃了两个来回，捶了捶胸口，伸出手去，绕着秦婉如讨要吃食……

秦婉如万万没想到，名动天下的"柳当先"会对自己这样一个舞女郑重地道歉，而且为了哄自己开心，甘愿在众人面前学大猩猩，心里既是惊喜又是害羞，一时间竟然说不出话来。殊不知陈七这人一来是青楼里的窑姐养大的，出身底层，根本不会瞧不起舞女，二来这陈七做惯了小白脸，最会哄女人，压根儿不觉得哄女人是个难堪的事，故而当着众人，当场就来了这么一段儿。

陈七学得滑稽，底下的看客全都傻了眼，瞪大了眼睛看着陈七。陈七看了看呆住了的秦婉如，赔着笑说道："姐姐若是猩猩看得不过瘾，柳某还会学光屁股猴子……"

"滚开！谁要看你的光屁股猴子——"秦婉如脸一红，破涕为笑，捂着脸转过了身子。一听这话，陈七便知道秦婉如的气已经消了。

"哈哈哈……"陈七直起身笑了两声，回头一看，只见生门的众人正目瞪口呆地看着自己，而捆在柱子上的袁森满脸悲愤，不停地用后脑勺撞着柱子，口中言道："师门不幸……师门不幸……惊门世代威风……今日一举扫地……我对不起祖宗……对不起祖宗啊……"

陈七见状，哈哈一笑："诸位为何如此惊讶啊！欠了债要还，犯了错要改，出言伤了别人心，就要给人家哄好……这是小孩子都知道的道理，咱们都是大人了，怎么能为了面子，不辨是非呢？"

陈七话一出口，在场众人个个不禁暗自嘀咕道："久闻柳当先纵横沙场，威不可当，怎么今日一看，竟然……"

陈七一看众人面目表情，便知大家心头所想，于是轻轻地摇了摇头，徐徐说道："这人啊，本事用在坏人身上，那叫英雄侠义，若是用在了好人身上，那就叫欺压良善了。人活天地间，不能忠奸不辨，好坏不分。秦小姐帮咱们指认凶徒，是大大的好人，咱们须得好好呵护，不能让她有半点儿伤心，而索长老这种谋害苏老先生的凶手则必须给他使上两招雷霆手段。周兄弟，劳您护着秦小姐往后闪一闪，一会儿打起来，小心磕磕碰碰——"

陈七语气猛地一冷，两眼圆睁，大声喝道："大师哥，还不动手，更待何时？"

"噼——啪——"

"啊——"袁森一声怒喊，筋骨齐鸣，整个人凭空鼓胀了一圈，两声脆响传来，捆住袁森的牛筋软索应声而断。

"嗡——"袁森脑后猛地飞出一根银针，"当"的一声插进了木柱之中。

索长老封住袁森内气的穴道被硬生生地冲开了！

"呼——"袁森长吐了一口浊气，轻轻地一迈步，和陈七并肩站在了一起。

* * *

索长老眼瞧着袁森脱困，和陈七一左一右地并肩逼来，面上不见一丝惊慌，只是黑着脸，一步步地向后退去。大雨之中，众生门弟子齐刷刷地弃了伞，大踏步地跟着陈七和袁森向亭内涌去。

"索长老……真的是你？"

苏长兴满面惊怒地看着索长老，眼中全是不敢置信的犹疑。

索长老一声冷哼，徐徐说道："凭什么不能是我？苏长鲸，你忘了我的追儿了吗？"

"为……为什么……这……"苏长兴眼眶通红地哽咽道。

苏长鲸一声长叹，张口说道："十年前的事了，长兴你那个时候还小……很多细节你不知道……"

苏长兴扭过头去看了一眼苏长鲸，五指一张，一蓬火红色的蚂蚁从他的袖口涌出，顺着柱子爬上了苏长鲸的身体，不多时便将捆住苏长鲸的牛筋软索尽数咬断。苏长鲸活动了一下手腕，反手拔下了自己耳后的一根银针，平复了一下呼吸，上前一步，和陈七站在了一起，言道："苏长鲸多谢柳爷高义，助我沉冤昭雪……"

"言重了……同舟共济罢了！"陈七淡淡一笑，神色一冷，看向了索长老。

索长老一声冷笑，豪声喝道："柳当先！你以为你真的算无遗策吗？实话告诉你，这春秋亭下，我埋了三十二处炸药，我这里一声令下，便会有人引爆，哈哈哈哈，大不了同归于尽——"

"咔哒——"索长老从袖子里抽出了一只精巧的小弩，朝天一射，发出了一支响箭。

响箭者，鸣镝也，箭身由镞锋和镞铤组成，缝补一面中起脊，镞铤横截面呈圆形，中有小孔，击发时，风过小孔，发出刺耳的哨响，尖厉高亢，声传四野。

"呜——"响箭发出一串哨音，破空而鸣。

"追儿！爹来了……"索长老张开双手，轻轻地闭上了眼睛。

亭子内外，所有人都一瞬间心脏一揪，紧紧地咬住牙，等待着爆炸的到来。

然而，小半分钟过去了，场内一片寂静。索长老满是诧异地睁开眼睛，看到了眯着眼睛坏笑的陈七。

"这……这是怎么回事……"索长老喃喃自语道。

“媳妇儿！下来吧——”陈七后退两步，冲着远处的屋檐一招手，一道窈窕清丽的身影瞬间出现在屋檐上，那人正是姜瑶。只见姜瑶踏着屋脊，数个起纵，凌空一跃，稳稳地落在了台阶下，走上前来，狠狠地掐了一下陈七胳膊，娇声嗔道：“胡言乱语，哪个是你媳妇儿？”

陈七痛得头皮发麻，捂着胳膊乱蹦，一边抽着冷气，一边向四周拱手笑道：“见笑……见笑啊……”

“这……炸药呢？”袁森问道。

“早就拆了！邓局长，出来吧！”陈七一声大喝，四周的围墙上“唰”的一声跃出了百十条荷枪实弹的汉子，从墙头纵越而下，为首一人正是蓝衣社南方局的负责人邓辞乡。

生门徒众瞧见有人越墙而入，顿时陷入了惊慌，纷纷拔枪抽刀。陈七连忙高举双手，大声喊道：“莫动手！自己人！”

苏长兴和苏长鲸兄弟对视了一眼，点了点头，同时发号施令，约束住了门下徒众。

索长老冷冷地看了一眼邓辞乡，又瞥了一眼躲在周自横身后的秦婉如，寒声笑道：“弹指之间便能让我两大臂助反水，柳当先啊柳当先，你很好……”

陈七眼含深意地看了看索长老，一脸诚挚地说道：“君子待人以诚，小人欺人以诈，你命秦小姐诬告我，却安排下了杀人灭口的杀手，请蓝衣社伏击于我，还在这地下埋了炸药，还是不分敌我，只求同归于尽的炸药，是你先耍的诈，怪不得别人倒戈。”

“这是怎么回事……”袁森向陈七问道。

陈七还没来得及答话，从蓝衣社的人堆里七扭八拱地钻出来一个黑粗壮实的身影，赫然是花猫！

只见花猫咳了咳嗓子，笑着说道：“这事啊，还得从两个时辰之前说起……”

两个时辰前，大雨倾盆，生门总堂后门小巷。

花猫散开了手下的人马，把防线让出了一个小缺口，姜瑶乔装改扮，趁机翻进了院墙，去寻找秦婉如的所在。陈七和花猫诉说着岳阳楼一别后各自的经历，边说边吃，半锅馄饨转眼间就下了肚。两人端着手里的空碗，面面相觑，沉默了一阵，花猫抢先说道："阿七，现在该咋办？咱们俩从小到大都是你拿主意，你快想想办法啊！"

陈七嘬了嘬牙花子，瞄了一眼生门的后门，小声说道："他奶奶的，老子是肯定不能眼睁睁地往枪口上撞啊！"

花猫一拍大腿，高声赞道："这就对了嘛！走，哥们儿带你跑路！"

说完这话，花猫就去拉陈七，要拖着他离开这里。陈七挣脱了花猫的手，皱着眉头说道："可是……那袁森是我朋友，我也不能见死不救……"

"哎呀！撞又不撞，跑又不跑，你到底要干吗？"花猫气急败坏地坐在了原处。

陈七眼珠一转，揽过花猫的脖子，在他耳边小声说道："你去找邓辞乡，把他带到我这里来，就说柳当先找他有要事相商……"

"阿七！你疯了，演戏演上瘾了，邓辞乡可是收了索长霖的好处，攒着劲儿等着杀你呢！"花猫一蹦高，苦口婆心地劝道。

陈七一挑眉毛，瞪了花猫一眼，沉声说道："你懂个屁！没听那说书先生讲过吗，那叫'君子喻于义，小人喻于利'。邓辞乡杀我是为了利，而不是为了义，义分对错，不可游说也，而这利之一道，无黑无白，无正无邪，只看价码薄厚。这索长霖给邓辞乡开了多少价码，我翻倍就是，邓辞乡为求财而来，给谁当枪使不一样？你告诉邓辞乡，不就是盘尼西林吗，索长霖给二十箱，我给他四十箱……"

"这……这都是戏文里说的，怕是当不得真吧！"花猫听了陈七的话，觉得有些道理，心里却仍旧没底。

"这天下的道理，到了顶尖儿上，本就没什么分别。不是说了吗，人生如戏，戏里戏外，都是一个样！听我的，快去吧！"陈七一边说着话，一边拾起扁担上的毛巾，接了些雨水，在脸上抹了抹，洗去了易容的假脸孔，露出了本来的面目。

花猫对陈七的话虽说是将信将疑，但凭着从小到大对陈七的盲从，还是一边挠着头，一边小跑着进了雨中，向邓辞乡布防的前门跑去。

花猫刚走不久，墙头一阵风声飘过，陈七一回头，姜瑶已经站在了身边。

“怎么样？查探到什么了吗？”陈七急声问道。

姜瑶向四周看了看，小心翼翼地低声说道：“我换了三张脸，潜伏到了索长霖所在的藏海阁附近，盯上了一个叫老吴的人，他是索长霖的亲信。十五分钟前，索长霖交给老吴一个锦囊，让他依计行事。随后，索长霖先出了门，去准备生门大会的事。没过多久，老吴拿了锦囊也离开了藏海阁。我尾随老吴，在隐秘处将他……”姜瑶目光一冷，并指成掌，在喉咙处一挥，做了个割喉杀人的手势。

“做得干净吗？”陈七小声问道。

“尸体绑了石头，沉到水井里了，很干净！”姜瑶点头答道。

这段时间，陈七跟着袁森走南闯北，也经历了不少厮杀，在太白山上见了不少尸骨血肉，心理素质也随着强大了不少，和当初刚刚离开岳阳城的那个小瘪三已经不可同日而语了。

“锦囊呢？”

“在这里！”姜瑶手掌一翻，将一个墨色的锦囊递给了陈七。

陈七拆开锦囊的绑绳，从里面抽出了一张纸条，那上面密密麻麻地写了不少文字，在纸条背面还画着生门总堂的平面图，图上分布着三十几处黑点，并用一条红线连接到另一处院落……陈七眯起了眼睛，将纸条翻了过来，细细地读了一遍上面的文字，随后手指一攥，将纸条握紧在手心里。

“怎么了？”姜瑶有些不安地问道。

“这姓索的王八蛋，给他的亲信老吴交代了两件事：第一件事是在秦婉如指控我之后，第一时间将她灭口；第二件事是这姓索的在生门总堂地下埋了三十二处炸药，总开关设在了这里……你看，就是这个标红的圈。老吴的任务就是守在这里，以响箭为号，若是今日蓝衣社没有挡住我，或是情况有变，就启动引爆器，让所有人一起上西天……”陈七一脸凝重地对姜瑶说道。

姜瑶还没来得及答话，巷子口便传来了一阵密集的脚步声。邓辞乡在花猫的指引下，领着二十几个精干的手下，顶着雨跑到了陈七的馄饨摊子底下。

“邓局长，咱们又见面了啊。”陈七深吸了一口气，强打精神，拿出柳当先的气派，迎上了邓辞乡的目光。

邓辞乡钻进雨布底下，甩了甩头发上的雨水，拱了拱手，上下打量了一阵陈七，心里不由得漫上来一丝犹疑。

“怎么……这次见柳当先，他的神情和气度……仿佛不太一样了啊？没有原先那般凌厉孤傲，但是……却有点儿让人看不明白了……精气神分明不像是他……可是这眉眼样貌，却是一般无二啊……”

陈七瞧见邓辞乡蹙眉沉思，晓得他是在揣摩自己，心中暗道：“毕竟邓辞乡和柳当先是熟人关系，此时袁森不在身边，这邓辞乡要是拿两人之前有过的什么谈话来考我，我怕是不好对答啊。”

心念至此，陈七若无其事地摸了摸自己的鼻尖。花猫和陈七自幼就在一起厮混，两人搭档在街边设套骗人足足十年，熟知对方每一个细微举动传达的信息。此时陈七一摸鼻尖，花猫就知道陈七心里发虚，害怕露馅。

“邓局长，药……时间紧急，咱们不是来商量药的事的吗……”花猫赶紧凑到邓辞乡的耳边，小声提醒了一句，瞬间将邓辞乡的注意力从陈七的身上转移开来。邓辞乡是在大烟馆里救下花猫的，一来从未见过陈七，二来花猫自己都以为陈七死了，三来谁也想不到世间有如此凑巧之事——一个街头的混混会和一个名动江湖的人物生得一模一样，所以任邓辞乡想破头也想不到花猫和陈七的关系。故而花猫这轻轻一句话，就将邓辞乡的思路岔了开来。

“听我的手下说……柳爷您手里有四十箱盘林西尼！”邓辞乡的声音听上去有些激动，眼中满是压抑不住的贪婪和渴望。

陈七咧嘴一笑，徐徐说道：“何止四十箱，只要你肯帮忙，助我拿下姓索的，生门药库里的盘林西尼全是你的！”

“什么？生门药库里的？合着您在这儿空手套白狼呢？”邓辞乡面色一冷，一脸不悦地喊道。

陈七神情一冷，瞳孔一张，狠狠地瞪住了邓辞乡的双眼，幽幽说道：“邓局长，谁给你的胆子，敢这么和我说话！”

陈七话一出口，邓辞乡手底下的人纷纷拔枪举手，十几支枪瞬间对准了陈七的脑袋。花猫向四周望了一眼，也抽出枪装模作样地对准了陈七，心中疾呼道：“好你个阿七啊，你在这儿装什么大尾巴狼啊！真给邓辞乡惹急了怎么办？罢了！罢了！做兄弟同生共死，若是邓辞乡发难，我就帮你挟持他做人质，咱们能不能逃出去，就看命吧……”

想到这儿，花猫又向邓辞乡身边挪了挪，抬眼一瞥，站在陈七身边的姜瑶不知什么时候已经将三把飞刀扣在了手中……

此时，陈七的手心里也全都是汗，后脊背都湿透了，这虚张声势也是无奈之举，只因陈七手中底牌太少，若是气势上再不压倒邓辞乡，此事短时间内是断然无法谈妥的。然而，生门总堂午时三刻可就要将袁森剖心祭灵了，陈七怎能不急！万般无奈之下，陈七只得借用柳当先的积威，压一压邓辞乡的气焰，将谈判的主动权握在自己手里。

邓辞乡听了陈七的话，心脏一紧，下意识地答道：“你……你要干什么？我这十几支快枪可不是吃素的！”

陈七森然一笑，看着邓辞乡，冷冷地说道：“咱们俩现在有多远？”

邓辞乡低头看了一眼，声音有些颤抖地答道：“四……四步！”

“对内家高手来说，五步之内，枪不如刀。这个道理，你可明白？”

“明……明白……”邓辞乡脸色煞白，鼻尖上有水滴滴下，不知是冷汗还是雨水。这句话本是袁森和陈七聊天时无意说起的，陈七记性好，就记了下来，不料此时却成了诈邓辞乡的利器。这内家高手，若是功夫练到绝顶，便能够死皮蜕净，返璞归真，与平常人无异，除了伤门的听山之术，其余人都是看不出真假的。此刻邓辞乡只当陈七是柳当先，听了这话，怎能不心惊胆寒。

邓辞乡咽了一口唾沫，两手微微发抖，暗自后悔道：“我怎么把这茬忘了！柳当先是惊门的高手，掌中百辟又是杀人利器，此时……我和他距离如此近，岂不是把命交到他人手上了吗……”

陈七瞧见邓辞乡手抖，知他必是心虚了，当下一挺腰背，扫视了一圈正指着自己的枪口，再次说道：“你说，是你快，还是我快？”

“您快！自然是您快！”邓辞乡举起双手，赔笑着答道。

陈七心里松了一口气，暗自思忖道：“我的天，戏文里唱的空城计也不过如此了吧！吓死老子了……吓死老子了……若是邓辞乡稍有不逊，动起手来，我立马就得翘辫子……吓死我了……”

陈七虽然心里怕得要死，脸上却波澜不惊，一伸手，将锦囊里的纸条递给邓辞乡。邓辞乡接过纸条，看了一遍，惊声呼道：“这里有炸药？”

陈七点了点头，沉声说道：“姓索的不是个合格的合作伙伴，一是出手不够大方，这么个大活儿，只给了你们二十箱盘林西尼；二是为人不够坦诚，埋了杀招却不告知朋友；三是做事狡猾多疑，他今日能杀秦婉如灭口，来日便能打你们蓝衣社的黑枪！”

邓辞乡听了陈七的话，一时间竟然有些认同。陈七眼见有机会，连忙继续说道：“而我这个人不一样。第一，咱们是老主顾，做过买卖，我这个人很讲信誉，江湖上都是有目共睹的；第二，我这个人够大方，舍得开高价；第三，我这个人够坦诚，干不出埋炸药炸同伙的缺德事！怎么样，想好了吗，若是跟我合作，拿下了生门，药库里的盘林西尼都是你的，要是出了什么岔头，或是生门的药库里实在不够数，我保底给你四十箱，还是从东北运，我的人还给你押送；若是你铁了心地帮姓索的，咱也别浪费时间，就在这儿……你死我活！”

陈七的口气冷得吓人，邓辞乡不自主地打了一个激灵，心中暗道：“没错了！没错了！就是这个感觉，刚才他妈的都是错觉，还以为柳当先改性子了！狗屁，他改个屁的性子！这还没两句话就要动手杀人了！是他！就是他！错不了……这人可狠啊，手也狠，心也黑，简直就是杀人不眨眼，就算我的人乱枪能打死他，但是在那之前，他肯定能杀了我……我这趟来桂林是为了搞药，没必要玩儿命啊！谁出的价高，我就帮谁！对对对！做生意嘛，这都没毛病！况且这姓索的真不是个东西，净玩儿阴的！他姥姥的，埋了炸药也不说一声，要是他娘的引爆了，我岂不是也得给他陪葬……这么一想还是柳当先靠谱，毕竟合作过，而且在江湖上，柳当先的信誉还是不错的……”

邓辞乡眨眼间便思考了一堆，踌躇了一阵，一咬牙下了决心，伸出手和陈七三击掌，沉声说道："也罢！蓝衣社百十号弟兄，这一趟就跟您干了！"

"好！痛快！"陈七赞了一句。

"怎么干？听您吩咐！"邓辞乡一拱手。

"咱们兵分三路，姜瑶独身一人为第一路，带着这张纸条潜入生门总堂，找到秦婉如，把纸条给她看，这上面的字是姓索的亲手所写，秦婉如肯定能认出笔迹，姓索的要杀她灭口，她别无选择，只能向咱们倒戈。姜瑶，你的任务就是策反秦婉如，让她在生门大会上反水，回咬姓索的！"

姜瑶点了点头，带着锦囊，越脊而去。

"第二路，由邓局长带队，领着手下的各位兄弟，按照刚才图中的标示拆掉炸药后，在生门大会的会场周围集合，听我号令再现身！"

邓辞乡一点头，正要离开，却猛地顿住了脚步，回头问道："那……第三路呢？"

陈七微微一笑，抬头答道："第三路，我自己一路，这里有个名目，唤作——诸葛亮舌战群儒，关云长单刀赴会……"

第三章　八门聚首

话说蓝衣社众人现身春秋亭，索长老设的局被陈七破了个干净，正不知所措之际，花猫从邓辞乡身后钻出身来，笑着说道："此事还得从两个时辰前说起……"

"轰——隆隆——轰——"

一阵闷沉的雷声响过，吓得花猫一缩脖子，赶紧双手合十，向天祷告道："雷公老爷莫怪……雷公老爷莫怪……小的多嘴了……多嘴了……"

陈七哈哈一笑，沉声说道："多说无益，咱们手底下见分晓吧！"

话音刚落，袁森一个震脚，踏裂了两块青砖，借着这股反震的力道，瞬间冲到了索长老的面前。索长老虽然执掌生门法堂多年，但终究不是苏家人，生门有祖训，药、虫、针、方四法非本族后人不传，所以索长老的本事和长鲸、长兴两兄弟不同，他行走江湖靠的不是虫术医法，而是一身秘练的白猿通臂，而且一练就是三十年。

此刻，眼见大敌当前，索长老沉腰含胸，摆开架势，一出手就是成名的绝技"通臂三绝掌"。古老相传，通臂拳乃是战国时期孙膑看守桃园时模仿白猿技击所创，故又称"白猿门"，讲究冷、弹、脆、快、硬，沉、长、绵、软、巧，劲势饱满，出手致用，力由背发，两背灵通，将上身之力贯注于臂力，击打动作讲究放长击远，抡臂成圆，高态快下，闪展穿插。整套拳法挟功用巧，交错攻击，聚则成形，散则成风，处处劲力脆放，沾衣炸劲。

索长老这一路“通臂三绝掌”师从山西名师，拍、摔、劈、剁都有独到之处，招式递出，神形兼备，两臂轮转抱圆，落脚轻灵走方。他闪电般递出了三掌，捽掌遮住袁森双眼，攒掌拨开袁森拳头，两手上下交错，转身变撩掌，左手击打袁森脖颈，右手穿裆撩阴，一出手就是生死立判的杀招！

袁森一声冷笑：“老贼，可是要拼命吗！”

“呼——”

袁森变拳为掌，上步探手，叼住索长老的腕骨，拍开了他撩阴的右手，合身一撞，贴上了索长老的胸口，破了他戳喉的招法。索长老左臂下探外拉，反抓袁森右手，脚下斜刺里一滑，进步钻掌，直拍袁森后心。袁森右肘外翻撞开索长老的钻掌，回身一顶，右肘尖直冲，击打索长老的同时横拉左掌，斜劈索长老的眉骨。

此招一出，索长老上下难顾，照应不及，只得连退两步，化用陈氏太极拳中的左右云手接倒卷肱，一方面拂开袁森的进攻，一方面接着粘连化推的力道，擒拿袁森的左手。袁森不招不架，左手内合，整只左臂在脑袋上一抱，顺着索长老擒拿的力道合身扑来，力发脚跟，行于腰际，贯通指尖，硬打硬开，钻进索长老怀中，两腿一张，撑腰坐马，整个人宛如硬弓拉弦，“唰”的一声绷了进来。索长老心下大惊，料其锋芒不可摧，于是又退一步，心中暗道：“久闻江湖传言：盗众八门，各有绝技，唯惊门以杀人术称魁。今日一交手方知威名不欺，我才变了一招的工夫，这袁森便已手脚俱到，劲发八面，贴身短打，尽是搏命功夫！”

殊不知这袁森自小因手指残缺，无法习练盗术，只能在武艺上下苦功，打熬筋骨肺腑，艺成之后，跟着柳当先南征北战，无数次死里逃生，一身艺业如精钢淬火一般，经过无数次生死间的反复捶打，被炼去了唬人的花架子，只留下杀敌搏命的真手段！有道是练拳先练功，功到自然成，故而袁森一出手，便动若雷霆，气势如虹，带着一股凛冽的血腥气。

索长老心生胆怯，甩开了身法围着袁森闪躲游走。袁森一声冷哼，紧追不舍，两人一个追，一个躲，一个攻，一个防，交手不到二十招，只听袁森一声断喝：“倒下吧！”

“呼——”

两道身影蓦然交错，一触即分。袁森负手而立，左臂平伸，索长老倒飞而出，一个踉跄，左臂小肘发出了一声脆响。

“咔——”索长老一声闷哼，捧住了断掉的手肘，额头眉骨上鲜血淋淋，半张脸全是血，整个右眼眶高高肿起，眼睛痛得半睁半闭，只剩一条缝儿。

“噗——”索长老呕出了一口血，扑通一声，直挺挺地倒在了地上。

“咳咳……咳……咳……”索长老抹了一把嘴角的血沫子，撑着上身坐起来，看着袁森赞道：“好手段，这一掌当真是……咳咳……招沉势大，从上到下，先劈我额头，断我手肘……又碎我心口……我看到了……却挡不住……”

袁森扭头看了一眼陈七，面带询问之色。袁森想问的是，要不要直接结果了索长老。陈七摇了摇头，挤了挤眼睛，看了一眼满脸悲愤的苏家兄弟。陈七的意思是，正主是这哥俩，咱别越俎代庖。袁森会意，收了手，退到了陈七的身边。

“你……可有什么要申辩的吗？”苏长兴红着眼眶，攥着拳头，看向了坐在地上吐血不止的索长老。

索长老强打精神，满脸桀骜地说道：“哈哈哈……咳咳咳……咳……哪有什么申辩不申辩……成王败寇而已……咳咳……咳……”

这索长老效命生门多年，在苏长鲸走后，这十年里对苏长兴一直多有帮助，照顾有加。此时，苏长兴明知索长老帮扶自己是为了培植势力，对抗那些支持苏长鲸的老班底，但仍然对索长老心有不忍。但终究，他因杀父之仇狠下心来，一咬牙，和苏长鲸一起，缓缓抬起了双手，两人五指一张，自袖口里钻出了无数青黑色甲虫，磨牙展翅，在地上涌成了一摊黑漆漆的阴影，潮水一般地裹上了索长老的身体，将他瞬时淹没……

“啊——”随着一阵渗人心魄的惨叫和一阵昆虫咀嚼的沙沙声，索长老的呼吸声渐渐消失……

陈七一回身，伸手遮住姜瑶的眼睛，揽着她快步下了春秋亭的台阶。

一炷香后，虫潮散去，地上只剩下了一副不带一丝皮肉的枯骨。

苏长兴浑身颤抖，精神备受打击之下，身形都有些摇晃。苏长鲸叹了口气，伸出一只手架住了苏长兴，沉声说道："长兴！你已经长大了！不是孩子了！有些事，总要面对的……"

"哥……我记下了！"苏长兴抹了抹眼泪，抬起头，看向了苏长鲸。

陈七站在人堆里，踮起脚尖，冲着苏长鲸挥了挥手，带着蓝衣社的人马退出了春秋亭，把地方腾给了生门徒众，毕竟他们的掌门继任大典还得继续。

半个时辰后，春秋亭外。

陈七、袁森和苏长鲸三个人并肩坐在池塘边的栏杆上，人手一卷香烟，吞云吐雾。

"恭喜啊！新掌门！"陈七拍了拍苏长鲸的肩膀，笑着说道。

"唉……你就没有什么想问我的吗？"苏长鲸扭头问道。

"能告诉我的，我不问你也会说，不方便透露的，我问了，也是给你添麻烦，何必呢？"陈七笑了笑，捻灭了烟头。

"索云追！"

"谁？"

"索云追！就是索长老的独子，也是他杀人的动机。"苏长鲸嘬了嘬最后一小截烟屁股，看着天外的浓云，幽幽说道，"那是十年前的事了！索长老成亲二十年，一直没有子嗣，四十一岁那年，索云追才出生。索长老老来得子，对索云追从小娇惯，要星星，不敢给月亮，凡事没有敢不顺着索云追的，惯来惯去，给这小子养成了个飞扬跋扈的纨绔癖性，逛青楼，上赌场，嫖女人，推牌九，那是无一不精啊！二十岁那年，索云追沾上了鸦片，吸食成瘾。这鸦片的毒瘾，药石难救，我爹倾尽了半生所学，也没能控制住索云追的毒瘾，无奈之下，只得将索云追锁在地牢里，给他强行戒毒。我爹一来治下极严，二来最恨鸦片，如今门中出了烟鬼，我爹怎能不怒，于是在关押索云追的同时，发了狠话，要么戒了毒，要么就给老子死在地牢里！就这样，索云追在地牢里一关就是半个月，谁想这小子毒瘾上来，整日寻死觅活，索长老心软，狠不下心，偷偷地把他给放跑了。我爹气得大发雷霆，撒出人手四处搜查。索云追逃出生门后，在四处躲藏的同时，把抽喝嫖赌一样样地都捡了起来，身上的银钱没多久就败了个精光。这厮害怕我爹的严厉，不敢回生门找索长老联系，思来想去，搭上了在一个大烟馆里认识的朋友——桂林督军潘晋学的二公子潘劲松。这潘劲松也是个不学无术之徒，潘晋学每月给的那点儿月钱哪够他这挥霍。于是这哥俩凑在一起，谋划起了搞钱的勾当。可是这俩人除了抽大烟玩女人，赚钱的本事是一样也不会，思来想去，索云追出了一个主意，那便是劫生门的货，变卖换钱。当时大江南北都在打仗，蒋介石、李宗仁、阎锡山、冯玉祥带着军队打得不可开交，战争时候，什么药品最紧俏？自然是各种伤药和消炎药。只不过这各大军阀各有各的势力，占据不同的地盘，设立了形形色色的卡口关隘，无论是谁，想走正常渠道买到伤药，那都是绝无可能的事。唯有贼行中的生门，凭着深耕细作这一行足有千年的资历，攥住了许多条独有的运输药品的路线以及许多不为人知的药田药仓，所以才能在已经打成一锅粥的战局中将紧俏的药材转运南北。索云追打的正是这些药材的主意。索长老执掌生门法堂，对药品运转的路线多有涉及，而索长老对索云追又没有防备之心，故而索云追耳濡目染，也知道几条生门隐秘的运药路径。这厮利欲熏心之下，和潘劲松合作，一个出路线图，一个出人马刀枪，干了好几拨拦路抢劫、杀人越货的行径，将到手的药材转卖到黑市，赚到钱，再去挥霍。干了几笔买卖后，潘劲松的老爹潘督军便知道了此事，于是也掺和了进来……生门屡次遭劫，我爹心下起疑，派我前往调查，经过多方查探，索云追的事被我查了个一清二楚。我当时也是年少冲动，亲眼瞧见了那潘家父子将俘虏的生门弟子杀死，当时就热血上头，施展虫术，将那潘家父子杀死，索云追吓傻了，跪在地上，哭着求我饶他一命，放了他。我虽恨他恨得牙痒，但看在索长老的面子上，还是没有下杀手，而是把他带回了生门总堂。我爹见了索云追，气得险些背过气去，拔枪就要毙了他，却被索长老拦下。索长老在我爹的书房门外跪了一个昼夜。我爹虽然脾气暴烈，却极重感情……最终还是念着索长老对生门劳苦功高，饶了索云追一命，只是砍了他一条胳膊，将他逐出了门庭，让他滚得越远越好。而我，也因为杀了潘家父子，惹祸上身，我爹无奈，只能安排我跑路去了南洋。就这样，我一走就是十年，再也没有听过索云追的消息。十年转眼而过，我从南洋回到生门没几天，我爹就遇害了。说实话，我从来没有怀疑过索长老，尽管当年我爹砍了索云追一条胳膊，但是索长老也不至于到杀人的程度。直到刚才，在继任了生门掌门后，我询问了几名拿下的索长老亲信，才知道，原来索云追已经死了，并且当年在我跑路的同时，索云追在两个亲信的护送下连夜北上，去了东北……”

“啥？东北？”半天没说话的袁森惊声说道。

“没错，就是东北！索长老的那几个亲信说……1936年，抗联六军的夏云杰军长在汤原西北被伏击……重伤身亡——”

苏长鲸的话刚说到一半，袁森眼睛猛地一亮，沉声说道：“1936年10月，日本关东军和伪军开始对汤原等地区进行大规模扫荡，向我们在汤原的根据地发起进攻。夏军长决定带主力部队开辟新游击区，远征黑龙江南岸的佛山县。然而，就在夏军长带队在为远征筹集给养和装备时，被一伙日军和伪军的混合部队包围，设下埋伏……日军带兵的指挥官名叫坂田雄一，伪军带队的汉奸头子，我记不得名字了，只记得他姓索，独臂……”

苏长鲸叹了口气，徐徐说道：“说起来，你们哥俩当年可是干了一件轰动江湖的大事啊！趁着月黑风高潜入汤原县，三更天，日本人的庆功宴正值眼花耳热，忽然一声脆响，满场灯火俱灭，一片漆黑之中，只见一道寒光闪过，等到灯火再度亮起时，坂田雄一和索云追已然身首异处！第二日，汤原县城头垂下了两只飞虎爪，飞虎爪上钩着两颗人头，一颗是坂田雄一，一颗是索云追，两颗人头下各吊着一匹白布，上书：‘夏军长英灵不远且慢行，抗联后学袁柳献猪头羊头各一敬上！’”

索云追原来是柳当先所杀，这就全对上了！

当初，这索云追虽然因为苏老先生的缘故不敢回桂林，只能远遁东北，但是索长老知道自己的儿子还活着，他心里至少还有个念想，甚至他自己也知道儿子败家，还偷偷地开了一家歌舞厅——儿回闻，打算给儿子攒上两个败家钱。可是他万万没有想到，这索云追到了东北也不安分，竟然给日本人卖命，当了伪军头子，被柳当先砍了脑袋挂在城门上。

索长老得知独子惨死，万念俱灰，一心只想着给儿子报仇……当年抓索云追回来的是苏长鲸，砍了索云追胳膊的是苏老先生，取了索云追性命的是柳当先，如今这三人齐聚桂林，怎能不让索长老心中的复仇之火越烧越旺！就这样，一个谋杀苏老先生，嫁祸苏长鲸，诱杀柳当先的计划渐渐成形……

“我的天……杀索云追的人是……”陈七眼珠一转便捋顺了这段经过，一时间惊得瞠目结舌，瞪大了眼睛看着袁森。袁森一挤眉眼，暗示陈七控制一下表情。

苏长鲸听了陈七的半截话，伸着脑袋过来问道：“柳当家，您说什么？杀索云追的人是……是什么？”

“啊……咳咳……咳咳……啊……咳……我是说，杀索云追这种败类是……这都是我应该做的！”陈七灵光一闪，一拍大腿，总算把这话圆过去了。

“柳当家，居功不自傲，真英雄也！”苏长鲸由衷地赞了一句。

陈七尴尬地一笑，扭过头去，装作去看外面的天气……

“柳当家……这……咱们接下来该干什么？”苏长鲸探声问道。

陈七愣了一愣，转过身看向了袁森，故作深沉地说道：“大师哥，就按原计划进行吧！”

袁森闻言，心里忍不住骂了一句：“好一个惫懒的瘪三，不知道就不知道，还按原计划进行，也罢！我就给你堵上这个窟窿，全了你这个面子……”

想到这儿，袁森伸手在怀里一摸，掏出了贴身存放的惊蛰古玉，让苏长鲸遣人拿来笔墨印泥，然后反捏着惊蛰古玉，蘸足了朱红色的八宝印泥，在四张信纸上各按了一下，印上惊蛰古玉上的四个篆字：“盗亦有道”。

随后，袁森提笔，在每张信纸的印章边上都写了两行小字：“贼行分金下元夜，八门斗法大鸣山。”

“惊、开两门弟子已在路上，死门的当家曹仲已与我们约定在下元节于南宁会面，到时咱们会合，共上大鸣山。不过此时，还要有劳苏兄弟派人持此信遣四路人马，赴休、伤、杜、景四门传令！”

苏长鲸一拱手，恭恭敬敬地接过那四张信纸，派人快马传令。

贼行有祖训："惊蛰重现之日，八门聚首之时。"

此刻，陈七手握惊蛰，又得惊、死、开、生四门臂助，正是争夺佛魁之时！

真个是：龙虎风云今朝会，大旗迎风响惊雷。八门盗众齐聚首，争得佛魁成是非。

第四章　赴火蹈刃

大鸣山位于南宁武鸣县东北，《武鸣县志》载：“每岁秋，烟云郁积，内有声似风非风，似雨非雨，似雷非雷，似波涛非波涛，或三五日或旬日乃止，名曰大鸣。”大鸣山最初名为镆铘峰，遥望茫茫极天，深谷幽壑，险峻雄奇，登其巅，群峰相向。有大瀑布横切山巅，飞流直下，冲入一方寒潭。寒潭之侧有石台一方，名曰“仙圩”，乃上古先民祭祀鬼神之地，存有石坪一、石墩八、石灶七，尘不到，苔不封，四周茶树古茂异常。

三日后，下元节，大鸣山山脚。

陈七、袁森、姜瑶、苏长鲸、苏长兴齐聚在一家小饭馆里，等了半上午，终于等来了邓婆婆和李犀山。这二人各带了百十名惊、开两门的高手前来助阵。李犀山见了陈七，虽然总觉得哪里不对，但好在袁森在旁支应，再加上陈七和柳当先的样貌简直就是一个模子里刻出来的，所以李犀山除了有些别扭，也没能说出哪里不对，渐渐地也就打消了疑虑。袁森和陈七借着撒尿拉屎的工夫，并肩蹲在茅房里耳语了一阵。袁森告诉陈七：“假扮柳当先的事，眼下只有姜瑶、你、我三个人知道根底，这事知道的人是越少越好，这既是为了自己的安全，也是为了他人的安全，所以我没有告诉李犀山。按理说，以你陈七此时的状态，无论心智还是胆气，言谈还是举止，都足以以假乱真，一般人应该是看不出漏洞的，但是唯有一人需要小心提防，那个人名叫沈镜玄，乃是沈佩玉的亲爹，伤门的当家人，一身祖传的听山秘术登峰造极，最擅长听人呼吸脚步，只要你在他面前一站，他立马就能听出你是个没有内家功夫的普通人！沈佩玉虽然是死在日本人手里，但是和咱们也脱不开干系。沈镜玄这个人，心眼小，脾气大，这次他带人上山，肯定是要和咱们作对。不过，也别怕，除了他，其他人没什么好担心的了！”

陈七闻言，脑门子上冒了一层冷汗，心里发虚地问道：“万一他在分金大会上当场揭穿了我，那……可如何是好啊？”

袁森皱着眉头，挠了挠头，想了半天也没憋出来一个主意，心烦之下，一摆手，闷声说道：“怕什么，走一步看一步，兵来将挡，水来土掩吧……”

两人正烦闷之际，门外传来了一片嘈杂的马蹄声。陈七和袁森连忙提上裤子，跑出茅厕，走到小饭馆的正门外。

来人正是曹仲和唐六儿，后面还跟着一百多个死门的好手。

曹仲见了陈七，滚鞍下马，拱手拜道：“死门曹仲，率门下精锐一百四十六人，来助柳爷夺魁！”

陈七赶紧向死门众人回礼，带着他们进了小饭馆。

今日是农历十月十五，亦称下元日、下元节。这下元节的来历与道教有关。道教有三官，曰：天官、地官、水官。谓：“天官赐福，地官赦罪，水官解厄。”这三官的诞生日分别为农历的正月十五、七月十五、十月十五，故而这三天被称为“上元节”“中元节”“下元节”。下元节，就是水官解厄旸谷帝君解厄之辰，俗谓是日。

这一日，北方要做“豆泥骨朵”，“豆泥”就是用红小豆做的“豆沙馅”，南方则喜用新谷磨糯米粉做小团子，包素菜馅心。此时，四门聚首，群贼并至，小饭馆周围此刻已经密密麻麻地挤了四五百人。饭馆的老板把后院给清理了出来，摆上了三五十张桌子，酒肉饭菜轮着番地上，一时间推杯换盏，满院喧嚣。

角落里有四桌，用屏风和群贼隔开，坐的是蓝衣社人马。那一日，苏长鲸继任生门掌门，陈七当晚就找上了苏长鲸，管他索要盘林西尼四十箱，并跟他说了与蓝衣社邓辞乡的交易。苏长鲸满口答应，叫来账房一盘点，发现广西的四处药库里盘林西尼的存量都不多了，拢在一起才二十五箱。虽然桂林的货不够，但是苏长鲸还可以让周自横从云南那边调运，只是需要二十多天的时间。陈七将这个情况原原本本地告诉了邓辞乡，邓辞乡思量了一下，决定让手底下的大部分人马押运这二十五箱盘林西尼先走，自己带着花猫和三十几个枪手留下，等着那十五箱运过来。陈七一再让邓辞乡放心，等到周自横从云南把那十五箱运来了，肯定会派人快马加鞭地给他送过去，但是他偏不信，说什么也不走，非得一天天形影不离地跟着陈七，好似那要账的地主一般，唯恐陈七跑了没处讨债去。陈七无奈，只得让邓辞乡跟着，就这样，邓辞乡一直跟到了大鸣山。

席间，觥筹交错，陈七喝得眼花耳热，借着碰杯向苏长鲸问道："苏兄弟，这虫术……不应该是生门苏家的秘技吗？"

"没错！生门虫术，除了苏家子孙，概不外传！"苏长鲸答道。

陈七嘬了嘬嘴唇，欲言又止地踌躇了一阵，嗫嚅着说道："那个……你们家有没有什么……日本亲戚？"

苏长鲸闻言一愣，和坐在旁边的苏长兴对视了一眼，思考了一阵，两兄弟都是一头雾水地摇了摇头。

"那……那不对啊！"陈七惊道。

"柳当家有事，不妨直言！"苏长鲸道。

"我呀，遇到了一个日本的僧人，名叫虫和尚。这厮出身三千院，供职日本军部，专司针对抗日力量的刺杀泄密，和我们多次交手，仇深似海……这个虫和尚，用的就是生门的虫术……"陈七一脸认真地言道。

苏长鲸闻言，拍案而起，和苏长兴异口同声地说道："难道是他？"

"是谁？"陈七追问道。

苏长鲸放下酒杯，徐徐说道："柳当家可知何为虫术？"

陈七摇了摇头，一脸茫然。

苏长鲸幽幽一笑，从桌上的盘子里拿起一个面点糖包，掰开酥皮，抠出了里面的蜜糖馅，蘸在手指上，在地面上画了一个圈，没过多久，砖缝儿里便爬出了百余只蚂蚁，密密麻麻地趴在蜜糖上，围成了一个圈，抖须抻足。苏长兴也看了一眼陈七，顺手从院子边上的篱笆里折下两朵牵牛花，攥在掌中，使劲一捻，将花朵搓成花泥，再轻轻张开手指，不一会儿，便有三五只蜜蜂远远地飞来，绕着苏长兴的手指尖盘旋振翅。

“这……”陈七仿佛想到了什么，两眼渐渐发亮。

苏长鲸看着陈七，点了点头，沉声说道：“没错，这就是虫术的原理——用气味、声音等特定的媒介召集特定的虫子为己所用。而这媒介的配方，我们称为虫方，一方驱一虫。虫术一道，乃是孙思邈祖师所传，经历代掌门发扬光大，日益完善。唐代有虫方三十六，北宋时，虫方便达七十四，南宋九十六，元朝一百单七，明朝一百五十三。清兵入关，大明亡，天下大乱，八门流散，贼行盗众为了躲避清廷的追捕和通缉，纷纷潜藏行迹，彼时的苏家先祖便遁隐于市井，在江浙之地开了一家药铺。在一次救治瘟疫的过程中，为了治病救人，那位先祖曾无意中施展过一次虫术。在那感染瘟疫的病人中，有一扮作客商的倭人。那倭人见了虫术的神妙，心中暗起歹意，偷偷地跑去给清廷报了信，说是发现了通缉的江湖贼子。清廷夤夜率军包围了药铺，乱战之中，那倭人潜入先祖书房，窃得了虫书半卷……自此，生门虫术，流落东瀛之地。正因为此事，那位先祖留下了祖训：‘若见倭人用虫术，后世子孙必杀之。’那倭人窃走的是下半卷，只有药方，没有药理，所以料想那虫和尚所学不过百余虫方。清朝以后，生门虫术又经过六代掌门潜心研究，时至今日，虫方已有二百六十四道，每一道虫方都有不同的用法。待到他日相逢，我兄弟二人齐上，包教他死无葬身之地。”

陈七听了苏长鲸此言，长出了一口气，心中稍定。

黄昏日落，四门贼众酒足饭饱，在各自当家的带领下，跟着陈七登上了大鸣山。

三更天，月明星稀，镆铘峰顶。

八门贼众齐聚，在大瀑布下，各门弟子齐齐立在当家身后，按八卦方位站定：

惊门立西方，以陈七为尊，后面站着袁森和李犀山，众门人着白衣；

开门立西北，以姜瑶为尊，后头站着邓婆婆，众门人着蓝衣；

死门立西南，以曹忡为尊，后面站着唐六儿，众门人着褚衣；

生门立东北，以苏长鲸为尊，后面站着苏长兴，众门人着青衣；

伤门立东方，以沈镜玄为尊，后面摆着沈佩玉的灵位，众门人着褐衣；

杜门立东南，以盲道人薛不是为尊，后面立着流梆陆三更，众门人着紫衣。

在江湖上，杜门一直做着买卖消息的营生，大江南北三成的情报交易网都是杜门织就的。掌门薛不是今年四十五岁，一身绸布唐装，脚下一双千层底的布鞋，额宽目深，须发斑白，膝盖上横放着一柄破布缠裹的长刀，坐在椅子上两眼微张，精光吞吐。站在他后面的陆三更瘦小枯干，乱发披肩，鼠目鹰鼻，肋下挎着一个红木的小箱子，两眼冷冷地看着陈七，满是敌意。

陈七记得，袁森曾和他说过，在早年间，杜门手底下有见钱眼开的徒子徒孙倒卖抗联的布防图给日本人，被柳当先给杀了十好几人，所以结下了梁子。陈七忍不住多瞧了这二位几眼，心里也是直打鼓："瞅这俩货的死德行，今天这事怕是没法善了啊……"

景门立南方，为首的是一对师兄弟。这哥俩，一个长脸一个圆脸，一高一矮，一瘦一胖。圆脸胖子是酒痴贺知杯，长脸瘦子是烟鬼许知味，俩人都是一副土地主的打扮，穿金戴银，披红挂绿，甚是鲜艳，身后的门人，清一色的暗红短褂，腰间挂着手枪斧头。

休门立北方，世代船运兴家，为首的掌门三十有六，头戴呢帽，身着一身西式风衣，眉眼如刀削，面容冷峻清矍，正是和柳当先旗鼓相当的对手——九河龙王聂鹰眠。聂鹰眠孤身而来，并未带随从，身后百十名弟子悉着黑衣。

八门之中，惊、开两门交好，称北派；景、休两门交好，称南派。北派以柳当先为首，南派以聂鹰眠为首，这二人一南一北，在江湖上遥遥相对，正是敌手。这一次争夺佛魁之位，陈七最大的敌手就是聂鹰眠！

月上中天，八门坐定，袁森手持惊蛰古玉立在场中，扬声说道："天下贼行是一家，自明末佛魁聂卿侯遇难，惊蛰古玉失踪之后，八门好手，风流云散，至今已有二百余年。幸得祖上有遗命：'惊蛰重现之日，八门聚首之时。'今时今日，我惊门持惊蛰古玉召集八门，重开分金大会！按规矩，八门各立一阵，在贼行中推举破阵之人，能连破陷阵、拔城、赴火、蹈刃、捕风、捉影、遁地、开天八道关隘者，继任佛魁！闲话少说，我惊门推举的是少掌门柳当先——”

话音一落，陈七缓缓起身，对着四方贼众作了个揖。

陈七这边一起身，惊、开、生、死四门的当家人也立刻“唰”的一声齐整整地站了起来，两手当胸，带着所有的门下徒众一起向陈七还了一礼。

“哎呦喂——早有准备啊！”

景门的许知味和贺知杯哥俩瞧见这场景，不约而同地扯着嗓子起了一哄。

袁森眉头一皱，脸上逝过了一丝不悦，指着景门那哥俩高声说道：“若是不服，尽管布阵挑战，缩在底下起哄算什么好汉？”

许知味闻言也不生气，一绷脚站在了椅子上，叉着腰喊道：“既然你们四门联手推选北派的柳当先，那我们景门便推举休门的大当家——九河龙王聂鹰眠！”

“好——”贺知杯大喝了一声，拍手大叫，鼓动着景、休两门的徒众大喊助威。

杜门的薛不是眼睛一张，看向了身边伤门的沈镜玄，幽幽说道：“惊、开、生、死已经兵和一处，将打一家，景门和休门历来都是同气连枝。如今这佛魁的人选已经有两个，一个是柳当先，一个是聂鹰眠，怎么老沈，你有没有兴趣争上一争？”

沈镜玄摇了摇脑袋，沉声说道：“我儿佩玉死后，我早已没了名利的心思……”

薛不是一声长叹，凑到沈镜玄耳朵边，小声说道：“老沈你懂的，我是个生意人，佛魁这事对我来说，一来我不感兴趣，二来谁当都一样……不不不！这么说不严密，应该说……除了柳当先，谁当都一样！”

“哦？你和惊门……”

“哎哟，好几年前的事了！我门下出了几个不成器的兔崽子，偷偷地卖情报给日本人，老沈你是了解我的，我虽然喜欢钱，但是我更恨日本人啊，我一听说这事，马上就派人去抓那几个兔崽子，想着带回来法办，可是万万没想到，我这头人刚派出去，柳当先不知道从哪里蹦出来，直接就把那几个兔崽子给杀了！连个招呼都没跟我打啊！就算……就算那几个兔崽子干的事丧良心，死有余辜，可……可那毕竟是我杜门的人吧！要杀要剐，那也是我这个门主说了算啊！他柳当先算哪根葱啊？你说，你评评理，这柳当先他是不是目中无人！他把我们杜门放在眼里了吗？人争一口气，佛争一炷香，他柳当先这么弄，不就是等于打我脸吗？他娘的，今天我肯定跟他没完，老沈你要是不想当这个佛魁，那我就推举聂鹰眠，反正我不能让他柳当先舒服了！"

沈镜玄长吐了一口气，幽幽说道："我儿子的死，和柳当先也脱不开关系，也罢，我也推举聂鹰眠，咱们四门对四门，也好给他柳当先来个势均力敌！"

两人一点头，一拍即合，站起身来，沉声说道："杜、伤两门也推举休门当家聂鹰眠。"

此时，场内群贼瞬间分为两派，一派是支持陈七的惊、开、生、死，一派是支持聂鹰眠的休、景、伤、杜。

薛不是扫视了一圈，对沈镜玄说道："惊、开、生、死四门力挺柳当先，这拔城、捉影、遁地、开天四阵是不用比了，还剩下景门的赴火、休门的陷阵、你伤门的捕风和我杜门的蹈刃，怎么样老沈，是你先来，还是我先来？"

沈镜玄思索了一阵，低声说道："按照贼行的规矩，若是八门门主都想当佛魁，则须一人破八阵，但若有两门以上支持同一人，那人不仅可以少破一阵，还能有支持者作为臂助，帮他破别人的阵，这条规矩原本的立意就是让佛魁尽量以德服人，多赢得支持，少和人动手。据我所知，柳当先这个人飞扬跋扈，孤傲乖张，在八门里一个朋友都没有，哪怕是自幼定亲的开门都跟他势同水火，可是……怎么短短两个月不到，半个贼行都站到他那边了呢？"

薛不是嘬了嘬牙花子，摇着脑袋，一脸迷茫地问道："你什么意思……"

沈镜玄叹了口气，沉声说道："我没啥意思，老薛你先上，我打最后一阵！"

薛不是点了点头，轻轻地弹了弹怀中裹在破布里的那把刀，给陆三更使了个眼色，陆三更一点头，两人一起迈步走到场中，朗声说道：“杜门薛不是、陆三更，讨教柳当家第一阵，名曰‘蹈刃’！”

* * *

话说那薛不是和陆三更并肩来到场中，一左一右站定。薛不是瞳孔一亮，缓缓地解开裹在怀中兵刃外面的破布，露出了一把总长七尺，刃长三尺，柄长四尺的长刀，刃如秋水，寒光吞吐，在那刀身上，还有三个梅花篆字：“盲道人”。

陈七在太白山上时，袁森曾经对他说过，这贼行的八门盗众曾评点行内高手，有一十四人上榜，榜曰：“龙虎探花沈公子，烟酒画皮盲道人。九指阎罗皮影客，瓦罐流梆小门神。”盲道人就是杜门的掌门薛不是。

当时陈七好奇地问道：“盲道人薛不是？他……他他是个瞎子吗？”

袁森先是笑了笑，随即神情一冷，肃然说道：“薛不是不是瞎子，盲道人也不是薛不是。”

“啊？什么这不是那不是的，那……盲道人是谁？”

“盲道人是一个人，也是一把刀。乾隆年间，江西龙虎山中有一道士，乃是当世铸剑大师，他历时十五年打造出了一柄斩马刀。相传此刀问世时，烧胎的剑炉因高温而炸，道士的瞳孔被火气灼伤，害了双眼。自那以后，那道士便不再铸造刀剑，这柄斩马刀也成了一代大师的绝响。这位道人归隐后，便以盲道人自居，并将自己的名号刻在了刀上，曰：‘唯天下第一刀客方可持之。’此消息一出，江湖上风起云涌了一百多年，这柄‘盲道人’在众多刀客之间反复易手，直到1913年，十九岁的薛不是艺成出山，凭着一手精湛的刀法败尽天下刀客，将这柄盲道人收入掌中，二十六年不败！故而，人们索性将‘盲道人’作为了薛不是的绰号……”

陈七听了袁森的话，一声坏笑，半开玩笑半认真地问道：“大师哥，这薛不是的本事和你比起来，哪个更厉害？”

袁森认真地思量了很久，才张口答道：“点到为止，我不如他；以命相搏，我险胜一线！”

袁森的话声犹在耳，眼前的薛不是已经倒提刀柄，亮出了刀锋……

薛不是身边的陆三更一声狞笑，从随身的挎包里掏出了一只黄铜打造的流星锤。锤身为正圆形，分为前后两部，前部为狼牙状，上有寸长铁刺若干，钉头铸有倒钩，极为锋利，后半无钉，锤头底部有象鼻孔一只，内系软索，软索尾部有千斤套腕。这陆三更出身贫苦，早年间干的是下九流的更夫行当，俗语也称流梆。十六岁那年，得遇奇人，传了他一手流星锤的绝活，凭着这手功夫，陆三更打遍沱江两岸，直到遇到薛不是才败下阵来。薛不是爱惜陆三更的这手功夫，就将他收入杜门麾下。

“仓啷——”

一声风吹刀锋响，薛不是刀锋斜举，稳稳站定，两脚开弓步，如猫似狸。

袁森从李犀山手里接过一杆红缨大枪，扭头看了看姜瑶，两人一点头，轻声一纵，走下场来。袁森一拱手，扬声说道：“开门姜瑶、惊门袁森，领教二位高招！”

话音刚落，只听一声风响传来，袁森下意识抽身后跃，鼻尖上冷风拂过，一只香瓜大小的流星锤“唰”的一声飞了过来。陆三更一击不中，拉住流星锤后的软索，在脖颈儿上方一绕，半空中的流星锤变击为扫，画了一道弧线，反打袁森后心。袁森凌空一翻，闪过这一击，踮脚一蹬，就要来贴身抓拿陆三更。然而袁森的身法刚刚一动，一抹闪亮的刀光已经凭空亮起。袁森不敢硬追，稳住架势，一个铁板桥闪过了薛不是的这一刀。

“袁森交给我，你擒下姜瑶！”薛不是一声冷喝，接着向袁森攻去。袁森两眼一眯，扭腰一翻，手中大枪杆子顺势递出，如同毒蛇吐信，直扎薛不是咽喉，迅若雷霆，瞬间就又稳又狠地刺到了薛不是的面前。与此同时，一身宽袍大氅、头戴斗笠的姜瑶也从袖口里滑出两根峨眉刺，奔着陆三更冲去。

“当当当——”薛不是一连三刀避开了袁森的枪尖，使了一式缠头裹脑，正伺机近身，袁森突然拖枪后退，将枪杆垫在腰背上，挡住了薛不是的两招劈砍。

待到薛不是旧力将尽，新力未生之时，袁森猛地凌空跃起，抡圆了枪杆子，反手一抽，借着大枪的惯性和速度，直扫薛不是面门。薛不是万万没想到这才刚一交手，袁森的招法便迅猛如斯，以至于此刻枪头未至，但枪杆带起的一阵枪风已割面扑来。薛不是连忙横刀架肘，将长刀捧在臂外，两臂撑圆，使了个内家刀法中的招法，唤作白鹤亮翅接浮云盖顶，主动上前，迎着袁森的枪杆挡了一记。

“当——”

袁森的枪头在薛不是的刀刃上重重一拍，枪头借势抖弹，凭空画出了一团枪花，闪着寒光，带着阵阵风声，一吞一吐，犹如蛇头乱钻一般，刺向薛不是的右胸口。

有道是，年棍，月刀，久练枪。

枪长而锋利尖锐，用法灵活多变。枪头有刃，可刺可斩；枪杆抡圆，可挡可打。所谓枪怕抖花，说的就是精于枪术的行家能将大枪杆子由至刚化成至柔，运转枪头，抖出一片枪花，让对方很难预测到攻击的方向和角度。

薛不是被枪花晃了眼，脚下连退数步，却依旧避不开袁森递过来的枪尖。心烦意乱之下，薛不是一声轻喝，反握手中刀，使出了一记猛虎回头，以左脚为轴，向右后转身，右腿屈膝提起，右手持刀内旋外抹横于胸前，刀刃向前，上下一拨，挑开袁森枪头，向上撩刀，斜挑袁森左肋。袁森赞了声“来得好”，抽枪一缩，两手一上一下，将枪杆下压挡住了薛不是的刀，枪尾一翻，趁机在薛不是的肩头轻轻一拍，一个巨蟒翻身，贴着薛不是的肩头擦身而过。就在两人背对而立的一刹那，袁森扭腰一转，手中大枪一转，顺着头颈向后直刺而出！

回马枪！

袁森这一手，出枪极快，不但角度刁钻，而且枪势猛烈迅捷。有道是，一寸长，一寸强，袁森的大枪在放长击远上本就占了上风，此时枪头刺到眼前，薛不是不得不再退一步，将手中斩马刀横摆，使了一招狮子摇头，外拨开袁森的枪杆。

“啪嗒——”一声水响，薛不是已经退到寒潭边上，一脚踩进了浅滩里，半只脚掌尽数浸湿。

薛不是和袁森交手不过数招，腾挪之间，袁森的枪势一往无前，大开大合，薛不是难当锋芒，已经接连向后急退了七八步。

“呼——”一阵破风声追来，袁森的大枪如影随形，转眼扎到，薛不是足尖一点，飞身上跃，口中大喊：“杀啊——”

薛不是这边舌绽春雷，陆三更耳朵一抖，抡开流星锤，逼开了姜瑶的峨眉刺，将流星锤的软索在腰上一绕，飞身一踢腿，那流星锤好似长了眼睛一般，顺着陆三更踢腿的方向闪电一般飞到了薛不是脚下。

这一手唤作“流星赶月”，讲究的就是一瞬间调动全身的肌肉。精于此道的高手，能做到十五步以内用流星锤打灭任意一个香头，练的就是个“浑身打”。所谓浑身打，就是手打、肘打、肩打、颈打、口打、腰打、背打、腋打、腿打、膝打、脚打，无处不能发锤。

此刻，薛不是人在半空，两脚轮转，在陆三更递过来的流星锤上一蹬，全身紧绷蓄力，好似一只蜷身的猿猴。袁森的枪头寒光一闪，从他的膝盖底下刺了过去！

“扎空了！”薛不是心中一喜，展臂抡刀，自上而下，直劈袁森的脑门。

然而，让薛不是万万没想到的是，袁森对枪杆的控制极为精准，并没有出现一枪刺出，回收乏力的情况。

“叮——”

一声轻微的脆响，袁森的大枪枪头在半空中的流星锤上轻轻一点，闪电一般地回收，如同毒蛇吐信，一击不中，顷刻回盘。袁森的枪头在一吞一吐的瞬间，向上一个斜挑，扎向了薛不是的小腹。

此时，薛不是人在半空，无处借力，登时大惊失色。他万万没有想到，袁森的大枪已经练到如此收发自如、刚柔并济的境地。

此时，薛不是的刀锋亮在半空，距离袁森的脑门尚有两尺之遥，而袁森的枪头还差半寸就捅到自己的小腹。

还是那句话：“一寸长，一寸强！”袁森的大枪在“用长短之术”上简直是登峰造极。

薛不是心里明白，此时若是还不变招，在劈到袁森之前，自己肯定被扎个透心凉，于是一咬牙，在半空中猛提了一口丹田气，一声暴喝，左手腕一扭，变劈为刺，右手并指成掌在下虎口一拍，将手中斩马刀脱手击出，抛刺袁森的胸口，同时拧腰变力，凌空旋开，横挪三步有余。

“当——”

袁森大枪一甩，打飞了半空中的斩马刀。

“呼——”

半空中一只流星锤飞来，打在了斩马刀上，刀身受力一偏，向南飞去。薛不是落地一滚，纵深一跃，探手一抓，双手握住刀柄，再次合身扑上。

陆三更在和姜瑶交手的同时，两次出手支援薛不是。姜瑶趁机抢攻，一双峨眉刺拦、刺、穿、挑、推、铰、扣，瞬间将陆三更逼得手忙脚乱。

这薛、陆二人只知道袁森纵横江湖多年，凭的是横练的徒手拳法，万万没想到，这袁森的大枪术如此了得，直入苍龙出海，威不可当。杜门是做情报生意起家的，手握江湖上各门高手的详细资料，本以为今日的对战胜券在握，可是万万没想到，袁森还有这么一手秘不示人的大枪术。

“唰——”袁森后退半步，枪头一抖，甩出一片枪花，罩住薛不是全身，枪尖乱点，不断打在薛不是的刀锋之上，薛不是无论如何进招，都无法再近身半步。

陆三更一边和姜瑶拆招，一边分神看顾着薛不是，心中暗道：“好个九指恶来，这枪法怎的如此了得！”

正分神时，姜瑶一抬手，两根峨眉刺一前一后地射了过来。陆三更甩动流星锤，凌空画了一个半圆，将峨眉刺磕飞。

“姜门主！兵器都不要了！你可是要空手和我打吗？”陆三更一声尖笑，将流星锤的软索一抛，套住了姜瑶的脖颈儿，轻轻一拽，身子借力猛地一蹿，冲到了姜瑶身前，举起锤头，兜头便打。

突然，姜瑶猛地发出一声大笑，喉咙里竟然传出了一个粗豪的男声：“哪里走——”

“嘶——哗啦——”

姜瑶反手一抓，掀飞了头上的斗笠，一把拽住了自己的后衣领，用力一扯，身上的宽袍大氅应声而裂，四散飞扬，被扯碎的大氅底下，一个身高丈二的汉子缓缓伸直了一直蜷缩着的双腿，两脚一蹬地，缓缓地站了起来，伸手在脸上一摸，摘下了一张连带着假发的人皮面具，露出了一张众人无比熟悉的脸——九指恶来，袁森！

原来，袁森被姜瑶施了易容术，化身成自己的模样，借着宽袍大氅，半蹲着身子不说话，掩藏自己的身份！

“啊——”

正冲到袁森身前的陆三更猛地发出了一身尖叫，正要后退，却被袁森双臂一抱，将他瘦猴一般的身体圈在了怀中。

那陆三更眼见姜瑶丢了峨眉刺，以为自己仗着兵刃沉重，便能将她一个女子锁拿，谁想到自己刚冲到身前的一瞬间，弱女子姜瑶竟然变成了丈二高的壮汉袁森。

“砰——”袁森肩头立起，在陆三更的锤头下落之前，横着身子飞起一撞，顶折了陆三更胸口的三根肋骨。

“噗——”陆三更肺腑遭遇重击，喷出了一口鲜血，仰面栽倒。袁森趁机探手一抓，扼住了陆三更的咽喉，按着他的脖子，一阵拖行，将他的脑袋按在了寒潭之中。

“咕噜……咕噜……咕嘟……”陆三更整个脑袋被浸在水里，拼了命地挣扎，几个来回就淹得不省人事，袁森哈哈一笑，将他夹在肋下，扔回了杜门的人堆里。

薛不是闻声一看，惊声呼道：“他是袁森……怎么……那么你是……”

薛不是眼前的袁森发出了一声清啸，掌中大枪，寒光吞刺，在背后一绕，穿过肩头，画出一道弧线，骤然刺出，口中一声断喝：“倒下吧！”

“当啷——”

枪头斜挑在刀锋上，骤然发出了一股抖弹力。薛不是持刀不稳，虎口一麻，掌中的斩马刀被挑飞。半空中，那枪杆一压，带动枪头一扭，横空一扫，“啪”的一声抽在了薛不是的小腿上。

薛不是只觉得身子一飘，头重脚轻地一迷糊，整个身子被抽得横了过来。

“扑通——”薛不是从半空中跌至尘埃，喉咙一仰，刚抬起头，一个闪着寒光的枪头就递到了自己的喉咙上。

“你……你是……谁？”

持枪的“袁森”微微一笑,浑身一阵骨骼响动,整个人瞬间清瘦了一圈。

“啪嗒——哒——”持枪的“袁森”伸腿一踢，裤腿里掉出了两只穿着鞋的高跷。

“唰——”持枪的“袁森”伸手在脸上一摸，摘下了一张连着头皮、薄如蝉翼的肉皮面具，飞快地一甩头，趁着青丝飞散的工夫，两指一挑，给自己戴上一层面纱，随后顺手将一头长发随意地一扎，眉眼一挑，众人不禁惊声呼道：“是开门的姜瑶！”

薛不是一声长叹，徐徐说道：“久闻开门妙计能改换体貌，易容肖声，今日一见姜门主，果然神乎其技，不负画皮之名……只是，我没有想到，姜门主一个女子，竟然使得如此一手好大枪……”

姜瑶昂然一笑，倒提枪头，冷声说道：“是谁告诉你说，一个女子就练不出一手好大枪的？”

“这……”薛不是一时语塞。

姜瑶看了一眼薛不是，悠悠笑道：“谁说女子不如男？今日，便给你薛门主一个教训，今后可莫要小瞧了女人！”

薛不是又羞又愧，无地自容，在门徒的搀扶下快步下场，头也不回地一拱手，闷声说道：“好手段！杜门败了！心服口服！”

姜瑶看了一眼陈七，使了个得意的眼色。陈七偷着冲姜瑶挑了一个大拇指，轻轻地嘬了嘬嘴。袁森白了陈七一眼，只当没看见。

原来昨天夜里，袁森、陈七和姜瑶三人评点贼门高手：薛不是是天下有名的刀客，一场恶战肯定难免。陈七没有功夫，无法出战，生门的虫术不适合贴身搏斗，曹忡和唐六儿的功夫不如薛不是，上了也是输，所以只剩下袁森和姜瑶。为此袁森和陈七没少上火，他二人认为，这姜瑶毕竟是个女子，虽然精通易容术，但手底下的本事毕竟不如老爷们儿。没想到这话还没说一半，姜瑶就发了火，回房提了一杆大枪就来扎袁森，十几个回合下来，袁森竟然落了下风！陈七惊得下巴都快掉下来了。袁森也好奇地问姜瑶是何时练了这手功夫的。姜瑶叹了口气，拄着下巴，一脸怨念地说道：“我从小便苦恋那个柳当先，自然知道他是惊门的人，干的是刀头舔血的绿林买卖，我那时候就想着……一定要练好功夫，将来和他成亲后也好一起行走江湖……可是，我从六岁练到了二十六岁，他也没有带我下山和他一起行走江湖……我的大枪术在太白山上练了二十年，想不到第一次下山出手，竟然是为了你这个小瘪三……”

姜瑶看了一眼陈七，一嗔一怪之间，一丝不经意的风情流动，竟然将陈七看呆了。

“那个……大师哥，刚才我看着曹忡了，他有事找你，你快去看看吧……”陈七一边直勾勾地看着姜瑶，一边使劲地推了推袁森。

袁森不明就里，一脸困惑地嘟囔道：“我刚才看到老曹了呀，他啥也没说呀？”

陈七不耐烦地一瘪嘴，张口说道：“他说了……说了，你没注意，快去吧！别耽误事……”

袁森挠了挠头，站起身，一边向外走，一边嘟囔道：“是吗……我这脑袋……”

袁森前脚刚走，陈七便“咣当”一声关上了门。

“你……你干什么？”姜瑶问道。

“我有一个主意，能让我们稳操胜券，打败薛不是！”

“什么主意？”

“我这主意是从评书里听来的故事，唤作真假黑旋风，李鬼扮李逵……”

“这是什么故事？”

“别急啊，阿瑶，我这就给你讲……”

“不是讲故事吗？你吹灯干什么……”

第五章　打黑厢

大鸣山，瀑布之下，杜门落败。

景门的许知味与贺知杯这对师兄弟对视了一眼，一拱手，走到了场中，扬声说道：“第二阵由我们景门来打，阵名：赴火！”

景门居南方离宫，属火，祖传的火法机巧百变。

陈七这边，苏长鲸和苏长兴兄弟扭头看了一眼陈七。陈七点了点头，两兄弟深吸了一口气，缓步走进了场中，和许知味与贺知杯正对而立，相距九步远近。

贺知杯咧嘴一笑，从怀里拿出一个精致的小酒壶，拧开盖子，呷了一口，张口说道：“虫子都怕火，我们景门的火术正克你生门虫术，识趣的趁早认输，否则，当心火烧眉毛……”

苏长鲸剑眉一挑，没有答话，和苏长兴同时五指一张，扯下外衣一翻，迎风一抖，半空中骤然飘起了一股沁人心脾的甜香。

“呼——”他二人的外衣凌空飞起，飘飘荡荡不落地。

“嗡——嗡——”

衣服底下一股黑云涌出，无数通体漆黑的毒蜂飞出，化作一道旋风向贺知杯涌去。

原来，那衣服不落，正是因为毒蜂的托举。此时毒蜂涌出，两件衣服凌空落下，苏家兄弟将其接在手中，往肩膀上一套，大踏步地跟着空中的毒蜂冲了过来。

眼瞧得毒蜂袭来，贺知杯猛喝一大口酒，一抬手，从袖子里滑出了一把竹伞。贺知杯捞起竹伞迎风一掷，令那竹伞直上直下地射向半空，手里一根金丝线一头系在伞柄上，一头挂在大拇指根戴着的玉扳指上。

“开——”

贺知杯拽动金丝线，一声断喝，那纸伞在半空中蓦然张开，几百点拳头大小的幽绿色火苗在半空中猛地燃烧起来，将四周照成了一片碧绿……

“哈哈哈，酆都一夜鬼门开，放出十万恶鬼来——”

贺知杯掐了一个指诀，向天一指，那纸伞的伞面瞬间爆开，化成一团烈焰，烧出了一个圆脸胖子的面容，正是贺知杯的脸孔。

那烈焰燃成的大脸一张嘴，将半空中冲过来的毒蜂悉数吞进口中，烈焰蒸腾，无数的毒蜂化作焦土扑簌簌地从半空中坠下。

“疾——”贺知杯又是一声大喊，无数的碧绿鬼火在半空中一滞，雨点一般地冲着苏长兴电射而来！

“退！”苏长鲸一声大喊，拉着苏长兴后跃。

“这……”苏长兴对敌经验不足，见了贺知杯这神乎其技的手段，不由得吓了一跳，手脚一慢，被两点鬼火打中了衣衫，“呼”的一声在肩头燃起好大一团火。

苏长鲸见状，连忙飞身过去，一掌按在苏长兴着火的肩膀上，无数的蚂蚁从苏长鲸的袖子里钻出，前赴后继地冲到火点上，渐渐将火焰压灭……

“蚂蚁还能这么用？”苏长兴惊得目瞪口呆。

苏长鲸一边躲避鬼火，一边沉声说道：“蚂蚁悍勇不畏死，遇火时能分泌一种液体阻燃……”

“吼——”半空中那张烈焰燃成的面目一瞪眼，飘飘荡荡地向着苏长兴追来。

“哥……鬼啊——”苏长兴魂不附体地一声尖叫。

“狗屁！装神弄鬼罢了！”

苏长鲸一声怒骂，两手在腰下一抹，十六根杏花雨被扣在了指尖。

"中——"

苏长鲸一甩手腕，银针电射而去，苏长兴有样学样，也开始发射银针。

"嗖嗖嗖——"漆黑的夜空中，细如牛毫的光影闪动，顷刻间便贯穿了半空中那张火焰烧成的脸，"砰"的一声，将赤焰打散为点点星火，一张尚未燃尽的纸画飘飘而落。

"哥！是纸……"苏长兴喊了一声。

苏长鲸冷声一笑，手捻银针，飞身而起，瞬间扎穿了那鬼火。

"呼啦——"无数蚂蚁再次从苏长鲸的袖口涌出，将碧绿的火苗压住，那鬼火无力地一闪，渐渐熄灭。虫子退去之后，苏长鲸的掌中仅余一只黑色的纸鹤，轻轻一捏，从纸鹤腹中便爆出了一撮细密的粉末。

"纸扎之物，搭配磷火药，以金丝线控之……放风筝的小儿科罢了……"苏长鲸吹散了掌中的纸屑，死死地盯住贺知杯。

贺知杯的手段被勘破行藏，老脸一红，正要发作，站在苏长鲸身后的苏长兴猛地两手一合十，地面土层猛地一颤，无数苍青色的甲虫破土而出，摇头摆尾地会合成一团，向贺知杯攻去。甲虫到了贺知杯脚下，猛地发出了一阵刺耳的摩擦声，个个振翅而起，化作一道虫潮，自下而上地向贺知杯席卷而去。

"哥哥莫慌，俺许知味来也！"

许知味一声大笑，拇指和中指一撮，食指竖起，一点儿明亮的火苗从他的食指尖上猛地燃起。

"走你——"

许知味陀螺一般地一转身子，指尖上的火苗越烧越大，燃成一条张牙舞爪的火龙，绕着许、贺二人盘旋。它蜿蜒如蛇形，横冲直撞，所到之处，无数的甲虫被大火吞没，一股浓重的焦糊味儿瞬间弥漫在空气之中……

苏长鲸一手掩住自己的口鼻，一手捞起苏长兴的手捂在他的口鼻上，冷声说道："屏住呼吸，这是木炭烟粉……"

这景门所传秘术专精火攻秘技，其中又以纸法和烟法两道为上。所谓纸法，便是以折纸为媒，催动火术，而烟法则是以烟气为引，催发火术，贺、许二人各精其一。

此刻，火龙燃尽，烟气蒸腾，浓重的黑烟笼罩住许、贺二人的身影。苏长鲸唯恐有诈，也一抬手，招出了一片青黑色的飞蛾绕着自己和弟弟飞舞，形成了一堵飞蛾组成的盾墙，两方从交手变成了对峙。

一炷香后，许知味率先打破了沉默："嘿——苏家那哥俩，咱爷们之间比手段，别玩那婆妈的，痛快点儿，一招定胜负怎么样？"

苏长鲸冷声一笑，沉声答道："正有此意！"

"好！那我们就不客气了，且看我这一手！"许知味一声大喝，全场的浓烟霎时间翻滚盘旋，浓雾之中，缓缓地现出了两尊头戴鬼面的金甲神，周身烈焰燃烧，威武昂藏。

"是景门的火甲！"袁森一声大喊。

"哈哈哈哈——"那两尊金甲神发出了一声大笑，奔走如飞，转眼就冲到了苏家兄弟的身前，两手一张，抓向苏家兄弟面前由飞蛾组成的盾墙。

"呲呲……嘶嘶……嘶……"

无数的飞蛾被那两尊金甲神身上的烈火烧灼，化成飞灰四处飘散，但又有新的飞蛾不断补充过来。在苏家兄弟和两尊金甲神中间出现了一道飞灰组成的隔断，左边是蜂拥而上的飞蛾，右边是不断燃烧的大火。

"啊——"

苏家兄弟的脸上青筋暴跳，两臂前伸，催动飞蛾不断上涌。

两尊金甲神一前一后，一个顶着另一个的后腰，使劲地往飞蛾盾墙上撞！

两伙人拼死角力，足足对撞了一炷香的时间。

"苏家那哥俩，现在认输还来得及！罢手吧！都是八门子弟，大家点到为止，没必要拼命吧？"站在前面的那尊金甲神的面罩后面猛然传来了一个低沉的男声，赫然是贺知杯的声音。

苏长鲸一咬牙，大声喊道："你可是怕了吗？"

"我……我不是怕……我是小腿肚子有点儿抽筋……这身上……没劲儿……哎呀呀呀……还肚子疼……我可能是中午吃坏肚子了……"

前面那尊金甲神一捂肚子，弯下了腰，腹内一阵雷鸣，连放了好几个响屁。在他后面那尊金甲神一声怒吼，高声骂道："老贺，你他妈的放屁别冲着我脸啊——"

听声音，正是许知味。

"哎呀……老许啊，我不是故意的……我这肚子疼……"

贺知杯一声哀号，说完，又放了两个响屁。许知味正要开骂，突然也是一捂肚子，扑通一声倒在了地上，大声喊道："我……我不行了……我这儿也疼……"

这俩人异口同声地扯着嗓子一阵干号，向后一坐，栽在了地上，身上的火焰渐渐散去，露出了一身雪白色的连体铠甲，上身披的是一副鱼鳞细纹甲，腰间系的是一条金兽面束带，前后两面青铜护心镜，笼着一领绯红团花袍，脚上一双祥云鱼纹靴，头盔顶戴胄脊，前后附带冲角，在钵形盔体的左右两边，连接有皮革和札甲复合形制的顿沿，下沿直垂护颈，头盔上沿有一恶鬼面罩，能遮住头脸。

"哗啦——"景门这哥俩掀开头上的面罩，露出了本来面目。

苏长兴一脸迷茫地看向了苏长鲸，惊声问道："这……这二人能化身金甲神……"

"呸——狗屁的金甲神，那周身燃火的关窍就在他们这身铠甲上。制作这铠甲的物料唤作火浣布，出自西域。此物在三国时就有记载，传说在西域有个名为斯调的国家有很多火州。火州上的野火每年在春夏自行燃烧，秋冬时熄灭。在火州上有一种特殊的树木，春夏随火生而生，秋冬随火灭而枯。附近的山民在秋冬时采集这种树皮，纺织成布，此布能遇火不燃，火炼如新，是为火浣布。这景门的火甲，这烈焰吞吐的金甲神，便是在火浣布外披上一层引火之物，点燃后形成的……"

"啊——疼——"许知味和贺知杯熄灭了盔甲上的火焰，捂着肚子，不住地惨叫。

苏长鲸蹲下身，从怀里掏出了一个瓷瓶子递给许知味，悠悠说道："清肠去火而已，瓶子里的药丸，一人一颗，拉拉肚子就好了！"

许知味伸手接过苏长鲸手里的瓷瓶，皱着眉头问道："你……你什么时候下的毒？不……不应该啊……所有的虫子我们都烧死了呀？"

苏长鲸一摊手，从地上捡起了一只烧焦的飞蛾，在许知味眼前晃了晃，笑着说道："毒是下在飞蛾翅膀上的，大火将飞蛾烧成了焦灰，毒粉随风飞扬，被你们吸入肺中……"

"佩服……佩服……"许知味喃喃自语地赞了一句，一把抢过苏长鲸手里的瓷瓶，倒出了两颗丹药，和贺知杯分别服下。

"咕噜——咕咕——噜——"二人的肚子一鼓胀，发出了一阵雷鸣般的响动。

"啊呀！不行了！"

这俩兄弟发了声喊，手忙脚乱地爬起来，飞一般地向树林深处跑去……

苏长鲸无奈地笑了笑，站起身，朝着聂鹰眠拱了拱手，张口说道："聂当家……这一阵……"

景、休两门交好，合称南派，以聂鹰眠为首。此刻，许知味和贺知杯兄弟拔腿而逃，苏长鲸自然要向聂鹰眠问个说法。

苏长鲸话音一落，聂鹰眠便起身，拱手答道："苏家兄弟技高一筹，这一阵，我们败了……"

"聂当家好气量……"苏长鲸赞了一句。

"就事论事而已！"聂鹰眠摆了摆手，脸上不见一丝喜怒。

苏长鲸点了点头，拉着苏长兴回到生门的位置上，对着陈七拍了拍胸口。陈七一咧嘴，一拍手就要站起来鼓掌，袁森一把拉住他，小声在他耳边说道："你给我绷着点儿……"

陈七尴尬地咽了口唾沫，故作深沉地把脸拉得老长，坐在椅子上挺直了腰背，装着非常威严地向四周扫视着，那神情面貌像极了一只硕大的蜥蜴……

眼看杜门和景门先后落败，伤门的沈镜玄深吸了一口气，轻轻地摸了摸身边的牌位，喃喃自语道："好儿子，看爹给你出一口气……"

说完这话，沈镜玄振衣而起，缓缓走到了场中。死门的曹仲瞧见沈镜玄起身，也跟着站了起来，倒提着降魔杵走了过来。

沈镜玄看了一眼曹仲，冷声说道："要饭的，你来干什么？"

曹仲挠了挠头，掐死了从头皮上爬着的一只虱子，歪着脖子说道：“兵对兵，将对将，玉帝对阎王，咱们哥俩比画比画？”

沈镜玄道：“你是铁了心要给柳当先架梁子吗？”

“这怎么能叫架梁子呢？一来柳爷对我死门有恩，二来我曹仲敬佩柳爷的侠义无双，他当这个佛魁，最合适不过，所以呀，这一阵我替柳爷出战，也算是尽了一份力了！”曹仲答道。

沈镜玄仰天一笑，张口说道：“要饭的，你可知我这一阵要拼的是什么吗？”

曹仲满不在乎地一仰下巴，笑着说道：“刀枪剑戟，斧钺钩叉，拳脚摔跤，踢打抓拿，只要你沈镜玄敢比，我曹仲就敢接！”

沈镜玄一脸冰冷地摇了摇头，轻声说道：“打黑厢，你敢接吗？”

此话一出，场内骤然传出了一阵惊呼，所有人都瞪大了眼睛，屏住了呼吸。

“这……沈镜玄要打黑厢……”

“他……这是要拼命啊……”

“这……这是怎么回事……”

“还能是怎么回事……为了沈佩玉呗……”

“那……沈佩玉不是死在日本人手里的吗……”

“那日本人也是柳当先招来的……沈佩玉的死，姓柳的脱不开干系……”

在人群嘈杂的议论声中，一辆薄木板打造的马车被十几个伤门弟子推了出来，立在了寒潭边上。

“这……这是什么情况？”陈七小声向袁森问道。

袁森抹了一把头上的冷汗，在陈七耳边答道：“这叫打黑厢，是早年间押镖的镖师和剪径的土匪斗狠的路数！”

“斗狠？”

“没错，所谓打黑厢就是镖师里的镖头和土匪里的把头俩人肩并肩地钻进马车里，将整架马车蒙上遮光的黑布，马车被黑布蒙着，从外面看不清里面谁是谁，从两伙人马里各挑出一个伙计，带上硬弓铁箭，站在马车两边，一边一箭，轮流开弓向马车里射。马车里的镖头和土匪哪个先被箭射死，或是哪个胆气不够，先认了㞞，另一方就胜出。土匪把头赢了，镖局要留下财帛；反过来，镖师赢了，土匪就得乖乖放行，不得搅扰……这打黑厢，一赌运，二赌胆，乃是旧时斗狠的经典路数……”袁森原原本本地将打黑厢的来历仔仔细细地说给了陈七。陈七闻言，心里暗暗地捏了一把冷汗，渐渐地竟然有些坐不住了。

曹忡听闻沈镜玄要打黑厢，不禁有些愣神。沈镜玄笑了笑，摆手说道："要饭的，你是个志诚君子，我不愿与你为难，你下去吧……”

曹忡闻言，哈哈一笑，朗声说道："你当我曹忡是贪生的小人吗？我姓曹的是死门的当家，吃的就是阴间饭，别人怕死，我可不怕，打就打，看谁的命大！”

"当——”曹忡将降魔杵一扔，插在地上，迈步就奔那马车走去，走了没两步，突然闻听身后有人喊道："且慢！”

曹忡闻声看去，只见陈七不知什么时候已经从椅子上站了起来。

"柳爷，您这是……”曹忡疑声问道。

陈七舔了舔嘴唇，攥了攥拳头，沉声说道："这一局……我来……”

袁森闻言，吓得眼珠子都要鼓了出来，赶紧一把拽住陈七，急声说道："你疯了吗？大局为重啊……你现在是柳当先……”

陈七摇了摇头，小声说道："柳当先就能看着别人替他去送死吗？”

"可是……你死了，就全都完了……”袁森劝道。

陈七叹了一口气，挣扎了一阵，轻声说道："大师哥，我是个小人物，不知道什么叫大局为重，我只知道曹忡帮过我，救过我，要我眼睁睁地看着他被人射死，我做不到……万一曹忡被……唉！你不明白，我这个人胆子小，我怕后半辈子会做噩梦……”

"可是你更重要……”

"这人都是爹生父母养，人命和人命都是一个价，没有谁的命比谁的命更重要这么一说！你要是真想帮我，就利落点儿，把那个沈镜玄快点儿射死！”陈七从旁边一个惊门弟子的手中拽过一把硬弓，塞到了袁森的手里，然后大踏步地走到曹忡身边，拍了拍他的肩膀，笑着说道："老曹，你先歇着，伤门是镖局行，惊门是绿林道，这打黑厢本来就是我们两家的事。”

“可是——”曹忡正要说话，陈七已经一溜小跑钻进了马车。

“嘿——那老小子，你快着点儿！对了……是谁先射啊？”陈七掀开了马车的门帘，喊了一嗓子。

“我提出的打黑厢，你方先射！”沈镜玄答了一句，从弟子手中接过一把硬弓，扔给了薛不是，沉声说道：“有劳薛兄弟了！”

言罢，一转身，也钻进了马车。

“哗啦——”

马车车顶的黑布缓缓放下，将整架马车厢全部盖住。袁森在裤子上蹭了蹭手心里的冷汗，和薛不是一左一右地站在了马车的两侧。

* * *

车厢里一片漆黑。陈七舔了舔有些发干的嘴唇，坐立不安地扭动了一阵屁股，伸出手指，轻轻地弹了弹那车厢的厢板。

“这么薄啊……那个……咳咳……老沈啊，你这马车买得有点儿亏了……这木匠偷工减料了……这么地，回头我给你介绍一个……”

突然，黑暗中两道精光亮起，坐在陈七对面的沈镜玄轻轻地睁开双眼，冷冷地盯住了陈七。

“老沈……你这眼神……真不友好……”陈七紧张得吞了口唾沫，开始后悔自己刚才的冲动。

“你是谁？”沈镜玄问道。

陈七的心猛地一沉，心中暗道：“果然还是被这老小子听出来了！”

“我……我是……”陈七支支吾吾地嗫嚅着。

“你不要骗我，我的耳朵从来不会听错，你的内息吐纳涣散浅薄，说明你根本就是个没有内家功夫的普通人……你不是柳当先！”

“我……我那个……”

就在陈七一头冷汗，不知道该从何讲起的时候，马车外距离车厢十五步远的袁森已经拉开了硬弓！

“妈的……稳住……不要抖……不要抖……沈镜玄的个子比陈七要稍高一点儿，我……我抬高一点儿射……”袁森一边调整着呼吸，平复着自己的情绪，一边咬紧后槽牙，扣住箭尾。

“嗖——哆——”

袁森手指一张，弓弦上的铁箭电射而出，瞬间穿透车厢板，射入车厢之内。

说时迟，那时快，就在袁森弓弦响动的一瞬间，沈镜玄耳朵骤然一抖，脖颈儿轻轻地向左一转，右手并剑指，向身侧凌空一夹。

“铮——”

袁森射出的那支铁箭被稳稳地夹在沈镜玄的指间，沈镜玄出手又快又准，以至于那箭尾仍在跳动不休。

车厢外的黑布只被箭贯穿了一个小洞，丝丝光亮射了进来。陈七见了沈镜玄这手功夫，吓得眼珠子都快掉出来了，指着沈镜玄的耳朵，失口惊道：“你……你……”

沈镜玄幽幽一笑，将箭杆子一丢，点头说道：“没错，我能听到！”

陈七闻言，不由得倒吸了一口冷气，心中呼道：“完了完了完了，这伤门的听山术也太邪乎了……我以为姓沈的要玩打黑厢，是一心求死出昏招，原本想着生死五五开，没想到他……他的耳力能听弦辨位，这……这他娘的是十死无生啊……早知道不钻进来了！”

沈佩玉深吸了一口气，两手拄在膝盖上，探着身子凑到了瑟瑟发抖的陈七面前，冷声说道：“我儿佩玉是怎么死的？我想听实话！”

此时，车厢外，袁森一箭射完，没听见车厢里有惨叫传来，心里一松，稍微定了定神，抬眼一瞅，站在车厢另一边十五步远的薛不是也拉开了弓弦。

“嗖——”薛不是手指一张，第二箭射出。

“哆——”一声脆响，箭透车厢，擦着陈七的头皮飞了过去。

“啪嗒——”

一缕鲜血顺着陈七的脑门淌了下来，陈七伸手往头发里一摸，火辣辣地疼。

“说！我儿子是怎么死的？”

“你儿子是日本人杀的啊，要拼命你找日本人去啊……你这往死里弄我……算怎么回事啊？”陈七头皮上被开了一个口子，惊魂未定，说话都带上了哭腔。

“我知道佩玉是被日本人的枪打死的，我是想问……日本人为什么会上太白山？”沈镜玄红着眼眶，一把揪住了陈七的脖领子。

“嗖——”袁森的第三箭发来，穿透车厢，贴着陈七的肩膀飞了过去。陈七打了一个激灵，一边挣扎，一边急声说道：“你自己门里出了叛徒，你不知道吗？那……那……玩鸟那货……魏……魏什么来着？”

“魏三千！”

“对对对！就是他……他就是日本人的间谍啊……人家早瞄上你们贼门了！”

“嗖——”薛不是又是一箭射来，“哆”的一声钉在了离陈七脚边半寸之处。多亏陈七机警，缩了一下大腿，否则这一下就得贯穿他的迎面骨。

沈镜玄把脸一沉，冷声说道：“你说的是……你们贼门！你又是谁？说！你假冒柳当先意欲何为，为何设计暗害我儿？”

陈七被乱箭吓得直打哆嗦，苦着脸哀声说道：“我……我也不想假冒啊！”

“真的柳当先现在在哪儿？”沈镜玄一抬手，拨飞了一支铁箭，狠声问道。

“我也不知道柳爷……现在在下面走到哪一步了啊！”

“下面……”

“对啊！下面……他此刻不到望乡台，肯定也过了奈何桥了啊……”

“什么？柳当先死了？”沈镜玄惊声呼道。

“早死了……不到俩月前，烧死在岳阳楼了！”陈七一拍大腿，将当初在岳阳楼的遭遇原原本本地讲给了沈镜玄，只不过将自己假冒柳当先的原因从收钱办事变成了深明大义，义不容辞。

“你说柳当先已死，有何证据？”沈镜玄面带犹疑，不肯相信陈七。

陈七一低头，从小腿上抽出了百辟，递到了沈镜玄面前。

“这是百辟……惊门当家人的信物，从不离身的！”陈七说道。

沈镜玄仔细地打量了一下百辟，皱着眉头喃喃自语道：“没错！正是百辟，惊门掌门不离身的百辟……这么说……柳当先真的死了……”

“对啊！”陈七用力地一阵点头。

“那……你假冒柳当先是何目的？”沈镜玄沉声问道。

陈七苦着脸，急声答道：“那还用问吗？刚才不都跟你说了嘛！我假冒柳爷，是为了举起八门，和日本的三千院对着干啊！”

沈镜玄一声冷笑，从头到脚仔仔细细地打量了一圈陈七，满面讥讽地说道：“就凭你——”

“嗖——”

又是一箭飞来，擦着陈七的肋下而过，带出了一抹血花儿。

陈七倒抽了一口冷气，捂着肋下哇呀呀地乱叫，口中不服气地喊道：“我知道……我就是个小瘪三，统领八门，自然是不配的，你们都是大英雄，大豪杰，你们都是配的！可是……可是你们一个个的这么厉害，怎么不敢去和日本人干啊？到最后却是我这个不入流的小瘪三来出这个头……啊……疼疼疼……”

“你……”

沈镜玄眉毛一立，一股火蹿了上来，想要张口反驳，却又一时语塞，憋了半天，才憋出一句话：“哼，幼稚！你这小瘪三简直就是异想天开！这八门分崩离析二百年，互相之间多有矛盾，岂是你想合流就能合流的！”

陈七听闻此话，撑着身子，直起脑袋，提着一口气说道：“这矛盾和矛盾可不一样！”

“此话怎讲？”沈镜玄问道。

“这矛盾是有内外之分的，日本人和中国人的矛盾属于民族矛盾，日本侵略中国，就是要杀你的人，害你的命，夺你的粮，占你的地，亡你的族，灭你的种，这种矛盾本就是有你没我、你死我活的矛盾，是不可调和的矛盾；而八门内部的矛盾，则是中国人内部的矛盾，无外乎是男男女女争风吃醋，谁占了谁的地盘，谁看不上谁，谁不给谁面子，这种矛盾说到底是中国人和中国人的矛盾，是可以调和，可以斡旋的。这就好似一大家子人生活在一个屋檐下，哪有勺子不碰锅沿儿的？但是一家人的吵吵闹闹，关起门来自己打一架也好，骂一顿也罢，总能解决，大不了一个住东院，一个住西院，老死不相往来。但是现在外人打上门来了，要拆你家房子，占你家的地，杀你家的人！这个时候怎么办？肯定是一致对外，先把外人打跑了再说啊！小到一家，大到一国，都是这个道理。中国人自己的矛盾，关起门打生打死，那都是自己人的事，可是现在，日本人打过来了，大家就不能先放下手里的恩怨，一个枪口对外，先站在一个战壕里吗！”

陈七这段话字字铿锵，一出口，就深深地打动了沈镜玄。陈七眼见沈镜玄眼睛一眨，陷入了沉思，忍不住心内呐喊道：“亏得老子记性好，大师哥说的话，听一遍我就都记住了……”

这段话，原本是抗联的杨靖宇军长讲给柳当先和袁森的，袁森为了让陈七扮演柳当先不出纰漏，经常给他讲抗联的事，这段话就包括在内。陈七记忆力极好，能过目不忘，过耳不忘，故而刚才沈镜玄一提“矛盾”二字，陈七便瞬间想起了这段话，紧张之下一张嘴，原原本本地复述了出来。

沈镜玄沉思了一阵，冷声问道：“柳当先都做不成的事，凭你就能做成吗？”

陈七瞧见沈镜玄眼中的狠色少了几分，顿时明白这段话已经打动了他，于是连忙见缝插针，搜肠刮肚地又翻出了一段杨军长的原话：“抗日是大事，单凭一个人是断然无法完成的，但若是人人都怀着这样的念头，畏缩不前，那我们这个国家，这个民族，还有什么希望？柳当先死了有我陈七，我陈七死了还有袁森，哪怕袁森也死了，还有后来人！只要咱们中华汉子心里的热血不冷，一个倒下去，千千万万个站起来，还愁打不赢他日本人吗？”

陈七说着说着，也被话里的豪气感染，忍不住一声大喝，直起身来，指着自己的心口，朗声说道：“沈镜玄，我是街头的瘪三，你是伤门的宗师。若是杀了我，能泄你心头恨，你只管动手，取了我的性命！但是我不妨告诉你……全中国被日本人杀了儿子的，并非只有你一个！我死后，还望你将心比心，鼎力支持八门合流，共同抗日，若能如此，我陈七也算死得其所……”

陈七话说到这里，心里不由得一声苦笑，暗自叹道：“我这是疯了吗？都说演戏的戏子容易疯魔，把自己当作那戏台上的角色……我这是怎么了？难道我也疯魔了吗……”

沈镜玄咬了咬牙，脸色青红不定，额上青筋暴起。

若不是陈七他们上太白山，日军也不会尾随而至，沈佩玉也就不会死，此刻陈七就在他眼前，陈七不是柳当先，杀他可以说是易如反掌，可是……可是陈七刚才那番话又是如此地直击沈镜玄的灵魂，让他的胸口滚烫、血脉偾张，不断地在他的脑海里回旋……

“这矛盾是有内外之分的……中国人自己的矛盾，关起门打生打死，那都是自己人的事……日本侵略中国，就是要杀你的人，害你的命，夺你的粮，占你的地，亡你的族，灭你的种，这种矛盾本就是有你没我……若是人人都怀着这样的念头，畏缩不前，那我们这个国家，这个民族，还有什么希望……啊——”

沈镜玄发了一声闷喊，脑袋里犹如滚开了一口油锅一般煎熬。

“啊——”沈镜玄五指一张，扼住了陈七的喉咙。沈镜玄嗓子里喘着粗气，整个身子都在颤抖。

此刻，沈镜玄只须轻轻一折，陈七就能命丧当场，可是沈镜玄的手却始终无法弯动指节。

“你……当真不怕死吗……”

沈镜玄喉咙里硬生生地挤出了一句话。

陈七咧嘴一笑，摸了摸额头上淌下的血，涩声说道：“怕……怎么不怕……我怕得都腿软，其实我原本就是岳阳街头的小瘪三，吃软饭的小白脸……这不到两个月的时间里，我接触了很多人，经历了很多事……我还从袁森的口中听说了有一伙叫抗联的人，他们不像传说中的那样有三头六臂，他们也没有九条命……他们和我一样，两只眼睛，一颗脑袋，刀砍上会流血，中了枪会没命……但是他们和我又不一样，他们敢拼，敢杀，敢死……他们心是滚烫的，血是沸腾的……我……我不知道为什么，我想成为和他们一样的人，我虽然没本事，但我还认得清对错——民族危亡，战是对！怕是错！进是对！退是错！我陈七可以死，但我不可以错——”

陈七一声吼，瞪圆了眼睛，浑身一震。

“嗖——”一支箭射穿车厢，直逼陈七咽喉。

“唰——”沈镜玄耳尖一抖，在箭头即将插入陈七咽喉的一瞬间，大手一挥，将箭杆抓在了手里。

“你……”陈七诧异地发出了一声低呼。

沈镜玄一咬牙，冷声说道：“沈某很想看看你说的对错是个什么样子，你莫要让我失望——”

“哼——”

沈镜玄一声闷哼，抓住箭杆，倒转箭头，一下子插进了自己的肩头，箭杆瞬间贯穿了沈镜玄的肩背。只见沈镜玄足尖一点，整个人回身一撞，撞碎了车厢，滚落在地，面如金纸。

众门徒连忙上前搀扶，沈镜玄一提气，站起身来，推开了众人，拱手喝道：“柳爷英雄了得，伤门沈镜玄……败了……”

言罢，沈镜玄一转身，头也不回地走回了人群之中。

“这……”袁森一头雾水地看了看陈七。陈七淡淡一笑，朝着他点了点头。此时，站在一旁的姜瑶快步跑来，红着眼圈取出绷带给陈七包扎，一边掉着眼泪，一边哽咽着说道：“你看看你……本就没什么能耐，还偏偏爱逞能……”

陈七死里逃生，心情大好，将姜瑶手心轻轻一握，笑着说道：“一来沈佩玉的死乃是日本人所为，非我等陷害，沈镜玄只是心里有气，却并不是不明事理，只是我须得对他细说分明；二来这沈镜玄心眼虽小，人却不坏……晓以大义，必可动之；三来我辩才了得……”

陈七吹得兴起，下意识地往场下一瞥，正瞧见沈镜玄黑着脸，抬着眼睛瞪着自己。陈七心里一沉，赶紧闭上了嘴，心中暗道：“差点儿忘了，这姓沈的有个兔子耳朵，又长又灵……”

此时，还剩最后一阵，全场人的目光都投向了休门方向。聂鹰眠剑眉一挑，缓缓地站起身，向着陈七说道："柳当家上一场负了伤，聂某不愿趁人之危，大可等上几日，待柳当家伤愈，再行比斗不迟！"

陈七闻言，哈哈一笑，站起身来，拱手答道："谢聂当家高义，些许小伤不碍事，还请聂当家出招……"

聂鹰眠闻言，也不废话，快行了两步，走到了瀑布之下的寒潭边上，两手一扯，脱下了外衣，露出了一身玄黑色的蛇皮水靠，看着陈七，冷声说道："我休门这一关，名曰：陷阵！一炷香为限，谁先浮上来谁赢！"

休门居北方坎宫，属水，秘传的水行之法天下无双，能使人在惊涛骇浪之中徒手搏杀蛟鱼，入海寻珠。

陈七缓缓站起身，脱去了上身的衣裳，端起了酒碗，借着驱寒的名义喝了一碗热酒，将碗底一颗橙红色的药丸吞了进去。

聂鹰眠是南派的大当家，这一阵于情于理都应该是陈七出马，所幸分金大会的地点是袁森定的，瀑布下有寒潭，休门精通水性，聂鹰眠一旦发难，肯定围绕着瀑布和寒潭做计较，故而袁森和陈七就如何在水中击败聂鹰眠早就召集了苏家兄弟和曹忡等人研究。苏家兄弟在一边讨论了一阵后，苏长鲸走到陈七面前，摊开手掌，露出了掌心上的一颗丹药，沉声说道："柳爷，这是龟息丹，是明朝时从非洲传来的方子，乃是用毒蛙、蜥蜴、河豚以及从墓地挖出来的人腿胫骨配制，原理很简单，就是在可控的区间内，通过毒素的刺激高度抑制人的循环、呼吸和大脑的功能活动，延长换气的间隔，药效可达一炷香，也就是三十分钟……这么长的闭气时间，抵得上经年捞尸的水鬼了，还有……我们还会给柳爷准备一碗药酒，柳爷将这龟息丹混着药酒一起服下，那药酒不但能活血驱寒，下水之后更会使毛孔里散发出一种气味，吸引水中的一种虫子围绕在你的周围，那酒是用虫母的汁液酿造的，入水后，水中的那种虫子会把你当作虫母护佑，管教聂鹰眠近不得身……还有……那种虫子我们在水中偷偷地投放了两百斤……"

陈七听了这话，当时就问道："不知道苏兄弟给我准备的是什么虫子……"

苏长鲸尴尬地摇了摇头，小声说道：“现在要是说了，怕影响柳爷胃口，届时下了水，您一看便知！”

此时，陈七喝了药酒，吞了龟息丹，将百辟用绳子绑在了手上，脑子里带着疑问回忆了一下苏长鲸的话，迈步向寒潭边上走去……

袁森在陈七耳边小声说道：“苏家兄弟安排了毒虫给你护身，聂鹰眠近不了你的身，你不要逞强，潜下去之后，一动不要动，时间一到，赶紧浮上来！”

陈七点头称是，深吸了一口气，和聂鹰眠分立寒潭两边，目光一对，同时扎了一个猛子，向水底潜去……

第六章　掌青龙背

瀑布之下，寒潭幽暗，深不见底。

陈七刚一下水，便找不到了聂鹰眠的身影。

“哗——”一股暖流从陈七的小腹处升腾，流转至四肢百骸。陈七只觉得周身温暖活络，暗道了一句：“苏家的药酒果然了得。苏兄弟说这药效能维持一炷香，也就是三十分钟左右，我可莫要忘了时间……”

就在陈七暗自嘀咕的时候，原本死寂无声的水下，无数手指粗细的软体虫子向他涌来，密密麻麻的犹如一团乌云，瞬间将陈七笼罩在了其中。陈七吓了一跳，伸出手去，捞起一条虫子向高处一举，借着水面透下来的微光眯眼一看，只见那虫子背上绿中带黑，有五条黄色纵线，腹面平坦，灰绿色，无杂色斑，整体环纹显著，体节由五环组成，口内有三个半圆形的颚片……

陈七自幼在洞庭湖边长大，一眼就认出这虫子正是吸血的水蛭！

“我的天——”陈七抬眼一看，只见幽深的潭水之中，无数的水蛭众星捧月一般地绕着陈七涌动，越聚越多，将他整个人裹在正中。陈七此时才想明白了苏长鲸当时那句话的意思。

“现在要是说了，怕影响柳爷胃口，届时下了水，您一看便知……那种虫子我们在水中偷偷地投放了两百斤……水中的那种虫子会把你当作虫母护佑……”

苏长鲸的话在陈七的脑海中一遍接着一遍地响起，无数的水蛭在陈七的身上、脸上、头发里蠕动，那滑腻腻的感觉让陈七瞬间起了一身的鸡皮疙瘩，下意识地发出了一声干呕。

“呕——”

陈七胃里反了一口酸水，涌到了嗓子眼，又被他一口咽了下去。

“哗啦——”

身边响起一阵水声，聂鹰眠口衔利刃从陈七的身边游鱼一般飞速掠过，几次想出手，但碍于环绕陈七的吸血水蛭毒性太大，只能罢手。

陈七听得身边水声不断，知道是聂鹰眠在周围游荡。陈七虽然有水蛭保护，但心里仍旧发虚，只能听着水声不断躲避。就这样，两人一个追，一个躲，慢慢地潜入了水下深处……

“哗啦——哗——轰——隆隆——”

陈七身边水声骤然增大，水流越发混乱，仿佛有无数条大鱼绕着陈七游过。这寒潭是瀑布冲刷形成，虽然面积不大，但深不见底，越向下，水域越窄，水质越浑。陈七拨开眼前的几十条水蛭向外看去，只见前面二三十米处有一片巨大的黑影左右摇曳甩动，在潭底上下起伏。

“是鱼群吗……”

陈七嘀咕了一句，估摸了一下时间，大概一炷香马上就要燃尽了。

“这姓聂的怎么不见了呢？刚才还跟我较劲呢……怎么转眼就没影了呢？”陈七皱了皱眉头，抬头向上看去，只见头顶水面，微光如豆，不见半个人影。

“先上去再说……”陈七一咬牙，正要往上浮，突然看到前方那片疑似鱼群的黑影发了疯一样地向自己这边冲过来。陈七吓了一跳，手忙脚乱地一阵乱扑腾，抱住了一块凸出的大石头，躲到了石头背面，偷偷地探出头来，定睛一看，才发现那横冲直撞的黑影哪里是什么鱼群，分明是一群身着翠绿水靠的蒙面人用一张牛筋裹缠钢丝拧成的大网套住了聂鹰眠，聂鹰眠拖动渔网连同后面四五十个蒙面人在水中左冲右突。

“哗啦——”远处深水之中，一个满脸褶皱、白发飘摇的老翁从黑暗中现出身形，口中衔着两把刃口上刻有日文字样的“十手”，游鱼一般蹿了过来。

所谓“十手”，也称琉球三叉刺，形如短棒，持柄处前端有一根支钩，专门绞缠对手的兵器，手柄处用水牛角包裹，入水不滑。17世纪左右流入日本，自江户幕府发“禁兵令”，规定唯武士阶级可以佩刀后，从琉球引进的十手成为浪人们自卫的极好武器。

陈七虽然不认得这兵刃，却认得这老翁！

“这不是……太白山上跟着虫和尚的那老头子吗……我还问过大师哥，那老头子好像叫什么……人鱼！对！就是他！我的天，潭底有日本人埋伏！”

就在陈七惊诧之时，人鱼已经蹿到了聂鹰眠的身前。聂鹰眠剑眉倒竖，一手拼着命地用掌中的短刀对准罩住自己的大渔网劈砍戳割，另一只手配合着双脚踩水，控制着身体，使其灵活地旋转来躲避人鱼手中两把十手的乱刺……

人鱼嘴里吐出一个气泡，十几个蒙面人一齐发力，将渔网束紧收口，拴在凸起的大石尖上。聂鹰眠气得目眦欲裂，狠命地抠住渔网的网眼来回撕扯，身上肌肉虬筋暴起，奈何那渔网以牛筋混着缕缕的钢丝编成，岂是人力所能扯断！

就在此时，人鱼打了一个手势，四十几个大汉同时拔出腰后的十手，围成一团绕住了聂鹰眠，一起乱刺。聂鹰眠一蹬腿，飞鱼一般向前一冲，两手从网眼里猛地伸出，一把扼住一个蒙面人，手中短刃一挥，割断了蒙面人的喉咙，再抱住蒙面人的尸体，宛如鳄鱼一般在水中拼命地翻滚，用那蒙面人作盾牌，遮住刺来的十手，并伺机还手。

然而，聂鹰眠人在网中，移动空间受限，没杀两三个人就先挂了彩，大腿上一道深可见骨的口子一开，鲜血瞬间冒了出来，在水里散成了一片血花……

与此同时，寒潭边上，香炉里的那根香眼看就要烧到根上了，苏家兄弟看着手里的怀表，脑门上直滴冷汗。

“哥！眼看药劲就过了……柳爷怎么还不上来啊！”苏长兴蹦着脚喊道。

苏长鲸也急得直挠头，听见苏长兴乱喊，心烦之下一把将苏长兴推了个趔趄，没好气地骂道：“你问我，我问谁？”

袁森紧张得一直在喝水，一碗接着一碗，端碗的手不停地颤抖，水洒了一胸口。姜瑶红着眼眶，揪着衣角，手指的指节都白了……

水下，陈七缩在石头根底下，那石头极大，水又浑浊，聂鹰眠和人鱼两方都瞧不见他。陈七看了一眼场内局势，心中暗道：“一炷香差不多也该烧完了，此时不跑，更待何时啊……我赶紧浮上去，把头一露，这阵就算是赢了！”

心念至此，陈七悄然后退，藏身到了远处，缓缓地向上浮去。刚游了没多远，陈七一皱眉，停了下来，心里想：“他娘的，我就这么上去了，聂鹰眠早晚被人捅死啊！我……我这算不算胜之不武啊……”

这个念头一出，陈七脑子里马上响起了另一个声音：“陈七啊陈七，你在这儿装什么大尾巴狼啊！还胜之不武……真刀真枪地比画……你是个儿吗？”

“对对对！管他武不武的，胜了再说。聂鹰眠啊聂鹰眠，你放心，我一上岸，就带着八门的老少爷们杀了这伙日本人，给你报仇……”

陈七两手合十放在脑袋顶上，把满天神佛都念叨个遍，将心一横，接着向水面游去……刚游了没多远，陈七又停了下来，心内嘀咕道：“妈的，我这一走，岂不是帮日本人害了中国人……这……我这么做和那些汉奸有什么区别……苏家兄弟和曹忡若是知道了，还会愿意和我做朋友吗？大师哥若是知道了，会不会对我很失望？姜瑶要是知道了……她会不会离我而去……这……”

这段时间，陈七假扮柳当先认识了很多人，有朋友，有兄弟，有爱人，陈七打心眼儿里地欢喜，可是……这些人一恨日寇，二恨汉奸，若是自己做了这出卖国人的勾当，万一他们离自己而去……

“不行！绝对不行！”陈七想到袁森和他割袍断义，苏家兄弟和曹忡与他形同陌路，还有……姜瑶的眼睛里满是失望和讥讽……心瞬间一揪，痛得他一声闷哼。

“不行……若是阿瑶离开我了……那活着还有什么意思？还不如死了呢！”

陈七一咬牙打定了主意，掉头潜了下去，游回到大石头背后。

“咕咚——”陈七的嘴里猛地吐出了一个气泡，手脚霎时间一片冰冷！

“糟了！一炷香的时间到了……”陈七心里一沉，身子周边的水蛭开始慢慢散去，还有十几条距离陈七近的竟然开始准备叮咬陈七。陈七吓了一跳，手忙脚乱地拍打了一阵，一抬头，正瞧见人鱼带着众手下和聂鹰眠酣斗正急，根本没留意到石头后面的陈七。

“生死有命，时间不多了——”

陈七定了定神，攥紧了手里的百辟，瞄准机会，两脚在石头上一蹬，两手高举过头，一个闪身钻进了人堆里，持着百辟在聂鹰眠头顶的渔网上狠命一划。

陈七手中的百辟为惊门掌门信物，本是魏武帝曹操令制，以辟不祥，刃上有铭文十二字：“逾南越之巨阙，超西楚之太阿。”陆斩犀革，水断龙角，轻击浮截，刃不瀸流，乃天下一等一的神兵利刃。只见陈七刀锋所及应声而裂，渔网中的聂鹰眠脱困而出，头上脚下地直冲而起。

“咕咚——”六七把十手同时扎进陈七的肩、背、小腹，陈七一声惨叫，张开了嘴，却没发出一点儿声音，只鼓出了一串气泡，伤口噌噌地冒血，瞬间染红了一片潭水……

聂鹰眠双目圆睁，展臂一架，将陈七担在了肩上，两腿一蹬，瞬间上浮了五六米。

人鱼打了一个手势，带着人紧追而来。陈七肺中的氧气消耗殆尽，脑袋昏昏沉沉的，两眼半睁半闭，只觉身在水中风驰电掣，架着自己的聂鹰眠就像一条巨大的鲨鱼在水中横冲直撞，迅若雷霆。

“这姓聂的，游得可真快啊……”陈七晕晕乎乎的脑袋里蹦出了这么一句。

“砰——”一声脆响，聂鹰眠破水而出，直接跳到了岸上，将陈七平放在地上，两手在陈七的胸腹间一按，陈七一声干呕，咳出了好大一摊水。

“这……”姜瑶吓了一跳，赶紧跑过来抱住了陈七，一摸他身上，全是刀口，鲜血混着冷水淌了一地。

袁森两眼通红，分开人群，冲到聂鹰眠面前，大声喊道：“输赢而已，非得下如此狠手吗！”言罢，攥指成拳，“呼”的一声向聂鹰眠打去。聂鹰眠闪身一跃退到岸边，冷声说道：“这一阵，是我输了……”

“什么……这……”全场的人都愣住了。

聂鹰眠抹了抹脸上的水，也不理腿上的伤口，一眯眼，沉声说道：“水潭底有日本人埋伏……柳当家是为了救我才受的伤！”

“什么？日本人——”八门群盗闻言，发出了一阵惊呼，操起长枪短炮、刀斧弓弩，蜂拥着来到了潭水边。

聂鹰眠一摆手，止住众人，大声喊道：“水里的买卖是休门的事！休门有规矩，自己的恩仇，自己了！”

话音未落，聂鹰眠一个猛子“扑通”一声扎进潭水中，与此同时，十几个休门弟子也脱下外衣，露出一身玄黑色的水靠，嘴里衔着利刃，和聂鹰眠一起向下潜去……

“呕——”陈七又呕出了一口凉水，幽幽转醒，一睁眼，发现自己正躺在姜瑶怀里，苏家兄弟正娴熟老练地给自己包扎伤口。

陈七的四肢被冷水冰得有些麻木，瞧见苏长鲸正在给他的大腿根裹绷带，立马一歪脑袋，硬生生地挤出一个比哭还难看的笑，小声说道：“苏兄弟，我这……我这身上……比较关键的零件儿，都还在吧？”

此言一出，苏长鲸仰头一笑，大声说道：“都在！都在！一样都不少！”

“那就好……那就好……我们家可是单传啊……”陈七一松气，躺倒在地。

“哗啦——哗——哗——”

聂鹰眠肋下夹着四肢均被反向折断的人鱼从水中一跃而出，在他身后跟着的十几个休门弟子相继跃出了水面，每个人的腰间都挂着两三颗鲜血淋漓的人头。

陈七瞧见聂鹰眠出水，连忙挣扎起身，在姜瑶的把扶下站了起来。

“柳当家！这一阵，我休门输了！”聂鹰眠将人鱼扔在地上，朝着陈七一拱手。

陈七脸上有些挂不住，面上红一阵白一阵地说道：“聂当家这水下的本事，我实在是拍马难及……这……刚才我能在水下支应许久，乃是使了……”

陈七的那个“诈”字还没说出口，聂鹰眠便一摆手打断了陈七的话：“输了便是输了！若非柳爷仗义相助，聂某此刻已是水底冤魂了！我休门行走江湖，靠的是恩怨分明，不是计较输赢，今日我说你胜了，你便是胜了——”

“这……”

陈七还没反应过来，聂鹰眠已经推金山、倒玉柱地单膝跪下，朗声喝道：“惊门柳爷，英雄了得，持惊蛰，破八阵，群盗拜服，万众归心，盗众休门，恭请佛魁分金挂印！”

话音未落，剩余盗众皆俯身拜倒，朗声喝道：“惊门柳爷，英雄了得，持惊蛰，破八阵，群盗拜服，万众归心，盗众生门，恭请佛魁分金挂印！”

“惊门柳爷，英雄了得，持惊蛰，破八阵，群盗拜服，万众归心，盗众杜门，恭请佛魁分金挂印！”

“惊门柳爷，英雄了得，持惊蛰，破八阵，群盗拜服，万众归心，盗众死门，恭请佛魁分金挂印！”

“惊门柳爷，英雄了得，持惊蛰，破八阵，群盗拜服，万众归心，盗众伤门，恭请佛魁分金挂印！”

“惊门柳爷，英雄了得，持惊蛰，破八阵，群盗拜服，万众归心，盗众开门，恭请佛魁分金挂印！”

“惊门柳爷，英雄了得，持惊蛰，破八阵，群盗拜服，万众归心，盗众景门，恭请佛魁分金挂印！”

大瀑布水声如雷，群山月下，两千多贼众齐声呐喊，声震四野，其威犹在瀑布雷响之上！

陈七血脉偾张，神魂巨震，心内叹道：“柳爷啊！柳爷！你看到了吗……”

袁森单膝跪地，抬起头来，望着一脸肃穆威严的陈七，恍惚之中，不禁自言自语道：“柳师弟……可是你还魂了吗……”

按着八门的规矩，持惊蛰、破八阵者为佛魁，佛魁登位，须开分金大会，斩龙挂印！佛魁登位，斩鱼而分，祭天拜地的过程名曰“挂印”。

有道是，江湖南北，掌青龙背，水火春秋，刀插两肋。贼行有行规：鱼禽称龙，走兽曰虎。春秋有两祭，南北贼众齐聚，所尊者有四：天、地、诫、魁。诫是三取三不取的规矩，魁是统领贼众的贼王，宴上有青鱼，居中为大，鱼头祭天，鱼尾敬地，鱼背奉魁，鱼腹鱼血由贼众分而食之！

意为：昭告天地，禀示祖师，从今以后，佛魁的话便是兵符印信，天下众贼与佛魁一体同心，生死不负，只要佛魁一声令下，哪怕刀山火海，众贼也须一往无前，视死如归！

“柳爷！请分金挂印吧！”曹忡一抬头，沉声说道。

陈七点了点头，回身对袁森说道：“大师哥，去抓条鱼来吧——”

“慢！”聂鹰眠一声大喊，伸手在地上一捞，揪住人鱼的后颈，冷声喝道：“何须费事抓鱼，这现成的鱼不就在此吗？”

言罢，聂鹰眠站起身来，拎着人鱼走到场中，将他当作祭品按在了香案之上。人鱼一声冷笑，扭过头来，看着陈七笑道：“虫和尚早料到惊、休两门在水中必有一战，原想着安排我等埋伏在水中，待你二人两败俱伤之际，一网打尽，尽数杀死，岸上众贼眼见首领惨死，必然认为是对方干的，大怒之下，相互攻杀，这里……血流成河！谁想到我们在水里埋伏了一天一夜，只看到了聂鹰眠和一堆虫子，并没有看到柳当先的身影，正要游到近处细看时，却被聂鹰眠发现了踪影，狭路相逢之下，反倒被你姓柳的捡了便宜……哈哈哈……功亏一篑，造化弄人……造化弄人啊……不过没关系，帝国的皇军，早晚将你们这些支那人……全部！杀光！”人鱼的中文很好，字正腔圆。

陈七冷冷一笑，没有接话，只是默默地抽出了五支香，逐一点燃，神情一肃，迈步走到香炉正中，将五支香顶在额头，两手相扣，拇指竖起，对着天、地、群贼朗声喝道：“某，柳当先！今日挂印分金，继任佛魁，正心焚香，以告天地。凡我八门贼众，须用心谨记：八门之诫，有三取三不取！不义可取，官商可取，窝赃可取；老弱不取，救命不取，穷人不取。”

这个环节名叫佛魁传诫，乃是必经的程序。这套规矩，袁森不止一次地教过陈七，陈七早将其背得滚瓜烂熟。

传完了诫，陈七抽出百辟，走到人鱼的身前。“你会后悔的，你——”人鱼话音未落，陈七早已手起刀落，百辟寒光一闪，一刀刺死了人鱼。

“我柳当先是干什么的，又为什么要促成八门合流，诸位心里应该都很清楚，我不说废话！”

袁森、姜瑶、李犀山、邓婆婆、聂鹰眠、苏长鲸、苏长兴、薛不是、陆三更、许知味、贺知杯、曹忡、唐六儿、沈镜玄闻言一震，纷纷站起身，大踏步地走上前去，端起香案上的酒碗。

“干——”陈七一声喊，带头喝干了碗里的血酒，“咣当”一声将酒碗碎在了地上。

众人纷纷一仰头，干了碗里的酒，再噼里啪啦地将手里的酒碗砸了个粉碎。

此刻，明月照大山，清风徐来，吹动淡淡的血腥气缓缓散逸。坐在角落里的邓辞乡远远地望着陈七，向身边已经激动得热泪盈眶的花猫徐徐说道：“大丈夫……生当如此……”

* * *

入夜，细雨漫洒，桂林城中。

陈七和袁森二人独居一室，相对而坐。

袁森眼眶微红，从怀里掏出了一只信封放到桌子上，推到了陈七的面前。

“大师哥，你这是……”

“别误会！这是你应得的！”袁森咧嘴一笑。

陈七皱了一下眉头，拿起那只信封，探指在里面一抽，拽出了一张花旗银行的支票。陈七瞄了一眼数额，微微笑道：“我的天！大手笔啊！五万……”

袁森笑了笑，指着那支票言道：“这本就是柳师弟答应你的，你忘了？”

“对对对！柳爷是说过，要我假扮他三个月……这转眼就两个多月过去了……时间可真快，我都忘了……”陈七一拍脑门，话刚说了一半，突然止住话头，瞪大了眼睛，抬起头看向袁森，“大师哥……你……要赶我走……”

袁森使劲瞟向天花板，努力遮掩着眼眶里的水汽，涩声说道：“兄弟……这段时间……你戏演得不错……可现在，该散场了……这天下没有不散的筵席……明天！明天你把佛魁的位子交给我代管……带着钱……姜瑶的去留，我不会勉强，若是你们两情相悦……就一起去香港吧！”

陈七闻言，浑身一抖，嗫嚅着半天说不出话来，喘息好久，才硬挤着笑，长出了一口气，将百辟和惊蛰放在桌子上，故作无所谓地说道：“对……对呀！我……我也该走了……我就是个小白脸，街头的瘪三，你们是要做大事的，我……我怎么把这茬儿给忘了，你看……哈哈哈哈……尴尬了不是……你说我这……我这演着演着怎么就疯魔了……哈哈哈……真把自己当柳爷了，道不同不相为谋……我是个小人物，做不了佛魁的……”

“闭嘴——”

袁森猛地一声大喊，一拍桌子，打断了陈七的话，瞪着一双圆眼看着陈七，一脸笃定地说道：“你不是个小人物，你是佛魁！在我袁森心里，你永远是八门的佛魁，除了你，没有人配得上这个位子——”

“你……你说什么？”陈七惊道。

袁森没有理会陈七的问话，只是望向窗外，沉声说道：“春秋盗魁跖之徒问与跖曰：‘盗亦有道乎？’跖曰：‘何适而无有道邪？夫妄意室中之藏，圣也；入先，勇也；出后，义也；知可否，智也；分均，仁也；五者不备而能成大盗者，天下未之有也。’你陈七有志济苍生，圣也；单骑上太白，勇也；能不畏生死，替下曹忡打黑厢，义也；计破生门谜案，智也；舍弃生死胜负，援手聂鹰眠，仁也！圣、勇、义、智、仁五德兼备，佛魁的位子不是你的，又是谁的呢？”

陈七一头雾水地挠了挠头，张口问道：“既然我……我能当这个佛魁……为什么……为什么你要赶我走……”

袁森闻言，绕过桌子，走到陈七的面前，涩声说道：“兄弟，我是要去打仗……打仗你懂吗？打仗……打仗是要死人的……”

陈七摇了摇头，咬牙喊道：“我知道！打仗要死人！凭什么抗联的人可以死，柳爷可以死，唯独我不能死？”

袁森大怒，一把揪住陈七的脖领子，将他原地提起，沉声喝道：“是战是逃，是生是死，都是每个人自己的选择……知道吗？是自己的选择！别人永远没有代替的权利！这个选择只能自己来做！抗联的每一个弟兄，包括柳师弟，他们是进还是退，是马革裹尸还是苟且偷生，都是他们自己的选择！而你……现在走的这条路，从一开始就是我逼你的……现在，你的任务完成了，我不会再逼你了……而且……我知道这是一条什么路，我当你陈七是兄弟……我希望你能活着……活着！活着你懂吗？”

袁森狠命一搡，将陈七推倒在地，一转身从桌子上收走了百辟和惊蛰，大踏步地走出了房门。袁森前脚刚走，花猫便扒着门框钻进屋内。

“怎么了……这……这火气这么大……”花猫扶起了坐在地上的陈七，给他倒了一碗水。

陈七端起水碗，还没送到嘴边，就想起袁森的话。

“他娘的……”陈七骂了一句，将水碗又拍在桌子上。

“怎么了？”花猫问道。

陈七一瞪眼，没好气地说道：“还能怎么了？人家卸磨杀驴，不带我玩了！”

花猫一扁嘴，低声说道：“那不挺好的吗！你当什么好事儿呢，别以为我不知道，他们是要去和日本人拼命……哎呦喂我的兄弟啊，那是九死一生的事啊！你这手不能提、肩不能扛的，去了也是送死……依我看不如不去……”

陈七闻言，一扭头，直直地看向了花猫的眼睛，一脸认真地说道：“不！花猫！我想去！”

花猫吓了一跳，伸出手背摸了摸陈七的额头，自言自语地说道：“这不烧啊！怎么净往外冒胡话啊？闹癔症了？”

陈七一下扒拉开花猫的手，急声说道：“花猫！我没闹癔症！我是很认真的！花猫，我问你……咱俩是什么人？”

花猫一皱眉头，下意识地说道：“咱俩是干啥的，你心里没数吗？小混混呗！这都混了小二十年了！你是吃软饭的小白脸，我是诈赌的骗子……”

“对！没错！但那都是以前的活法了！现在，我想换个活法！”陈七猛地站起身，扬声说道。

“阿七，你……你啥意思啊？”花猫吓了一跳。

“花猫，你听我说，这两个月里，我见了很多人，经历了很多事，我发现……我发现好多人的活法和咱们原先的不一样！”陈七的眼中泛出了一抹让花猫感到陌生的光芒。

“哪儿……哪儿不一样啊？”

“他们……他们不是为了自己而活！他们是为了别人而活！他们为了别人能吃饱，为了别人能穿暖，为了别人不被人欺负……为了别人，他们可以抛头颅、洒热血……”

花猫闻言，一拍大腿，大声说道：“这他娘的不是傻子吗？”

陈七一回头，眼中光芒更盛，大声说道：“对！就是傻子！这些傻子能面对不公挺身而出，面对不义拔剑相向，面对外敌血流五步！他们不委曲，他们不求全，他们的腰不会软，腿不会弯，他们的头颅是高昂的，他们的脊梁是笔直的！他们是站着活的人！花猫！我也要做站着活的人！”

花猫见了陈七的神态，吓得眼泪都快淌出来了，连忙拍着陈七的胸口，哆哆嗦嗦地说道：“阿七啊！你这是让人灌了什么迷魂汤了？你快醒醒啊！什么站着跪着的，能活着不就行了吗？如今这乱世，有今天没明天，多活一天都算赚了，只要能活着……你管是站着还是跪着呢？”

陈七一脸坚决地摇了摇头，看着花猫的眼睛斩钉截铁地说道：“花猫，站起来，便是为了不再跪下去，血是……不会白流的……只要咱们中国的老少爷们全都站起来……以后的子子孙孙便再也不会跪下去了！我跪得够久了……花猫，咱们从小挨饿受冻，流浪街头，受尽了苦难，八岁那一年……岳阳城饿死了多少人，你还记得吗……满街都是饿死的饥民。那天晚上，要不是你拖着我在药铺何掌柜那里要来了一碗稀粥，我当时就他娘的饿死了！你有没有想过为什么会这样？因为外敌入侵，列强环伺，鲸吞蚕食，那是变着法儿地祸害咱们啊！这日本人，就像小时候欺负咱的那条大黑狗，你越是怕它，它就越咬你！你想不被它欺负，你就得拿起石头，握紧棍棒，打疼它，打死它！花猫，你有没有想过，有一天赶跑了日本人，到时候家家都能吃上大米白面，小伙子们都能娶上媳妇儿，那些和咱们小时候一样要饭的孩子们都能吃饱，都能上学……不用挨打，不用受苦……”

花猫听着陈七的话，想象着陈七说的那样的日子，喃喃自语道：“那怕是……梦里的日子吧！”

陈七咧嘴一笑，徐徐说道：“不是梦里的日子！肯定不是梦里的日子！只要千千万万的中国人都携起手来，咱们同仇敌忾，把日本人打出去……咱们就都能换个活法了！”

花猫望着陈七，想：“完了！完了！我上特务班的时候，教官就说过……抗联的人都是疯子，打起仗来，从不畏死，而且……脑袋都不太正常，万万不可与他们多接触……否则早晚被传染……完了完了，我这兄弟肯定是跟袁森待得太久了，脑袋也被传染坏了……这可怎么办啊？”

陈七说完了话，从桌子上拿起袁森的那只信封，塞到了花猫的手里，轻声问道：“花猫，咱俩离开的这段时间里，你有没有联系花姨……”

花姨将花猫和陈七养大，在这二人心中，花姨如亲生母亲一般。尽管这二人自幼顽劣不堪，但在孝道上是从未有亏。

“我从特务班一毕业，刚拿到军饷，又和旁人借了些，凑了个整，立马托人回岳阳，把花姨从窑子里赎出来了。咱哥俩在桂林会合那天，我就拍了电报，让岳阳那边的人把花姨带过来，咱们也好团聚！然后……咱是不是得商量商量跑路的事了！我听蓝衣社的人说广西这边……怕是要打仗了——”

花猫的话还没说完，陈七就道了一声“好”，随即打开了信封，抽出里边的支票，在花猫面前晃了一晃。

“这是……我的天啊！五万——”

花猫刚要下意识地喊出来，陈七就一把捂住了他的嘴，并在他耳边小声说道：“花姨一到这儿，你就赶紧动身，带花姨去香港……邓辞乡那里，我会帮你打掩护……你只管跑路就好……”

“没问题！哎呀！那你呢？”花猫问道。

“我不能走……”陈七摇了摇头。

“你要干吗啊？”花猫惊声喊道。

陈七微微一笑，沉声说道：“还是那句话，我跪了二十年，我想站起来！我想换个活法……”

当晚，花猫足足劝了陈七半宿，嘴上磨出泡了，陈七也不为所动。花猫无奈，只得离开。

翌日清晨，群贼毕至，相聚在生门总堂春秋亭。

众贼分八门立在台阶下，亭上空着一把太师椅，那是给佛魁留的座位。

一炷香后，陈七身着一袭长衫，穿过人群，迈上台阶，坐在了太师椅上。

“诸位……今日……我有一事宣布……”

陈七吞吞吐吐地说了半句话，下意识地扭头看了一眼袁森。袁森面上不悲不喜，只是皱着眉头，微微颔首，示意陈七说下去。

“我……想和大家说……说……说……”

陈七咬着牙，鼓了好几把劲儿，都没能说出“将佛魁辞去”这句话。

旁边站着的袁森见了陈七的表现，忍不住心焦，一迈步，站出来说道：“诸位，根据可靠情报，日本海军部提出由陆、海军协同尽快占领华南沿海的最大贸易港口汕头。成功之后，以一个兵团向广西方向挺进攻占南宁，以切断敌经法属印度支那方面的海外最大补给交通线。该项提案在日本军部表决通过，并授命日本军部大将西尾寿藏任总司令，负责广西作战，命令参加作战的部队为五师团、台湾混成旅团、其他配合部队、第五舰队（现称第二派遣支舰队）、海军第三联合航空队。大本营陆军部作战部长富永恭次更宣布：这是中国事变的最后一战。两个月前，国军三十一军的军长韦云淞传来消息，为应对日军，一百七十师、一百三十五师、中央军二百师目前已到达广西境内，另外六个军分别从外省向柳州、宾阳集结，但是此时，日本全部进攻部队在三亚港集结启航，先头舰只现已抵达北海，以十余舰发动佯攻，掩护其余兵力从钦州方向登陆，我方军队集结的时间已经严重不足……所以，韦云淞军长找到柳师弟，希望我们能够策划刺杀日军本次作战的指挥官西尾寿藏，为我方军队防线的合拢争取时间。彼时恰逢惊蛰现世，我八门在今时合流……只不过我柳师弟这些年南征北战，寒疾加重，到了昨晚已经深入骨髓。故而此次刺杀西尾寿藏之事，他怕是无法带队了……经过商议，柳师弟决定让我袁森暂代佛魁，带队执行这次行动……”

袁森话还没说完，沈镜玄抬眼瞟了一眼陈七。陈七一心虚，整张脸涨得猪肝一般红。沈镜玄走上阶前，指着陈七大声说道：“什么寒疾加重，深入骨髓，我看咱们佛魁柳爷的脸色很红润啊！气色比我都好……”

“你——”袁森被沈镜玄抢白，一时语塞，指着沈镜玄吼道，“沈镜玄，佛魁在此，有你说话的份儿吗？”

沈镜玄不甘示弱，冷冷地看向袁森，幽幽说道：“袁森，既然佛魁在此，他有手有脚会说话，用得着你在这儿卖弄口舌吗？”

“你……沈镜玄，你可是要打架吗？”袁森恼羞成怒。

“打架？你当我怕你吗？”沈镜玄两眼一瞪，快步上前，就要动手。陈七连忙跳起身来，拦在二人中间，大声说道：“你们……你们这是要干什么？”

沈镜玄冷眼看着陈七说道：“干什么？哼！我沈镜玄可是听了那日你在打黑厢时说的一席话，才同意并入八门的。如今……你莫不是要出尔反尔，到了真和日本人玩儿命的时候，就要临阵脱逃吗？”

“我没有！我才不是临阵脱逃的人！”陈七大声喊道。

“那你为何……要让这袁森暂代？”沈镜玄一抬手，指着袁森的鼻子喊道。

“因为……因为……我……”陈七脑门上青筋暴跳，千言万语堵在胸口，却又不能说出口。

“因为什么？就因为你不是柳当先，对不对？”沈镜玄一把揪住陈七的领子大声喊道。

“什么？他不是柳爷……”

“这……这怎么可能？”

“这……就是柳爷啊？他……他是冒牌货？”

“真的柳爷在哪里？他……他有什么目的？”

场内骤然响起一阵喧哗，各门的当家均是瞠目结舌，一头雾水地愣在了当场。

袁森又急又怒，上前一把抓住沈镜玄，怒喝道："沈镜玄，你要干什么？在这儿胡言乱语什么？"

沈镜玄一抬胳膊，挣脱了袁森的手，向台下众人喊道："诸位——诸位——静一静！静一静！"

听了沈镜玄的呼喊，台下众人慢慢安静了下来。

沈镜玄松开陈七，将他扶到太师椅上坐好，回身朝着台阶下的盗众一拱手，沉声说道："这事儿，还得从我打黑厢的那天说起……"

沈镜玄长吸了一口气，将陈七和他当日在黑厢里的对话，一字不差地复述了一遍，并将柳当先如何身死岳阳楼，陈七如何冒名顶替的过程向众贼一一述说。随着沈镜玄的描述，陈七和袁森仿佛被抽空了所有的气力一样，两眼满是绝望。

袁森和陈七万万没有想到，沈镜玄会在这个时候反水……袁森一直认为，沈镜玄的目的是要杀日本人，跟谁去杀不一样？可是……如今的情形让他万万想不通这沈镜玄为什么要冒着八门再度破裂的风险揭穿陈七的身份……

在场盗众听着陈七这两个月来的遭遇，个个惊奇不已，只觉得就像是戏文一般。

沈镜玄讲完了故事，一摊手，转身猛地一拱手，朝着陈七一揖不起。

"沈当家……你这是……"

沈镜玄缓缓站起身，一字一顿地说道："沈某心中从未服过什么柳当先，和我舍命打黑厢，晓我以大义的人是你！所以，我沈镜玄认定的佛魁，只有你！陈七！"

沈镜玄此言一出，场内瞬间鸦雀无声。陈七正惊诧时，开门的邓婆婆也站了出来，扭头看了看姜瑶，又看了看陈七。姜瑶不敢抬头去看邓婆婆，邓婆婆顿时明了，原来姜瑶早已知道他的真实身份。思忖了一阵，邓婆婆对陈七扬声问道："我且问你，单骑上太白山的人，是陈七，还是柳当先？"

陈七连忙站起身，拱手答道："是……是陈七！"

邓婆婆微微一笑，轻声说道："老婆子本就看不上柳当先，同意八门合流，无非是敬佩当日那人两上太白山的英雄了得，既然那人是你，那便是你了！开门盗众见过佛魁陈七爷！"

邓婆婆话音未落，生门的苏家兄弟也站起身来，扬声问道："智破生门谜案的是谁？是陈七，还是柳当先？"

陈七长吸了一口气，沉声答道："是陈七！"

苏长鲸和苏长兴相视一笑，上前一步，拱手答道："那我生门也没什么说的了，生门苏家见过佛魁陈七爷！"

曹忡伸手抓了抓脊背，捻死一只虱子，塞在嘴里，嚼了两下往地上吐了一口唾沫，双眼扫视场内众人。

"上座这位爷，曹某只知他仁义无双、英雄了得，我手下弟兄皆敬他血性威武，才不管他姓陈还是姓柳。尔等若是不服，大可上来叫阵，死门上下舍命奉陪便是。"

言罢，曹忡振衣起身，面对陈七恭恭敬敬地拱手一拜，朗声唱道："死门曹忡拜见佛魁陈七爷！"

与此同时，休门的聂鹰眠也走上台阶，看着陈七问道："寒潭之下仗义出手的是谁？是陈七，还是柳当先？"

陈七有些哽咽，红着眼眶答道："也是陈七！"

聂鹰眠点了点头，拱手一揖，朗声说道："那聂某就没什么问题了，休门盗众，拜见佛魁陈七爷——"

随着聂鹰眠一声喊，景门的许知味和贺知杯也走了过来，和聂鹰眠并肩而立，拱手说道："我们兄弟素来敬仰聂当家的，既然他服你，我们也服你！景门盗众，拜见佛魁陈七爷！"

袁森愣在台上，看见此情此景，心中不由得百感交集，心中暗自说道："柳师弟……我错了……他不是你……他……他也许更适合成为号令八门的佛魁……"

袁森想到这儿，回头一看，发现陈七也正看着自己。

"大师哥，这是我自己的选择……"

陈七话音一落，袁森神情骤然一肃，整理了一下衣服，和李犀山对望了一眼，小声说道："李老弟，不是袁大哥有意瞒你……只是世事无常，这事态的发展早已超出了我的掌控……"

李犀山一声长叹，轻声说道："只要他能承继柳爷的志向……我没有意见……"

这二人目光一对，同时点了点头，并肩迈步走到陈七面前，也是一躬到地，大声喊道："惊门袁森（李犀山），拜见佛魁陈七爷！"

薛不是环视了一周，发现八门里有七门都认可陈七来做佛魁。

"那个……我吧，有个问题想问……想问姜门主。"薛不是张口说道。

"什么问题……"姜瑶一愣，不解地答道。

"姜门主，您手里的那杆大枪……帮的是陈七，还是柳当先？"

薛不是此话一出，姜瑶脑子里顿时"嗡"的一响。认真思量过一阵之后，她轻轻地回头来，两眼定定地望着陈七的双眼，温柔而坚定地说道："陈七是陈七，柳当先是柳当先，虽然面目生得一样，但在我心里，他们是截然不同的两个人……我……我喜欢的是陈七——"

姜瑶还没说完，薛不是猛地一抬手，打断了姜瑶的话，笑着说道："好了好了！我知道了，知道了！别再说了……这家伙弄得郎情妾意，你侬我侬的，你们也考虑一下我们这些老光棍儿的感受，好不好？"

姜瑶和陈七闻言，脸颊一红，还没来得及辩白，薛不是已经走到了台阶上，和其余七门并肩站在一处，拱手说道："薛某是个刀客，最佩服有本事的人，既然败给了姜门主，那我就得服，我服她，她挺你，我就挺你！哈哈哈，杜门薛不是，拜见佛魁陈七爷！"

薛不是拱手一揖，一声断喝。

陈七心里犹如打翻了五味瓶，百感交集，一团热血火一般地灼烧着胸膛。

"我……我……"陈七哽咽了半天，也没说出半句话来。

聂鹰眠微微一笑，直起身来，朗声说道："七爷！别我我我……我的了！西尾寿藏这趟活怎么个干法儿，咱们抓紧商量商量吧！"

陈七站直了身子，恭恭敬敬地向八门还了一礼，大声答道："好——"

第七章　悲风口

浓云翻滚大风起，碧水青山险峰边。

陈七带领八门的精干好手，共计七百五十六人，云集在一处乱石滩内。

“就是他——”

陈七从上衣口袋里摸出了一张黑白的照片，照片上的中年男子五十岁左右，瘦长脸，浓眉，深目，薄嘴唇，身着一身日本军装，旁边还有一行小字备注：“日本军部中国派遣军总司令官兼第十三军司令官西尾寿藏。”

八门众贼接过西尾寿藏的照片左右传阅，暗暗将他的面貌记在心中。

“曹忡，你来讲讲咱们这次的刺杀计划！”陈七看了一眼曹忡，曹忡走上前来，站到了人群中间。

曹忡是前清的探花，智计卓绝，又曾赴日本留学，学习洋务军事，对日军的战术和战法都深有体会。针对西尾寿藏的刺杀不仅仅是和三千院的对战，不同于一般的江湖火并，所以陈七将行动计划的制订交给曹忡来做。

曹忡咳了咳嗓子，对群贼说道：“根据线报，日军占领钦州、防城后，分兵北上，指挥官西尾寿藏亲往前线督战，韦云淞军长需要咱们刺杀西尾，西尾一死，日军不得不临阵换将，我方部队就能争取到三至七天的布防时间！”

“妙啊！就这么办，弄死他！”贺知杯拍手笑道。

“对！弄死他！老曹，你说说具体的，怎么个弄法儿！”许知味随声附和道。

曹帅从怀里掏出地图，铺在地上，指着地图上的线路图例，沉声说道：“西尾寿藏出发的时间就在今晚，保护西尾寿藏转移的是一个建制在一千人以上的中队，这个中队的指挥官名叫中谷忍成，是西尾寿藏的学生，在太白山的时候，和咱们交过手。这个人狡猾狠毒，不好对付。除了这个中队，西尾寿藏还有几个贴身的护卫，都是出身三千院的高手。三千院有妖忍十二，曰：‘山童百目虫和尚，人鱼狐火返魂香。黑冢乌鸦小袖手，蛇带獭狸鬼一口。’除了被咱们杀了的山童和人鱼，剩下的十人都在，带头的是虫和尚！这几个人是专门为了负责防备江湖高手的刺杀而存在的，也是咱们最棘手的对头。这个虫和尚为了防备咱们八门的刺杀，找了两个替身扮上西尾寿藏的行头，加上西尾寿藏，一共三个人，他们一旦遭遇袭击，便会分成三路，分散突围。大家看这里，西尾所走的路线自南向北，起点为北海，终点是灵山县附近。沿途先乘火车到白坟村，再走山路横穿苦竹山，到达邕江支流的八尺河。渡河后就到了日军在邕江南岸的集结阵地……西尾寿藏一到，日军对南宁城的总攻就会打响，所以咱们必须在他们到八尺河前将真正的西尾寿藏斩杀！大家可以仔细地看看这条路线。首先，北海到白坟村这段铁路是日军的军事区，也就是说，白坟村以南都有日军重兵把守，咱们只能在白坟村以北下手。看这里，我标记红色圆圈的这个位置，这是一道河谷，火车从河谷上的铁路桥经过，到达白坟村，这道河谷是咱们的第一个伏击点，由我亲自带领死门的弟兄在西尾寿藏过桥时将桥基炸断，能炸死他最好，若是炸不死他，也不怕，因为这道河谷极宽，一来西尾寿藏往回走绕行不易，二来后方的日军想要增援的话，短期内也无法和西尾寿藏会合，这样一来，就等于毁了西尾寿藏缩回日占区的后路。据我推测，后路被炸，西尾寿藏必定在白坟村兵分三路进入苦竹山，两路是疑兵，一路是真身，想用李代桃僵的法子穿过咱们的设伏区。苦竹山纵贯南北，有野径三条，每条路的必经之处都是这三处点位：第一处是苍龙背，由生门和杜门设伏；第二处是百丈崖，由景门和伤门设伏；第三处是悲风口，由惊门和开门设伏。每队人马携带烟花两枚，一青一红，若是谁擒杀了真正的西尾寿藏，便燃放红色烟花为号，反之，则燃放青色烟花……”

曹忡还没说完，聂鹰眠一皱眉头，打断了他的话，沉声问道：“曹探花，为何没有我休门？”

曹忡一摆手，徐徐说道：“聂当家少安毋躁，你的位置，在这里！”曹忡伸手指向了地图上标注的八尺河！

“聂当家，休门精通水性，便在这最后一道关隘设防，如果……要是让真正的西尾寿藏渡了河……咱们可就——”

“不可能！”曹忡的话还没说完，聂鹰眠便猛地站起身来，冷声喝道：“聂某以人头保证，他西尾寿藏纵有九条命，也过不去这八尺河——”

曹忡交代停当，八门贼众纷纷向陈七辞行，各自赶赴设伏的地点。陈七立在大石上，一脸肃穆，向着每一个远走的人拱手作礼。

“风萧萧兮易水寒，壮士一去兮不复还……”姜瑶轻轻地叹了一口气，走到陈七的身后，轻声问道，“你可知道……经此一役后，八门好手伤亡殆尽，这天下恐怕将再无盗众贼门……”

陈七眼眶一红，看着天外浓云翻滚，沉声说道：“这些贼门的弟子，哪个不是挨饿受冻的苦出身，为匪，为寇，为贼，无非是为了一口饭罢了！若是人人都能吃上白面馒头，老有所终，幼有所养，哪个人好端端地要去做贼呢！我只知道，赶走了日本人，以后的日子里，孩子有书读，小伙子有媳妇儿娶，到时候……天下无贼，哪还会有什么盗众八门呢？”

姜瑶一声长叹，轻轻牵住了陈七的手，将头靠在他的肩上，小声说道：“有一件事我一直没有告诉你……”

“哦？什么事？”陈七微微一笑。

“你可知我为什么戴着面纱？”

“你不是因为……你的脸——”

陈七的话还没说出口，姜瑶便轻盈盈地一转身，站到了陈七的眼前，一抬手，摘下了脸上的面纱，露出了一张满是疤痕的脸。

“你这是……”

“骗你的！”

姜瑶展颜一笑，伸手在脸上一摸，摘下了一张薄如蝉翼的肉皮面具，脸上疤痕尽去，露出了一张莹白如玉、吹弹可破的美人面孔。

“你……你的脸……怎么……”陈七瞪大了眼睛，惊得一时间忘了言语。

姜瑶笑了笑，故作嗔怪地说道：“不怪我哦！这都是邓婆婆的主意，让我试试你的真心，看看我若是变成个丑八怪，你还会不会要我。可是，邓婆婆当时没想到，你根本就不是柳当先……后来，你对我坦诚相告，说你喜欢我，要和我在一起，我……我虽然内心欢喜，但……终究还是怕你说谎骗我，于是这张面具，我一直都没摘下来……”

“那你现在怎么突然摘下来了呢？”陈七笑着问道。

姜瑶语气一缓，轻轻地靠在陈七的胸前，涩声说道：“我怕……万一……咱们都没活过今晚，我希望……你能记住我最漂亮的样子……”

陈七听了这话，鼻子一酸，两手轻轻地抱住了姜瑶，正要倾吐衷肠，冷不防身后突然传来了一阵咳嗽声。

“咳咳……咳……那个……啊哈……咳……”

陈七和姜瑶都吓了一跳，赶紧松开了拥抱的手，擦了擦眼泪。陈七回头一看，只见邓辞乡正一脸尴尬地站在大石后面，搓着手，舔了舔嘴唇，小声问道：“那个……不打扰吧？”

“啊……啊那个……不打扰……邓局长，咱们这边说话！”陈七一抬手，邓辞乡点了点头，和陈七走到了一个僻静的地方。

“啊……那什么……先恭喜陈七爷，这个……执掌八门！”邓辞乡伸出手，和陈七亲切地握了握。

陈七听了这话，心里顿时明白了，原来这邓辞乡已经知道了自己在八门面前坦白自己不是柳当先，但是仍然被众贼尊为佛魁的事了。

“客气……客气了……哈哈哈……哈哈……哈……”陈七也尴尬地赔笑了两声。

“那个……”邓辞乡张了张嘴，欲言又止。

“邓局长有事，不妨明言！”陈七开门见山地说道。

邓辞乡闻言，一拍手，张口说道：“既然陈七爷快人快语，我也就不兜圈子了，是这么个事儿……您看啊……当时在生门总堂的墙外，您可是许给我了四十箱盘林西尼，但是那个时候，您是拿柳爷的名头做的保……现在您摇身一变，变成陈七爷了……我就想问问，那药的事儿……还算数不算？”

陈七闻听此言，脸上一黑，心里骂道：“我的天哪！这邓辞乡好歹也是个政府里的官员，怎么做事和乡下的地主老财一个做派啊！这家伙，跟着屁股要账都要到这儿来了！这是生怕我死在日本人手里，黄了他的账啊！”

“七爷……”瞧见陈七陷入了沉思，邓辞乡小声地呼唤了一句。

“啊……没事儿！有点儿走神了！邓局长，您放心，我这个人做事最重信诺，既然答应了你的事，柳当先也好，陈七也罢，这账我都认！”

邓辞乡闻言，喜得是两眼直放光，挑着大拇指赞道：“哎哟！您可真是个人物！这做派，像样儿！要么说您能当这个佛魁呢！得嘞，有您这句话，我心就有底了，前日子您从云南调运那十五箱盘林西尼，只到了十箱，有五箱折损在路上了，您看……您怎么给我补一下……”

陈七强忍着一口气，闷声说道：“邓局长，我这忙着跟日本人拼命呢！子时就交火了，等我打完今晚这仗，立马就给您补上，行不行？”

邓辞乡听出了陈七话里的不耐烦，但是也不生气，只是一拍大腿，笑着说道：“得嘞！我跟您一块去，您啊，也不用分神照看我，您忙您的！”

陈七气得火冒三丈，冲着邓辞乡大声喊道：“你……跟着我干吗？我跑不了啊！”

邓辞乡抹了一把脸上的吐沫星子，笑着说道：“那可说不准……现在这年头要账多难啊……”

陈七喘了好几口粗气，指着邓辞乡骂道：“我服了……好……好好好……我服了，你怎么不把那盘尼西林拴你自己个儿的肋条上呢？”

邓辞乡龇牙一乐，笑着说道：“七爷，跟你说句实话，不怕您生气，这药拿不到手里，我恨不得把您拴我肋条上！”

“滚——”陈七一声暴喝。

邓辞乡抿了抿嘴唇，正要说话，突然从身后传来了一阵哭声。陈七和邓辞乡闻声看去，只见不远处，花猫正深一脚浅一脚地往这边跑，一边跑一边哭，哭得两眼通红、嗓子干哑。

“这是怎么了啊？”陈七吓了一跳，连忙和邓辞乡一瘸一拐地跑了过去。

“醒达，醒达！你……你这是怎么了？”邓辞乡大喊道。

“啊啊……啊……花姨……花姨没了……我娘没了……”花猫一屁股坐在了地上，号啕大哭。

“什么？你说什么？”陈七一把拽住花猫，狠狠地摇晃他。

“阿……阿七……花姨死了……咱哥俩没有娘了……啊……啊啊啊……”

“怎么回事！”陈七一声大喊。

邓辞乡一头雾水，看了看花猫，又看了看陈七，疑声问道：“你们……你们……认识……”

陈七和花猫此时心神激荡，悲伤莫名，根本没空搭理他。邓辞乡闹了个红脸，嗫嚅了一下没有再说话。花猫哭了一阵，喘着粗气，哽咽着说道：“我雇人去岳阳接……花姨……去的人回信说，日军在岳阳……为了……为了便于管理和防止暴动，划定梅溪桥、竹荫街和乾明寺三处为中国人的集中居住区，要将所有的……所有的中国人赶进去……我雇的人知道大事不好，趁乱将花姨带出城，前往有中国驻军的洞庭湖东岸，连夜进入了古镇营田……当晚，日军的上村支队由岳阳乘船出发，午夜时分在洞庭湖东岸的营田附近上岸，和驻守营田的第三十七军九十五师五百六十九团交火……日本人持续三个小时的炮轰和飞机轰炸将营田镇炸成了焦土……五百六十九团全体阵亡……日本人占领营田镇后，开始了疯狂的屠杀，大火从营田镇烧起，整个镇子的人都被杀了……然后，已经杀红了眼的日本人，开始向周边的村落下手……大小边山、推山咀、犁头咀、余家坪……无一活口……花姨……花姨就在营田镇，整个镇都烧成焦土了……连花姨尸体都找不到了……”

听得花猫此言，陈七只觉得浑身如遭雷击，五脏之内犹如烈火烹油，肝胆俱裂。陈七自幼孤苦，流落街头，正是花姨将他养大，在陈七心中，花姨便如亲生母亲一般……如今听闻花姨死于日本人之手，陈七心中怎能不又悲又怒！

花猫狠抽了一口气，擦了一把鼻涕，站起身来，瞪圆了一双眼看着陈七，闷声喊道："阿七！我也不想活了，我跟你干……我要杀人！杀日本人！"花猫一咬牙，从怀里掏出那张陈七给他的支票，撕成了碎片。

陈七硬生生地憋住了眼里的泪，揽住花猫的肩膀思索了一阵，沉声说道："兄弟！我有一件极为危险的要紧事，非得托给一个不怕死、信得过的人去办……"

花猫一拍胸口，张口说道："我啊！我就是最合适的！"

陈七犹豫了一下，皱着眉头说道："也罢！你是我最好的兄弟，这事就由你去办吧！"

说完这话，陈七从怀里掏出一个小布包塞到花猫的怀里，一脸严肃地说道："这布包里有三样东西，第一样惊蛰古玉，第二样惊门百辟，第三样是一封书信。前两样东西是信物，用来证明我的身份，第三样东西是我写给南宁城中韦云淞军长的求援信。根据情报，我们这次要伏击的这伙日军人多势众，我们人手不足，须得请韦云淞军长派兵前来支援……此事事关重大，一来关乎此战成败，二来关乎八门生死，兄弟你一定要以最快的速度把信送到，我们将在凌晨时分发起进攻，你一定要赶在这之前将援兵带来……"

陈七交代完了事，从上衣口袋里掏出一块怀表塞进了花猫的手心里，沉声说道："好兄弟！时间不等人，切记，要快！"

花猫狠狠地搓了一把脸，将小布包和怀表收好，拍着胸口说道："阿七你放心，俺花猫一定用最快的速度把援兵给你带来！等着我！等着我啊——"

花猫喊了一嗓子，一转身，一路小跑向南奔去，很快便消失在了山路的尽头。

待到花猫走远，邓辞乡凑了过来，小声问道："七爷，不是子时交火吗，你怎么跟他说……凌晨总攻啊？"

陈七白了邓辞乡一眼，没好气地说道："哪儿都有你，怎么就你机灵呢？"

* * *

白坟村，出村口向南十五里有一道狭长裂谷，裂谷上有一座铁路桥，桥下有八个桥墩。

这白坟村是在广西登陆的日军占领区最北点，自白坟村至八尺河中间，夹着一座苦竹山，苦竹山山势险峻，绵延幽深，是日军兵力的真空地带。苦竹山脚下是八尺河，就是从广东西来的日军占据的要地，西尾寿藏过了河后的第一要务就是将从广东西来的日军和从北海登陆北上的日军合兵一处，攻打南宁城！

白坟村之所以叫白坟村，乃是因为唐朝时曾经在这个地方修建过一处王公贵族的墓葬。唐代国力强盛，习惯开山为陵，那陵墓深藏地下，地宫足有十几里方圆。陵墓修成后，依照惯例，都会遣派墓主人的家臣作为陵卫看守陵墓，这些守墓人也就是白坟村的先祖。从唐代到如今，已经过去了千年，沧海桑田，星移斗转，白坟村的村民早已经忘了祖先来这里繁衍生息的原因，也不知道脚下藏着一座庞大的地宫。

虽然白坟村的村民不知道地宫的存在，但是曹忡知道。

死门专精盗墓挖坟之术，门中典籍经过历代祖师的完善，天下山川中的大小墓葬基本都有收录，这白坟村地下的墓也不例外。

黄昏时分，曹忡率门中好手一百一十六人潜藏行迹，避开日军岗哨，来到了白坟村外五里处的一片密林之中，运铲如飞，不多时便打出了一个隐秘的盗洞，斜切入地，插入陵墓的甬道之中。一百一十六名好手鱼贯而入，借着陵墓中四通八达的布局，按着罗盘的指示，在地下穿过白坟村，直达白坟村南方十五里处的山谷之中。

晚上十一点四十五分，曹忡在山谷下排布下迫击炮十五门，在桥墩底下埋了炸点二十一处，只待西尾寿藏乘坐的火车在桥上经过，便引爆炸药，再以火炮轰击，炸断桥墩……

唐六儿亲自带人巡视了一遍各处炸点后，走回到曹忡的身边，沉声说道："当家的！都查过一遍了！没有问题……"

曹忡笑着点了点头，从袖子里摸出一块饼，掰了一半递给唐六儿。

两个人盘坐在地上，分而食之。

“当家的，你说……这么多炸药，能炸死西尾不能？”唐六儿咬了一口饼，张口问道。

曹忡摇了摇头，一边吃着饼，一边答道：“炸不死！肯定炸不死！”

“啥？炸不死？为啥炸不死？”唐六儿吓了一跳，蹦起来问道。

“你当日本人傻吗？这里可是日本人的军事范围，咱们能想到炸桥，他日本人就想不到在这里布防吗？”曹忡反问了一句。

“那……咱们还来干吗？”

“顶住日本人对谷底的布防，炸断铁路桥，断了西尾的退路！”曹忡狠狠地咬了一口饼，冷冷地说道。

“这里可是日本人的军事区，咱们在这里动手，日军必定会迅速增援，咱们……岂不是十死无生？”唐六儿惊道。

“你怕了？”曹忡问道。

唐六儿哈哈一笑，朗声说道：“死我是不怕的，我只怕炸不死西尾！”

曹忡长吸了一口气，云淡风轻地说道：“既然计划是我制订的，这第一阵肯定由咱们亲自打，才好服众，贪生怕死，避重就轻，可不是爷们儿的行径！”

曹忡话音未落，只听远处一阵脚步声传来。

“先藏起来，要是被日本人发现了咱们的踪迹，西尾那老小子缩头回去，咱们可就前功尽弃了！”曹忡连忙说道。

“注意，全体隐蔽！”唐六儿一声低呼，死门众人纷纷将迫击炮藏在草丛之中，迅速伏低了身子，隐藏在树丛之中。

不多时，山谷底下，一队整齐划一的日本兵从远处行进而来，大约有五百人。到了桥下后，在指挥官的安排下，他们围绕着铁路桥的桥墩开始布防！

十五分钟后，曹忡手里怀表的指针指向了午夜零点。随着一声汽笛声响，谷顶不远处传来了火车的轰鸣。

唐六儿又紧张又兴奋，手心里全是汗，扭过头来，向曹忡问道：“当家的，咱们……干吧！”

曹仲摇了摇头，轻轻说道："再等等……"

"还等什么啊？火车就快到了！"

"等瘴……"

"等什么……瘴？"

"对！这地方我提前勘探过，每日午夜时分，谷底都会涌起大瘴，能持续两个时辰，三步之外，不辨东西……"

曹仲说着说着，自谷底西边骤然涌起了一蓬灰褐色的浓雾，缓缓东移，顷刻间充满了整片谷底。

瘴者，西南山林湿热蒸发能致病之气也。《后汉书·南蛮传》有云："南州水土温暑，加有瘴气，致死者十必四五。"广西之地素有"瘴乡"之称，只因广西之地气候炎热，多雨潮湿，地气卑湿，雾多风少，一旦热带原始森林里动植物腐烂后形成的毒气与湿热的水雾相融，便会形成这种瘴气。

此时，瘴气一起，曹仲一声令下，死门众贼纷纷掏出早已准备好的红布条，打湿后系在脑后，掩住口鼻，枪上膛，刀出鞘。

"开炮——"

曹仲一声令下，藏在草丛里的十几架迫击炮同时击发，由于每一架迫击炮炮口的仰角和方位都是曹仲经过精心测算设置的，目标地点正是曹仲预判的日本人布防的位置，故而虽然瘴气弥漫，不辨方位和远近，但是所有的炮弹依然精准无比地向日军布防的位置集火而去。

"轰——砰——砰——"

守在桥下的日军瞬间被炮火覆盖，死伤惨重，五百步兵，伤亡几近过半！

"敌袭——"

炮声刚刚一顿，日军的指挥官便拔刀大喊，日军架在桥下的四把重机枪同时开火，警戒的日军也纷纷拉开枪栓，冲着密林方向射击。

"杀——"

曹仲也是一声大喊，一马当先，带着众贼从树林里冲出，奔着铁路桥下冲去。

此刻，瘴气浓重，伸手不见五指，防守的日军凭着听觉射击，进攻的死门众贼凭着日军的枪声还击，双方谁也看不见谁，全凭感觉一顿乱打，虽然对射了好几轮，但是两方都并没有多少人中枪。死门群贼一边射击，一边冲锋，不到五分钟便冲到了桥下，两方瞬间短兵相接。日军步兵攥紧了手中的刺刀，死门群贼弃了手枪，拔出了背在身后的砍刀和短斧，和敌人滚成了一团。

“隆——隆——隆隆——”铁路桥上一阵火车轰鸣响起。

“当家的，西尾的火车到了！”唐六儿抡起鹤嘴锄，砸开了两个日本兵的脑袋，冲着侧前方一声大喊。

“最后六门炮，打桥墩！引爆炸药！”

正在人群中厮杀的曹怦抹了把溅到脸上的血，一声暴喝。密林深处，十几个藏身已久的炮手开始准备向六门迫击炮里填弹，这六门炮的角度被曹怦精心调校过，专门负责轰击桥墩下埋藏好的炸点……

日军的指挥官精通中文，听见了曹怦的喊话，一连三刀砍倒了两个死门的弟子，向斜后方呼道：“黑冢君，打掉对面的炮！”

迷雾之中，一个身穿军服的男子听到呼喊，一把摘下头顶的帽子，向密林冲去，在距离密林十五步左右的时候，反手从腰后抽出一把镰刀状的奇怪兵器，甩手一抛，射入了密林之中。

“哆——”的一声钉入了一棵古树之上。

“哗啦——”那镰刀后面拖着好长的锁链，那名叫黑冢的男子用力一拽，飞身而起，犹如一只大鸟凌空而渡，转眼便飞过众人头顶，钻入了密林之中。

“啊——啊——”

密林中骤然传来了数声惨呼，曹怦知道定是藏身在那儿的炮手被人格杀。曹怦此刻被一群日本兵包围，几次想冲出重围都被拦住。曹怦无奈之下，只得放声大喊道：“唐六儿，入林！”

唐六儿得令，撞倒了两个围上来的日本兵，两腿疾奔，快成了一条线，在大雾中一个纵越，一头扎进了密林之中。

“唰——”

唐六儿刚一入林，头顶上瞬间飘过了一抹凉风。唐六儿下意识地一个前扑，身形一矮，在地上打了个滚儿，团身缩在了一棵树下。

“嘶——”唐六儿腮边被那镰刀状的兵器开了一道血口，唐六儿伸手一抹，火辣辣地疼。

“妈的……”唐六儿努力地揉了揉眼睛，想在瘴气迷雾之中找到黑冢的藏身之处。

此刻，黑冢已经杀光了曹忡在林中埋伏的炮手十一人，攒身上树，躲在了枝叶之中，向下窥视，寻找唐六儿的踪影……

黑冢出身三千院，位列十二妖忍，一手锁镰术出神入化。所谓锁镰，本是日本忍者惯用的一种兵器，就是在镰刀的柄上接一条锁链，其末端系有金属重物。知名的古传流派有卜传流锁镰术、正木流锁镰术、山冈流锁镰术、柳生流锁镰术等。锁镰练到极致，一击必中，最擅长放长击远，黑冢的锁镰足有二十米，可砍可削可投掷，最擅长远距离击杀目标。

唐六儿摸了摸头上的冷汗，反手脱下身上的外衣，裹上一块石头，“呼”的一声扔了出去。

“砰——”一道锁镰从浓雾中电射而来，在半空中一声爆响，将石头击碎，随即一闪而没，消失在了黑暗之中。

“我的天——”唐六儿吓了一跳，正惊叹时，密林入口处，曹忡浑身是血，一瘸一拐地也冲了进来。

“唐六儿，炮怎么还没响啊！”曹忡站在林子口空地上一声大喊。

唐六儿瞧见了曹忡的身影，吓得魂不附体，高声喊道：“当家的！快趴下——”

唐六儿的话音未落，浓雾之中，一道寒光闪过，精铁的锁镰凭空而出，“唰”的一声在曹忡大腿上开了一道深可见骨的口子。

“啊——”曹忡一声痛呼，仰面栽倒！

“当家的！”唐六儿惊怒交加，就要奔着曹忡过去。曹忡右臂在地上一按，直起上身，左手攥紧了降魔杵撑住身子，大声吼道：“六儿！你别过来！这孙子是拿我当饵呢……你藏好！”

唐六儿将后槽牙咬得咯咯乱响，两手攥紧了手里的鹤嘴锄，瞪大了眼睛在浓雾瘴气中搜寻……

“隆隆——隆隆——”

谷底的火车已经开到了桥的正中，密林外的喊杀声渐渐减弱，应该是两伙人马已经在肉搏战中都拼了个干净……

曹忡看了一眼怀表，自言自语地说道：“还有三分钟，火车……就过桥了……”

曹忡深吸了一口气，甩了甩脑袋，用降魔杵当拐，凭着记忆向迫击炮的方向走去。

“唰——”

黑暗之中，锁镰闪电一般飞来，贯穿了曹忡的肩胛骨，曹忡一声怒吼，伸手想要抓住那锁镰，不料那锁镰猛地一抽，从曹忡的身体里拔了出来，消失在了雾中。

“当家的——”唐六儿急红了眼，就要蹿出藏身的地方。

“六儿！我没事——你他娘的别乱动，林子里这瘴气大，不比我站的这块空地，只要你藏好了，谁也辨不出你的位置方向，你……你找好机会——”

曹忡肩头血如泉涌，脸色苍白如纸，整个人打着摆子。他摇摇晃晃地稳住了架势，拍着胸口，昂着脖子喊道：“孙子……能瞄得准点儿吗？朝这儿来啊——”

曹忡又向右前方指了指，大声喊道：“孙子……你要是弄不死爷，爷可要过去开炮了——”

喊完这句话，曹忡猛提了一口气，拄着降魔杵，单腿跳着，直奔迫击炮的方向跃去。

“唰啦——”瘴气中一阵链子响，寒光射来，整把锁镰瞬间贯穿了曹忡的胸膛。就在锁镰插入曹忡心口的一瞬间，曹忡猛地发了一声闷喊，两手一抓，攥住了锁镰，倒地一滚，将锁镰缠在了自己身上，大喊道：“六儿啊——”

唐六儿眼见曹忡攥住了锁镰，眼睛一眯，就在顺着镰刀后头的锁链凝神一瞄的一瞬间，整个人已经飞身而起，一个纵越就蹿到了西南方向八步远近的一棵大树底下。

“啊——”

唐六儿抡起鹤嘴锄，在那树干上一砸，碗口粗的树干应声而断，树上一道人影弃了锁镰，腾身纵起。

是黑冢！

唐六儿一吸气，倒提鹤嘴锄，身子原地转了半周，扭腰送臂，扬手将鹤嘴锄迎风掷出。

“着！”随着唐六儿一声暴喝，那鹤嘴锄在半空中画了一道弧线，“哆”的一声钉入了黑冢的后心口。

“噗——”黑冢在半空中呕了一口鲜血，坠落在地。唐六儿追赶上去，拔出鹤嘴锄，抡圆了一砸，敲碎了他的脑壳。

砸死了黑冢，唐六儿连忙一路小跑钻出林子，连滚带爬地跑向倒在林子口的曹忡。

“当家的……”唐六儿抱起了曹忡。

“六儿啊……”曹忡浑身是血，强打精神喊了一句。

“当家的，六儿在呢……”唐六儿的眼泪噼里啪啦地往下掉。

“准！”曹忡挑了一个大拇指，随即张开手心，露出了里面的怀表。

“还……还有一分钟，去……去……炮……炮！”说完这话，曹忡脑袋一歪，没了呼吸。

唐六儿抹了一把眼泪，爬起来钻到林子里，蹲到已经架设好的迫击炮边上，推开两个死门弟子的尸体，从炮弹箱子里捧出炮弹，填到炮筒里，一捂耳朵，趴在了地上。

“砰——”炮弹冲膛而出，精准无比地落在了桥墩底下。

“轰——轰——”桥墩子底下埋的炸药一齐被引爆，巨响冲天，桥墩应声而断，铁路桥瞬间变形坍塌。

此时，一共四节车厢的火车已经有两节过了桥，大桥一抖，正要崩垮的一瞬间，自第二节车厢末尾，两个日本兵一跃而出，断开了车厢之间的连接轴，前两节车厢在大桥垮塌的一瞬间驶过了山谷，后两节车厢则随着铁路桥一起坠落。

“轰隆——砰——”

车厢由高处落下，摔在谷底，受巨力冲击，变形断裂，发出了一阵刺耳的鸣响。

唐六儿站起身，走到曹忡身边，轻轻地合上了曹忡圆睁的双眼，又拿起了他的降魔杵，在大雾之中穿行，跑到了坠下来的车厢边上。

“当啷——砰——”

唐六儿一阵乱砸砸开车厢门，钻进车厢，在一堆被炮火炸药震荡而死的人中寻找西尾寿藏。

突然，他看到前方的座位上一个趴在桌子上的尸体肩膀上露出了一个高级军官的肩章。唐六儿眯了眯眼，快步走了上去，掰开那尸体的手臂，露出了尸体的脸。他打量了一眼，满是失望地说道：“妈的，不是西尾——”

说完，唐六儿一扭头，踹碎了一扇玻璃，燃放了一枚青色的烟花。不料，烟花刚刚升空，那尸体猛地张开了眼，右手一张，袖子里猛地滑出了一柄铁扇。

“唰——”铁扇猛地张开，发出一阵风响，唐六儿闻声回头，那铁扇瞬间在唐六儿颈下一划，一大蓬鲜血从唐六儿的喉咙里喷涌而出。

“你……”唐六捂着自己的喉咙，瞪大了眼睛，满眼的不甘。

“我是三千院的獭狸，幸会！”

眼瞧着唐六儿断气，那人微微一笑，摘下了唐六儿背在后背的降魔杵，钻出了车厢，跑到山谷之下，抓着上方垂下来的一道绳索快速向上攀去，很快就消失在了浓雾之中。

苍龙背，苏家兄弟坐在地上沉默不语，薛不是则蹲在一边磨刀。这苍龙背乃是苦竹山的一道山梁，长百步，宽五尺，两侧都是悬崖。天外浓云翻滚，山间云雾蒸腾，白坟村方向爆炸没有多久，苍龙背上便出现了一支二百人左右的日军。

“来了！打——”

放哨的陆三更一声大喊，守在苍龙背上的群贼举枪就是一顿乱打。

对面过来的日军也不是泛泛之辈，听见枪声，浑然不惧，举起步枪，一边前冲，一边点射。这山梁本就窄小，也没有掩体，双方人马都站得笔直。尽管身边不断有人倒下，跌落山崖，但是双方并无一人后退，都是齐刷刷地直冲不停。

狭路相逢，勇者胜！

两边都是见过血的亡命徒，没对射多久，就碰撞在了一起。薛不是抽出斩马刀，一马当先，直透敌阵。

日军那边带队的是虫和尚和中谷忍成。这二人牢牢地将一个两鬓斑白、围巾挡住半张脸的军官护在身后。薛不是瞄了他们一眼，瞳孔一亮，砍翻了好几个日本兵，直奔他们杀来。

“虫大师，你保护好老师，我去敌他——”

中谷忍成缓缓抽出了腰间的唐刀，飞身一跃，反手一撩，荡开了薛不是的刀锋。两个人运刀如飞，腾挪似电，眨眼间攻防了十几个回合。

“呼——”两人缓缓后撤，调整了一下呼吸，目光紧紧地锁住对方。

“杜门薛不是，听说你是中国兵器大家第一人……”中谷长吐了一口气，幽幽说道。

薛不是缓缓地摇了摇头，一脸无奈地笑道：“过去是，现在不是了，现在第二……”

中谷闻言，满脸意外地问道：“那第一是谁？”

薛不是咧嘴一笑，扬声说道：“第一是谁，你这辈子都见不到了！”

“为什么？”

“你今天就得死这儿，除了阎王爷，你谁也见不着——”

薛不是一声大喝，手中刀光一亮，斜劈而上。所谓刀者，到也，以斩伐到其所乃击之也。有道是，刀如猛虎，勇猛彪悍，雄健有力。薛不是的斩马刀属于长兵器，俗云：“长刀看刃。”就是在用长刀上，既要做到劈、抹、撩、斩、刺、压、挂、格等功夫，又要讲求裹胸和劈、砍、刺、撩、抹、拦、截等刀式。薛不是面对敌兵早已血贯瞳仁，故而瞄准中谷忍成，提刀上前，兜头便剁。

那中谷忍成也是用刀的名家，百战出身的刀手，眼见薛不是大刀抡起，瞬间便料到这斩马刀刃口长，劈剁前抡半径大，下落时间长，当下不管薛不是劈来的刀，弓步前出，一声风响，前伸唐刀，直刺薛不是小腹。劈慢刺快，薛不是不得不硬生生收刀，逆转刀柄回磕，拦开这一刺。中谷忍成一招得手，不依不饶，两步轮转，交替前蹿，不断刺击薛不是的手腕和心口。

薛不是一声冷笑，使了一招缠头裹脑，荡开中谷忍成的刀锋，高喊道：“好好的唐刀，非用什么花枪术，当真不伦不类！”

言罢，薛不是右手挽了一个刀花，将大刀背在身后，越步上前，左手攥指成拳，直击中谷面门。中谷抡刀上挑至胸口，逼开薛不是的拳头，平端刀锋，又是一个弓步突刺。

薛不是大喊了一声“来得好！”，右手一转，斩马刀好似长了眼睛一般，绕过他的后背在肩上转了一圈，被左手五指一张，攥在掌中。他抡起刀锋，向上一顶，借着肩膀上拔的力度磕开刺来的唐刀，余势不歇，一个虎扑蹿到了中谷忍成的面前。

此时，中谷忍成手里的唐刀整个刀锋在外，回救不及。薛不是的斩马刀贴身而发，顺势搭在了中谷忍成的肩膀处，有道是，高手搏命，只在一瞬之间。薛不是左手按住刀柄，向下一剁，斩马刀的刀刃瞬间砍断了中谷忍成的锁骨。

“当——”中谷忍成忍痛一横刀锋，架住了薛不是的刀。

虫和尚见中谷有危险，两手一张，毒虫翻涌，飞到了半空，直奔薛不是罩去，不料那毒虫在半空突然猛地一停滞，“哗”的一声散了开来。

“这……这怎么回事？”虫和尚不可置信地看了看自己的双手，正诧异时，平地里无数火红色的蚂蚁破土而出，瞬间缠住了虫和尚的双脚，向他身上爬去。

苍龙背上，苏家兄弟分开人群，缓步走到虫和尚的面前。

“你们……是……”

苏长鲸一声冷笑，幽幽说道：“倭贼，明末时你们从苏家偷走的东西，今天该还了！”

与此同时，肩上血流如注的中谷忍成已经渐渐不支，薛不是发了一声喊，一刀将中谷忍成斜肩劈成两片，鲜血纷飞，溅了薛不是满脸。薛不是一声豪笑，将斩马刀一甩，托在掌中，轻轻地抹去了刀锋上的鲜血，仰着脖子吼道：“痛快！”

此时，生、杜两门的众贼也在陆三更的带领下迅速合拢成一个包围圈，将仅剩的二十几个日本兵，连同虫和尚在内，前后围堵。混战当中，那个两鬓斑白的军官被挑下了挡脸的围巾，陆三更一瞧他模样，失声喊道："假的！他不是西尾寿藏！"

薛不是惋惜地一声长叹，冲着天空放了一枚青色的烟花。

烟花在半空中绽放，苍龙背上，虫和尚两手合十，牙关紧闭，上身无数大蜘蛛从脖颈儿里爬出，向下身涌去。苏家兄弟盘膝而坐，两手按在地上，一蓬又一蓬的火红色大蚂蚁前赴后继地从虫和尚的双脚向上攀爬，在虫和尚的腰间和大蜘蛛相遇。两伙毒虫相对撕咬，虫尸雨点一般地落下。随着时间的推移，大蚂蚁逐渐占了上风，将大蜘蛛打得节节败退……

"哗啦——"大蜘蛛如同冰雪消融一般，瞬间四散不见，所有的大蚂蚁潮水一般钻进了虫和尚的袈裟之内。虫和尚的额头上猛地暴起了一层青筋，七窍之内，黑血齐流。

苏家兄弟长吐了一口气，缓缓站起身来。虫和尚一声长叹，徐徐说道："当年雅子为柳当先而死，我投身三千院，为了追求力量，选择了最艰深晦涩的虫术。我的师父对我说：'虫术的根在中土，三千院只得了半卷，虫术一道，强克弱，大克小，若是日后遇到生门苏家，还须退避三舍……'我当时不以为意，只道是师父危言耸听，不想今日一见，才知师父所言非虚……不过……你们真的以为我输了吗……"

虫和尚突然猛地一瞪眼，一把扯开了自己的袈裟，剩下的那二十几个日本兵齐声一喊，也同时扯开了自己的军装，每个人的胸前都绑满了炸药。

"天皇万岁——"虫和尚一声大喊，和所有的日本兵一起拉响了炸药的引线。

"不好，走——"薛不是一声大喊，拖着陆三更正要后退，苏长兴眼疾手快，一翻身，将苏长鲸压在了身下。

"轰——轰——"

一连串惊天的爆炸声响起，苍龙背上，一片焦黑。

薛不是和陆三更被气浪震落山崖，不知生死。苏长鲸咳了一口血，推开了压在身上的苏长兴……

“长兴……长兴……”苏长鲸红着眼眶大声喊道。

“哥……疼……”苏长兴刚从嗓子眼里挤出半句话，就断了呼吸。

苏长鲸使尽了浑身的气力站起身来，将苏长兴的尸体背在肩上，踉踉跄跄地走着，轻声说道：“长兴……不疼……不疼了啊……你已经大了，是男子汉了……不许喊疼……哥带你回家治伤……咱苏家的医术……天下无双，肯定有办法的！”

苏长鲸抹了一把眼泪，还没走多远，林子里陡然传来了一声枪响。

“砰——”一片血花从苏长鲸的太阳穴处猛地爆开，苏长鲸直挺挺地栽倒在了地上。林中一道人影闪过，眨眼间便消失无踪。

与此同时，百丈崖，大火冲天。许知味和贺知杯点燃了身上的火甲，带着景、伤两门的好手和三百多日军混战在了一起。

日军中有一名粉面浓妆、罗裙木屐的女人，名曰蛇带，煞是难缠。身上用的是忍门的遁身术，手里用的是一把七支剑，剑刃两边分别有三个分叉突起，专门锁拿兵器，钩挑手筋。贺知杯抽出纸伞，折出一个燃烧的鬼脸向蛇带攻去，蛇带迎风一剑，将贺知杯冒火的纸伞斩为两截。怎料贺知杯趁她一剑挥来的工夫猛吞了一口壶中的烈酒，手并剑指燃起一团火苗立在胸前，张口一喷，烈酒掠过火苗，猛地爆出了一只硕大的火球，直扑蛇带面门。

“轰——”火球爆燃开来，将蛇带的和服点燃。

“砰——”那和服瞬间烧成了一片灰烬，在空中散开，而和服里的蛇带却不见了踪影。

“这……这是什么路数？”贺知杯吓了一跳，和许知味背靠背地站在了一处。

悲风口，袁森耳听得白坟村处炮声大响，随后一蓬青色的烟花升空，东边的百丈崖火光冲天，西边的苍龙背传来一阵巨响。

袁森深吸了一口气，沉声叹道：“这是都交上手了呀……”

陈七缓缓起身，回身对李犀山说道：“让弟兄们准备吧……一场恶仗很快就要来了……”

* * *

“轰隆隆——”

半空中的浓云中发出了一声闷沉的雷响。广西之地，气候潮湿多雨，山间雨雾聚散，水汽蒸腾，故而阴晴不定。

细密的小雨飘了下来，打在许知味和贺知杯的身上，将火甲上的火焰渐渐浇熄，也将林中的大火瞬间压了下去。这二人大骂了一句贼老天，四只眼睛不住地到处乱扫。

“在那儿——”

许知味一声大喊，指向了东南方向。

蛇带的身影凭空出现，两臂一张，将一身黑色的夜行衣张开，两臂内侧到两腿外侧有黑布相连成片，宛如一只硕大的蝙蝠。

“唰——”蛇带双手持剑，直劈而下。

“弄他！”

两个人瞬间并肩而立，贺知杯又吞了一口酒，鼓气一喷，化出一只大火球。许知味打了个响指，火花迸发，点燃了嘴上叼着的烟头，轻烟溢出，如怪蟒翻身一般裹住了二人的身体。

“疾——”许知味一声大喊，手并剑指，在浓烟中一划，一道火光亮起，滚滚浓烟被瞬间点燃，由灰转黑，由黑转红，大火燃起，化作一道墙壁，挡住了蛇带的剑。蛇带畏惧大火，不敢硬攻，后仰一翻，正欲撤退，火墙之中骤然飞出了一只硕大的火球，“砰”的一声打在了蛇带的胸口上。

“啊——”蛇带发出一声惨呼，栽倒在了荒草之中。

“打中了！”

许知味一声大喊撤了火墙，贺知杯咧嘴一笑，小跑着蹿过去，拨开荒草一看，发现那地上根本就不是蛇带，而是一截被烧得焦黑干枯的树桩。

“不好——”

贺知杯大喊一声，转身要退，突然心口一凉，低头一看，半截剑尖儿已经从胸膛穿了出来。

“老贺！”许知味一声暴喝，拔腿跑了过来。

荒草之中，贺知杯背后，一片绿色草丛猛地一皱，变成了一张画布，画布后头，蛇带持剑的脸缓缓露了出来。

“他娘的……”贺知杯的胖脸一阵抖动，咬牙一发狠，两手一伸，抓住了剑刃。蛇带用力一抽，没有拽动。此时许知味已经赶到，手心火光大盛，蛇带无奈，只得弃了手里的七支剑，转身要跑。

贺知杯瞳孔一红，将一颗碧绿色的珠子吞了进去，放声喊道：“老许！弄死她！啊——”

贺知杯两手一合，身上猛地腾起一层大火。

“呼——”的一声风响，贺知杯双眼紧闭，胸腹猛地一鼓胀，整个人胖了一圈。

“啊——”贺知杯两眼一张，一声大吼，周身毛孔瞬时张开，七窍之内瞬间喷出了一片碧绿色的青气，莹莹发亮。那气体跃出身前，急速外张，在触碰到蛇带衣角的一瞬间“砰”地爆开，化成了一片碧绿色的火焰。

蛇带就地一滚，一阵拍打，想熄灭火焰。这时，贺知杯整个人瞬间萎缩枯干，脸颊上的肉都缩了进去，整个人一刹那的工夫就被抽干了精气神。

贺知杯这一招，乃是景门压箱底的绝技，名曰“无常火”，乃是先服下白磷凝结成的丹珠，再刺激周身血液，将胃肠中的磷火顺着浑身毛孔和七窍，瞬间逼出体外，腾起大火。

虽然磷火游走全身，施术者会瞬间毙命，但这种磷火遇水不灭，犹如附骨之疽，不燃尽附着之物，誓不罢休，一旦敌人沾上此火，便不死不灭！此术阴狠毒辣，以同归于尽为目的，乃是景门第一禁术。

“老贺——”

许知味一个虎扑接住了仰面栽倒的贺知杯。蛇带拔出随身的苦无，在左臂上一削，削下了好大一片皮肉。那皮肉翻卷着落在地上，吞吐着一团碧绿色的火苗，烧得肉皮滋滋作响。然而，尽管蛇带削下去一片燃火的皮肉，但是那碧绿色的火苗仍然没有脱离她的身体，而是从她的肩、手、头顶、胸口、大腿处熊熊燃起。

“啊——”蛇带一声痛呼，整个五官都扭曲变形，眼窝里两道火舌喷出，整个人烧得噼啪作响，一阵抽搐后，“扑通”一声倒在了地上。

许知味抱着因为使用禁术已经变成一具干尸的贺知杯号啕大哭。

“老贺啊！”

“轰隆隆——轰隆隆——”

天外雷声更重，大雨倾盆而下。

“砰——”远处传来一声枪响，许知味胸口爆出了一蓬血花，脖子一僵，缓缓垂下了脑袋。

林子深处，一个一身黑衣的身影放下了手里的狙击步枪，掏出地图，看了看方位，一个转身消失在了黑夜之中。

与此同时，百丈崖边的天梯鸟道之上，三道身影正在狂奔。前头两人，一个是魏三千，一个是穿着日军高级军官装的中年人，在后头追赶的人是沈镜玄。适才百丈崖大火，蛇带带领大部队阻挡景门的许知味和贺知杯，魏三千保护那中年人先走，沈镜玄耳尖，在浓烟之中听见有人奔逃而去，连忙突出重围，尾随追踪。没追多久，半空中一声雕鸣，沈镜玄一看那雕，便知道前面那人定是白发阎罗魏三千。这魏三千本是妖忍乌鸦，混入伤门做内奸，沈佩玉的死和他有着莫大的干系。此刻，沈镜玄见了仇人，恨上心头，瞄准了他的背影，拔足狂追。魏三千拔出手枪，射击沈镜玄，奈何风雨甚急，五六枪都没有打中，正要再打，枪膛内骤然传来了撞针空击的声音。

没子弹了！

这百丈崖的天梯，垂直高差足有二百多米，乃是古时在悬崖绝壁上凿孔架木而成的窄路，下临深渊，高与云齐，铁索横悬，非面壁贴腹、屏气挪步不能举足。

魏三千的轻功没有沈镜玄精深，两人之间的距离越缩越短。魏三千看在眼里，急在心里，把心一横，让那军官先往上爬，自己留下来阻击沈镜玄。沈镜玄一抬头，发现魏三千已经收住脚步，守在栈道之侧，严阵以待，那中年军官先行一步，攀爬而上。

“沈门主！你我主仆一场，何必苦苦相逼？”魏三千抹了一把脸上的雨水，大声呼道。

“狗贼！谁和你是主仆！”沈镜玄一声大吼，一个纵越，身形掠起，在大雨之中两手乱转，抠着山崖上凸起的石缝儿，猿猴一般向上奔去。

魏三千将手指一蜷，抵在唇上，鼓起一吹，发出一阵刺耳的鸣哨，在半空中盘旋的大雕俯冲急下，羽毛怒张，飞至沈镜玄头顶，鹰爪如钩，蓦地抓向沈镜玄头脸。

沈镜玄听得头顶风声呼啸，劲贯五指，猛地一抓，从山崖上抠下来一块碎石，甩手一掷，流星赶月一般砸向了那只大雕。

那大雕极为机警，瞧见有碎石射来，眼角金芒忽地一闪，左翼高抬，身子在半空中画了一道弧线，斜飞向下，绕到沈镜玄身后，再次疾掣而上。

沈镜玄反手一抓脱下身上的长衫，裹着漫天雨水发力一抖，那长衫螺旋一转，束成一线，迎风一甩，钩住了一块岩石凸起，带动自己向上纵去。沈镜玄将长衫化绳，不断缠绕崖壁上的凸石孤松，带动身体上升丈许，往复轮换，犹如壁虎爬城，腾挪直上，眨眼的工夫便追到了魏三千的脚边。

魏三千吓了一跳，不断发出鸣哨，半空中的大雕数次俯冲，抓啄沈镜玄的头面。那悬崖壁立千仞，顽石峥嵘，寸草不生，在大雨冲刷之下湿滑无比。沈镜玄一边闪转腾挪，追击魏三千，一边掌指齐飞，格挡大雕的啄抓。山势渐高，风雨渐厉，吹打得沈镜玄和魏三千双目难睁。

“呼——”

沈镜玄后脑一阵风响，大雕俯冲而来，沈镜玄避无可避，反掌一扫，不但没有打中那大雕，反被那大雕的鹰爪一钩，掀开了左臂上一片皮肉。沈镜玄一声怒喝，脚尖在石壁上一点，飞身一跃，将手上长衫一抖，“唰啦”一声卷住了魏三千的脚踝，用力一拽。魏三千惊得肝胆俱裂，整个身子向下一沉，险些坠落悬崖。沈镜玄双手抓住长衫，两脚虚点崖壁，腾身一跃，蹿到了栈道之上，劈手一掌，直击魏三千的面门。魏三千一咬牙，右臂一弹，使了个六合螳螂拳的架子，左臂架住沈镜玄的小肘，右臂勾打沈镜玄的太阳穴。沈镜玄右脚蹬地，沉腰坐马，右手竖起，扇开了沈镜玄的勾打。魏三千双脚前后一分，两手一错，向外画了一个半圆，刁开沈镜玄的手臂，抢上前去，硬攻沈镜玄的中线。

这螳螂拳的手法，讲究勾、楼、采、挂、黏、沾、贴、靠、刁、进、崩、打十二字诀。要求：不刁不打，一刁就打，一打几下，连环进攻。攻防之间能刚柔相济，手脚并用。沈镜玄被抢入里怀，形势上落了下风，只能双臂一合，用了一招三皇炮捶中的“夫子三拱手”，像极了古式的拱手礼——身弓，腿弓，臂弓。拳势一出，抖出“啪”的一声脆响，直击魏三千。

魏三千眼见沈镜玄双臂抱圆合一，撑在胸前，自己已无法缠打，于是双臂连忙立肘，架住沈镜玄的直打，右手下拉，扯开沈镜玄的拱手，勾打沈镜玄的面门。沈镜玄长吐了一口浊气，右脚一立，整个身体骤然一缩，蹲身一蜷，缩成了孩童大小。魏三千一招打空，暗道了一声：“不好！”

就在魏三千旧力已竭、新力未生之时，沈镜玄整个人抻筋拔骨，右手护住裆下，挡住了魏三千撩阴的一脚，左臂一抬，变拳为掌，直托魏三千下颌。这拳法运用要讲顶冲挂撩，掌法则讲劈撑踏撞，沈镜玄这一掌，掌根劈，手指撑，脚下踏，合身撞，一招之间含四法精要，且迅若雷霆。

沈镜玄“啪——”的一掌打在了魏三千的下巴上，魏三千不由自主地向后一仰，沈镜玄变掌为钩，接着向上的冲力，将手掌伸过魏三千的脑门，向下一抠，插进了魏三千的眼窝。

“啊——”魏三千一声大喊，眼眶里鲜血横流。

半空中盘旋的大雕眼见主人被伤，一声尖鸣，奔着沈镜玄直冲而来。沈镜玄飞起一掌打断了魏三千的腰椎，身子一闪，躲到了魏三千身后。大雕一击不中，险些伤到主人，正要改换角度，再次飞高的当口上，沈镜玄脚尖一挑，将缠在魏三千脚踝上的大褂挑起来，攥在掌中，扭腕一甩，束衣成棍，抡圆了一棒子打在了那大雕的脑袋上。

“砰——”那大雕被一股大力抽打，整个脑袋被打得粉碎。

“狗贼！今日便要你给我儿偿命！”沈镜玄一声大喊，散开长衫，缠住了魏三千的脖颈儿，飞起一脚，将魏三千踹下山崖，跺脚一踏，将长衫的一头踩在脚底，魏三千脖子被长衫挂住，再狠命地向后一拉，瞬间便扯断了颈骨，魏三千身子一软，一命呜呼。

沈镜玄立身在风雨之中，看着魏三千的尸体被长衫挂着左右飘荡了一阵后，轻轻地抬起了脚，魏三千的尸体在沈镜玄的注视中落入悬崖。

“儿啊！爹……给你报仇了——”

沈镜玄两眼通红，冲着悬崖底下一声大吼，转身爬上栈道，向上追去，不到一炷香的时间，便追上了那个中年军官，一个纵越，拦在了那中年军官的身前。

“帽子摘下来，让我看看你的脸……”沈镜玄冷冷地一笑。

那中年军官没有答话，只是压低了帽檐，缓缓地摇了摇头。

“找死！”沈镜玄一声怒吼，飞身一掌，打向中年军官的胸口。那中年军官不闪不避，迎着沈镜玄一个虎扑蹿了上来。

“砰——”沈镜玄开碑裂石的一掌打到了那军官的胸膛。那军官呕出一口血，咧嘴一笑，沈镜玄低头一看，只见自己的手腕处已被拴上了一只黑铁的镣铐，另一端就系在那中年军官的手腕上。

“哗啦——”沈镜玄向后撤掌，扯动着镣铐的铁链，带动那中年军官浑身一抖。

那中年军官森然一笑，扯开军服，露出了捆在胸前的炸药。

“天皇……万岁……”

“呲——”那中年军官拉开了引线，一个助跑，飞身一跳，跃下了山崖。沈镜玄猝不及防，也被他扯落悬崖，飞速向崖底坠去！

劲风鼓荡，那军官头顶的军帽被掀飞，露出了整张脸。沈镜玄眯着眼，看了看他的面目，轻声叹道：“不是西尾……”

沈镜玄微微一笑，在下坠的过程中掏出了怀里用油纸裹住的两枚烟花，狠命地一扔，将红色烟花扔到了栈道之上，将青色的烟花塞进了怀里，缓缓地闭上了眼。

“轰——砰——”

中年军官身上的炸药爆开，瞬间将自己和沈镜玄吞没。

“咻——当——”

沈镜玄怀里的青色烟花被二次引燃，直冲入云，在大雨中迸开……

悲风口，横尸遍野，血流成河。袁森一声闷吼，一个突刺扎死了一个日本兵，再抽出卡在骨头缝儿里的刺刀，扭头向百丈崖方向看去。

“青色的……”

袁森和满身是血的李犀山对视了一眼，将目光投向了对面日军堆里一个被五名妖忍护在正中的裹着黑色披风的男子。

“是他吗？”袁森喘了一口粗气，哑着嗓子问道。

“不知道啊……帽子压太低，看不清上半张脸啊！”

李犀山抹了一把脸上的雨水，在裤子上蹭了蹭手心，将步枪的绳带缠在手腕上，在旁边一个日本兵的尸体上抹了抹刺刀上的血。

“杀过去！捅死了再看！”袁森一咬牙，发了声喊，和李犀山并肩冲去。

穿行悲风口的这队日本兵装备精良，战力精干，五百人的兵力配备了不下一百架百式冲锋枪。这种百式冲锋枪有效射击距离 120 米，最大射击距离 600 米，每分钟能击发子弹450发。要知道这种冲锋枪的成本是当时陆军步兵标准兵器三八式步枪的三倍，在1938年全年一共才量产30000架，而在此时的悲风口就有100架在冲着惊、开两门的贼众扫射。

悲风口两边都是垂直的山壁，向上看去，只能看到一线青天，大风吹过，呜咽悲鸣，故得名“悲风口”。

这惊、开两门的贼众用的大多是手枪和步枪，这第一轮对射就落了下风。悲风口地势狭窄，避无可避，枪林弹雨之中，邓婆婆腹部被流弹打穿，重伤身亡。袁森带着惊门好手撑过了对方的两轮扫射，在两方都打光了弹药的时候，拔刀冲了上去，带领门下众贼拉开了百刃战的序幕。

对方带兵的有五名妖忍，一曰百目，二曰狐火，三曰小袖手，四曰返魂香，五曰鬼一口。

陈七瞧见对方这个阵仗，心中暗道：“看来……这一伙保护的那个人应该就是真的西尾寿藏了！”

“杀——”袁森端起步枪，使了个拨草寻蛇的招式挑开了两个日本兵，冲到了那中年男子的身前。

“当——”一声脆响，一个体重足有四百斤，好似肉山一般的大汉从人群中一跃而出，五指一张，抓住袁森的枪柄，向下一拉。一股大力袭来，袁森身子被扯得向前一倾，那壮汉右手趁机一把揪住袁森的后脖领子，往前一拽，挺胸一撞，袁森一个踉跄，整个人被凌空揪起，“砰”的一声撞在了那大汉的胸膛上。

“呼——”那大汉一手拽住袁森的枪柄，一手从袁森的后颈处向下一滑，贴着袁森的脊柱挪到了他的后腰上，五指一攥，抓住袁森的腰带，抬臂一扔，将袁森扔了出去。袁森在半空中扭腰翻身，翻了一个跟斗，落地一晃，脚下连退三步才稳住身子。

袁森抬眼看了一眼那大汉的头顶，只见他头顶梳着一个发髻，宛若一片硕大的银杏叶。袁森知道这种发式名曰大银杏，乃是相扑高手才绑的发式。那大汉一声轻笑，扯开了上衣，露出一身墨色的花绣，白花花的肉堆上文满了巴掌大小的眼珠！

妖忍百目，撕扑称雄！

“啪——”百目拍了拍自己胸口的肉，指了指袁森，一脸轻蔑地勾了勾手指。

袁森缓缓站直身子，扔了手里的步枪，屈膝半蹲，同时左掌向左抬起，掌心朝上，肘下垂，掌与眼同高，右肘稍向上一提，右腿一分，震脚一撑，两臂舒展开来，侧斜向上，随着呼吸一起一伏。

长拳法，劈挂掌！

“哼——”百目一声怒喝，拔腿冲来，两手一上一下，上手遮脸，下手穿裆，连抓带抱，赫然是相扑中的经典技法——上手投。

袁森瞧见百目的庞大身躯如火车头一般撞来，哪敢硬接，连忙斜刺里一闪，落地一个翻滚，站到了百目侧面，两臂自肋下一提，肩催肘，肘催腕，腕催掌，掌催指，两条手臂软如藤条一般打了一个波浪，在半空中甩了一个半圆，抽向了百目的脸颊。百目一抓不中，两手一抱头，袁森的手臂“啪”一声抽在了百目的小臂上。这一下，又狠又脆，劈挂掌讲究放松不拘，合蓄开发，势猛力柔，柔中含刚，冷、弹、脆、快、硬，五劲连到，瞬间就将百目的手臂抽出了一道淤青。

“啊——”百目发了一声喊，扭腰转身，两手来抱袁森腰肋。袁森一个后跃，膝盖一弯，左臂自身下抡圆上撩，“啪”的一下抽在了百目的小腿上。百目一身痛呼，身子一个趔趄险些栽倒，低头一看，小腿上一道淤青正渗着紫红色的血痕。

劈挂掌最擅长放长击远，练的就是个：起落钻伏，伸收摸探，开合爆发，蜿蜒蛇行。其动作快捷灵活，犹如大江奔腾，行拳应战时观前顾后，顾左盼右，望远视近，随形出招，最难捉摸。此时，袁森一击得手，信心百倍，仗着身法灵活，甩动两条藤条般的手臂来回抽打，绕着百目的攻势，逢进必跟，逢跟必进，进跟连环，环环相套。袁森自八岁起便随柳当先的父亲柳鹤亭练拳，日日劈桩不辍，将拳术练到死皮蜕净、大巧还拙，内练抖肩活脊，外练手臂柔韧，直练得手指如锥、手背如锤、手臂如藤，打身上就是一串噼里啪啦的爆响，随便一抽，便能使血管爆裂。

百目这边在袁森的游斗下渐落下风。旁边一个宽袍大袖的男子眉毛一皱，要上来助拳，李犀山横过步枪，用枪托砸开了日本兵，弓步一刺，冲到了那男子身边。那男子见李犀山的刺刀来得快，只能一收步子，闪到一边。

李犀山指了指那男子，一抬下巴，吹了一声口哨。

那男子面上闪过一丝愠怒，大袖一挥，朝着李犀山扑来。那男子的袖子极大，举手抬足宛若抖起一面大旗。李犀山挺着刺刀向前，一刺，正扎到那袍袖之中，刺刀没入袖内，不见踪迹。

“哗啦——”大袖一卷，顷刻间缠住了李犀山的刺刀。

“唰——”袖子中的胳膊消失不见，反从胸口处伸了出来。

“啪嗒——”那男子的胳膊上一阵机簧响动，自胳膊上的护腕里弹出了一把总长不及一尺二寸的短剑，直扎李犀山的咽喉。李犀山松开步枪，腾身后仰，那短剑贴着李犀山的咽喉擦过，挑下了李犀山颈下的一对扣子。

妖忍小袖手！日本袖剑的名家！

李犀山仰面倒地，侧身一滚，闪到一边。在人堆里厮杀正酣的姜瑶瞥见李犀山失利，大枪一扫，从地面上挑飞了一支上了刺刀的步枪，向李犀山这边抛来。李犀山一抬手接过了步枪，长吐了一口气，将刺刀的刀尖一压，再次向小袖手冲来。

“拿下那个女人！”小袖手一边指着姜瑶高喊，一边迎上李犀山。

乱战丛中，两道身影分开人群，一左一右朝着姜瑶攻来。

左边那人是一个青年男子，劲装短打，使的是一件名曰契木的奇门兵刃。所谓契木，就是一种连枷武器，以中空的铁棍为柄，铁锤和铁链在末端，可伸可缩，可打可缠，极具侵略性。

“呼——”契木迎头一甩，砸向姜瑶，姜瑶枪尖一挑，荡开了铁链顶端的铁锤，冷声喝道：“什么人？”

那男子回拉铁柄，操着一口蹩脚的中文，冷声喝道：“妖忍！鬼一口！”

右边那人是个女子，操着一柄薙刀，和鬼一口一前一后地冲到了姜瑶面前。所谓薙刀，是日本长柄武器的一种，也称眉尖刀，柄长，刀幅宽，刀身的中段有条血槽，是日本“武家女子必修之武术”。

“唰——”轻薄的薙刀寒光一闪，从姜瑶的面颊旁扫过。姜瑶抖动大枪，以一敌二，竟然丝毫不落下风。

“你又是谁？”姜瑶冷声问道。

“我是妖忍返魂香！”那女子的中文字正腔圆，竟还有些吴侬软语。

姜瑶微微一笑，将手中大枪抡了一个圈，在身前一荡，将这两人逼开后，在腰上一绕，担在了肩上。姜瑶一脸傲然地看了一眼鬼一口和返魂香，朗声说道：“我叫姜瑶，练的是正宗的六合大枪。”

话音一落，姜瑶枪杆一转，绞开了鬼一口的契木，脚下步法一变，虚步一抬，斜上一步，挺枪刺进了契木的铁链之中，直捅对方肋下。鬼一口横架铁柄，将枪头卡住，奈何姜瑶这一下招沉势大。在枪头被卡住之后，姜瑶身子一倾，腿如马，枪如龙，枪杆子一伸一缩、一弯一直之间，劲力吞吐，向上一挑，将鬼一口整个人挑飞了出去！

姜瑶这一手，来如箭，去如线，一枪下去，行、抖、刺、错、挂、抢、钩、捋，八样劲儿都使全了。

挑飞了鬼一口，姜瑶枪杆子一横一抖，斜戳左边冲来的返魂香。返魂香抡起手中的薙刀架开姜瑶的枪头，刀刃一滑，顺着枪杆子来削姜瑶的手指。姜瑶一声冷笑，大枪顺势下圈，使了个二郎拨草的手法，一拨一打，震开了返魂香的刀刃，伸进她的两腿之间，一绷一挑，拨了返魂香一个踉跄。

姜瑶单手持枪，平端胸前，朗声笑道："什么妖忍，我看也是稀松平常！"

言罢，姜瑶舞动枪杆，一声呼喝，往左扎青龙出水，往右扎童子降香，在鬼一口和返魂香两人的包围中左冲右突，将一杆长枪舞得神出鬼没，如同游龙戏水一般。

"唰——"姜瑶枪头一拨，挑开了返魂香手里的薙刀，回身一架一绞，崩飞了鬼一口手里的契木，抡圆了枪杆子，重重地抽在了鬼一口的后颈上。

"扑通——"鬼一口应声倒地，被姜瑶贴地一枪扎穿了喉咙。

返魂香又急又怒，舞动薙刀抢攻了四五个回合，也没突进姜瑶身前半尺。姜瑶找准破绽，使了个朝天一炷香的招数，一枪捅进了返魂香的肩窝，正要下手再扎她咽喉的时候，半空中一柄铁扇飞旋而来，穿过风雨，"当"的一声打在了姜瑶的枪头上。

一道身穿日本军服的身影穿过人群，举手一张，将铁扇接在掌中，一合扇骨，稳稳地立在场中。姜瑶将大枪抱在怀中，斜眼向上瞟了一眼微微颤动的枪尖，喃喃自语道："好厉害的高手！"

来人正是在白坟村谷底假扮尸体，杀了唐六儿的妖忍獭狸！

獭狸的目光透过雨幕，牢牢地锁住了姜瑶。远处的陈七瞥了一眼獭狸背在身后的布包，那布包破了一角，依稀能看出那包里的东西正是曹忡的降魔杵。陈七心中一痛，知道曹忡定是已然身亡。

此时獭狸上场，返魂香精神大振，顾不得肩上的伤，站起身来，和獭狸并肩而立，缓缓地逼向了姜瑶。

"他妈的……"陈七也看出那獭狸身手不凡，害怕姜瑶有失，连忙从土丘上一跃而出，在地上捡起一支步枪，顶上刺刀，就要上去助战。

"哎哟——我的七爷——"邓辞乡眼疾手快，一把抱住了陈七，大声喊道："您这是要干吗去啊？"

陈七狠狠地掰着邓辞乡的手指头，大声喊道："你松手，我要帮我媳妇儿……"

邓辞乡一皱眉头，苦着脸将陈七按在了地上，一脸无奈地说道："七爷，你那两下子还是别上去添乱了，要帮忙……不是还有我呢吗？"

“啊？你……”

邓辞乡神情一冷，长吸了一口气，从陈七的手里抢下步枪，带着手底下十几个蓝衣社的汉子，一声虎吼，冲下了山坡……

第八章　八尺河

“啊——”

袁森那边骤然传来一声惨叫，众人闻声看去，只见百目浑身上下布满了抽打出的淤痕，左腿上伤痕尤甚，小腿处密密麻麻的全是青紫的瘀血。袁森绕着百目游走，仗着身法灵活，一连八掌都拍在了百目小腿的同一个位置上。

“着！”袁森腾身而起，一声暴喝，拍出了第九掌，准确无误地又拍在了百目的左小腿上。

“咔嚓——”一声骨骼断裂的脆响传来，百目左小腿的迎面骨以一个不可思议的角度断开，整个人身子一歪，向地面倒去。袁森瞅准机会，腾身而起，跃过百目头顶，并指一戳，准确无误地戳在了百目脑后颈椎的第三节上，“咔”的一声，百目的颈骨在厚厚的肉下猛地一抖，断成了两截。

“砰——”百日直挺挺地倒在了地上，再也没有起来。

“西尾寿藏，拿命来——”

袁森一声大喊，跃过百目的尸体，腾身一抓，奔着那个穿着黑色披风的人冲去。

站在那男子身边的是一个头戴斗笠、身着武士服的浪人，瞧见袁森扑来，那浪人连忙侧身一腿，横扫而来。袁森人在半空，避无可避，危难之际，邓辞乡从一旁闪过，抢起步枪的枪托，“砰”的一声砸在那个浪人的腿上，磕开了浪人的扫踢。那浪人一击不中，落腿的一瞬间，邓辞乡已经拦在了他的身前，亮了亮刺刀，狞笑着说道：“咋样？搭搭手不？”

与此同时，袁森腾身如鸟，冲到了那身披黑色披风的中年男子身前，变抓为劈，一掌挥向那中年男子的太阳穴。

“砰——”那男子的半颗脑袋碎成了蜡屑，四散飞舞。

“这是……蜡像……”

原来，那男子的头颅乃是蜡模所制，再加上帽檐压低，远远看去和真人无异。

“咔哒——咔——”一阵机簧响动，那无头的中年男子猛地举起双臂，露出了藏在袖子里的一双手，那手通体以精钢铸就，五指如钩，指尖寒光闪动，每一个关节都可以灵活地转动。

“呼——”那无头男子两臂一抬，向袁森脖子抓去。

“小心！是傀儡术——”邓辞乡余光一瞟，冲着袁森大喊了一声。袁森伏地一滚，躲开了这一击。

袁森借着月光一看，只见这身披黑色披风的无头男子周身百骸之中，有无数透明的丝线如蛛网一般交错连通，而在这蛛网的尽头，正是那浪人的十根手指。

那浪人一声尖啸，十指飞速一抖，那无头男子凌空跃起，苍鹰扑兔一般掠过袁森头顶，直奔邓辞乡扑来。

邓辞乡攥紧了手中的步枪，向上刺去。

“哆——”

一声脆响，邓辞乡手里的刺刀扎进了那无头男子的胸口，发出了插入木桩的闷响。

“咔哒——”那无头男子的胸口仿佛有某种机关锁扣，邓辞乡向后一抽，发现步枪竟然拔不出来了。

“唰——”无头男子两只利爪扫过，邓辞乡只得弃了步枪，抽身后退。那无头男子脚尖在地上一点，轻轻松松前滑了五步，右手平伸，接着向邓辞乡抓来。

袁森此时已经知道了对方用的是傀儡术，当下纵身而起，直扑那浪人后心，运足内劲，“砰”的一掌打在了那浪人的后心上。

“咔嚓——”那浪人的后心传来了一阵脆响。

“咔哒哒——”那浪人两腿不动，上半身瞬间逆转了一百八十度，后脑勺转到了前面，前脸转到了后面正对袁森。

“什么？”袁森不可置信地一声惊呼。

“咔——”那浪人两臂暴张，一把将袁森搂住。

“嘶啦——”自那浪人两臂中弹出十余只倒钩，入肉生根，倾数刺入了袁森的体内。

袁森吃痛，怒上心头，仰头一顶，一个头锤，直直地撞在了那浪人的斗笠上。

“砰——”那浪人斗笠四散碎开，露出了一张木雕的脸，脸上没有五官，只有两个日文字“狐火”！原来连这浪人都是一具机关傀儡！

妖忍狐火，三千院最好的傀儡师！

陈七在土丘上瞧见袁森重伤，血透衣裳，连忙大声喊道：“快救我师哥！”

正在酣斗的姜瑶听见陈七呐喊，连忙一甩枪头，奔着袁森那边冲去，奈何獭狸手中的铁扇实在难缠，旁边还有返魂香的薙刀牵制，一时间姜瑶竟然被拖住了脚步。李犀山那边和小袖手的袖中剑已经对冲了十几个回合，李犀山浑身上下被捅出不下二十处伤口，仍旧咬着牙拼斗不休。

邓辞乡被狐火用无头男子困住，几次想冲到袁森身边都被挡住。

袁森两臂一撑，浑身筋骨齐鸣，发出节节爆响，身上的倒钩扯得他皮肉翻卷，鲜血淋漓。

“啊——开——”袁森一声大吼。

“啪——”那浪人的两臂被应声崩断。袁森失血过多，面如金纸，深吸了一口粗气，挥出一拳，将那浪人的脑袋打得粉碎。

就在那浪人的头颅爆开的一瞬间，自那浪人的腰下猛地滚出了一个满头白发的侏儒。他团身而起，手中寒光一闪，一把匕首“噗”的一声捅进了袁森的小腹之中，刀刃齐根而入，鲜血霎时间浸透了袁森的衣裳。

袁森伸手一捞，闪电一般攥住那侏儒的脖子，将他缓缓举起。

"原来……是你这么个小东西……"

侏儒手中的匕首扎进了袁森的小腹，还没来得及拔出来就被攥住了脖颈儿，人被袁森举在半空，手脚一阵乱蹬，奈何身量矮小，手臂粗短，任他如何蹬刨也碰不到袁森。

"哈哈哈……哈哈……我袁森纵横一世，不料竟伤在你这么个玩意儿的手上……哈哈哈……有趣！"

袁森一声大笑，拔出了小腹上的匕首，一下插进了那侏儒的咽喉，瞬间要了他的命。那侏儒一死，无头男失去了操控，瞬间变为一摊烂铁废木，稀里哗啦地散在了地上。

袁森咳了一口血，身子一软，向前栽去。邓辞乡赶紧冲了过来，将袁森架住。

袁森深吸了一口气，咬了咬牙，捞过邓辞乡手里的步枪，将枪柄撑地上，拔下刺刀，用枪口支住自己的身体，嘶声说道："放心……袁森倒不了……快去帮李犀山……"

邓辞乡重重地一点头，接过袁森手里的刺刀，跑到李犀山的旁边，两人并肩而立。邓辞乡瞥了一眼血人一般的李犀山，涩声说道："兄弟，你失血太多了……不能再动武了，你先退，我来打……"

李犀山龇牙一笑，沉声说道："兄弟我土匪起家，十几年拼杀到如今，哈哈哈，别的啥都不多，就是血多，杀——"

李犀山一声大喊，冲到了小袖手的面前。小袖手一眯眼，挥舞袍袖一掀，遮住了李犀山的半个身子，袍袖底下，冷光一闪，李犀山的大腿上登时开了一条深可见骨的口子。小袖手一击得中，抽身后退，李犀山一声闷吼，弃了手中步枪两手一抓，扯住了小袖手的袖口。小袖手大袖一笼，遮住李犀山头脸，飞起三脚，一下重过一下地蹬在了李犀山的胸口上。李犀山吃疼，弯腰一躬，小袖手趁机跃起，在李犀山背上连扎三刀。与此同时，邓辞乡的刺刀也已经扎到，小袖手正要回身格挡，突然只觉得手腕一沉，低头一看，只见李犀山满面是血躺在地上，两手之间挂着一根牛筋绳，那绳子以一种极其密集繁复的绳结将李犀山的双手和小袖手的胳膊捆在了一起。小袖手吓了一跳，手腕一翻，想要割断那牛筋绳，李犀山双手一错，那绳结骤然锁紧，绳结上的疙瘩扣一下子卡进了小袖手腕上的牛筋里，越收越紧。小袖手痛入骨髓，手腕一抖，袖剑“当啷”一声掉在了地上。

“砰——”小袖手飞起一脚，踢在了李犀山的肋下。

“咔嚓——”在李犀山肋骨应声而断，扎进肺里的同时，邓辞乡的刺刀也扎进了小袖手的胸口，邓辞乡反手一拔，一蓬鲜血涌出。

“杀——”邓辞乡红着眼，又冲上前来。

“啊——”小袖手一声痛呼，想要闪躲，但是半边身子又被李犀山的身子拖住，腾挪不便。

“扑通——”小袖手一脚绊在了李犀山的身子上，仰面栽倒，邓辞乡趁机一撞，掀翻了小袖手，一刺刀扎进了他的咽喉！

邓辞乡弃了手里的步枪，上前抱起李犀山，捡起小袖手的袖剑，割断了李犀山手上的牛筋绳。

“兄弟！”邓辞乡轻轻地摇了摇李犀山。

李犀山呕了一口血，歪着脑袋，看着他说道：“无……无妨……我李犀山就是血……血多……怎么样？他死了没？”

“死了！透透的！多亏了你这绳索……”

“这叫……吞羊扣儿……古时候捕快捆飞贼的手段……锁筋拿骨，越挣越紧……咳……咳……”李犀山肺部被肋骨扎透，不住地咳血。

“兄弟，你先歇一会儿……”邓辞乡弯腰，背起李犀山就往人群外面冲。

獭狸瞧见小袖手和狐火先后被杀，神色一冷，虚晃一招避开了姜瑶的大枪，收拢残余的日军，直奔袁森和邓辞乡而去。

此时，酣战已打了半个多时辰，两伙人马损伤惨重，贼门这边人手已不足二十，日军那边还有一百多人的战力。

陈七再也按捺不住，不顾阻拦，拎起一支步枪冲下了土坡。众贼瞧见佛魁带队冲锋，也连忙收拢到一处，追着陈七的脚步跑到袁森身边，围成了一个圆阵，和包围而上的日军对峙在了一起。

“师哥——”

陈七伸出手去抓袁森的手，却发现袁森的身子早就凉透了！

“师哥……”

陈七的声音有些颤抖，哆哆嗦嗦地伸出手指往袁森的鼻子下面一探，竟然感受不到半点儿呼吸。

袁森拄枪而立，已死去多时……

“师哥——”陈七一声哀号，只觉一阵天旋地转。

陈七从岳阳一路走来这两个月里，是袁森与他形影不离、朝夕相伴。两个人有过面红耳赤的激烈争吵，也有过痛饮狂歌的把酒言欢，而陈七也正是看着袁森的言行，听着袁森的故事，耳濡目染地将自己从一个街头的小混混变成了今日的佛魁陈七。陈七早已将袁森看作肝胆相照的朋友、又敬又爱的大哥！此时，眼见袁森身死，陈七岂能不痛断肝肠！

“七爷！节哀……”邓辞乡轻叹了一句，轻轻地放下了背上的李犀山，脱下外衣盖住了李犀山的脸。

“李……”陈七下意识地伸出手，想去触碰李犀山，却被邓辞乡一把抓住了手腕。

只见邓辞乡轻轻地摇了摇头，幽幽说道：“马革裹尸是英雄的宿命！醉卧沙场，不过是个早晚罢了……”

陈七闻言，愣了一下，随即展颜一笑，一点头，对着袁森和李犀山的尸体说道：“你们先走一步，陈七随后就到！”

邓辞乡一挑拇指，朗声赞道：“这才是一代佛魁该有的样子！”

陈七轻叹了一口气，对邓辞乡说道：“这场仗是贼门的事，你们蓝衣社仗义出手，我已铭感五内，一会儿打起来，你先撤……”

邓辞乡闻言一笑，徐徐说道：“既是贼门的事，便是邓辞乡的事！”

“你……你说什么……”陈七一愣，一脸茫然地看着邓辞乡。

邓辞乡没有答话，只是轻声说道：“贼行高手一十四：龙虎探花沈公子，烟酒画皮盲道人。九指阎罗皮影客，瓦罐流梆小门神。不知七爷见了几人？”

陈七沉思了一下，张口答道：“除了神龙见首不见尾的皮影客，我都见过了！”

邓辞乡扭过头来，看着陈七，一字一顿地说道：“我，就是皮影客！”

“什么？你说什么？”陈七满面惊慌，瞪大了眼睛，“你……你不是蓝衣社……”陈七指着邓辞乡，结结巴巴地说不出话来。

邓辞乡一声苦笑，轻声说道：“看来七爷还是不甚了解贼门的规矩，其实也不怪你，这个规矩流传了千年，只有历代的皮影客才知道根底！”

“历代的……皮影客……”

“自古有官就有贼，贼官不两立，这两伙人自诞生之日起就势同水火，为了对付对方，那是无所不用其极，这用间自然是其中之一。官家渗透进贼行的卧底，行话叫钩子，贼行打入官家的卧底，行话就叫皮影。由于皮影一职事关重大，一旦身份败露，必定是死无葬身之地，所以这皮影必须藏得够深。按着贼行规矩，皮影的身份只能由佛魁一人掌握，而且为了混入官家的更高层，皮影的潜伏远非一代人所能完成。明末，贼门四十八代佛魁聂卿侯夜盗扬州身亡，身负卧底重任的邓家和贼门失去了联络。二百年来，贼门一直没有佛魁出现，我邓家就潜伏了二百年，直到五年前，八门重振，好手迭出，南有聂鹰眠，北有柳当先，此二人大有一统贼门之势。彼时，贼门评点高手，我化名皮影客，遮掩面目身份参加了比斗，位列十四甲之内。可惜，佛魁断代已久，贼门已无人知晓皮影客之事，我只能潜藏身份，以蓝衣社南方局负责人的身份相助贼门。七爷，难道您不觉得奇怪吗，每到贼门有难的时候，无论是火烧岳阳楼，还是桂林破谜案，抑或是今日和三千院的生死相搏，只要贼门有需要……邓某总能以千奇百怪的理由出现在贼门的身边……”

邓辞乡此话一出，陈七瞬间想起，自己从火烧岳阳楼一路走到今天，每一次出现危机的时候，这邓辞乡确实总是出现在自己的身边……

“原来你不是为了盘林西尼……”陈七瞠目结舌地问道。

“借口罢了……”邓辞乡微微一笑，攥紧了手里的步枪，看着陈七沉声说道，“二百年了，贼行终于迎来继任的佛魁了！”

陈七长吐了一口气，昂起头来，看着缓缓逼近的日军，探手从袁森的腰间摘下一只冲锋号，扭过头来，对着邓辞乡展颜笑道：“会吹吗？”

“当然！”

“来，给个响儿！”

邓辞乡接过陈七手里的冲锋号，深吸了一口气，将冲锋号举到了嘴边，挺起胸膛，两腮一鼓，一声雄浑高亢的号声冲天而起！

“杀——”陈七大喊着攥紧了手里的刺刀，奔着日军杀去。

* * *

獭狸在人群中瞄准了陈七，一摆手，用日语大声喝道：“擒贼先擒王！”

众日军得令，发疯一般向陈七拥来。獭狸展开折扇，迎风一掷，直奔陈七射来。

“铿——”

一点寒芒飞过，姜瑶的枪头从陈七的耳边掠过，挑飞了獭狸的折扇。

“阿瑶！”陈七又惊又喜地喊了一声。

姜瑶柔声一笑，站到了陈七的身边。陈七回头一看，只见姜瑶左臂上一个伤口血流如注，原来刚才獭狸暗算陈七，姜瑶为了挡下这一击，顾不上格挡返魂香的薙刀，在抽枪挑飞了獭狸折扇的同时，胳膊上挨了一刀。

陈七眼眶泛红，捧着姜瑶的胳膊，掉着眼泪，哀声说道：“都是我没用……连累你受伤……”

姜瑶轻轻地抓住了陈七的手，笑着说道：“才不是这样！阿七，其实在我心里，你和那力拔山兮气盖世的西楚霸王不差毫分。”

“我……”陈七嗫嚅了一下，话还没说出口，獭狸的折扇便已再次飞来。姜瑶松开了陈七的手，抡开大枪杆，朗声笑道：“阿七，你且看我这一枪！”

“唰——”

姜瑶前跃一步，手中大枪如毒龙出洞般陡然穿过人群，左右一绷，崩开了两个日本兵，枪头一抖，枪花攒动，直刺獭狸双眼。

这一枪迅猛绝伦，獭狸只觉眼前一花，枪头已经刺到了眼前。獭狸来不及退步，只能吸气收腹倒身后仰，同时收起折扇，挥动精铁的扇骨，挡在喉咙底下。姜瑶长枪刺到，“当”的一声扎在了扇骨之上。

大枪和铁扇金铁相交，发出了一声刺耳的铮鸣。

姜瑶一招得手，趁势相追，大枪一拧，螺旋般转动起来，钻在那扇骨之上，竟冒出了一团火星。

“吱——”

姜瑶的枪杆发出了一声令人牙酸的弓响，顶着獭狸的扇骨，绷成了一张弓。

“獭狸君！”返魂香一声大喊，舞动薙刀来救。邓辞乡一枪托砸断了一个日本兵的脖颈儿，飞起一脚踢开了返魂香的刀刃，堵住了她的来路，咧嘴笑道：“妹妹，哥哥来陪你玩玩啊？”

返魂香一咬牙，一刀劈来，邓辞乡神色一冷，纵身扑上。

獭狸耳听得返魂香驰援受阻，又见姜瑶枪杆弯如弓，蓄力已深，气势如虹，心中暗道不好，连忙足尖一点，借着枪杆外弹之力向后跃去，同时一开折扇，在脑袋上一拢，遮住了头面和咽喉的要害。

姜瑶瞧见獭狸后撤，手腕翻动，大枪变曲为直，闪电般弹起，以折扇为心虚画了一个圆，绕过扇骨一个点刺，瞬间扎穿了獭狸的手腕。

“啊——”獭狸一声惨叫，手中的折扇落地。

“呼——”獭狸强忍手上的痛，就地一滚，用另一只手接住了折扇，贴地一蹿，直扑姜瑶身前。此时姜瑶大枪远伸在外，回手不及，獭狸趁机抢进了内圈。有道是，一寸短，一寸险，此刻贴身相搏，沉重的大枪反倒不如铁扇灵活。

“死吧！”獭狸一声大吼，“唰”的一声张开了折扇，直劈姜瑶咽喉。姜瑶瞳孔一紧，侧身一倒，将大枪平着一拽，整个人躲在了枪杆底下。“当——”獭狸的铁扇劈在了枪杆上，冒起一串火星。

此刻，獭狸在上，姜瑶在下，两人中间隔着一根枪杆，相距不到一拳。姜瑶的大枪无法竖起刺击，而獭狸的铁扇却可削可打。

“唰——”獭狸的折扇变劈为削，顺着枪杆横削姜瑶手指。姜瑶一个翻身弃了枪杆，在枪头处一抓，逆时针一拧，将枪头“咔哒”一下子摘了下来。

獭狸一削不中，回头之际，姜瑶已经握着枪头，贴身一扎，直接将枪头钉进了獭狸的后心！

“噗——”獭狸一口鲜血呕出，低头一看，姜瑶的枪头已经从自己的前胸扎了出来，鲜红的血顺着枪头的血槽哗啦啦地往外涌。

“好……好快……”

獭狸从嗓子眼里咕哝出了半句话，瞪着眼睛栽倒在地。姜瑶伸手拔出了枪头，拧在了枪杆上。

“獭狸君！”返魂香见獭狸身死，惊惧之下手脚一慌，被邓辞乡瞅准机会，一刀刺倒，再抡起枪托，将半边脑袋砸了个稀烂。

陈七双手抓着步枪，死命地按在一个日本兵的脖子上，两个人在地上一阵翻滚厮打。陈七虽然出身街头，从小到大没少殴斗，但那街面上的拳脚撕扑和战场上的生死相搏，终究是不同。

那日本兵脖子被陈七按住，憋得满脸通红，一手架住陈七的步枪，一手在地上一捞，捡起一个钢盔，抡圆了胳膊，“砰”的一声砸在陈七的脑袋上，陈七的额角瞬间开了道口子，鲜血立马就淌了下来。

“啊——”陈七吃痛，发了声喊，手上加劲使劲下压，那日本兵额上青筋暴跳，脸都憋成了茄子皮色儿！

“砰砰砰——砰——”那日本兵抡起钢盔一下接着一下地砸在陈七的脑袋上。陈七挨了十几下重击，脑子一晕，手脚下意识地一松，被那日本兵瞅准机会，翻身一甩，将陈七掀倒，倒骑过来，两手一抓，扼住了陈七的喉咙。

“咳……咳啊……啊……”

陈七被掐得上不来气，拼命地挣扎，奈何那日本兵的气力极大，陈七缺氧，呼吸跟不上，眼看就要憋死的时候，半空中一杆大枪飞来。

“唰”的一声，日本兵被扎了个透心凉，应声倒地。姜瑶弯腰抓住了陈七的手，将他拉起身来。

“阿瑶……我真是没用……”陈七又羞又急，埋着脑袋，不敢去看姜瑶的眼睛。

姜瑶伸手，轻轻地抚摸了一下陈七的脸，笑着说道：“傻瓜……”

“砰——”一声枪响传来，陈七只觉得姜瑶的手猛地一抖。

“阿瑶……”陈七猛地抬起头来，只见姜瑶的胸口处染红了好大一片。

“阿瑶……”陈七如遭雷击，大脑一片空白，浑身打着哆嗦，缓缓伸出手去，抱住了栽倒在他怀里的姜瑶。

“啊……啊……啊……”陈七哑了嗓子，说不出话来，整个人“砰”的一下坐在了地上。他看了看怀里渐渐冰冷的姜瑶，又看了看自己被姜瑶的血染红的双手。他摸了摸姜瑶的脸，轻轻地推了推姜瑶，又抬起头来，一脸茫然地看了看周围。

这一刻，世界死一般地寂静，喊杀的吼叫声、钢刀碰撞的金铁声、受伤者的哀号、风雨拍打泥水的声音、骨骼碎裂的闷响……世间万籁统统消失，陈七眼中的世界失去了色彩，眼之所及全是一片黑白……

“阿瑶死了……阿瑶死了……”

陈七紧紧地抱住姜瑶的身子，想叫却发不出声，想哭又流不下泪。陈七迷迷糊糊地晃动着脑袋，依稀看见邓辞乡正冲着自己张大了嘴巴，不知在喊些什么。陈七听不到，也猜不懂，只能看到贼门的弟子一个接着一个地在身边倒下，自前方的林子里走出了一个高大壮硕的汉子，他浑身披着树叶干草，手里端着一支狙击步枪。

邓辞乡飞速向陈七这边跑来，那汉子的枪口同时缓缓举起，瞄向了陈七的眉心。

“趴下——”邓辞乡一声大吼，一个虎扑按倒了陈七。

“砰——”又一声枪响传来，邓辞乡的肩膀处爆开了一蓬血花。

陈七猛地打了一个激灵，脑子里一震，恢复了知觉。

“老邓！”陈七赶紧推开了趴在自己身上的邓辞乡，站起身来，挡在了邓辞乡的身前。

那持枪的汉子缓缓地摘下身上的树叶和干草伪装，解下了脸上的面罩，露出了一张陈七无比熟悉的脸。

是的！陈七无数次地看着这张脸的照片，幻想着和他狭路相逢的情形！

“西尾寿藏！”陈七咬着牙，一字一顿地说道。

西尾寿藏拍了拍肩头的尘土，打了个手势，将剩余的八十多个日本兵召集起来，列成阵势，张嘴就是一口流利的中文：“没想到吧，佛魁！我没有兵分三路……而是分了四路！我自己一人是第四路，专门在你们和三千院拼得两败俱伤的时候，沿途狙杀你们的人。这苦竹山一战，既是你们消灭三千院的机会，也是我们皇军灭掉你们贼门的机会。这些年你们针对军部的指挥官搞的一系列刺杀活动，让军部很是恼火。广西大战将至，你们的存在会让我们非常头痛，所以在出发之前，我制订了这个计划，用我自己和三千院作饵，除掉你们贼行，虽然这很冒险……但是值得！幸好，我的计划很成功，用你们中国话讲，这叫螳螂捕蝉，黄雀在后！”

陈七攥了攥手里的步枪，冷声说道：“你就是兵分一百路，也过不去八尺河！”

西尾寿藏叹了口气，看了看腕上的手表，摇头说道：“你不用惦记河上的休门了……半个小时前，驻守灵山县的皇军已经派遣先遣队，乘船沿八尺河顺流而下，和休门埋伏的水鬼打响了遭遇战。两方兵力悬殊，休门必败，到现在，估计已经结束战斗了吧……”

陈七闻言，冷声一笑：“西尾，你说我是信你的鬼话，还是信我身后的弟兄？”

西尾撇了撇嘴，一脸无奈地说道：“中国人，都是死脑筋，不见掉泪不棺材！”

陈七听了西尾的蹩脚成语，扑哧一乐，抬起下巴，笑着说道：“你的中文讲得可真令堂地好啊！”

“令……堂？什么好……那个，谢谢夸奖！”西尾一点头，一脸诚挚地说道，“你和你的部下，虽然不是军人，但是其勇敢精诚不亚于任何一支精锐，皇军钦佩勇士，若你肯投降，我用我的名誉保证，你的前途，大大的！”

陈七咧嘴一笑，扭过头来，看了看身边包括重伤的邓辞乡在内的五六个人，又昂起脑袋朝着西尾寿藏吹了一声口哨，幽幽笑道：“投降？做二鬼子吗？”

西尾面露不悦，皱眉说道：“此言差矣……”

“好了好了好了……”陈七一脸不耐烦地打断了西尾寿藏的话，伸手扶起了邓辞乡，和剩余的贼门弟子站成一团，双目一瞪，梗着脖子看着西尾寿藏，冷声说道，“要打就打，是爷们的，手底下拼生死，别玩嘴炮！”

西尾的脸上闪过一抹愠色，一摆手，八十多个日军缓缓地压了过来。

陈七一咬牙，脱下上衣，盖在了姜瑶身上，又伸手攥住了姜瑶的大枪，在她耳边柔声说道："媳妇儿，你在天上看着，你相公我……就是那万夫莫敌的西楚霸王！"

"杀——"陈七一扭头，一声怒吼。

"杀——"邓辞乡攥紧了刺刀，带着五六个贼门弟子，跟着陈七的脚步，冲向了西尾寿藏。

"可惜了……"

西尾寿藏幽幽一叹，举起枪口的同时，八十多个日军蜂拥而上……

八尺河，河宽三里，年增八尺宽，故而得名。

天光渐亮，八尺河旁，西尾寿藏上了早已守候在这里的内河炮艇。来接应的这一批炮艇共有四十二艘，清一色的小型钢木结构，全都配备着25毫米哈奇开斯机炮与92式刘易斯轻机枪或13.2毫米93式高射机枪，其中有十五艘炮艇还安装着70毫米步兵炮。

八尺河上满是休门子弟的浮尸和撞碎的船只舢板，鲜血染红了好大一片水域。

两刻钟前，埋伏在八尺河的休门贼众和从上游赶来接应的日军爆发了一场遭遇战。

休门人手不多，装备又差，不到两刻钟就伤亡殆尽。

西尾寿藏刚登上炮艇，身后一个日本兵就跟了上来，朝着西尾寿藏敬了一个礼。

"都处理好了吗？"西尾问道。

"悲风口伏击咱们的中国人一共二百三十一名，检查了两遍，无一活口！"那日本兵答道。

西尾长出了一口气，望着河水，喃喃说道："这些中国人都是勇士啊！若是此后我们碰到的每一支中国军队都是如此，那……该是何等的恐怖啊！毕竟，和中国这样的庞然大物相比，日本太小了……"

站在一旁的副官闻言，沉声说道："纵使支那人再是难缠，不也是败在了将军阁下的手中吗？"

西尾展颜一笑，点头说道："没错！哈哈哈，此刻若是那中国的贼众还有一支伏兵在此，我定然难逃生天，可惜他们已然全军覆没了……哈哈哈哈，可惜呀！”

西尾笑声未绝，只见河心处水波猛地一皱，“哗啦”一声浮起了一叶竹排。竹排上躺着一个人，那人一个鲤鱼打挺跃起身来，拿着一支竹篙，入水一点，那竹排犹如离弦之箭，直冲向日军的炮艇群。

“来者何人？”西尾寿藏一惊，大声喊道。

“休门！聂鹰眠！”竹排上那人一声大喝，在炮舰前不足百米远，猛地一甩竹篙，扭头便跑，竹排在水面上画了一道弧线。

“追上他！”西尾寿藏一声令下，所有炮舰一齐发动，向聂鹰眠追去。

聂鹰眠虽然操船极快，但人力终究比不过机械，不多时便被围在了一片芦苇荡里。

聂鹰眠扔了竹篙，信手撅断一根芦苇草衔在嘴里，冷冷地看着将他团团围住的一圈炮舰。

西尾寿藏指着聂鹰眠，高声笑道：“你可是想阻我渡河吗？”

聂鹰眠抹了一把脸上的水，豪声说道：“我答应了佛魁，今日的八尺河，不容一人一船通行！”

西尾寿藏一阵大笑，摇着头说道：“就凭你一个人吗？”

聂鹰眠两手一张，大声说道：“就凭我一人，当然了，还有……这芦苇荡底下的一千八百枚水底龙王炮！”

“不好！上当了！”西尾寿藏猛地一声断喝，高声喊道：“后退，撤离这片芦苇荡！”

“轰——隆——轰——”

西尾的喊声还没传开，一声巨大的轰鸣声猛地响起，打断了西尾寿藏的后半截话。

“轰——哗啦——隆隆——轰——”

一声接着一声的爆炸从水底传来，将河上的炮艇一艘艘炸翻轰碎，密集的爆点在芦苇荡内织成一道密集的爆炸网，不但将炮艇撕碎，还将炮艇上的日本兵炸得血肉四散。爆炸点燃了炮艇上携带的燃油和炮弹，造成了二次引爆，整片芦苇荡烧成了一片火海……

“水底龙王炮”是一种古老的水雷，发明于明朝万历年间，乃是用牛尿泡做雷壳，内里填装黑火药，以香点火作引信来延时引爆。布雷时，将牛的尿泡连接在浮于水面的木板和雁翅下面，以芦苇草作掩护，用雁翅管和羊肠给香火通气，无论木板怎么随波浪沉浮，水也不能灌入，保证香能正常燃烧。在牛尿泡下面坠有一定重量的石块，使得它受力平衡，并保持重心稳定，以保持漂流时的平稳，不致翻覆失效。明朝万历十八年施永图所著的《心略武备》一书中，就详细记载了这种水底龙王炮的用法：“量贼舟泊处，入水浅深，将重石坠之……香到火发，炮从水底击起，船底粉碎，水卜贼沉……”说白了，就是布好雷阵，根据与敌人舰船停泊处之间的距离和水流的速度来确定香的长短，进而预计爆炸的时间，“香到火发，炮从水底击起”，出其不意地从水下轰击敌舰，将其炸得粉碎！

“轰——”

西尾寿藏所乘的炮艇被炸成两截，西尾寿藏浑身大火，趴在沉船的碎木之上，又遇第二轮爆炸，整个人被炸得粉碎，尸骨无存。

“轰——”

聂鹰眠被巨大的冲力崩飞，鲜血狂涌，落水之时，嘴角含笑，喃喃说道：“休门聂鹰眠，幸不辱命……”

而此时此刻，花猫正策马狂奔，疾驰在南宁城的大街上！

“吁——”花猫一勒缰绳，战马吃痛，扬起前蹄，“哐”的一声踹开了司令部的大门。

警卫的哨兵吓了一跳，举枪要射，花猫从怀里一把掏出了陈七的惊蛰古玉和百辟，大声喊道：“贼行佛魁陈七爷有军情传报，十万火急——”

花猫嗓门大，这一声喊被正在后院安排布防的韦云淞听见了。

“都放下枪！”韦云淞一声大喊，小跑着走了过来，一眼就看到了花猫手里的惊蛰。

韦云淞和柳当先交好，自然认得惊蛰，于是连忙呵退士兵，拉着花猫进了前厅。

花猫不敢耽搁，连忙掏出陈七的书信呈交给韦云淞。

“韦军长，我兄弟在苦竹山十万火急，还望你快快派援兵……”

韦云淞接过书信，抽出信纸，上下一读，脸色瞬间变了。

“这……这……”韦云淞脸色惨白，不一会儿就红了眼眶。

花猫瞧见韦云淞神色不对，连忙问道：“咋……咋了这是，您……您别吓我！”

韦云淞仔仔细细地将书信折好，一脸肃容地说道：“花猫兄弟，这信不是给我的，而是给你的……”

“啊？啥？”花猫吓了一跳，抢过信纸，翻来覆去地看了好几遍，也只认出了信上的“花猫”二字。

“那个……韦军长，我不识字，您能给我说说这信上写了啥吗？”

花猫颤抖着手把信递给了韦云淞。

韦云淞叹了口气，沉声说道：“这信的前一半是陈七兄弟简单讲述了自己是如何假扮柳当先当了佛魁，并决意带领八门贼众完成柳当先刺杀西尾寿藏之遗志的经过，在后一半，他说……”

“他说什么呀？”花猫瞪着眼问道。

“咳咳……这后半段，我来给你念……‘花猫啊：当你听到这封信的时候，你怕是已经到了韦军长处。唉，请你原谅我骗了你……我们和日本人动手的时间不是天明时分，而是午夜子时！花猫……你得活着，你得帮我看看，赶走了日本人的世道是个啥样子……家家都能吃上大米白面，那是个啥情形，你得给我讲讲……好好讲讲！’”

“不可能！”花猫摇了摇脑袋，一把抢下了信，指着韦云淞歇斯底里地喊道：“你骗我！你骗我……你们当大官儿的都喜欢骗人，你……你就是怕死……你不肯派兵去帮我兄弟……这这……这信里肯定不是这么写的！肯定不是！”

韦云淞摇了摇头，涩声说道：“花猫兄弟，节哀……他们……都是英雄！”

“狗屁的英雄，我花猫才不稀罕什么英雄呢！我要阿七！我要我兄弟！”

花猫一声大吼，拔出百辟，揪住韦云淞的脖领，把刀刃架在他的喉咙上，咬着牙喊道：“派兵！你派兵！派兵啊！去救我兄弟！”

一旁的警卫吓了一跳，拉开枪栓就要冲过来，韦云淞一摆手，制止住了警卫，低声说道：“花猫兄弟，我真的没有骗你，我韦云淞对天起誓，如有半句谎言，就叫我遭天打雷劈，死无全尸……你可以找别人去读一读这封信，若是有出入，我的人头随你来摘！”

“好！好……这是你说的！”花猫松开韦云淞，拨开警卫，冲出了司令部，连滚带爬地跑上了街，红着眼睛到处乱看。突然，花猫一把抓住了一个算命的道士，揪着他的脖领子喊道：“你识字吗？”

“识……识的不多……”老道士吓得瑟瑟发抖。

“念！后边这段，念——”花猫一把将信拍在了卦摊上。

老道士拿起信纸，颤颤巍巍地念道：“花猫啊：当你听到这封信的时候，你怕是已经到了韦军长处。唉，请你原谅我骗了你……我们和日本人动手的时间不是天明时分……”

“不对！不对！你念得不对——”花猫额头上青筋暴起，眼睛里都要喷出火来。老道士腿一软，瘫在桌子底下。

花猫拿起了信，摇摇头，喃喃自语道：“不对！老道士念得不对……”

“扑通——”花猫心神失守，左腿绊右腿，摔在了地上。

“我再找别人念！对！找别人！”花猫一骨碌爬起身来，又跑到一家当铺，伸手从柜台后面把掌柜的揪了出来，一手拿着惊蛰，一手拿着信纸，“啪”地将信纸拍在桌子上，指着那掌柜说道：“念……这段，给我念……”

掌柜看了一眼满脸狰狞、如癫似狂的花猫，哪里敢说别的，赶紧拿起信纸，哆哆嗦嗦地念道：“花猫啊：当你听到这封信的时候，你怕是已经到了韦军长处。唉，请你原谅我骗了你——”

“不对！你念得不对——”

花猫一把掀翻了桌子，从地上捡起信纸，自言自语地跑出了当铺。

“不对……不对……念得不对……”

那一天，花猫走遍了南宁所有的街道，找了不下五六十人去读那封信，直到夕阳西下，城门底下还若有若无地响起花猫的声音：“不对……不对……念得不对……”

尾　声

五十年后，1990年夏。

苦竹山下修建了一座烈士陵园，看守陵园的人正是七十五岁的花猫。

这五十年里，花猫先是投了抗联，又加入了八路军，打完了抗日战争，又参加了解放战争，大大小小几百仗，百战余生。

从部队退下来之后，花猫加入了公安系统，一直干到南宁市公安局局长。退休不到三年，老伴儿去世，儿女想让他在南宁城里养老，却被花猫一口回绝，只一个人在苦竹山下盖了一间小房，守着山下的烈士陵园。

幸好每到周末，花猫的小孙子虎头都会找他来玩儿，陪他待上大半天。

这一日，雨后初晴，花猫坐在陵园的一处墓碑前，用一块抹布细细擦拭着墓碑上的字："抗日先烈陈七之墓"。

白发苍苍的花猫一边擦拭着墓碑，一边喃喃自语道："阿七啊，老子知道你爱干净，特地给你选了一块白抹布。那年轻的时候，哎哟，你小子捯饬得那叫一个白净，从来不让我碰你那身西服，怕我给你按上手指印子。哼！如今咋样？还不是我一天天地伺候着你……"

花猫唠叨了一阵，从怀里掏出一个小酒壶，在碑前洒了一些酒，又自己呷了两口。

"哎哟！忘了忘了，你看我这记性越来越不够用，还没给弟妹擦擦呢！"花猫一拄膝盖，挪了两步，蹲到了陈七墓碑边上，开始擦拭姜瑶的墓碑。

正当花猫洗抹布的时候，小孙子虎头背着书包从台阶底下跑了上来。

“爷爷——”

虎头脆生生地喊了一句，花猫咧嘴一笑，招呼小孙子过来，指着陈七的墓碑笑道：“快！给七爷爷、七奶奶磕头！”

虎头扔下书包，极其熟稔地跪在陈七的碑前，恭恭敬敬地磕了三个头。

花猫摸着虎头的脑袋，对着陈七的墓碑笑着说道：“阿七啊，我孙子都上初中二年级了……哦哦哦，瞧我这脑子，忘了跟你说了，现在是九年义务教育，娃娃们念书国家掏钱……哈哈哈……凡是岁数适当的娃娃，必须去念，唉，可不比咱们小时候，只有有钱人家的孩子才能读书啦！阿七啊，你能想象这家家户户，白面馒头都吃得腻了是个啥滋味不？对了，还有电视机，你知道是啥东西不？就是一个小方匣子，有这么大，一插电，里面就有小人儿在里边又唱又跳……”

说到这儿，花猫猛地沉默了一阵，随即涩声说道：“阿七啊……你们的血没有白流……”

花猫说着说着，连喝了好几口酒，眼睛里又泛起了水汽。小孙子虎头连忙掏出手绢给花猫递了上去。

花猫笑着拍了拍虎头的小脸蛋，指着身前的一大片墓碑说道：“好孙子，你可知道这里埋的都是什么人吗？”

虎头摇了摇头，一脸茫然地说道：“他们不是爷爷的朋友吗？”

花猫站起身，徐徐说道：“他们是爷爷的朋友，也是盗众八门的英雄！”

“盗众八门是什么？”虎头仰着脑袋问道。

花猫拉起虎头的手在碑林中穿梭，逸兴遄飞地说道：“江湖南北，掌青龙背，水火春秋，刀插两肋！江湖贼众分八门，你七爷爷是统领盗众的佛魁，这位是九指恶来袁森，乃是你七爷爷的大师哥，一身内家拳掌，登峰造极。这两位是苏家的长鲸、长兴两兄弟，一身虫术那是出神入化啊，能驾驭天下毒虫为己用……那边，是薛不是、沈镜玄和用火的贺知杯、许知味两兄弟，他们能化身金甲神，浑身烈焰蒸腾。这边，这座碑的主人乃是九河龙王聂鹰眠，当初可是和白衣病虎柳当先并肩的人物，聂鹰眠坐拥江东之地，称南派贼行，柳爷纵横北方绿林，称北派贼行……”

“北派贼行？”虎头一张口，打断了花猫的话。

“对呀！北派贼行，怎么了？”

“爷爷……北派贼行的人我听说过！”

“什么？你……听说过！”花猫闻听虎头此言，周身一震，心中暗道：“难道贼门还有传承……”

“好孩子！你是在哪儿听过北派贼行的？”花猫蹲下身，转着虎头的肩膀急声问道。

“在我们学校后面那条小吃街。”虎头老老实实地回答道。

“小……小吃街？也对！大隐隐于市，确实是贼行的风格。”花猫暗自嘀咕了一句，随即一回头，冲着陈七的墓碑说道：“阿七，你听到了吗，贼行还有传承，不知……不知是哪一脉，我回头就去见见，回来我再跟你讲。”

说完这话，花猫一把拉起虎头，快步下了山。

周一，大雨。

南宁第六中学后门，十三四岁的孩子们放了学，成群结队地跑出校门，钻进了等在校门外的家长怀里。花猫撑着伞站在角落里，看着虎头被父母接走，微微一笑。他并不打算出来和儿子儿媳打招呼，因为今天他要等人——北派贼门的人。

虎头说了，每到放学的时候，北派贼门的人就会出现。

半个小时后，来接孩子的父母渐渐散去，两个没有父母来接的孩子结伴而行，刚走出校门没多久，就被三个二十出头、身穿花衬衫的青年拦住，堵在了墙角。那三个青年一个染着一头黄毛，一个剃了个光头，还有一个是留着披肩长发的瘦高个儿。

“喂！老实点，自己拿出来，别逼哥哥动手。”为首的黄毛青年嘴里叼着一根烟，将一个小孩儿抵在了墙上。

“哥……我没钱……”小孩儿不敢抬头，弱弱地说了一句。

“没钱？”黄毛青年嘬了一口烟，一手撑着伞，一手伸在小孩儿的上衣兜里一阵翻找，拽出了两张纸币。

“啪——”黄毛青年一个大嘴巴子扇在了小孩儿脸上，尖声骂道：“没钱？没钱这是啥啊？是不是皮紧了？”

黄毛青年啐了口痰，作势还要打人，花猫按捺不住，从巷子口走了过来，站在那黄毛青年的身后，喝骂道：“年纪轻轻不学好，作死吗？”

花猫是当兵出身，又干了半辈子警察，最见不得这偷鸡摸狗、欺凌弱小的勾当。

黄毛青年闻声回头，瞟了一眼花猫，上下打量了他一阵，歪着脑袋骂道：“老东西，看你一大把岁数了，滚，赶紧滚！”

黄毛边上，光头走了过来，推了推花猫的肩膀，摸着自己的脑袋，瞪着眼睛说道：“老东西，没听我大哥说吗，让你滚，滚慢了，当心我攮你。”

光头若有若无地掀了一下衬衫，露出了腰带上别着的一把报纸包裹的尖刀。

花猫没有理会光头的恐吓，自顾自地上前，将那两个小孩子拉到身后，看着黄毛青年问道：“还攮我？你们算干吗的啊？”

黄毛屈指弹飞了手里的烟屁股，指着花猫骂道：“老东西，你既然活得不耐烦了，哥们儿也不介意送你一程，说出来吓死你，老子是北派贼行的！”

黄毛嘴里“北派贼行”四个字一出口，花猫下意识地浑身一震。

“你说什么？”

“老东西，耳背吗？再说一遍，老子是北派贼行的！看到这条小吃街了吗，往北都是我罩，所以我的地盘叫北派贼行！”

花猫闻听这话，一股怒气涌上心口，只觉得四肢百骸如同烈火烹烧，脑子里宛若滚开了的油锅一般噼啪乱响。

“那……这条街往南呢？”花猫喘着粗气，哑着嗓子问道。

“哈哈哈哈，这老傻货，往南自然是南派啊！”

“闭嘴——”花猫猛地一声爆喝，打断了黄毛的话。

花猫连喘了好几口粗气，瞪着一双通红的眼睛，指着那黄毛和他身后的两个小青年，冷声骂道：“闭嘴……就你们这几个狗一样的东西，也敢自称贼行……”

黄毛闻听花猫骂得难听，眼神一冷，掀开衬衫，拔出了腰里别着的尖刀，扔开雨伞，卷开了刀刃上包着的报纸，三个人成“品”字形向花猫逼来。

“乖孩子，后退些！”花猫轻言了一句，嘱咐那两个小孩退远一些。

“哗啦——”花猫收起了雨伞，两脚一分，踩了一个弓步，一拧伞面，将雨伞束好，左手顶着伞，右手抓住伞身，摆了个拼刺刀的架势。

“杀——”花猫陡然一喝，宛若平地里炸起了一颗响雷，满头白发在风雨中逆风一飘，手上以伞当枪，向前一扎，往左一拨，挑开了黄毛青年的尖刀，再顶住雨伞的伞把，运转伞尖，又准又狠地扎在了黄毛的肋下。

“咔嚓——”寸劲所致，黄毛的一根肋骨应声而断，整个人一抖，发出了一声瘆人的惨叫，捂着肋下滚倒在雨水中。

“唰——”光头手里一柄尖刀扎来，花猫扫腿一蹚，踢起一片雨水，瞬间遮住了光头的眼睛，光头一眯眼的工夫，花猫一侧身，光头的尖刀扎偏，花猫张开手臂，将光头刺来的手肘夹在肋下，两手持伞用作撬棍，一头别住光头的小臂，一头压住光头的肩膀，发力一别，只听“咔嚓”一声脆响，光头的整条胳膊被硬生生地掰断。

“啊——”光头一声惨叫的同时，那瘦高个儿一甩长发，反手握刀，自上而下地朝花猫扎来。花猫擒住光头，扭住他的胳膊，向上一顶，整个人团身一缩，缩在了光头的怀里。瘦高个儿投鼠忌器，害怕扎到光头，就在这一迟疑的当口上，花猫蹲身一扫，雨伞瞬间插进了瘦高个儿的两腿之间，伞把一钩，将瘦高个儿拽倒，一个虎扑，压住了瘦高个儿持刀的胳膊和半边身子，脑袋向后一仰，蓄力向前一撞，一个头锤又狠又准地磕在了瘦高个儿的鼻梁骨上。

“咔嚓——”瘦高个儿的鼻梁骨应声而断，发出一声惨号。花猫趁机一扭瘦高个儿的手腕，夺下了他的刀，一下子插进了他的大腿。

“啊——啊——”瘦高个儿倒吸着冷气，在泥水里痛得浑身打着摆子。

花猫坐在地上喘了好久才平复下咚咚乱跳的心脏。花猫征战半生，大小战役几百场，没有一次不是从死人堆里爬出来的，对敌的每一招每一式都是在血与火中淬炼出来的杀人技。黄毛三人不过是街边混混，唬人尚可，拼命的本事哪里比得上花猫。

只见花猫坐在地上喘匀了气，扶着墙慢慢地站起身，捡起雨伞，喃喃自语道："妈的……老了……收拾这几个货……还得费这么大劲……"

黄毛倒在泥水中，脸白如纸，咬着牙，冲着花猫缓缓离去的背影喊道："你……凭什么打人……"

花猫扭过头来，眼睛里满是凶光。黄毛被花猫眼里的杀气吓得打了一个哆嗦，缓缓低下了脑袋，不敢和花猫对视。

"打你算轻的，再敢称'贼行'二字，老子杀了你——"

花猫一声暴喝，走进了漫天的风雨之中。

花猫毕竟是老了，七十多岁的人淋了雨，到了苦竹山下的小屋，一进门就倒在了床上，高烧不退。花猫高烧在床，两手抱着陈七当年给他的惊蛰和百辟，不住地说着胡话。

小屋里有电话，花猫的儿子每晚都会给他打个电话。这一晚，花猫的儿子打了十几个电话也没打通，知道老爷子出了事，当晚便赶到了苦竹山，将花猫带回了南宁城，送进了医院。

当晚，花猫做了一个梦。

那是在苦竹山下，八尺河边，花猫在大雨中奔行，前方灯火昏黄处是一间草亭，亭子底下密密麻麻地坐满了人。

有一身白衣的陈七、手握大枪的姜瑶、仰头喝酒的袁森、一脸冰冷的聂鹰眼、驼背的曹忡、打闹说笑的苏家兄弟、擦枪的邓辞乡、磨刀的薛不是，还有相互挖苦急了眼，闹着别扭的许知味和贺知杯……

"阿七，你们……"花猫跌跌撞撞地蹚着泥水走到草亭之下，看着草亭下张张熟悉的人脸，想要说话，却又发不出声音。

"你……你们……"

陈七抬起头，咧着嘴，看着花猫骂道："花猫，你姥姥的，援兵搬来了没有啊？"

陈七话音刚落，亭下的八门众人齐齐地站起了身，看着花猫，异口同声地喊道："磨叽什么呢？援兵来了没有啊？"

花猫嗫嚅了一下，泪流满面地说道："没……"

"没什么没啊？那不就在你后面呢吗？"陈七一指花猫背后。

花猫扭头看去，只见身后无数的战友从密林中提着枪跑了出来，每一张脸花猫都认得，每一个人都曾经和花猫并肩战斗过，有百团大战时牺牲的老班长，有五原大捷时给自己挡了一枪的宋老六，有上高战役时捆着炸药扑向敌军坦克的郑磕巴……

“你们……”

花猫的眼泪噼里啪啦地往下掉，咧着嘴哈哈地傻笑。

陈七一招手，带着队伍转身开拔，看着花猫大声喊道：“傻笑个屁，就等你了！”

“好嘞——”花猫抹了一把眼泪，大踏步地跟上了陈七的脚步。

凌晨三点，花猫在医院抢救无效，永远地闭上了眼睛。贼行八门最后一个见证者离开了人世。

只有花猫直到死前仍然紧紧攥着的那枚刻着“盗亦有道”的惊蛰古玉还在默默地泛着一丝英雄气，似乎在倾诉着八门盗众的荣光……